ИРОНИЧЕСКИЙ
ДЕТЕКТИВ

Читайте романы
примадонны иронического детектива
Дарьи Донцовой

Дарья Донцова

Домик тетушки лжи

Москва

ЭКСМО-ПРЕСС

2 0 0 2

ИРОНИЧЕСКИЙ ДЕТЕКТИВ

УДК 882
ББК 84(2Рос-Рус)6-4
Д 67

Разработка серийного оформления
художника *В. Щербакова*

Донцова Д. А.

Д 67   Домик тетушки лжи: Роман. — М.: Изд-во Эксмо,
2002. — 416 с. (Серия «Иронический детектив»).

ISBN 5-04-007947-8

Воистину жизнь полна чудес! Особенно у любительницы частного
сыска Даши Васильевой. Погоревав о внезапной смерти Поли, дочери
своей подруги, Даша явилась в морг забрать тело. А там ей сообщили, что
девушка... ожила. Оказывается, она просто была в коматозном состоянии.
И смех, и слезы! Теперь в Дашином загородном доме появился невостре-
бованный гроб, в котором... спит питбуль. А потом случилось ужасное —
Поля все-таки погибла, не справившись с управлением чужой машиной.
И Даша сразу же начинает поиски убийцы, ведь до этого в девушку
стреляли, а в ее машине взорвалась сокурсница. Но милиция считает все
случившееся простым совпадением...

УДК 882
ББК 84(2Рос-Рус)6-4

Домик тетушки лжи

роман

ИРОНИЧЕСКИЙ ДЕТЕКТИВ

ГЛАВА 1

Труп не может уйти из морга на своих ногах. Свое последнее земное пристанище тело покидает в гробу на каталке, которую толкает с равнодушным лицом санитар. Но тому, что еще недавно было человеком, уже все равно, эмоции остались за чертой. Совершенно напрасно большинство людей до дрожи боится покойников. Мертвые никому не способны причинить зла, и, если подумать, опасаться следует живых. Но вот парадокс, мы знаем ведь, что усопший не нанесет нам вреда, и тем не менее не хотим оставаться с ним наедине в комнате.

Но Петя Ромов совершенно спокойно чувствовал себя в помещении около трупа. Собственно говоря, ничего сверхъестественного в данном факте не было. Петька учился на четвертом курсе медицинского института, собирался стать патологоанатомом, получал крохотную стипендию, имел дома мать-инвалида и подрабатывал в морге санитаром. Службой он был доволен. Во-первых, набирался опыта, стоя возле старенького Семена Дементьевича, лучшего в столице «доктора мертвых», во-вторых, получал зарплату, которая хоть и была отвратительно маленькой, но все же в несколько раз превышала стипендию, а в-третьих, родственники усопших постоянно совали ему в карман деньги и просили:

— Причешите, пожалуйста.

Или:

— Ты уж там поусердствуй, чтобы он (труп) прилично выглядел.

Петька старался. Накладывал грим, сооружал прически. Стариков ему не было жаль, что ж, отжили свое, пора и на покой, а вот при виде молодых людей, оказавшихся на оцинкованном столе, неприятно сжималось сердце. Словно ему кто-то напоминал: ты, Петька, тоже, того, можешь тапки отбросить...

Морг больницы имени Савинова, где служил Ромов, был старым, давно не ремонтированным зданием с изношенным оборудованием. Клиника создавалась еще во времена Николая II, и Петька подозревал, что ее за почти сто лет существования ни разу не ремонтировали. В морге не было всяких новомодных штучек типа шкафов-рефрижераторов, где каждое тело лежит на отдельной полке или в индивидуальном ящике. Нет, тут просто имелась «холодильная камера», примерно двадцатиметровое помещение, в котором поддерживалась минусовая температура. Трупы незатейливо лежали на каталках или на сооружении, больше всего напоминавшем нары.

1 декабря Петька дежурил ночью. Где-то около двух ему захотелось перекусить. Ромов потянулся, захлопнул учебник по патоанатомии и побрел в другой конец коридора. Там имелось нечто вроде кухоньки. Мойка, крохотный, развалившийся от старости холодильничек «Саратов» и электрический чайник, отнюдь не «Тефаль», а жуткий агрегат, никелированный монстр с носиком, произведенный еще в советские времена. Грелся он долго. Петька, собиравшийся развести кипяточком «Обед за пять минут», терпеливо ждал, пока появится пар. Потом он не спеша съел лапшу в томатном соусе, выпил два стакана почти черного чая с сахаром, слопал булочку с маком и почувствовал в себе силы вновь углубиться в учебник.

Стряхнув с клеенки крошки, Петька пошел назад в комнату, где полагалось сидеть дежурному. Путь лежал мимо трупохранилища. Поравнявшись с толстой дверью, Петька увидел, что она приоткрыта. Ничего странного в этом факте он не усмотрел. «Холодильную камеру» не запирали, да и к чему? Упереть оттуда было решительно нечего, просто притворяли створку, и все. Впрочем, и замок в двери давно сломался, главврач, которому Семен Дементьевич принес заявление с просьбой о новом запоре, отмахнулся:

— Купим чуть позже, там вообще пора дверь целиком менять.

Это было правдой, створку перекосило, между ней и косяком образовались щели... Впрочем, менять в морге следовало все, начиная от столов и заканчивая линолеумом.

Петька помнил, что, когда он шел на кухню, камера была плотно закрыта, но проклятущая дверь то и дело приоткрывалась... Ромов со вздохом доплелся до хранилища и, прежде чем толкнуть надоевшую дверь, глянул внутрь.

Увиденное заставило его удивиться. В камере сегодня находилось три трупа. Два спустили из терапевтического отделения. Это были бабульки, мирно скончавшиеся в результате проведенного лечения. Третий привезли из приемного покоя. Молодая, красивая девушка умерла по непонятной причине и ждала очереди на вскрытие. Девчонка оказалась красавицей, и Петьке было ее дико жаль. Роскошная фигура, чудесные белокурые волосы, изящные руки, тело почти без всяких изъянов, просто победительница конкурса красоты, и скончалась. До больницы довезти успели, а поднять в отделение интенсивной терапии уже нет.

Но сейчас на полке остались только бабки, девица

исчезла. Петька вошел внутрь камеры и уставился на клиенток. Бабульки мирно лежали, запрокинув головы, с ног свисали резиновые бирки. Ромов машинально прочитал: «Анна Константиновна Федотова, 1920 года рождения» и «Ольга Семеновна Потворова, 1926 года рождения». Окончательно растерявшись, Петька начал совершать совсем уж глупые действия. Сначала наклонился и посмотрел под полки, потом заглянул за шкаф. Трупа девушки не было нигде.

В полном недоумении студент дошел до дежурки и уставился на телефон. Может, позвонить Семену Дементьевичу домой? Первый раз Ромову стало не по себе в морге.

Вдруг от двери послышался легкий шорох. Петька, стоявший ко входу спиной, резко повернулся и почувствовал, как земля начинает качаться под ногами, обутыми в дешевые корейские кроссовки.

На пороге маячила мертвая девица. Ее голубые, огромные глаза смотрели прямо на перепуганного санитара, белокурые волосы, спутанные и грязные, висели неопрятными прядями вокруг бледного лица.

Секунду труп смотрел на Петьку, потом вытянул вперед дрожащие руки и просипел:

— Помоги...

Конца фразы бедный студент не услышал, впервые в жизни лишаясь чувств, он успел вяло подумать: «Мама права, надо было идти учиться на химика».

Резкий звонок разбудил меня в половине седьмого. Будучи праздной, неработающей дамой, я никогда не встаю в такую рань. Мой день начинается в десять. Впрочем, так было не всегда. Долгие годы я, Даша Васильева, нищая преподавательница французского языка, имеющая двух детей при полном отсутствии мужа, вскакивала в то время, когда вылезают из кровати водители общественного транспорта. Утром, до ухода на работу, предстояло проделать много дел: почистить картошку на ужин, погладить белье, включить стиральную машину. Подавляющее большинство женщин занимается всем этим вечером, прибежав со службы. Но мой оклад по тем далеким временам составлял девяносто рублей «грязными», алиментов я не получала, поэтому, отбарабанив положенные часы, неслась либо к частным ученикам, либо на другие подработки... Дома оказывалась около одиннадцати и падала в кровать, чувствуя, что язык перестал меня слушаться. Руки, ноги еще кое-как повиновались, но вот мускульный орган, которым я безостановочно болтала на протяжении двенадцати часов, гудел так, как ступни у балерины, отплясавшей четыре новогодних представления подряд. И еще сводило щеки. Я считаю, что преподавательница обязана быть в хорошем настроении и улыбаться своим ученикам, поэтому к вечеру щеки немели так же, как и язык, и я ехала в метро домой, продолжая по-идиотски ухмыляться. Сами понимаете, что вечером я была способна только на одно: шлепнуться в кровать, даже не помывшись. Поэтому все домашние дела сдвигались на утро, и будильник звенел над ухом ровно в пять. Если я что и ненавидела, так это настойчивое пиканье, издаваемое часами, — бип-бип-бип... Кто встает каждый день на работу, тот поймет. Поэтому, превратившись неожиданно в богатую даму, я первым делом вышвырнула из своей комнаты все предметы, способные звенеть по утрам. Будильники стоят в спальне у моего сына Аркадия и его жены Ольги, у Машки, моей дочери, его нет, хотя ей следует подниматься по утрам в школу. Но ставить к Манюне на тумбочку орущие часы абсолютно бессмысленная затея, девочка все равно не услышит сигнала. Нашу школьницу будит домработница Ира. Я, наверное, отвратительная мать, но каждый раз, слыша, как Ирка топает по коридору в Манюнину спальню, а потом мерно вскрикивает с первого этажа через равные промежутки времени: «Маня, вставай! Маруся, опоздаешь! Манюня, сейчас автобус придет!», поглубже зарываюсь в подушку и мысленно благодарю дедушку Макмайера, заработавшего состояние. Если бы барон Макмайер не разбогател, если бы моя лучшая подруга Наташка не вышла замуж за его правнука, то мне пришлось бы самой спихивать Маруську с койки.

С Наташкой мы жили вместе много лет. Большинство друзей считают нас родственницами, а кое-кто держит за сестер. И хоть это не так, узы, связавшие нас, намного крепче родственных.

Неизвестно, как бы мы перебивались сейчас, но в девяностых годах Наталья ухитрилась выскочить замуж за чудовищно богатого француза Жана Макмайера.

Дальнейшие события очень напоминали перепев известной сказки про Золушку. Жан обладал огромным состоянием и не имел никаких родственников, ни прямых, ни кривых, поэтому после его смерти все богатство досталось Наташке, мне и детям.

Вот откуда у нас два дома, один в пригороде Парижа, другой в подмосковном местечке Ложкино, счет в банке и прочие радости жизни, и нам не надо считать не только рубли, но и тысячи.

Впрочем, мне не хочется, чтобы вы полагали, будто мы — те, кого называют «новыми русскими». Обладание большими деньгами не слишком изменило наши привычки, в доме все по-прежнему трудятся. Аркадий служит адвокатом, Ольга, или, как мы зовем ее, Зайка, работает на телевидении, ведет программу «Мир спорта», Маруська учится, Наташка неожиданно для всех превратилась в писательницу, ваяющую на французском языке отвратительно сладкие, но бешено популярные любовные романы.

Ничем не занимаются в нашей семье только три личности: мои внуки, Анька и Ванька, которым по малолетству не положено еще даже ходить в детский сад, и я. Мне решительно нечего делать. Преподавательская деятельность надоела до зубной боли, а ничего другого я просто не умею делать. Можно было бы заняться домашним хозяйством, но у нас есть домработница Ира и кухарка Катерина, а ко внукам меня не подпускает няня Серафима Ивановна.

Поэтому мои дни протекают в ничегонеделанье, и я наконец-то получила возможность спокойно читать детективы и вставать в десять.

Но сегодня пришлось, взяв у Катерины будильник, вскакивать в несусветную рань. Сказать, что мне не хотелось этого делать, это не сказать ничего, и дело даже не в том, что пришлось вставать ни свет ни заря. Мне предстоял жуткий, ужасный день.

Я сползла на первый этаж и, клацая зубами от недосыпа, включила на кухне чайник. Заспанная Ирка появилась на пороге.

— Дарья Ивановна, идите в столовую, сейчас подам завтрак.

— Что ты, — замахала я руками, — о какой еде может идти речь в такую рань, я просто кофе глотну, а вы лучше приготовьте все в гостиной.

— Когда похороны? — спросила Ирка, зябко поеживаясь.

Я тоже вздохнула.

— В восемь нас ждут в морге с вещами, в десять выезжаем, кремирование в двенадцать. Думаю, к двум вернемся, так что накрывайте к этому времени.

— Не люблю поминки, — дернулась Ира.

А кто их обожает? Но надо же проводить человека в последний путь как положено, с блинами, кутьей и водкой...

— Ужасно, — не успокаивалась домработница, — такая молодая, здоровая, и бац, нету...

Я расстроенно нахмурилась. Да, все верно, к сожалению, нам придется сегодня хоронить Полину Железнову, дочь мой близкой подруги. С Ниной Железновой мы вместе учились в институте, а Поля младше моего Аркашки на пару лет, ей в декабре этого года должно было исполниться только двадцать четыре. И вот, пожалуйста, не дожила двух недель до дня рождения! Я так и не знаю, что с ней произошло. Позавчера около десяти часов вечера Поля позвонила мне на мобильный и прохрипела жутким голосом:

— Даша, умираю...

Я понеслась к ней и застала девушку в бессознательном состоянии на полу, возле двери в кухню, рядом валялась телефонная трубка, из которой неслись короткие гудки, последним набранным номером был «03». Очевидно, Полина сначала позвонила мне, а потом попыталась вызвать врачей... Я моментально повторила вызов.

Приехавшие медики мигом погрузили несчастную в автомобиль и увезли. Когда я примчалась следом, мне сообщили, что Полина умерла от неустановленной причины. Самое ужасное, что мне не удалось донести жуткую новость до ее матери. Три года тому назад Нинушка, блестящая переводчица, свободно говорящая на трех иностранных языках, выскочила замуж за Теда Смита, американца, проживающего в провинциальном городке возле Лос-Анджелеса. Тед вполне обеспеченный человек, владелец местной газеты и радиостанции, Нинку он обожает, и Железнова живет теперь в Штатах.

Полина не поехала с матерью, ей предстояло получить в этом году диплом. Полечка просто проводила в США все лето.

Услыхав о жутком происшествии, я мигом кинулась звонить Нинушке, но телефон в ее доме вещал радостным тоном на русском и английском языках: «Привет, мы уехали отдыхать, чего и вам желаем. Если хотите, оставьте свое сообщение, если нет, тогда перезвоните после пятнадцатого декабря. Чао!»

И вот теперь мне предстояло хоронить Полину. Продолжая трястись от холода, я влезла в машину, включила печку на полную мощность и поехала в Москву. Наше Ложкино расположено всего в нескольких километрах от Кольцевой магистрали, но воздух тут не в пример лучше столичного.

Припарковавшись возле малопрезентабельного здания, ободранного и покосившегося, я вошла внутрь и нажала на звонок, красовавшийся возле двери с табличкой «Категорически запрещен вход родственникам. Только для персонала».

Высунулся мордастый парень в не слишком чистом белом халате.

— Ну? — спросил он.

— Здесь вещи, — сказала я, протягивая чемоданчик.

— Чьи?

— Железновой Полины, — ответила я, ожидая услышать что-нибудь типа: «Давайте» или «Хорошо».

Но парень повел себя загадочно. Он мигом выскочил из-за двери и ласково сказал:

— А вам не сюда.

— Почему? — удивилась я. — В прошлый раз мужчина, такой полный, велел прибыть сюда первого декабря с вещами.

— Нет-нет, — быстро сказал санитар, — идите в клинику, третий этаж, спросите Королева Андрея Владимировича.

— Зачем? — недоумевала я.

Парень суетливо ответил:

— Мы люди маленькие, нам велят, мы делаем. Приказано родственников Железновой отправить к главврачу.

В полном изумлении я спросила:

— И вещи ему нести?

— Конечно!

— А гроб?

— Вы и гробик привезли?

— Естественно, — обозлилась я, — да что тут за порядки такие? Вы покойников родственникам в мешках отдаете? Ясное дело, должны одеть и уложить в домовину. Между прочим, я заплатила вашим коллегам по полной программе, и если они с вами не поделились, то это не мое дело. Впрочем...

Я вытащила из кошелька зеленую купюру.

— Возьмите и сделайте все нормально.

Но санитар удивил меня окончательно, он энергично замахал руками:

— Не надо, идите к Королеву, а гроб пусть пока в машине постоит, вы ведь его на катафалке привезли?

— Нет, — вышла я из себя, — под мышкой притащила. Поглупее что-нибудь спроси, а?

— Вы только не волнуйтесь, — заботливо прокудахтал парень.

Совсем дезориентированная, я вошла в основное здание, поднялась на третий этаж, распахнула дверь с табличкой «Главврач» и наткнулась на секретаршу самого противного, неприступного вида.

— Вам кого? — отчеканила дама, буравя меня ржаво-коричневыми, как крышка канализационного люка, глазами.

— Андрея Владимировича.

— Он знает, по какому вопросу?

— Меня послали из морга, я родственница Полины Железновой, сегодня...

— Ой, — сказал «цепной пес», изобразив на лице неумелую улыбку, — конечно, ждем вас, входите, входите, только не волнуйтесь. У вас сердце здоровое? Сейчас валокординчик накапаю.

Чувствуя, как едет крыша, я вошла в кабинет.

— Меня попросили в морге...

— Вы мать Железновой? — выскочил из-за стола полноватый мужик.

— Нет, — ответила я и, решив не пускаться в долгие объяснения, продолжала: — Я тетя.

— Садитесь, садитесь, — суетился главврач, — может, коньячку?

— Спасибо, слишком рано.

— Тогда валокординчику, — и он сунул мне под нос стаканчик с остропахнущей жидкостью.

— Что случилось? — спросила я, машинально глотая лекарство.

— Да тут, так, однако, ерунда, одним словом, — замямлил Андрей Владимирович, — сколько работаю, не происходило такого... Просто черт знает что вышло, но мы не виноваты, хотя, если вы подадите в суд, пойму вас по-человечески, это же просто дрянь какая-то вышла!

Страшное подозрение закралось в мозг.

— Где тело Полины?

— Э, э, — занудил Королев, — э, в этом все дело, тела как такового нет!

— Как нет? — прошептала я. — Куда же оно делось?

— Ушло, — брякнул Андрей Владимирович.

По его виду было понятно, что разговор дается мужику нелегко. Лицо главврача покраснело, шея тоже, а лоб вспотел. Андрей Владимирович вытащил из кармана пиджака безукоризненно отглаженный платок и начал промокать испарину.

— Вы хотите сказать, что тело Поли разобрали на органы? — пробормотала я, чувствуя легкое головокружение.

— Я хочу сказать, что Полина жива, — резко выпалил Королев, — совершенно жива и, на наш взгляд, здорова, находится сейчас в 305-й палате.

Секунду я смотрела на потного врача, потом хотела встать, но ноги подкосились, и я рухнула на пол.

ГЛАВА 2

— Очень вы грубо, Андрей Владимирович, — проник в мое сознание высокий женский голос.

— Старался как мог, — бубнил мужской.

Я распахнула глаза и увидела две фигуры,— одну в костюме, другую в белом халате.

— Вам лучше? — спросила дама и поднесла мне под нос вонючую вату.

— Не надо, у меня аллергия на нашатырь.

Вата исчезла.

— Что с Полей?

— Она жива, в 305-й палате лежит.

— Но как же так... Ведь сообщили о ее смерти, позавчера...

— Да, — закивал Королев, — ее и впрямь посчитали умершей, спустили в морг, а она в себя пришла, напугала санитара до жути. Встала и вышла в коридор, наш парень чуть не умер.

На меня накатила дикая злоба.

— Мне ни на минуту не жаль вашего санитара! У вас в клинике что, нет необходимой аппаратуры? Вы каким образом определяете смерть? А если бы мы отвезли ее живую в крематорий?

В полном негодовании я вскочила на ноги.

— Где Поля?

— В 305-й палате, — повторила женщина, — в лучшую положили, абсолютно бесплатно...

— Я ее немедленно забираю...

— Но за ней требуется уход...

— Не беспокойтесь, отвезу ее в платную клинику.

— Но мы для вас все сделали абсолютно даром, — лебезил доктор.

— Спасибо, не надо.

— Но...

— Отвяжитесь, — рявкнула я, — и отведите меня в палату, урод кретинский!

Андрей Владимирович молча пошел по коридору. Главврач не обманул, палата и впрямь оказалась просторной. На кровати полусидела Поля. Увидев меня, она сначала разрыдалась, потом спросила:

— Маме сказала?

— Нет, она уехала отдыхать.

— Слава богу, — всхлипывала Поля, — вот был бы ужас.

— Зато сейчас какая радость! — некстати влез главврач.

— Сделай милость, — попросила я его, — исчезни, а?

Королев мигом испарился. Я плюхнула на кровать чемоданчик, открыла крышку и приказала:

— Быстро одевайся, и уедем отсюда. Сначала к нам в Ложкино, а затем в другую клинику, где пройдешь полное обследование. Что у тебя болит?

— Ничего, — пожала плечами Поля, — только голова слегка кружится.

Меня тоже подташнивало, поэтому, вытряхнув шмотки, я велела:

— Ну, действуй, и бежим отсюда.

Поля покорно влезла в платье, колготки и уставилась на туфли.

— Эти откуда? У меня никогда таких не было!

Я вздохнула. Черные лодочки без каблука, напоминающие балетки, я купила в похоронной конторе. Сотрудник агентства, где я заказывала гроб, посоветовал:

— Возьмите у нас специальную обувь, а то обычные ботинки могут не влезть на ногу, она у покойных распухает.

— Надевай, не бойся.

— Странные какие, — произнесла Поля, — подметка словно из картона.

Я опять вздохнула, она и есть из прессованной бумаги, никто же не предполагал, что труп пойдет к катафалку на собственных ногах!

— Ничего, дошлепаешь до выхода, а там прямо в машину.

— А где пальто?

— Извини, не прихватила.

— Почему? — возмутилась Поля. — Зима же, холодно.

— Вообще-то я собиралась тебя хоронить, — развеселилась я, — а в гроб несподручно в пальтишке укладывать.

Поля захохотала. В палату всунулся главврач.

— За документиками зайдите.

— Какими?

— Ну, выписка...

— Вы там написали фразу «после того, как тело ожило, оно было отправлено в палату»? — ехидно поинтересовалась я.

— Нет, — растерялся Королев.

— Тогда нам ваша филькина грамота не нужна!

Первые, кого я увидела, спустившись вниз, были Аркадий, Зайка и Маня, одетые во все черное. О, черт! Я совсем забыла, что договорилась о встрече с ними в ритуальном зале. Я должна была приехать раньше, отдать вещи и ждать домашних.

— Это безобразие! — выкрикнула Зайка.

— Ну, мать, — качал головой Аркадий, — я знал, что ты безответственная, но чтобы до такой степени! Автобус ждет, куда гроб нести? И почему ты тут, а не в морге?

— Да, почему? — повторила за мужем Ольга.

— Мусечка, тебе плохо? — спросила Маня. — Хочешь валокординчику?

— У меня сюрприз, — весело сообщила я.

— Какой? — изумился Кеша.

— Здоровский. Встретила тут одну особу, думаю, вам будет страшно приятно ее увидеть!

— Дарья, — ледяным голосом заявила Зайка, — немедленно прекрати, у нас горе, похороны Полины, а ты...

— Ну погребение можно и отложить, — хихикнула я, соображая, как бы поделикатней сообщить домашним новость.

— Отложить? — протянул Аркаша и повернулся к Мане: — Ну, сестрица, это, похоже, по твоей части.

Маняша у нас собирается стать ветеринаром, и родственники иногда доверяют ей бинтовать свои порезанные пальцы.

— Ну, — продолжал Кеша, — что с ней? Реактивный психоз?

— Не знаю, — растерянно пробормотала Маня, — мы еще этого в кружке не проходили.

— Зачем мы вообще за тебя деньги платим, — обозлился брат, — что ты там учишь?

— Сейчас изучали кожных паразитов, блох всяких, власоедов, клещей, — принялась старательно перечислять Маруся, — и потом, я же еще не студентка, только в кружок при Ветеринарной академии хожу.

— Блохи, даже если они у нее есть, тут ни при чем, — парировала Зайка и повернулась ко мне: — Ты головой не ударилась?

Но мне надоела идиотская ситуация, и я крикнула:

— Поля, давай, выходи.

Полина выскользнула из-за колонны. Дети разинули рты и разом выронили на пол мобильные телефоны. Первой опомнилась Маня:

— Это кто?

— Я, — спокойно ответила Поля.

— Живая? — глупо спросил Кеша.

— Нет, надувная, — фыркнула девушка и вытянула вперед руку. — Хочешь, пощупай.

— Даша! — завопила Зайка. — Ты с ума сошла, придумала шутку! Ничего себе! Похороны, гроб, поминки!

— Мусечка, — подпрыгивала Маня, — ты решила нас разыграть? Ну супер! А Оксана-то с Деником на кладбище приедут! Во прикол! И Костя там!

Костя, жених Поли, отчего-то не захотел ехать в морг...

— Мать, — завелся Аркадий, синея от злости, — я даже от тебя подобного не ждал! Дегтярев специально отпросился и поехал за венком! Да вот он!

Я хотела было сказать, что сама только-только узнала новость, но язык прилип к гортани, потому что сквозь стеклянные двери протиснулся наш лучший друг полковник Дегтярев с роскошным венком в руках.

— Я думал, в морге встреча, — пробормотал Александр Михайлович, — почему вы в холле стоите?

Мы молчали. Полковник глянул на нас, увидел Полю, секунду смотрел на нее, потом выронил сооружение из роз и сказал:

— ...!!!

Поля преспокойно подняла венок из живых цветов, расправила красную шелковую ленту и с чувством прочитала:

— Любимой Полине от безутешного друга.

Потом она повернулась к Дегтяреву и хмыкнула:

— Ну, дядя Саша, прямо слезу вышиб. Между прочим, еще недавно ты говорил, что я невероятная балбеска и меня следует драть, как сидорову козу.

— Кто-нибудь объяснит, что тут происходит? — взвыл полковник, плюхаясь на колченогий стул.

— Мусечка нас разыграла, — подпрыгивала Машка. — Во прикол, даже круче пукательной подушки... Ну клево! Думали, Полька умерла, так переживали, плакали, а она живехонька...

— Разыграла? — протянул Александр Михайлович, вытаскивая сигареты. — Разыграла?

— Вовсе нет, — быстро сообщила я, видя, как в глазах приятеля загорается нехороший огонек, — мне бы и в голову подобная глупость не пришла, в больнице напутали...

— Твою голову могла посетить любая мысль, — сообщила Зайка.

— Совершенно согласен, — подхватил Кеша.

Я подавила тяжелый вздох. Аркашка и Ольга постоянно спорят. Если Зайке хочется сладкого, то Кешка моментально требует кислого, скандалы возникают у них мгновенно, они даже не могли договориться о том, какие шапочки нужно купить близнецам на зиму. Муженек хотел мутоновые, а женушка лисьи, в результате они так поругались, что пришлось мне нестись в меховой салон и приобретать капоры из песца. Встать на сторону кого-нибудь одного чревато для здоровья, потому что вторая сторона обозлится насмерть. И так у них всегда. Трогательное единение они проявляют только в одном случае: когда начинают меня пинать.

— Что делать будем? — поинтересовалась Маня.

— Домой поедем, — пожала плечами Поля, — к вам.

— А кремация? — невпопад спросил вконец обалдевший полковник.

— Ты хочешь меня сжечь живьем, чтобы не пропали денежки, заплаченные за урну? — развеселилась Полина.

— Тьфу, дура! — вскипел всегда вежливый Дегтярев.

Мы пошли к машинам, и тут только я увидела Аню, маявшуюся около катафалка. Лицо девушки было

бледным, нос распух, а глаза превратились в две ще-
лочки, прикрытые красными веками. Да уж, бедная
Анечка, лучшая подруга Поли, переживала ужасно.

— Чего гроб не берете?! — крикнул водитель. —
Ехать уж пора, а то на кремацию опоздаем!

Аня дернулась и сиплым голосом сказала:

— Можно до крематория я поеду с кем-нибудь в машине, а то в катафалке...

И тут она увидела Полину. Секунду девушка смотрела на ожившую подругу, потом, пробормотав: «Чур
меня, господи спаси», — бросилась бежать со всех ног в
сторону ворот.

— Эй, Анька, погоди! — заорала Полина и кинулась
за ней.

— Гроб надо вынести! — надрывался ничего не понимающий шофер.

— Не надо, — буркнул Аркадий, — езжай назад в
контору.

— Как это? — оторопел водитель.

— Просто езжай, и все, похороны отменяются...

— Почему? — надсаживался мужик, явно впервые
оказавшийся в подобной ситуации.

— Потому что вот она, покойница, за приятельни-
цей несется, — спокойно пояснила Зайка.

Шофер разинул рот.

В Ложкино мы вернулись около полудня, вошли в
холл, где было задрапировано черной тканью огромное
зеркало.

— Ира! — завопил Аркадий.

Домработница выглянула из гостиной.

— Неси шампанское, — велел хозяин, — да возьми в подвале, слева, на стойках, не «Вдову Клико», а

«Мюет». По такому случаю следует на радостях распить вино высшего класса.

Ирка, обожающая Кешу и беспрекословно выполняющая все его идиотские указания, на этот раз возмутилась:

— Ничего себе радость! Бедная Полечка! Такая...

В этот момент Поля вошла в холл и гневно заявила:

— Ну и туфли! Жуткое дерьмо, подметки отлетели, иду босиком!

Ирка дико завизжала и кинулась опрометью на второй этаж, за ней понеслись все наши собаки, лая на разные голоса.

— Чистый дурдом, — вздохнула Зайка, — в нашей семейке даже похороны в цирк превращаются.

ГЛАВА 3

Стоит ли упоминать о том, что, изрядно переволновавшись, мы все позволили себе сначала шампанское, затем коньяк... Утром следующего дня Поля категорично заявила:

— Ни в какую больницу я не поеду!

— Но надо же узнать, что с тобой было, — попыталась я воззвать к ее благоразумию.

— Ерунда, — фыркнула Поля, — у меня ничего не болит!

— А что болело?

Девушка пожала плечами.

— Просто плохо стало, голова закружилась, руки-ноги онемели, хочу слово вымолвить и не могу, язык не шевелится...

— Обязательно следует обратиться к хорошему врачу, — настаивала я.

— Ладно, — отмахнулась Поля, — потом как-нибудь, сейчас некогда. Будь другом, свези меня домой, переоденусь и в институт побегу.

— Только, пожалуйста, не садись за руль, — взмолилась я, — пообещай, что будешь пользоваться метро.

— Хорошо, хорошо, — буркнула Полина.

Сначала мы доехали до ее квартиры. Поля открыла дверь и пошла переодеваться. Я села на кухне, тупо глядя в окно. В голове царил туман, то ли от выпитого накануне шампанского, то ли от переживаний.

— Дашутка, — всунула голову в кухню Поля, — ты что собиралась сегодня делать?

— Ничего, хочешь, поработаю у тебя шофером?

— С тобой ездить одна морока, — сообщила девушка, — тащишься еле-еле, сорок километров в час. Сделай лучше доброе дело.

— Какое?

— Да вчера, когда я собиралась в больнице, мобильник забыла в тумбочке, можешь забрать?

— Естественно, возьму и привезу тебе в институт.

— Ну спасибо, — обрадовалась Поля, — просто выручишь меня, я без трубы как без рук. Ну давай, поезжай быстрей.

И она принялась подталкивать меня к выходу.

У входа в больницу никто не сидел: ни охранник, ни бабулька с газетой. В двери мог беспрепятственно пройти кто угодно, бахилы здесь тоже не требовалось надевать, а гардероба попросту не было. Впрочем, медицинский персонал не обращал никакого внимания на посетителей.

Когда я, в уличной обуви и куртке, пошла по коридору по направлению к 305-й палате, никто даже не подумал сделать мне замечание. Сестра, сидевшая на посту, самозабвенно читала любовный роман и не подняла голову, попадавшиеся по дороге врачи словно не видели женщину, которая топала по линолеуму в сапогах, а не в тапках... Одним словом, никакого порядка в отделении не было. Неудивительно, что с Полиной произошла эта жуткая история.

Нужная палата была самой последней по коридору, я осторожно поскребла в дверь, не услышала ничего в ответ, приоткрыла створку и увидела на кровати девушку.

— Простите, — забормотала я, — мы вчера выписались и забыли в тумбочке мобильник, можно я посмотрю?

Больная не отвечала. Думая, что она не услышала, я «прибавила звук»:

— Девушка, тут где-то валяется наш сотовый, может быть...

Никакой реакции не последовало. Девушка не шелохнулась. Спит. Небось ей вкололи снотворное.

Я осторожно юркнула в палату, присела на корточки, открыла дверцу, вытащила «Сименс», потом, опершись на кровать, начала вставать и невольно вздрогнула. Моя рука наткнулась на нечто непонятное, совершенно ледяное. Переведя взор на матрас, я увидела, что нечаянно прикоснулась к голой ноге девушки, лежащей на койке. Потом, начиная понимать происходящее, глянула на лицо больной. Глаза ее были закрыты, но не до конца, между верхним и нижним веком виднелась небольшая полоска, а кожа на лице приобрела страшный желтовато-сероватый оттенок, совершенно не свойственный живому организму.

— Помогите! — завопила я. — Сюда скорей! Доктор!

Где-то через час я спустилась в холл и плюхнулась в

одно из ободранных кресел. Слишком много бурных переживаний за два дня. Сначала дикая история с Полиной, потом труп, обнаруженный в палате. Хороши, однако, врачи. Бедняжка уже окоченела, небось скончалась рано утром, а в палату никто даже на заглянул. Вот несчастная, даже не знаю ее имени.

Повинуясь непонятному порыву, я подошла к справочному окошку и спросила:

— Будьте любезны, кто лежит в 305-й палате?

— Мы смотрим по фамилиям, — огрызнулась тетка, не поднимая головы от книги.

Я положила перед ней десять долларов. Не изменив недовольного выражения лица, женщина полистала толстую книгу и сообщила:

— Полина Железнова, температура 37, 2.

Ну и порядки в этой больнице!

— Железнова вчера выписалась! Сейчас кто там лежит? Ну кого после Железновой отправили в триста пятую?

Дежурная обозлилась:

— Иди сама на этаж и спрашивай у врачей. У меня черным по белому стоит: Полина Железнова. Кого куда перевели, кто выписался, должны из отделения сообщать, спустят сведения, будет информация, а сейчас в 305-й числится Железнова, и все!

Выпалив последнюю фразу, она резко захлопнула окно. Я побрела к машине. На пути к Полиному институту моя голова была занята чем угодно, кроме дороги, поэтому я ухитрилась целых три раза попасть в лапы к сотрудникам ГИБДД. Как правило, люди в форме, стоящие на обочине с полосатым жезлом в руках, редко тормозят мой автомобиль. Я езжу тихо, аккуратно, даже осторожно. В левый ряд суюсь только в том случае, когда нужно повернуть. Впрочем, иногда, по вечерам, меня останавливают без всякой на то причины и начинают придираться.

— Где аптечка?

— Покажите знак аварийной остановки...

— Почему огнетушитель не лежит в багажнике?

Я всегда беспрекословно отдаю в таких случаях пятьдесят рублей, потому что понимаю: парням охота заработать, а моя новенькая, сверкающая иномарка без слов говорит о том, что у ее владелицы нет особых материальных затруднений.

Поля радостно выхватила у меня телефон.

— Ну спасибо!

— Хочешь, подожду конца занятий и отвезу тебя назад, в Ложкино?

— Не надо, а зачем мне к вам? К себе вернусь. Да ты не волнуйся, все в полном порядке.

Она, радостно улыбаясь, убежала в аудиторию, но неприятное чувство тревоги не покидало меня потом весь остаток дня.

Поглядев на часы, я сначала съездила в книжный магазин «Молодая гвардия», расположенный на Большой Полянке. Всем, кто пополняет свои домашние библиотеки, рекомендую отправляться только туда. Выбор огромный, продавцы внимательны, словно нянечка, опекающая грудного младенца, все книги находятся в открытом доступе, их можно листать, разглядывать картинки, а цены намного ниже лотковых. К тому же детективы представлены тут во всем многообразии, от Агаты Кристи до современных авторов.

Больше всего на свете я люблю литературу на криминальную тему, поэтому провела у полок целых два часа, а потом еле дотащила до «Форда» туго набитые пакеты. Кроме томов с окровавленными кинжалами на обложках, я прихватила еще «Инфекционные болезни собак» для Мани и «Как правильно накладывать макияж» для Зайки.

Больше делать мне было решительно нечего, и я поехала в Ложкино.

На улице стемнело, я загнала автомобиль в гараж, в три прыжка преодолела расстояние до входной двери, влетела в холл и заорала от ужаса.

Прямо посередине двадцатиметровой прихожей стоял шикарный гроб из темного дерева. По бокам к нему были прикручены ярко начищенные бронзовые ручки, полированный низ блестел, верх тоже сиял, но половина крышки была сдвинута, и виднелась белая шелковая подушка с кружевами. На ней покоилась иссиня-черная голова негра. Чувствуя, что сознание сейчас покинет меня, я завопила:

— Ира!!!

Домработница выскочила из кухни и заорала в ответ:

— Что случилось?

Не в силах говорить, я тыкала пальцем в роскошное сооружение.

— Ах это, — сбавила тон Ира, — фу, Дарья Ивановна, как вы меня напугали, думала, на вас напал кто, виданное ли дело такие гудки подавать, теперь точно спать не смогу. Гроб прислали из конторы, говорят, вы за него заплатили!

— Там лежит негр, — прошептала я.

Ирка подошла к домовине.

— Не, никого не было, пустой вволокли. Да это же Банди! А ну вылезай, негодник...

Раздался шорох, и на пол выпрыгнул наш питбуль.

В доме живет пять собак, и самая сердитая из них полукилограммовая йоркширская терьериха Жюли. Вот она может злобно лаять на незнакомого человека, остальным это просто не придет в голову. Пуделиха Черри почти ослепла от старости и совсем оглохла, поэтому, когда раздается пиканье домофона, она не шевелится. Впрочем, если по дому расхаживают толпы гостей, она тоже не нервничает, просто находит уголок поукромней и забивается в него. По-моему, Черри попросту боится, что кто-то наступит ей на артритные лапы. У пуделихи целый букет болезней, пришедший к ней вместе со старостью. Мы регулярно лечим ее уши от отита, нос от насморка, глаза от конъюнктивита, ноги от подагры, живот от поноса... Впрочем, в последнем она виновата сама, потому что обожает поесть, в особенности сыр, строго-настрого запрещенный ей ветеринарами из-за пошаливающей печени. Для меня остается загадкой, каким образом Черри раньше всех собак слышит, когда Катерина вытаскивает из буфета миски, чтобы наполнить их ароматной кашей с мясом. И почему она, торопясь первой оказаться при раздаче, никогда не натыкается ни на людей, ни на мебель, летя по коридорам к месту кормежки? Ведь она слепая и глухая!

Мопс Хуч, тоже большой любитель подкрепиться, проводит время, как правило, в горе пледов или подушек. На улицу он предпочитает высовываться только тогда, когда погода стоит как в Австралии: плюс двадцать пять, без дождя и ветра. Аркадий выпихивает его на прогулку зимой, весной и осенью пинками. И Хуча тоже не волнуют гости. Впрочем, ни у пуделя, ни у мопса не должно быть злобности по определению. С таким же успехом можно было бы ожидать кровожадности от канарейки.

Мы полагали, что роль охранников будут выполнять ротвейлер Снап и питбуль Банди. Но не тут-то было. Две более чем семидесятикилограммовые туши встречают любого незнакомца, радостно вертя задом. Наверное, нам достались генетические уроды.

— Иди отсюда, — злилась Ирка, вытаскивая из гроба подушки, — всю думку обволосил, вдруг кто лечь захочет, думаешь, приятно?

Я почувствовала себя персонажем пьесы абсурда.

— И как это вам в голову про негра пришло, — тараторила Ира, стряхивая с белого шелка короткие жесткие черные волосы.

— Очень похоже было.

Домработница замерла.

— Вы когда-нибудь видели чернокожего с висячими ушами?

Ничего не ответив на дурацкое замечание, я вошла в столовую, схватила телефон и набрала номер похоронной конторы.

— «Розовый приют», — прощебетал девичий голос. — Спасибо, что обратились к нам, решим все ваши проблемы.

Более идиотское название, чем «Розовый приют», для службы, которая занимается погребением покойников, придумать трудно, но у некоторых людей начисто отсутствует чувство юмора.

— Добрый вечер, — вежливо сказала я, — моя фамилия Васильева, я заказывала у вас гроб...

— Минуточку, минуточку, ага, артикул 18б. А что, его разве не привезли?

— Привезли.

— В чем тогда проблема?

— Теперь заберите назад!

— Не понимаю, — пробормотала служащая, — у вас претензии к внешнему виду? Изделие поцарапано?

— Нет. Просто оно более не нужно.

— Не нужно?!

— Да, мы отменили похороны.

— Отменили похороны?!

— Именно, — разозлилась я, — ну что тут особенного? Покойница ожила, ушла сегодня в институт, нам гроб без надобности, хочу его вернуть.

— Покойница ожила? — бормотала девушка. — Вернуть гроб?

— Послушайте, в конторе есть кто-нибудь более понятливый?

— Да, да, минуточку.

Послышалась заунывная мелодия, потом бодрый мужской голос:

— Старший менеджер Сергей Борисов, весь внимание.

Начался новый раунд переговоров. Сначала парень отреагировал так же, как девушка, поднявшая трубку первой.

— У вас претензии к внешнему виду?

— Нет, просто покойница воскресла, и гроб стал не нужен.

Повисло молчание, потом менеджер бойко сказал:

— Ага, прекрасно вас понял. Ваш покойник ожил, да?

— Именно, — обрадовалась я.

— И вы хотите вернуть гробик?

— Точно!

— Это невозможно, — каменным голосом ответил Сергей.

— Но почему?

— Гробы возврату не подлежат.

— Но если он не понадобился?

— Оставьте у себя.

— Вы с ума сошли!

— Сами-то у психиатра давно были? — не выдержал Борисов. — Товар оплачен, деньги не вернем.

— Не надо, — заверила я, — оставьте их себе, только гроб увезите, умоляю.

— Вы не станете настаивать на возвращении суммы?

— Ни боже мой, никогда.

Голос менеджера вновь стал сладким:

— Хорошо, завтра пришлем катафалк.

Потом он помолчал и спросил:

— А у вас, что, правда человек ожил?

— Да.

— Ну ни фига себе, — взвизгнул менеджер, — вот пенка, побегу нашим расскажу!

Я швырнула трубку на диван, вечер потек своим чередом. Сначала приехала из колледжа Маня и завизжала:

— Ой, гроб!

Потом явилась Зайка и возмущенно заявила:

— Отвратительно, пусть Иван унесет его в сторожку!

Вызванный садовник почесал в затылке.

— Одному не справиться, и потом, он в сарайчик не влезет, громоздкий больно.

Затем появился Кешка и воскликнул:

— Чудненько, давайте оттащим к матери в спальню, она будет совершенно как граф Дракула!

В полном негодовании я фыркнула, пошла наверх, приняла ванну, пощелкала пультом телевизора, потом нырнула под пуховое одеяло и посмотрела на натюрморт на тумбочке.

У каждого человека есть мелкие слабости, о которых он предпочитает не рассказывать другим. Я твердо знаю, что Зайка временами заруливает во французскую кондитерскую «Делифранс» и лакомится там тортом со взбитыми сливками. Более того, один раз я приехала туда же, чтобы купить пирожных, и увидела Ольгу, сидевшую у окна. На столике перед ней высился стакан с «Кофе-коктейль», рядом на тарелке лежали сразу три ломтя безумно калорийного торта. Зайка отковыривала ложечкой кусочки, аккуратно отправляла их в рот, и при этом у нее было такое лицо, что я не рискнула войти в зал. Ольга постоянно сидит на диете, методично высчитывая количество белков, жиров и углеводов в каждом блюде, наверное, иногда это занятие становится ей поперек горла, и она устраивает себе небольшой праздник, втайне от всех.

Я ни разу не сказала, что знаю о ее секрете. Между прочим, сама обожаю есть в кровати, вечером, перед сном. Иногда меня начинают мучить угрызения совести, но я быстро давлю их каблуком. Потолстеть я не боюсь, всю жизнь, начиная с двадцатилетнего возраста, вешу ровно сорок восемь килограммов, поэтому ныряю под одеяло, хватаю детектив и принимаюсь за еду. Дети знают о моем пристрастии и иногда ворчат. Впрочем, Аркадий быстро добавляет:

— Ладно, в конце концов это ее дело, нравится спать в крошках, кто бы спорил, но курить лежа не смей!

Сегодня на тумбочке стояла тарелочка с салатом, лежали два куска карбоната и кусок хлеба. Чуть поодаль расположились банан, несколько конфет «Коркунов» и мороженое «Марс». Я облизнулась, поискала глазами книжку и тут только сообразила, что пакет с детективами остался в багажнике. Пришлось, проклиная все на свете, влезать в джинсы, свитер и бежать за чтивом.

Мимо гроба я пронеслась с опаской. На подушке опять чернела голова. Банди, не испытывающий никаких отрицательных эмоций при виде последнего приюта человека, нежился на шелковой думке. Наверное, следовало прогнать его, но какой прок совершать бессмысленное действие? Бандюша упорный, он опять залезет внутрь.

Притащив покупки к себе, я юркнула под одеяло, глянула на тумбочку и обомлела. Салат исчез, карбонат и банан тоже, от конфет остались только обертки, а мороженое испарилось вместе с бумажкой. Ни одной собаки не было в спальне. Только кошки Фифина и Клеопатра мирно спали в кресле. Но киски ни за что не станут харчить такие продукты. Кипя от негодования, я вышла в коридор и шепотом позвала:

— Эй, Снап, Жюли, Черри, Хуч, сюда.

Банди был вне подозрений, он спит в гробу. Через секунду появился ротвейлер, за ним приковылял мопс. Все понятно. Жюли слопала конфеты, она умеет ловко носом разворачивать фантики, а остальное сожрала старуха Черри.

— Ну погодите, — пригрозила я.

— Мать, — высунулся из спальни Кеша, — чего буянишь?

— Жюли и Черри слопали мой ужин!

— А, — зевнул он, — абсолютно правильно поступили. Может, если подобная ситуация будет повторяться, ты отвыкнешь от вредных привычек.

Он исчез за дверью. Я пошла по лестнице в кухню. Да уж, ждать от моего сына радостного выкрика: «Иди, мамочка, ложись, я принесу тебе бутербродики!» — не приходится. В нашем доме я являюсь объектом воспитания.

ГЛАВА 4

На следующий день около часа дня я собралась съездить в супермаркет. Конечно, можно отправить туда Иру, для таких случаев мы и купили ей «Жигули», но надо же хоть что-то делать самой!

Я уже нацепила куртку, когда раздался телефонный звонок.

— Дарья Ивановна?

— Слушаю.

— Вы можете сейчас приехать в институт, где учится Железнова?

— Да, но...

— Вы знаете Полину? — перебила женщина.

— Конечно, очень хорошо.

— Тогда поторопитесь, у нее большие неприятности.

Я вскочила в «Форд» и понеслась в Коломенский переулок. Во дворе стояли «Скорая помощь» и милицейская машина. Ощущая тревогу, я кинулась ко входу и обнаружила в холле толпу гудящих студентов.

— Ребята, где Железнова?

— У, как у нее машина полыхнула, — хором ответили девчонки, — во, жуть...

— Где? — помертвевшими губами спросила я. — Где автомобиль?

— Так на стоянке...

Я выбежала наружу, обогнула здание и сразу увидела обгорелый остов «Жигулей», вокруг которого бродило несколько мужиков. Чуть поодаль стояли носилки, накрытые черным мешком.

— Полина! — заорала я.

Один из милиционеров обернулся, и я узнала Женьку. Он работает вместе с Дегтяревым. Наш лучший друг Александр Михайлович служит в милиции, а Женька эксперт или судмедэксперт... Одним словом, не знаю точно. Он не бегает по улицам, не сидит в засадах, а изучает всякие предметы... В общем, я абсолютно не в курсе того, чем он занимается, знаю только, что Дегтярев иногда говорит: «Светлей головы, чем у Евгения, не встречал».

— Прикатила, — буркнул Женька, роясь в чемоданчике, стоявшем на земле.

Потом он повернулся к парню, ходившему вокруг обгорелого остова машины, и крикнул:

— Так, не суй все в один пакет, ирод, разложи по-человечески!

Затем посмотрел в мою сторону и со вздохом добавил:

— Ну, народ, молодой, а уже ленивый, лишний мешочек взять трудно, нагребает все одним скопом, а я потом разбирайся.

— Где Поля? — прошептала я.

— Иди на второй этаж, в деканат, — сухо велел Женя.

— Но...

— Иди, там Дегтярев!

Я сделала шаг назад и наткнулась на парней в темно-синих куртках.

— Что стоите как памятники, — обозлился Женька, — тащите жмурку в труповозку.

Ребята молча подхватили носилки.

— Иди в деканат, — повторил приятель.

Я поплелась в институт. Первой, кого я увидела в большой комнате, уставленной письменными столами, была Поля, полулежащая на кожаном диване. Вокруг нее толпилось несколько человек, в воздухе резко пахло лекарствами.

— Полина! — взвизгнула я и кинулась к девушке.

Та мигом разрыдалась. Женщина, стоящая возле нее, засуетилась и принялась капать в рюмку валокордин.

— Дашка, — всхлипывала девушка, — вот ужас, вот жуть...

— Полечка... — обнимала я ее. — Жива, слава богу...

Но тут неожиданно в голове что-то щелкнуло, и я спросила:

— Минуточку, а кто же тогда там, на носилках?

— Ленка, — еще пуще зарыдала Поля. — Ой, Лена...

— Ничего не понимаю...

— Иди сюда, — раздалось за моей спиной.

Я вздрогнула, повернула голову и увидела Дегтярева, усердно писавшего что-то за столом.

— Забери Полину, — велел приятель, — отвези домой в Ложкино и не спускай с нее глаз.

— Да что случилось?

— Немедленно уезжайте, — сердито продолжал Александр Михайлович, — в коттедж, никуда ее не выпускай, ну, действуй.

В машине Поля успокоилась, вытащила косметичку и стала красить лицо. Видя, что она вновь обрела способность соображать, я сказала:

— Давай заедем в подземный магазин на Манежной.

— Зачем? — пробормотала Полина, размазывая по щекам тональный крем.

— У нас кончилась пена для ванны, потом там можно зайти в ресторанчик выпить кофе...

Честно говоря, пена для ванны не самая необходимая вещь, а наша Катерина печет намного вкуснее пирожки, чем те, которые подают в системе общепита. Но в огромном универмаге всегда полно народа, там весело играет музыка, вокруг мелькают разнообразные красивые вещи. Мне просто хотелось отвлечь Полю, поднять ей настроение.

Поставив автомобиль на стоянку, мы спустились вниз и выбрали в «Сбарро» салат и пиццу.

— Кофе у них мерзкий, — сообщила повеселевшая Поля, — пойду возьму у «Арнольда».

— Лучше давай сначала съедим все, а потом поднимемся в «Эстерхази», — предложила я.

Через час, сидя в кондитерской, я осмелела и осторожно спросила:

— Что произошло?

Полина нахмурилась.

— Дикая жуть. Такое даже и представить нельзя.

Она помешала ложечкой кофе и сказала:

— Слушай.

После первой пары к ней подбежала Лена Рокотова из параллельной группы и взмолилась:

— Полька, будь человеком, дай «Жигули», домой съездить!

Железнова не любит, когда ее машиной пользуются посторонние, и дает ключи от автомобиля только в крайнем случае.

— Зачем тебе? — недовольно спросила она.

Ленка чуть не зарыдала.

— Забыла домашнее задание, прикинь, что со мной Мавра сделает.

Мавра, или Марина Владимировна Маврина, преподает в их институте технический перевод. Абсолютно непреклонная, неумолимая дама, не дававшая никому ни малейшей поблажки. Можно было сколько угодно ныть:

— Ну, Марина Владимировна, ей-богу сделала, на следующее занятие принесу, ну, пожалуйста...

Противная баба только ухмылялась и отвечала:

— Я понимаю, что технический перевод понадобится в жизни отнюдь не всем, поэтому совершенно не настаиваю на выполнении заданий, но, как педагог, не могу простить пренебрежительного отношения к науке. Поэтому минус один.

Студент, попавший в такую ситуацию впервые, как правило, интересуется:

— Минус что?

— Минус один балл на экзамене, — спокойно поясняет злыдня Мавра, — если заслужишь, отвечая, три, поставлю два, если четыре — три... Понятно? Ежели не выполнишь следующее задание, будет минус два, как наберешь минус четыре, на экзамен можешь не приходить.

Глупые первокурсники хихикали, им всем вначале казалось, что Марина Владимировна шутит. Но в первую же сессию выяснялось: Мавра говорила серьезно.

Теперь понимаете, почему забытая тетрадь превращается в катастрофу?

— Ну, пожалуйста, Полечка, — умоляла Ленка, — мне тут рядышком, за пять минут обернусь, а пешком долго бежать...

— Чего на своей не поедешь? — не сдавалась Полина.

— Так она сломалась! Я сегодня безлошадная...

— Ладно, — вздохнула Поля, — но если поцарапаешь или помнешь крыло, убью.

— Гореть мне синим пламенем! — воскликнула Ленка, выхватила ключи и унеслась.

Бедная Рокотова не предполагала, что буквально через пару минут и впрямь вспыхнет как факел.

— Был взрыв? — спросила я.

Поля покачала головой:

— Я ничего не слышала, мне сказали, когда уже пожарные прибыли.

— Когда это произошло?

— Между первой и второй парами.

— Я же тебя просила ездить на метро!

— Ну да, — дернула плечом девушка, — стану я толкаться в вонючем вагоне, нашла дуру!

— Ты приехала в институт утром?

— Конечно, к девяти.

— Все было в порядке?

— В полном, и вообще, «Жигули» только-только из сервиса, а недавно техобслуживание прошла, машина практически новая. Ой, бедная Ленка, — захлюпала носом Поля.

— Послушай, — быстро сказала я, — видишь магазинчик, вон там слева?

— Ну? — перестала плакать Поля.

— Глянь, какой в витрине пуловер, прямо для тебя, пошли, померяешь.

— Дорогой небось!

— Плевать, надо же себя баловать иногда...

Поля кивнула, и мы двинулись в бутик. Девушке

понравилось сразу несколько кофт, она набрала вешалок с цветными тряпками и кинулась в примерочную.

Я стала бродить по торговому залу. Честно говоря, магазинчик выглядел бедно и плохо, впрочем, и цены тут оказались ниже некуда, дешевле только на вьетнамском рынке, наверное, потому здесь толкалось невероятное количество народа, в основном тинейджеры и студенты, хватавшие свитерочки, пуловерчики и брюки. Публика вела себя бесцеремонно, люди носились, громко разговаривали и выражали негодование по поводу долго не освобождающихся примерочных. В особенности злилась одна девчонка, стоявшая перед кабинкой, в которой переодевалась Поля.

— Нельзя ли побыстрей? — верещала девица. — Заснула она там, что ли? Эй, пошевеливайся, не одна в магазине.

Полина не отвечала, и правильно делала, с хамами лучше не связываться.

— Ну сколько можно? — подпрыгивала девчонка. — Ей-богу, пора и закругляться.

С этими словами она всунула голову за занавеску. Я хотела подойти и сделать нахалке замечание, но тут от примерочной понесся дикий крик:

— А-а-а-а...

Я рванула на звук и, опередив всех, схватила противную девчонку за локоть.

— Чего орешь?

Девушка застыла с выпученными глазами и начала тыкать пальцем в сторону кабинки.

— Там, там, там...

Подлетевшая продавщица отдернула темно-синюю бархатную шторку и завопила в свою очередь:

— А-а-а!..

— А-а-а!.. — подхватили посетители, оказавшиеся в непосредственной близости от кабинок.

Я глянула внутрь кабинки и похолодела. На полу, скорчившись, лежала Полина, из-под ее тела разливалась темно-красная лужа.

— Милиция! — надрывалась продавщица. — Сюда, скорей, на помощь, человека убили...

Я стала медленно сползать по стене.

— Что случилось? — раздался знакомый голос.

Я вскинула голову и увидела, как из соседней кабинки выбирается Поля.

— Ты? — вскрикнула я. — Но почему в этой примерочной, ведь ты заходила сюда!

По дороге в Ложкино испугавшаяся донельзя Полина рассказала, что случилось. Между кабинками нет стенки, только занавеска. Не успела Поля натянуть понравившуюся кофточку, как из-за драпировки высунулась женщина и попросила:

— Будьте так любезны, поменяйтесь со мной примерочной.

— Зачем? — удивилась Полина.

— Понимаете, у вас тут стоит трельяж, а в моей висит только одно зеркало, — пустилась в объяснения покупательница. — Я же хочу посмотреть на новые брюки со всех сторон, а здесь это невозможно. Сделайте милость, у вас ведь кофточка...

— Пожалуйста, — пожала плечами Полина и, взяв в охапку вещи, прошла в соседнее помещение.

Девушки не выходили наружу, в торговый зал, они передвигались внутри примерочных. Когда раздался крик, Полина стояла голая по пояс. Удивленная, она натянула на себя свитерок и, выглянув в магазин, увидела меня в полубессознательном состоянии.

— Да я чуть не скончалась от ужаса, — воскликнула я, — думала, это ты лежишь в луже крови!

— Ну ничего себе, — возмутилась Поля, — да та девушка в три раза меня толще, к тому же она брюнетка, а я русая...

— Я настолько была уверена, что ты именно в той кабинке, — вздыхала я, — потому ничего не заметила, ни цвета волос, ни фигуры...

Некоторое время мы ехали молча, и только, когда показались ворота, Поля пробормотала:

— Это что же такое творится? За несколько дней столько жутких событий! Сначала по непонятной причине я впадаю в состояние, которое в больнице посчитали за смерть, затем Ленка погибает в моей машине...

— «Жигули» загорелись...

— С чего бы? Все было в полной исправности! А теперь еще этот случай в магазине! Слышала, что сказали милиционеры? Стреляли из пистолета с глушителем прямо через занавеску... Понимаешь, что происходит?

Я нажала на брелок, створки разъехались.

— Нет, честно говоря, не знаю, почему тебя преследуют несчастья.

Полина выбросила в окно окурок.

— Просто кто-то задумал меня убить, но, по невероятному стечению обстоятельств, сначала погибла бедная Ленка, а потом эта тетка, покупавшая брюки. Прикинь, что вышло бы, если бы за руль после занятий села я... Или останься я в той, первой кабинке...

— Но почему тебя хотят уничтожить? — оторопела я. — Ты кому-то сделала плохо?

Полина пожала плечами:

— Сама удивляюсь. Бизнесом я не занимаюсь, врагов не имею... С Костей мы со школы дружим, никаких ревнивых бывших любовников у нас нет... Как сели в девятом классе за одну парту, так и не расстаемся с тех пор, сама знаешь... Ума не приложу!

— Наверное, ты ошибаешься, — протянула я, — это просто стечение обстоятельств, в машине что-то замкнуло, а в примерочной... Ну не знаю... Случай вышел... Ты тут ни при чем...

С этими словами я крутанула руль, въехала на наш участок и обомлела. Вся площадка перед входом была забита машинами. Парадная дверь стоит нараспашку, и туда-сюда снуют люди с какими-то железками и ящиками в руках.

Я высунулась из окна и попросила водителя «рафика», закрывавшего подъезд к гаражу:

— Будьте добры, подайте чуть вперед.

— Еще чего, — ответил тот, — вечно вам, бабам, удобное место уступи. Нет уж, села за руль, сама и крутись. На дороге нет деления на сильный и слабый пол, все равны.

Недоумевая, я бросила «Форд» возле сарая и пошла в дом. Гроб все еще стоял в холле, вокруг высились прожекторы, какие-то треноги, ящики, змеились провода и бегали совершенно незнакомые люди, у которых на головах, несмотря на декабрь, красовались бейсболки.

— Что вы тут делаете? — попыталась я узнать у одного из парней.

— Отвали, — ответил тот.

— Да что происходит? — кинулась я к тетке в кожаных штанах.

— Отстань! — рявкнула та и скрылась в гостиной.

— Дашутка! — раздался радостный крик, и я увидела раскрасневшуюся Зайку, несущуюся со второго этажа. — Ты уже приехала! А мы как раз аппаратуру тащим.

— Какую? — начала заикаться я.

— Ой, — всплеснула руками Ольга, — тебе-то я и не рассказала! У нас в доме будет сниматься сериал.

Я навалилась на гроб и тупо повторила:

— Сниматься сериал? У нас? За что?

— Ты недовольна? — приняла боевую стойку Зайка. — Все, Кеша, Маня, Ирка, даже Катерина в восторге, а ты недовольна?

— Я счастлива, только хочу узнать, почему эта радость приключилась именно с нами?

Зайка с подозрением посмотрела на меня и принялась объяснять.

ГЛАВА 5

У каждого человека бывает мечта, есть она и у Зайки. Моя невестка обожает красоваться на голубом экране. Вообще у нее за плечами хорошее образование, а в кармане диплом прекрасного вуза. Наша Заюшка переводчик, владеет двумя европейскими языками свободно, плюс арабским, на котором она практически не может читать и писать, зато болтает вполне бойко. Но работать толмачом Ольге неохота. Ей всегда хотелось вселенской славы, аплодисментов и всеобщего поклонения. Переводчик же по роду свой деятельности всегда находится в тени. Если он синхронист, то стоит за спинами, если работает с книгами, то просиживает день-деньской в кабинете, словом, медные трубы трубят не ему.

Зайка мечтала попасть на телевидение и в конце концов оказалась там. Господь сжалился и дал ей шанс. Надо отметить, что Ольга использовала предоставившуюся возможность на все сто. Она попала в спортивную программу и, не отличая в самом начале карьеры волейбол от футбола, ухитрилась за год взлететь по карьерной лестнице от скромной ассистентки режиссера до «лица передачи». А все благодаря собственному невероятному трудолюбию и упорству. Праздники, выходные, семейные мероприятия... Для Зайки ничего этого не существует. В любой день, в любом состоянии здоровья она едет на работу. Ровно в 18.30 я вижу ее на экране. Улыбающаяся, с великолепной прической, моя невестка говорит:

— Здравствуйте, вас приветствует «Мир спорта» и я, Ольга Воронцова.

Глядя на это светловолосое существо с глазами молодого олененка и бархатной кожей, ни за что не подумаешь, что у него какие-то проблемы со здоровьем. И только я знаю, что два часа тому назад Заюшка слопала две пригоршни таблеток, потому что у нее опять обострилась язва, полученная в процессе восхождения к вершинам славы. Телевидение — это не только голубой экран, на котором возникает очаровательное личико ведущей, нет, это еще постоянная нервотрепка, бесконечная усталость, хронический недосып, невозможность вовремя поесть и отдохнуть...

Но Зайка счастлива всегда, даже тогда, когда ведет передачу, болея гриппом с температурой сорок. Казалось, она своего добилась, теперь ей нечего более желать, но у Ольги есть еще одна мечта, такая тайная, что невестка не рискует ее даже высказать вслух. Заиньке страстно, до дрожи хочется стать актрисой, сняться в кино... И вот теперь судьба вновь подкидывает ей шанс...

Студия «Век» собралась снимать малобюджетный сериал из семейной жизни. Малобюджетный — это такой фильм, на который дали мизерную сумму денег, и съемочная группа экономит на всем. Берет свои автомобили, интерьеры снимает у знакомых на дачах и в квартирах... Вот Зайка и предложила наш дом в качестве съемочной площадки. Абсолютно бесплатно, с одним условием.

Ей, Ольге, дают небольшую роль. Режиссер мгновенно согласился. Зайка хороша, как картинка, очень киногенична и, в отличие от многих современных деятелей экрана, обладает ясной, четкой дикцией. Одним словом, они ударили по рукам.

— Главное, начать, — подпрыгивала Зайка, — а там меня заметят, и понесется...

Я только моргала, раскрыв рот. Сериал! У нас в доме! Катастрофа!

— Просто чудо! — ликовала Ольга. — Здорово вышло, все в экстазе. Кстати, это фильм о семье, о радостях, так сказать, брака, и в массовке обещали занять всех наших: Маню, Аркашку, Ирку, Катерину, собак, и тебя тоже снимут...

Я хотела было вслух ужаснуться, но посмотрела на совершенно счастливое лицо Зайки и промолчала. Хорошо только, что близнецы вместе с Серафимой Ивановной еще две недели тому назад уехали в Киев, к матери Ольги. Надеюсь, до их возвращения все завершится.

— А как долго продлятся съемки? — робко поинтересовалась я.

— Ну, не знаю, может, месяц!

Я содрогнулась. Ужасно! Это еще хуже, чем ремонт, надо постараться пореже бывать дома.

— Что это такое? — раздался громовой голос.

Воцарилась тишина. В холл вошел невысокий плюгавенький мужичонка в длинном шарфе, клетчатой рубашке и джинсах.

— Что это такое? — повторил он, тыча пальцем в домовину.

— Гроб, — ответила я.

— Так, чудесно, — заговорил дядька, — уже добыли, затаскивайте в комнату, порепетируем сцену прощания. Эй, ты, отойди от реквизита...

— Вы мне? — спросила я.

— Тебе, тебе, отойди немедленно и займись делом. Ты кто? Почему не знаю? Кто пустил постороннего? Выгоните ее!

— Я хозяйка этого дома! Дарья Васильева!

— Миль пардон, — расшаркался мужичонка, — страшно рад знакомству. Борис Коваленко, режиссер-постановщик. Ах, душенька, у вас роскошный дом, прелестный, чудесный, надеюсь, хозяин не слишком обозлится, когда узнает, что мы тут решили...

— Хозяин добрый, — сообщил Кеша, появляясь на лестнице, — всегда рад помочь жене.

Глаза Бориса заметались между мной, Ольгой и Аркашкой. Потом он не утерпел и ляпнул:

— Вы, значит, муж Дарьи? Очаровательно!

Кеша хмыкнул.

— Нет, я ее сын, муж Ольги.

Борис расплылся в улыбке так, что я испугалась. Если он еще минут пять постоит с таким лицом, у него заболят щеки или треснет рот в уголках губ.

— Дашенька! А ваш муж где?

— Который? — уточнил Аркадий.

— Их много? — хихикнул режиссер.

— Было четыре, — пояснил Кеша, — и все убежали, мать человек с причудами. Вот видите гроб? Она в нем спит.

— Хватит врать! — обозлилась я.

Но Борис мигом ответил:

— Такая прелестная женщина имеет право на странности. Готов стать вашим пятым супругом!

Я почувствовала себя, словно загнанная в угол мышь. Мало того, что на целый месяц мы гарантированно лишимся сна и покоя, так еще этот идиот собрался приударить за богачкой. Желая сменить тему, я быстро сказала:

— Это не ваш реквизит, это наш гроб.

— Да ну? — удивился режиссер. — И зачем он вам? Или правда спите тут?

— Конечно, нет! Просто вышел дурацкий случай. За ним должны были сегодня приехать из похоронной конторы, но отчего-то не явились!

— Так это чудесно, — потер руки Борис, — нам как раз он и нужен. Начнем со сцены похорон Леонида. Тащите гроб в комнату, порепетируем.

— Не пойдет, — сказал парень в зеленой жилетке.

— Почему? — взвился Борис. — Тебе, Федька, цвет не по душе или качество?

— Не, нормальная штука, — ответил Федя, — но Ленька в него не войдет. У парня рост метр девяносто восемь, нужен размер кинг сайз.

— Глупости, влезет!

— Никогда!

— Поместится!

— Ни за что!

— Ой, зачем вы спорите, — влезла Маня, — пусть Кеша попробует, в нем без одного сантиметра два метра.

— А и правда, — пробормотал Борис, окидывая взглядом фигуру сына, — может, и впрямь залезете, а мы посмотрим.

— Куда? — оторопел Кеша.

— В гроб, нам примерить надо, — объяснил Федор.

— Ни за что, — отрезал сын.

Режиссер поджал губы, Зайка умоляюще глянула на муженька. Тот тяжело вздохнул и сказал:

— Ладно, только на минуточку!

Потом он подошел к полированному ящику, влез внутрь и, сложив руки на груди, поинтересовался:

— Похоже?

Мне шутка не показалась смешной, но Маруська взвизгнула:

— Ой, только не двигайся, сейчас фотоаппарат принесу!

— Ну вот, — удовлетворенно протянул Борис, — чудненько уместился, а как эта штука закрывается?

— Очень просто, — ответил Федя и толкнул крышку.

Раздался сухой щелчок, и я увидела изображение креста.

— Здорово! — одобрил режиссер.

— Ну, — заныла прибежавшая с камерой Маня, — зачем захлопнули? Откройте.

— Сейчас, — сказал Федя и потянул крышку, — странно, однако, — она не поднимается.

— Господи, всему-то учить надо, — вздохнул Боря, — ничегошеньки сами не умеете, ну-ка, отойди!

Режиссер принялся дергать за ручку, но красивая, полированная крышка даже не дрогнула.

— Не открывается, — пробормотал мужик.

— Дайте я! — заорала Маруся и принялась рвать в разные стороны ручку.

Как бы не так, крышка не поддавалась.

Минут пять мы пытались ее отковырять, но совершенно безрезультатно.

— Ужас, — заломила руки Зайка, — что делать?

— Не знаю, — ответила я, — может, позвонить в похоронное бюро?

— Он задохнется, — нервничала Ольга.

Потом она прижалась к гробу и заорала:

— Кеша, ты как?

Ответа не последовало.

— Он потерял сознание, — заметалась Зайка, — ну делайте что-нибудь!

— Знаю, — заорала Маня, — надо позвонить ему на мобильник!

Девочка схватила телефон и потыкала пальцем в кнопки. Через секунду из недр ящика послышалась приглушенная музыка, потом Маня радостно воскликнула:

— Кешка, ты как?

— Дай, дай сюда! — взвизгнула Ольга и выхватила у нее «Сименс». — Кешик, дорогой...

Мембрана запищала. Зайка послушала, послушала, потом рявкнула:

— Идиот! — и швырнула трубку на стул.

— Что он сказал? — поинтересовалась я.

— Твой сын в своем репертуаре, — прошипела Зайка, — он сообщил, цитирую дословно: «Мне хорошо, мягко, тепло, темно и уютно. Главное, совершенно не слышу вас, поэтому наконец-то спокойно отдохну. Если повезете в крематорий, не забудьте меня вынуть, очень не люблю жару». Ну и кретин!

— Шутник, — хохотнул Федя.

— А ему хватит воздуха? — поинтересовалась Маня.

— На какое-то время да, — ответила Поля, — но надо срочно его доставать.

— Как? — затопала ногами Зайка. — Мы же не знаем, может, эта дурацкая крышка захлопывается один раз на всю жизнь.

— Скорей, на всю смерть, — сказала я.

— Замолчи, — застонала Ольга.

— Не дергайся, — велела Поля.

— Хорошо тебе говорить, — окрысилась Зайка, — между прочим, покупали эту штуку для тебя!

— Не надо ругаться, — я попыталась успокоить девиц, — сейчас позову Ивана с топором.

— Вы чего? — возмутился Борис. — Да эта дрянь пять тысяч баксов стоит... А вы топором!

— Мой муж дороже, — отчеканила Зайка.

— Топором нельзя, — вздохнула Поля, — можно Кешу задеть.

— Тогда пилой, — придумала я.

— Это только в цирке фокусник перепиливает ящик с женщиной внутри, — отмела и это предложение Полина.

— Делать-то что? — зарыдала Ольга.

Тут зазвонил телефон. Я схватила трубку.

— Не пойму никак, — раздался ехидный голос Аркадия, — когда вы меня решили хоронить? Музыку не забудьте заказать, желательно духовой оркестр. Кстати, имейте в виду, «Прощание славянки» терпеть не могу. Лучше...

Я нажала на зеленую кнопочку.

— Делать что? — бубнила Ольга.

— Надо вызвать МЧС, — сообщила Маня.

— Давайте сначала в похоронное бюро позвоним, — предложила я.

— Да зачем? — рыдала Зайка.

— Может, подскажут, как открыть, — ответила я и набрала номер.

— «Розовый приют», — прочирикал знакомый голос, — мы решим все ваши проблемы, менеджер Таня, внимательно слушаю!

— Уважаемая Татьяна, меня зовут Дарья Васильева, я покупала у вас гроб, артикул, кажется, 18б...

— Ой, — воскликнула девчонка, — помню! А это правда, что у вас покойник ожил?

— Да.

— Ну прикол! А нам зачем звоните?

— Танечка, мы захлопнули гроб, а открыть не можем.

— Зачем?

— Что — зачем?

— Открывать зачем?

— Там человек.

— Какой?

— Мой сын, хотим его вынуть.

Секунду Танюша помолчала, потом осторожно спросила:

— Он живой?

— Конечно.

— Почему же в гроб залез?

— Померить хотели, годится ему такой или нужен большего размера.

Таня вновь лишилась дара речи, но потом справилась с собой:

— Ага, про запас купили, правильно?

— Танечка, — вздохнула я, — даю честное слово, что изложу все в деталях, только позже, а сейчас объясните, как открыть гроб.

— Он щелкал?

— Не понимаю...

— Ну, когда захлопывали, щелчок слышали?

— Да, такой тихий, трык!

— Значит, все.

— Как все? — обомлела я.

— Не надо было крышку до конца надвигать, ее только на кладбище толкают до упора, перед тем, как опустить в могилу.

— Мы собирались кремировать, — невпопад сообщила я.

— Можно и в крематорий, — ответила Таня, — разницы никакой, горит отлично и вредных примесей не выделяет, потому как выполнен из экологически чистого сырья, мы заботимся об охране окружающей среды.

Понимая, что служащая сейчас начнет цитировать рекламный буклет, я прервала ее:

— Открыть его как?

— Никак.

— Но что за ерунда! — возмутилась я. — А если понадобится человека вынуть! Кто же такую глупость придумал!

— Так ведь не комод, — резонно парировала Таня, — покойника туда-сюда не таскают, положили — и готово, пожалуйте в могилу! Это только у вас ерунда все время приключается: то труп ожил, то снова в гробик полез, на примерку!

Я отключилась.

— Ну, — налетела на меня Зайка, — говори...

— Вроде никак, — осторожно сообщила я, — закрыли, простите за идиотский каламбур, насмерть!

Ольга зашлась слезами.

— Говорила же, спасателей надо! — завопила Маняша.

— Он не задохнется? — спросила Поля.

— Нет, — успокоил Федор, — крышка вон какая высокая...

Спасатели приехали моментально, такое ощущение, что они стояли у нас прямо за углом. Три парня в оранжевых куртках вошли в холл, один громко завел:

— Ну, что тут имеем...

Но потом его взгляд наткнулся на гроб. Парень увидел плачущую Зайку, взволнованную Маню, меня с перекошенным лицом и осекся.

— Простите, пожалуйста.

— Ничего, — сказала я, — сделайте милость, откройте гроб, мы случайно толкнули крышку, она захлопнулась, и сработал запор.

— А зачем... — начал было другой мужик.

Но мне жутко надоела вся ситуация, и я весьма грубо заявила:

— Ребята, либо делайте дело, либо уезжайте, разговаривать, ей-богу, больше не можем.

— Не волнуйтесь, — сказал первый, — ща выполним. Толян, неси резак.

— Осторожно, — завопила Зайка, — не попортите!

— Успокойтесь, — ответил Толя, — гробик останется как новый.

— Черт с ним, — взвилась я, — Кеше не сделайте плохо.

— Это кто? — спросил Толя.

— Муж мой, — зарыдала Ольга, — он внутри...

— Слышь, Колька, — сказал Толя, — может, лапкой отожмем? Ненароком заденем резаком. Девку-то жаль.

— Попробуем, — вздохнул Коля.

На свет появились какие-то железки. Парни изловчились, и, о радость, темница распахнулась. Появилось бледное лицо Кеши с закрытыми глазами.

Толя перекрестился.

— Господи, чего только за рабочую смену не увидишь!

— Аркашка, — бросилась к мужу на грудь Ольга, — Аркашик, тебе плохо!

Сын открыл глаза, зевнул и сказал:

— Наоборот, просто замечательно. И не представляете, как здорово иногда оказаться в одиночестве...

— Мама, — взвизгнул Толя, — он ожил!

— ..., — выпалил Коля и попятился к двери, — ...!!!

Видя, что парни находятся на грани обморока, я быстро сказала:

— Он и не умирал!

— А гробик-то, гробик, — бестолково повторял Коля, пятясь к выходу.

— Гроб никому не отдам, — резюмировал Аркадий, — занесу к себе в комнату и буду в нем спать. Просто класс, абсолютно вас не слышно. Теперь понимаю Дракулу, а то все думал: ну чего он решил в таком странном месте ночи проводить... Знаю, знаю, тишины искал, небось тоже имел болтливую женушку, крикливую сестричку и ненормальную мамашу.

— Урод! — завопила Зайка и, резко развернувшись, понеслась по лестнице вверх.

ГЛАВА 6

На следующий день, около полудня, я с радостью констатировала, что в доме никого нет. Вообще никого, кроме меня и собак. Зайка и Аркадий укатили на службу, Маня в школу, Ирка унеслась в химчистку, Катерина на рынок, а гадкие киношники обещали явиться только к трем. Полины также не было, что совершенно неудивительно. Она небось с девяти часов сидит в аудитории и пытается прожевать гранит науки.

Радуясь неожиданному счастью, я выпила кофе, почитала газету и выкурила сигарету. Вообще говоря, дети категорически запрещают мне дымить в доме. Летом я отправляюсь в сад, а в холодное время года мне предписывается ютиться в крохотной каморке под лестницей, где Ирка складирует тряпки, ведра, пылесос и бытовую химию. Причем геноциду подвергаюсь только я. Гостям, вытаскивающим пачки сигарет, мигом с улыбкой подставляют пепельницы. Но как только я во время какого-нибудь сборища достаю свои любимые «Голуаз», как моментально появляется Аркадий или Зайка и шипят, словно разбуженные эфы:

— Немедленно потуши!

То есть они не имеют ничего против курения вообще, им просто не нравится, когда дымлю я. Такой вот пердюмонокль, как говаривала моя бабушка.

Но сегодня воспитателей нет, и я с наслаждением выпустила изо рта облачко. Вчера и Борис, и Федя вовсю смолили «Мальборо», и им Зайка, естественно, ничего не сказала. Так что мне опасаться нечего. В крайнем случае, если учуют запах, а у Ольги обоняние как у служебно-разыскной собаки, свалю все на режиссера и оператора.

Постояв у окна, я призадумалась. Чем бы заняться? Может, посмотреть от скуки телевизор?

Голубой экран вспыхнул, и появилось лицо некрасивого парня, бодро вещавшего:

— Сводка происшествий за неделю. В одиннадцать утра, в понедельник, на улице Мирославской был обнаружен труп женщины с колото-резаными ранами в области живота и шеи. Личность погибшей...

Я тяжело вздохнула. Так, понятно, это идет «Мир криминала». Сейчас много подобных программ. ТВ-6 показывает «Дорожный патруль», НТВ — «Криминальную хронику», есть еще «Петровка, 38», «Дежурная часть»... При всей моей любви к детективам, терпеть не могу эти передачи. Читая книгу, понимаешь, что ничего такого на самом деле и в помине не было, а когда видишь на экране плачущих людей...

Я подошла к пульту и уже собралась нажать на кнопку, как картинка сменилась. Весь экран заняло изображение ярко-красного «Форда», вернее, того, что от него осталось. Когда-то роскошная машина превратилась в руины...

Корреспондент вещал за кадром:

— Сегодняшний день также начался с автомобильной катастрофы. Ровно в восемь утра машина...

Надо же, а «Фордик»-то точь-в-точь как мой, даже наклейка на заднем стекле. Я прилепила там изображение чайника, выпускающего пар, и плакат «Еду, как могу». Надо, чтобы окружающие сразу понимали, с кем имеют дело, и не злились. Ну какой смысл раздражаться на даму, которая честно признается, что вождение не ее хобби?

— Машина, за рулем которой сидела двадцатитрехлетняя Полина Железнова, влетела в фонарный столб, — неслось из динамика, — очевидно, девушка не справилась с управлением на заснеженной трассе. От удара автомобиль просто развалился на части. Водитель получила травмы, несовместимые с жизнью, и скончалась до приезда «Скорой помощи».

В ту же секунду оператор крупным планом показал залитое кровью, искаженное гримасой лицо Поли.

— Еще раз хочу напомнить всем о необходимости соблюдения правил и скоростного режима, — забубнил молодой парень в форме сотрудника ГИБДД.

Я, онемев, смотрела на экран. Прекрасно знаю этого милиционера. В том месте, где с шоссе нужно съехать, чтобы попасть на боковую дорожку, ведущую в наш коттеджный поселок, стоит пост ГИБДД, и с сотрудниками, сидящими в стеклянном «стакане», все ложкинцы поддерживают хорошие отношения. Вот этот, который сейчас рассказывает о происшествии, Миша...

Не надевая ботинки и куртку, я прямо в тапках помчалась в гараж и, почти теряя сознание, распахнула тяжеленную дверь. Огромное пространство, рассчитанное на четыре машины, зияло пустотой. Ни роскошного Аркашкиного джипа «Мерседес», такого квадратного, черного, ни юркого Зайкиного «Фольксвагена», ни простых «Жигулей» Ирки... Не было и моего «Форда». Только у самой дальней стенки, поджидая будущее лето, смирно стоял Маруськин мотоцикл.

Трясясь от холода и ужаса, я вернулась в дом и позвонила ближайшим соседям, Сыромятниковым.

— Алло, — пропела Карина.

— Кара, — просипела я, — у нас большая неприятность, одолжи мне на пару часов одну из ваших машин.

— Бери любую, — ответила нежадная Карина. — Хочешь мой «мерс»?

— Нет, очень большой, лучше «Рено»...

— Но он старый и жутко выглядит...

— Дай «Рено»...

— Забирай.

Накинув куртку, я понеслась за ключами.

— Что случилось? — поинтересовалась Кара.

— Потом объясню. Вечером верну машину, не могу сейчас точно сказать, когда...

— Можешь совсем не отдавать, — отмахнулась Карина, — стоит, только место занимает, давно выбросить пора. Слушай, возьми «мерс», ну что ты, как бомжиха, на позапрошлогоднем «Рено»...

Но я уже завела мотор и понеслась по дороге, одной рукой держась за руль, а другой прижимая к уху сотовый.

Едва услыхав голос Александра Михайловича, я завопила:

— Дегтярев! Полина...

— Знаю, — оборвал приятель, — ты небось ко мне мчишься?

— Да.

— Жду, — кратко сообщил полковник и швырнул трубку.

Я свернула влево, приглушила мотор и бросилась к посту ГИБДД. Одного взгляда хватило, чтобы понять, какой ужас разыгрался тут несколько часов назад. Бетонный столб накренился, у его основания был словно откушен большой кусок. Снег вокруг истоптан, а на обочине виднелось несколько темно-красных, почти черных, замерзших луж. Тут же валялась пара упаковок из-под шприцев, разорванный резиновый жгут и сиротливо лежал один коричневый ботиночек с опушкой из крашеного кролика.

— Дарья Ивановна, — подскочил Миша, — вы? Гляжу, «Рено» Сыромятниковых тормозит, думаю, с чего бы они, такие модные, на рухляди поехали...

— Эта рухлядь, — подал голос незнакомый мне парень, сидящий у стола, — поновей и покруче моих «Жигулей» будет. Я бы от такой тачки не отказался.

— Это вы их «мерса» и «Феррари» не знаете, — вздохнул Миша.

— Ты видел аварию? — налетела я на милиционера.

— Конечно, — ответил тот, — во жуть. Сижу себе,

курю, утречко раннее, никого нет, благодать. Вдруг гляжу, «Форд» несется, прямо как на пожар... Ну, думаю, с чего бы Дарья Ивановна такое устраивает? Вроде аккуратная дама, а тут чисто ведьма. Тормознуть хотел, уж, извините, подумал, может, выпимши? Зачем же смерть на дорогу выпускать...

Михаил выскочил на улицу, но «Форд», не обращая внимания на постового, на четвертой скорости вошел в поворот, зад машины занесло, послышался скрежет, удар, дикий крик...

Все происшествие заняло минуту, нет, пару секунд... Миша даже не успел и моргнуть, как дорогая иномарка мигом превратилась в груду металлолома с зажатым внутри трупом.

— Прямо все настроение испортилось, — жаловался инспектор, — так хорошо день начинался, и на тебе! ДТП со смертельным исходом!

— Сама она виновата, — припечатал второй мент, — чего жалеть? Гололед, декабрь... Если она так всегда ездила, то точно не жилица была.

— Но вы-то тут никого не знаете, — неожиданно обозлился Миша, — а я пятый год стою и всех ихних друзей и родственников различаю... Полина аккуратная...

— Ну ты сказал, — хихикнул парень.

Миша замолчал. Я села в «Рено» и, стараясь не смотреть на кровавые лужи, тронулась с места. Уже подъезжая к Москве, я запоздало удивилась, почему Миша звал своего коллегу, такого же молодого парня, на «вы»?

Дегтярев встретил меня без улыбки.

— Полина! — выкрикнула я с порога.

Александр Михайлович кивнул.

— Ты уверен? — цеплялась я за последнюю надежду.

— Абсолютно!

— А врач ее осматривал, может, жива?

— Не может, — отрезал полковник, — там все кости перебиты, разрыв печени и легких, перелом шейных позвонков...

— Ты должен немедленно открыть дело!

— По какому факту? — вызверился приятель. — Где предусмотренный законом случай?

Я села на стул, расстегнула куртку и устало сказала:

— Ну посуди сам! Сначала она по непонятной причине умирает...

— Ничего странного, — отрезал полковник, — я проверил. «Скорая» констатировала сердечный приступ. Самая обычная вещь.

— Но не в двадцать же лет!

— Ей двадцать три.

— Тоже не возраст. Ладно, хорошо, согласна, пусть дикая вещь, произошедшая в клинике, случайность, но взрыв машины? Сама по себе она не взлетит на воздух.

— Кто сказал про взрыв? — удивился Дегтярев.

Я растерялась.

— Но ведь «Жигули» загорелись, погибла Лена, подруга Поли...

— Ничего криминального, следов тротила не нашли, просто замкнуло электрику, вот и полыхнуло...

— Хорошо, пусть и это происшествие без злого умысла, но убитая дама в примерочной? Ведь туда вошла Поля, и никто не знал, что женщины поменялись кабинками!

— С чего ты взяла про выстрел?

— Полина сказала, а ей милиционер объяснил!

— Глупости. Никто никого не убивал.

— Я сама видела кровь!

— Ну и что? У умершей был туберкулез, просто случилось легочное кровотечение, и несчастная погибла в примерочной. Жаль, конечно, но опять ничего особенного.

— Но в занавеске была дырочка, такая круглая, с опаленными краями...

— Ерунда, — не сдавался Дегтярев, — кто-то случайно приложил к драпировке сигарету, от пули остается совсем другой след.

Я в растерянности добавила:

— Но Поля сама мне сказала, что кто-то за ней охотится...

— У Полины в голове солома, — обозлился Дегтярев, — вернее, была, потому она и разбилась! Виданное ли дело — так гонять...

— Она всегда ездила осторожно.

— А сегодня изменила этому правилу. Кстати, ты разрешила ей взять «Форд»?

— Нет, — пробормотала я, — она вчера не просила...

— Вот видишь, — удовлетворенно вздохнул приятель, — совершенно безголовая девица, сначала хватает бесцеремонно чужую машину...

— Но ее «Жигули» сгорели, — попыталась я оправдать девушку, — она небось только утром сообразила, что в институт не на чем ехать! Кеша с Зайкой отбыли в семь, за Маруськой школьный автобус прибыл в полвосьмого, а Поля только через тридцать минут после этого сообразила, что до города не добраться, ну и прихватила «Форд». Кстати, она хорошо знала: я всегда даю машину, если кому надо.

— Ага, — кивнул Дегтярев, — значит, она не захотела тебя будить?

— Именно!

— Влезла в иномарку и, естественно, не справилась с управлением. Сама виновата!

Честно говоря, я не ожидала от Дегтярева такой жестокости, но, наверное, профессия накладывает отпечаток на поведение. Вот и для моей подруги, Оксаны, человек, лежащий на операционном столе, всего лишь тело.

— Не могу жалеть больного, — говорит она, — потом обязательно проникнусь, а во время вмешательства ни за что.

И Женька зовет трупы «жмуриками», и Аркадий совершенно спокойно советует клиентам-«браткам», как лучше избежать ответственности. Он не думает в момент обсуждения стратегии поведения обвиняемого на суде, что перед ним убийца или разбойник. Работа есть работа, и иногда она огрубляет человека, лишает его эмоций.

— Значит, дело не откроют...

— Нет причин, не было случая, предусмотренного Уголовным кодексом.

— Когда можно забрать тело?

— Не нужно, — ответил Дегтярев, — я позвонил в Америку Нине, она приедет через пару дней и отвезет останки в США.

— Почему? — удивилась я. — И потом, как ты дозвонился, она уехала отдыхать!

Александр Михайлович вздернул брови.

— Это ее дело, где хоронить дочь. Говорит, в России никого не осталось, ухаживать за могилой некому. Насчет отдыха, не знаю. Набрал номер, Нина сняла трубку

— Но кто же разрешит хоронить российскую гражданку в Штатах?

— Ты забыла, что Поля еще и американка, — напомнил Дегтярев.

Я прикусила язык. А ведь верно. В 1977 году Нинка была на пятом месяце, когда ей предложили сопровождать в Нью-Йорк в качестве переводчицы артистов то ли драматического театра, то ли какого-то симфонического оркестра, сейчас уже не вспомню. Тот, кто не забыл семидесятые годы, знает, как трудно, вернее, невозможно было попасть в Америку. Нинушка поколебалась пять минут и, естественно, согласилась. Рассуждала она просто: пять плюс два будет семь. Успеет вернуться до родов. К тому же Ниночка у нас дама полная, с большой грудью, живот у нее и без беременности выдавался горой... Одним словом, она рассчитывала на то, что никто ничего не заметит, и оказалась права. Никому и в голову не взбрела мысль о беременности переводчицы. Тем более что Нинка носилась колбасой, совершенно не испытывая недомоганий. Правда, она постоянно покупала бутылочки, соски, костюмчики и невиданные в СССР непромокаемые трусики... Любопытствующим Нинка коротко сообщала:

— Скоро племянница должна родить...

Все шло прекрасно, неприятность случилась в предпоследний день гастролей. Ночью неожиданно начались схватки, и Нинку сволокли в госпиталь. Назрел жуткий скандал. Артисты улетели на Родину без переводчицы. Представитель советского посольства влетел в палату и начал злобно выплевывать фразы о предателях социалистического строя, решивших отдаться в лапы платной капиталистической медицины. Нинка страшно нервничала, ей даже закралась в голову мысль: а не попросить ли политического убежища? Дома-то все равно теперь жизни не будет. Остановило ее от этого поступка воспоминание о матери-пенсионерке...

Уж не помню, кто был в 1977 году американским президентом, но его супруга навестила с благотворительным визитом клинику, где лежала Нинка. Узнав, что в одной из палат лежит советская гражданка, родившая недоношенного младенца, первая леди мигом извлекла из этой ситуации все политические дивиденды.

Она направилась к Нинушке, принялась, элегантно улыбаясь для бесчисленных журналистов, обнимать роженицу, а потом сделала несколько заявлений. Во-первых, все расходы по содержанию и пребыванию Нины с дочерью в клинике оплатит первая леди. Во-вторых, она готова стать крестной матерью младенца, в-третьих, девочка по законам США считается американской гражданкой, поэтому завтра в палату доставят соответствующий документ.

На другое утро в больницу и впрямь вновь прибыла жена президента. За ней двигались ладные парни, несущие огромную корзину с орхидеями и чемодан, забитый приданым для новорожденной.

Советское посольство мигом сменило звериный оскал на сладкую улыбку и даже прислало цветы и коробку шоколадных конфет.

Но, вернувшись в Москву, Нинка стала, как тогда говорили, невыездной. Вплоть до 1986 года ей не разрешали поездки за рубеж, даже в Болгарию, но потом система пала...

— Отправляйся домой, — велел Дегтярев.

Я машинально повиновалась и побрела по бесконечным коридорам к выходу.

— Дашка, привет! — крикнул бежавший навстречу Женька. — Отчего у тебя вид такой? Хочешь кофе?

Я кивнула. Женя впихнул меня в свой кабинет, включил чайник и потряс пустой жестянкой.

— Погоди минуту, сахарку принесу.

Я хотела было сказать, что не люблю сладкий кофе, но Женька уже ускакал. В комнате стоял холод, я прислонилась к батарее и увидела на столе несколько листков, исписанных четким круглым почерком. Глаза машинально понеслись по строчкам. «Мною, ..., машина, номерной знак 277 МАМ, цвет баклажан...» Но это же автомобиль Поли, тот, что сгорел. Мне стало интересно. «...значительное обгорание салона... следы копоти...», так, что там в конце? «...на основании вышеизложенного...» «...следы взрывчатого вещества, предположительно...»

Скрипнула дверь, я мигом закрыла веки. Женька весело сказал:

— Эй, просыпайся, кофеек прибыл.

Сглатывая противную сладкую жидкость, я затеяла абсолютно пустой разговор о всякой ерунде, потом перешла к происшествию в переходе у метро «Тверская» и, основательно запудрив приятелю мозги, с самым невинным видом спросила:

— Ну почему решили, что это теракт? Там стояла палатка, где готовили шаурму, в ней имелись газовые баллоны... Несчастный случай.

— Экспертиза выявила следы взрывчатки, — спокойно пояснил Женька.

— Ну и что?

— Значит, теракт, — терпеливо пояснил Женя, — ни с того, ни с сего тротил не найдется.

— А эксперт может ошибиться?

Женя хмыкнул:

— Но не в этом случае. Нет, раз уж обнаружили следы взрывчатки, была бомбочка.

Домой я не поехала, села в «Рено» и закурила, бездумно глядя, как сизая струйка поднимается к потолку. Потом, откуда ни возьмись, появилась злоба. Ну, Дегтярев, погоди! Обманул меня, обвел вокруг пальца, как наивную дурочку, а я поверила! Нет, Полю убили, уж не знаю, каким образом ее заставили въехать в столб, но охотились за ней планомерно. То-то ей стало плохо с сердцем, но небось не рассчитали дозу, затем решили взорвать в машине, потом застрелить в магазине...

Внезапно я вздрогнула. В больнице, в 305-й палате, на кровати лежала мертвая женщина, а в справочном окошке сообщили, что это... Полина! В этой клинике отвратительные порядки. Мы увезли Полю, а никто из медиков не озаботился сообщить в справочную, значит... Киллер, узнав о воскрешении девушки, приехал в больницу, спросил в окошке, где лежит Железнова, и ему ответили: «В 305-й». Бедная больная, оказавшаяся на этом месте. Кошмар, просто ужас!

Минуточку.

От неожиданной мысли я подскочила и больно ударилась правой коленкой о руль. Значит, убийца таился где-то около Полины! Он мигом узнавал про все: про воскрешение, про то, что в машине погибла другая девушка, и тут же предпринимал новую попытку. Подстерег момент, когда Поля осталась одна, и выстрелил в кабинку. В магазине толкалась такая прорва народа! Но опять же ей повезло... И только последняя попытка удалась. Как он заставил Полю наехать на столб?

Посидев еще минут десять, я приняла решение. Так, Дегтярев не хочет открывать дело. Что ж, мотив понятен, близится конец года, и полковник не желает портить «раскрываемость». Он-то великолепно знает, что никаких настырных родственников, требующих торжества справедливости, у Поли нет. А как ловко он навешал мне макарон на уши! Ну, толстяк, погоди. Не хочешь искать убийцу Поли, не надо. Я сама займусь расследованием. Не могу же я позволить, чтобы убийца разгуливал на свободе. Поля мне близкий человек, помню ее младенцем, потом маленькой девочкой... А у меня в отличие от Дегтярева не каменное сердце, да я спать не смогу, если не узнаю истину! Представляю, какую рожу скорчит полковник, когда узнает, что я раскрыла тайну гибели Поли! Его перекосит, и, впрочем, совершенно заслуженно...

Так, главное не суетиться, чтобы никто не заподозрил, что я решила заниматься частным сыском, в особенности следует опасаться детей и полковника. Лучше всего сейчас поехать в «Макдоналдс» и спокойно раскинуть там мозгами. У меня за плечами есть кое-какой опыт детективных расследований...

Я зажгла сигарету, завела мотор, потом сказала сама себе тихо:

— Дашутка, будь откровенна, тебе нравится распутывать криминальные истории, и ты просто обалдела от безделья!

Что ж, и это верно, наконец-то моя праздная жизнь наполнится смыслом. Конечно, никто не мешает пойти преподавать, но разве скучный труд учителя можно сравнить с увлекательным ремеслом сыщика?

ГЛАВА 7

Просидев полчаса в «Макдоналдсе» и съев на нервной почве сразу два чизбургера, я наметила план действий. Начну, пожалуй, со Спиридонова.

Костик живет в одном доме с Полиной, более того, в соседней квартире. Нина дружила с бабушкой Кости, Галиной Ивановной. Пожилая женщина воспитывала мальчика одна. Родители Кости очень давно, когда сыну только исполнился год, отправились в горы. Оба они были заядлые альпинисты, молодые, здоровые, веселые... Что произошло на Эльбрусе в действительности, Галина Ивановна никогда не рассказывала, ей всегда было трудно вести разговоры на эту тему, мы знали только, что Вася и Тоня погибли при восхождении.

Галина Ивановна одна поднимала внука, что на зарплату медсестры было очень непросто. Женщина не отказывалась ни от какого заработка, крутилась как белка в колесе и с благодарностью принимала вещи, из которых выросли другие дети. В свое время я частенько отдавала ей Аркашкины куртки, рубашки и шапки. К сожалению, брюки Кеша протирал мгновенно, а ботинки за два месяца ухитрялся разбить так, что их приходилось выбрасывать на помойку.

Костик дружил с Полей буквально с рождения, у них разница в возрасте всего неделя. Вместе сидели в песочнице, вместе пошли в детский сад, потом в школу... Правда, классе в третьем, когда их начали дружно дразнить «тили-тили тесто, жених и невеста», ребята временно поругались, но в девятом классе сели вновь за одну парту и больше не обращали никакого внимания на подколы.

Честно говоря, я думала, что они поженятся сразу после выпускных экзаменов, но Поля и Костя решили, проявив несвойственную молодым рассудительность, сначала поступить в вуз. Правда, потом они собрались подать заявление в загс, но умерла Галина Ивановна. Какая уж тут свадьба...

Через год Костя и Поля вновь засобирались во Дворец бракосочетания, но на этот раз все планы дочери поломала Нинуша, спешно расписавшаяся с Тедом... В третий раз женитьба отложилась не помню из-за чего... И вот теперь Костя стал вдовцом, не успев превратиться в мужа. Если кто и знает про Полю все, так это он.

Забыв включить у «Рено» сигнализацию, я влетела в подъезд, пешком добежала до третьего этажа и стала звонить в квартиру. Мелодичное треньканье неслось из-за двери, но Костик не спешил открывать. Может, он в ванной? То, что парень у себя, я знала совершенно точно. У входа была припаркована его красная «Нива». Костя никогда не ходит пешком, даже в хлебный ларек, расположенный в ста метрах от дома, он покатит на автомобиле. Даже Аркадий иногда пользуется ногами, но Костик вечно на колесах. Просто не юноша, а автозавр.

Я жала и жала пупочку, звонок заливался, словно обезумевший. Внезапно мне в голову пришла страшная мысль. Парню сообщили о несчастье с Полиной, и он решил покончить жизнь самоубийством...

— Костик, — завопила я, колотя дверь ногами, — Костик, немедленно открой, а то сейчас милицию вызов!..

Послышались шаги, щелкнул замок, и на пороге возник Костя с красным лицом, странно блестящими глазами и взлохмаченной головой. Я посмотрела на его футболку, надетую наизнанку, и спросила:

— Ты спал?

Парень кивнул и спросил:

— Даша, что случилось?

Значит, Дегтярев еще не звонил ему, и мне придется сообщить юноше ужасную весть. Не зная, как приступить к делу, я довольно резко поинтересовалась:

— Войти можно или на лестнице разговаривать будем?

Костя улыбнулся:

— Ты чего такая сердитая? Иди на кухню. Кофе хочешь?

У Костика крохотная однокомнатная квартиренка. Прямо возле входной двери расположен совмещенный санузел, куда невозможно поставить стиральную машину. Если сделать один шаг вперед, то сразу попадаете в комнату, шагнете еще раз и окажетесь в пятиметровой кухне, ни прихожей, ни коридора тут нет, ей-богу, у наших хомяков домик больше... Чтобы хоть чуть выгадать пространство, Галина Ивановна в свое время сняла двери в комнату и кухню, повесив в проеме занавески. Когда Костя был малышом, бабушка задергивала драпировку, чтобы не мешать ребенку спать, но потом, сколько помню, они всегда были раскрыты. Однако сегодня вход в комнату оказался занавешен. Наверное, Костик постеснялся демонстрировать мне кровать с не очень свежим постельным бельем...

Пока закипал чайник, мы молчали. Потом Костя спросил:

— Что случилось?

Я постаралась оттянуть тягостный момент:

— Ну... э... так, пойду, руки помою.

— Иди, конечно, — разрешил хозяин. Я села на унитаз и призадумалась. Надо бы сообщить Константину жуткую новость, но дико не хочется. Почему на мою долю постоянно выпадают неприятные обязанности! Так и не придумав ничего путного, я тихонько вышла из ванной, увидела, что Кости на кухне нет, и решилась. Уверенным жестом я отдернула штору и начала:

— Костя!

Но продолжение фразы застыло в горле. Услышав мой голос, парень обернулся и попытался закрыть своим телом кровать... Однако я все равно заметила то, что он пытался спрятать.

Постельное белье вопреки ожиданиям было безупречно свежим и даже выглаженным. Наволочка радовала глаз кружевами. По подушке разметались длинные, темные, кудрявые волосы, обрамлявшие узенькое личико незнакомой девицы.

— Ну какого черта ты в комнату прешься, — неожиданно зло заорал Костя, — не видишь разве, занавеска закрыта!

— Прости, пожалуйста, — залепетала я, — я и предположить не могла, что ты не один.

— Я, по-твоему, евнух? — злобно бросил Костя, бесцеремонно выталкивая меня в коридор.

— Но Поля...

— Что Поля? — вызверился Константин.

— Вы же собирались пожениться!

— Мы расстались, — сухо сказал Костя.

Я оторопела.

— Когда?

— В конце ноября.

— Не понимаю...

— Что тут особенного, — парень пожал плечами, — надоели друг другу за столько лет, стали ругаться и решили, что не зря нас господь от свадьбы отводил. Сама вспомни: то одно, то другое... Вот и решили остаться друзьями.

— Но ты так плакал, когда узнал о смерти Поли...

— Ясное дело, всю жизнь рядом провели, только жениться на ней мне решительно расхотелось, да и у нее также, судя по всему, охота пропала. Кстати, она первая начала, завела себе мужика, пришла с ним к Леньке Ракитину на день рождения. А раз пошла такая пьянка, то и я со Светой решил!

— Почему же нам ничего не рассказали!

— А что, мы должны были о своих отношениях по радио объявить? Тоже мне событие! Ты сколько раз разводилась?

— Четыре...

— Ну вот, а нам нельзя?

Я молчала.

— Погоди-ка, — велел Константин.

Он встал и вышел из кухни, не забыв при этом тщательно задернуть занавеску. Потом послышались осторожные шаги, шепот и стук входной двери. Через секунду Костик отодвинул драпировку и оповестил:

— Мы одни. Светка ушла, вот теперь и поговорим откровенно, коли тебе этого так хочется! Только сразу предупреждаю, ничего хорошего не услышишь!

— Полина... — я попыталась вновь завести неприятную беседу, — ...Полина...

— Что? — заорал Костя. — Что Полина? Белый ангел с крылышками, а я монстр? Так, да? Вы всегда на ее стороне...

— Но Поля...

— Полина жуткая дрянь, — припечатал Костя, — отвратительная особа без совести и чести!

— Что ты такое говоришь? — возмутилась я. — Не неси бред.

— А-а, — протянул Костя, — впечатление произвести, это она умеет. Глазки в пол, улыбка на роже... Ангелочек, а не девочка. Да хочешь знать, она еще во втором классе деньги у ребят в раздевалке из карманов тырила! Мне все ее проделки известны! А вот ты ее совсем не знаешь!

— Мы довольно часто встречались, — отбивалась я.

— Ага, — хмыкнул Костя, — раз в три месяца... Конечно, при тебе она вела себя соответственно, тихоня, все приличненько... Воспитанная девица, фу-ты ну-ты, в одной руке ножик, в другой — вилка... Ой, е-мое, собачки мои золотые, ах, Дашенька, как тебе эта кофточка идет...

— Прекрати кривляться! Полина милая, великолепно воспитанная...

— Да дрянь она! — завопил Костя. — Тварюга! Аню Попову помнишь?

Я возмутилась:

— Что ты глупости спрашиваешь, естественно. Лучшая подруга Полины, они пару раз к нам вместе приходили. Анечке еще очень Хучик понравился, на похоронах Аня...

— Так вот, Анька с Полей уже полгода не разговаривает!

— Почему? — изумилась я.

— Хрен ее знает, — отозвался Костя, — я один раз в метро с Поповой столкнулся, давай расспрашивать, а та только дернулась и говорит: «Убить ее мало!» Так и не знаю, чего у них случилось. А знаешь, что она со мной проделывала?

— Нет.

Костя закурил и начал выплескивать информацию.

— Я-то был в нее влюблен, как цуцик. Просто сох,

и сразу после выпускного бала с предложением разбежался. Мол, давай по жизни идти вместе, рука об руку, семья — ячейка общества.

Но Поля обняла кавалера и сказала:

— Костик, мне надо поступить в институт, да и тебе лучше дальше учиться. Богатых родственников у нас нет, волосатой руки тоже, помочь некому. Моя мама человек малообеспеченный, а ты вообще сирота... Нет, следует подумать об образовании...

Костя признал правоту любимой девушки и начал готовиться в институт. С Полиной тем летом они совсем не встречались. Сначала она сдавала экзамены в институт переводчиков, престижное заведение, где год обучения стоит почти как в Кембридже — десять тысяч долларов. Поля такие средства и в глаза не видела, поэтому хотела попасть на бесплатное место, их имелось всего двенадцать, и нужно было получить пятерки по всем предметам. Затем, когда она успешно прошла испытание, экзамены начал сдавать Костя. Хитрый парень, не желая попасть в армию, выбрал для поступления абсолютно беспроигрышный вариант: педагогический вуз, факультет дошкольного воспитания. Там ковались кадры для детских садов, и мальчиков, желавших стать воспитателями, попросту не было. Декан факультета строго-настрого предупредил членов приемной комиссии:

— Если какой юноша вдруг подаст документы, обласкать, как родного, и сделать все, чтобы поступил.

Поэтому, в отличие от Поли, Костя готовился спустя рукава, знал, что все равно попадет.

Двадцатого августа, увидев свою фамилию в списках, парень позвонил Поле, хотел пригласить ту в кафе, отпраздновать удачу, но ее мать, Нина, удивленно протянула:

— Костенька? Ты разошелся с Полиной? Торопись давай, небось они с Аней тебя уже на вокзале ждут!

— На каком? — не сумел скрыть удивления юноша.

— Ты забыл дорогу к нам на дачу? — спросила Нина. — Конечно, на Киевском. Я же слышала, как Поля с тобой договаривалась. На платформе, под часами, возле ларька «Союзпечати».

Костя мигом оделся и понесся в указанном направлении. Честно говоря, он слегка обиделся на девчонок, решивших по-тихому слинять за город.

Естественно, на платформе уже никого не было. Костя вскочил в электричку, добрался до Мичуринца, быстрым шагом дошел до нужного дома, толкнул калитку и увидел на веранде Полю с каким-то мужиком.

Незнакомец бросил на юношу быстрый взгляд и мгновенно исчез в доме. Поля довольно зло спросила:

— Откуда ты узнал, где я?

— Нина сказала.

— Езжай домой! — велела девушка.

— Значит, ты... — протянул Костя.

Но Полина не дала ему договорить, короткими, сильными движениями она вытолкала влюбленного кавалера за калитку, потом через забор тихо сказала:

— Это ректор моего института.

— Зачем он тут? — с трудом соображал Костя.

Поля вздохнула:

— Слушай, чудак, нужных мест всего двенадцать, а у меня по сочинению четверка выходила. Правда, она все же превратилась в конце концов в пятерку, но дармовые пирожки лежат только в корзине под гильотиной. Я теперь студентка первого курса, причем не отдам за обучение ни копейки. Однако настал час расплаты. Усек? Так что езжай домой.

— Ты хочешь сказать... — по-прежнему отказывался верить Костя.

— Путь на экран лежит через диван, — спокойно пояснила Поля.

— А как же я? — глупо поинтересовался парень.

Полина улыбнулась:

— А что изменилось? Если бы не идиотская случайность, ты и не узнал бы никогда. Люблю я тебя одного, а это так, вроде визита к зубному врачу, зажмурился, потерпел немного — и готово. С меня не убудет, и от тебя не отвалится...

— И как ты поступил? — спросила я.

Костя хмуро ответил:

— Уехал домой. Заявление в загс, естественно, подавать не стали, мы вообще до Нового года не разговаривали...

— Потом помирились?

Юноша кивнул:

— Она первая подошла. Извини, прости, люблю, обожаю, давай дружить!

— А ты?

— Дурак был, вот и решил все с чистой страницы начать.

Опять пошли разговоры про свадьбу, даже подали заявление и наметили день 12 августа. Но в июле Полину отправили на практику в «Бизнес-банк». Восьмого числа девушка встретилась с управляющим, неким Андреем Карцевым, и у них вспыхнул бешеный роман.

— Она явилась ко мне, — выплескивал душу Костя, — и с порога заявила: «Люблю только тебя, но извини, мы нищие, голь перекатная, жить негде... Ну куда денемся после свадьбы?»

Костя попытался возразить:

— У меня есть собственная квартира.

Поля всплеснула руками:

— Да в ней, кроме тебя, и канарейка не поместится! А если дети пойдут?

— Ну станем жить у вас, — не сдавался Костя, — разобъем стену, получим из твоей трехкомнатной и моей однокомнатной шикарные хоромы, для кучи детей хватит.

— Ага, — кивнула Поля, — с моей мамочкой вместе! Нет уж, уволь, хочу свою жилплощадь, сто метров!

— Где же ее взять? — усмехнулся Костя.

— Вот, — Поля подняла вверх палец, — самый вопрос! Мне подарит квартиру Андрей, он чудовищно богат, ему это раз плюнуть, даже не заметит. Так что свадьбу придется отложить примерно на полгода. Шесть месяцев поизображаю африканскую страсть, а потом разойдусь с ним. Начнем жизнь не с нуля, а на всем готовом. Кстати, может, и машину подарит!

Костя обомлел, а потом, не говоря ни слова, встал, оделся и ушел на улицу. Когда он часа через три вернулся назад, Поли не было, только в воздухе витал тонкий аромат дорогих духов.

— А мы думали, что бракосочетание было отложено из-за смерти Галины Ивановны, — пробормотала я.

— У нас все было намечено на 12 августа, — покачал головой Костя, — а бабушка умерла 23 августа. Это я всем врал, что женитьба сначала из-за ее болезни расстроилась, а уж потом все и забыли, что к чему. Только мне на руку было, очень не хотелось правду рассказывать.

— И вы опять помирились?

Костя кивнул.

— Андрей этот хитрым оказался, никаких квартир дарить не стал, и вообще потом выяснилось, что у него денег нет. Все средства папеньки, который такой крутой, просто жуть, а сыночек у олигарха прикрытием служит. Одним словом, вышел облом у девчонки!

И снова Поля прибежала к Косте и начала петь ту же песню:

— Люблю только тебя, хотела, чтобы у нас все было, только для семьи старалась...

И Костя, влюбленный до безумия в Полину, опять простил девушку. Они возобновили отношения, но прежней радости уже не было. Парень перестал доверять невесте, начал ревновать... Поля злилась, огрызалась, раздражалась... Словом, не успев пожениться, они вели себя как утомленные друг другом супруги.

В очередной раз свадьбу отложили из-за Нины. Тед хотел пожениться в США, Нинуша вместе с Полей вылетели в Америку. Полина специально ради этой поездки сдала досрочно летнюю сессию. 18 мая Костя провожал их в Шереметьево. Полина обняла его и сказала:

— Не грусти. 10 июня вернусь назад, а пятнадцатого мы и сами распишемся.

Но десятого она не прилетела, позвонила тринадцатого и радостно прощебетала:

— Костик, тут такие сложности с билетом... Если заказывать за несколько дней, то в три раза дороже. Тед не хочет лишние деньжищи платить! Поэтому я вернусь в августе, прямо к началу занятий. Не грусти, люблю только тебя.

Знакомый припев вонзился в Костю, как нож. Ему

стало понятно, что в Штатах у его вечной невесты опять приключился роман. Но Америка не платформа Мичуринец, просто так туда не попасть. Костя промаялся лето в городе, а 29 августа Поля, похорошевшая, загоревшая, прилетела домой и принялась вываливать новости.

Все чудесно, Тед свозил их во Флориду, в Америке очень весело, кругом счастливые лица, мама довольна...

— У тебя там был любовник, — не сдержался Костя.

— Да ерунда! — рассмеялась Поля. — С чего ты взял? Нет, если бы я встретила там свою судьбу, то осталась бы обязательно, знаешь, как там здорово!

Внезапно Костя сообразил. Кавалер был, и роман тоже, просто, как всегда, у Поли ничего не получилось. Отчего-то все мужчины только укладывали Полину в постель и не предлагали замужества. Под венец ее звал один Костя. Наверное, Поля держала старого приятеля в качестве запасного варианта. По принципу: лучше такой супруг, чем вообще никакого, но едва на горизонте появлялся кто-то более перспективный, как девушка мигом отбрасывала верного Ромео, словно сношенные тапки. Очевидно, на лице Кости отразились все эти размышления, потому что Полина быстро завела прежнюю песню:

— Люблю только тебя...

Правда, этой осенью она вела себя безупречно. Но в октябре у нее откуда-то стали появляться деньги. Костя, запросто заходивший в квартиру к Полине (он имел ключ от двери), натыкался постоянно на новые приобретения. Ванная наполнилась дорогой косметикой и элитными духами, в шкафу появилась шубка из голубой норки, и старенький, раздолбанный «Москвич» был заменен на новенькие «Жигули», причем самой дорогой модификации, «десятку». В квартире откуда ни возьмись появились дорогой видик, роскошный музыкальный центр, а в холодильнике на полках лежали продукты не с оптушки, а из шикарного супермаркета.

На Костин вопрос: «Откуда деньги?» — Поля спокойно заявила:

— Нина теперь присылает, на работу хорошую пристроилась...

Но тут подоспело восьмое ноября, день рождения Нинуши, и Костик позвонил за океан. Будущая теща обрадовалась, поблагодарила за поздравление, а на вопрос парня: «Как дела?» — со вздохом ответила:

— Ну что тебе сказать? С одной стороны, хорошо, дом — полная чаша, проблем никаких... А с другой... Тед, как все американцы, очень расчетлив. Это не наш русский мужик, который ради детей рубашку с себя снимет. У них все по-другому, закончил колледж — иди работай. Родители помогать не станут. Вот и он не разрешает мне деньги Поле посылать, а сама я не работаю...

— Совсем ничего не передаете? — уточнил Костя. — Ни копейки?

— Ну, когда она приезжает, — пустилась в объяснения Нина, — Тед не жадничает, в рестораны ее водит, на концерты, покупает подарки, но деньги не дает. Менталитет у него такой...

Не успел Костя подумать, что ему сказать Полине, как гадкая обманщица сама пришла к жениху и затараторила:

— Прикинь, пришлось замок менять, старый сломался.

Она долго рассказывала эпопею с запором, описывала визит мастера, называла цены... Но! Но нового ключа Косте не дала. И парень понял, что в жизни Полины вновь возник мужчина, а ему опять отведена неблаговидная роль идиота.

Костя очень любил Полину и искренне хотел быть вместе с ней всю жизнь. Более того, обладая на редкость неконфликтным, ровным, мягким, каким-то женским характером, много раз прощал девушке всяческие художества... Но это было уже слишком. Все-таки Костя принадлежал к существам мужского пола...

Надо было, наверное, залепить мерзавке пощечину или гневно заорать:

— Все знаю! Твоя мать не присылает ни копейки, отвечай, дрянь, кто тебе покупает шмотки и мазилки?

Но Костя только спокойно протянул:

— Замок... Да, дело непростое, сразу и не найти такой, чтобы подошел!

На следующий день после разговора парень улыбнулся хорошенькой хохотушке Светочке, давно строившей ему глазки, и пригласил ее на дискотеку. Любовь к Полине испарилась.

— Она выдавила меня, как тюбик с зубной пастой, — вздыхал Костя, — дожала до самого конца, ничего не осталось...

Я молча смотрела на него, не зная, как вести себя дальше, и тут затрезвонил телефон.

— Да, — сказал Костя, — привет, Анька.

Потом лицо его медленно вытянулось и побледнело, трубка свалилась на пол.

— Полина, — прошептал он, — Поля... Ты знаешь, она...

Я кивнула.

— Ты знала?

— Собственно говоря, я пришла, чтобы сказать про ее кончину, сначала боялась, но раз ваши отношения разорваны...

— Боже, Поля, — простонал Костя, — ничего ты не понимаешь, я люблю ее, но не могу жить с ней, ненавижу и люблю... Господи, за что? Ужасно...

Он уронил голову на стол. Я открыла холодильник. Внезапно Костя спросил:

— Что ты ищешь?

— Валокордин или валерьянку...

— У меня ничего такого нет.

Я налила стакан воды, подала парню и сказала:

— Хочешь, схожу в аптеку?

— Не надо, — прошептал Костя, — сделай доброе дело, уйди, оставь меня одного...

Я колебалась.

— Уйди, — повторил Костя, — бога ради, исчезни, не волнуйся, все в полном порядке, но мне лучше остаться наедине с собой, понимаешь?

Я кивнула и ушла.

ГЛАВА 8

На улице сильно похолодало, а я, как большинство автомобилистов, не ношу теплое пальто или шубу, в длинном одеянии неловко сидеть за рулем, поэтому успела основательно замерзнуть, добежав до «Рено». Чтобы согреться, я включила печку и закурила. Однако Полина раскрылась с неожиданной стороны. Впрочем, Костя прав, я практически не знала девушку. Мы с Ниной довольно близко дружили. Нинуша часто приезжала к нам с Наташкой в Медведково вместе с дочкой. Разница в возрасте не мешала Кеше и Полине играть вместе, к тому же Аркадий чувствовал себя взрослым на фоне девочки и был галантен без меры. Поколотил он ее всего пару раз, и то за дело. В детстве Полина была жуткой ябедой и мигом наушничала матери о чужих проказах.

Став старше, она приезжала уже не столь часто...

Я призадумалась. Внезапно мне стало понятно, что новый всплеск любви к нам у Полины совпал с получением нами богатства. До того она не была у нас года два, правда, всегда звонила поздравить с днем рождения и Новым годом.

Но только Наташка превратилась в баронессу Макмайер, как Полина стала проводить у нас все выходные. Один раз мне даже показалось, что ей нравится Аркашка. Она на него так смотрела! Но потом я подумала, что ошиблась... Они ведь были знакомы с детства, и никогда ничего похожего на влюбленность между ними не намечалось. И потом, в тот год, когда мы совершенно неожиданно разбогатели, Кешка уже был женат на Зайке, а у Поли имелся Костя...

Полина ездила с нами в Париж. Воспоминания увели меня в прошлую осень. Вот мы с ней входим в магазин «Самаритэн», где покупаем ей обновки. Причем множественное число глагола «платить» тут не подходит. У кассы всегда расплачивалась я. Впрочем, я же давала ей деньги и в Москве, просто подсовывала в сумочку. Поля никогда не просила, но я знала, что с наличностью у нее швах. Кстати, Зайка частенько дарила ей духи, косметику, красивое белье... Мы считали Полину родственницей, ну кем-то вроде племянницы...

Плавную цепь воспоминаний прервал звонок.

— Ты где? — рявкнула Зайка.

— На улице, недалеко от Новослободской.

— Немедленно езжай домой!

— Почему?

— Как это?! — закричала Ольга. — Забыла?! А сериал?!

— Но при чем тут я?

— При том, быстрее возвращайся, все ждут, Борис жутко ругается!

Тяжело вздохнув, я выжала сцепление и врубила первую скорость. Так и знала, покоя теперь не будет.

Наш холл походил на кошмар. Гроб стоял у стены, и в нем опять спал Банди. Вся вешалка была забита куртками, дубленками и шубами, по полу тянулись толстые черные провода. Из гостиной доносился повелительный голос Бориса:

— Так, сели, Ольга, берешь яблоко, поехали...

Я приоткрыла дверь и зажмурилась. В комнате ослепительно били прожектора.

— Кто там? — заорал режиссер.

Потом увидел меня и сменил гнев на милость:

— О, Дашенька, чудесно, очень вовремя, у нас сцена семейного обеда. Сядьте возле Ольги...

— Делать-то что? — спросила я, покорно усевшись на стул. — Слова какие говорить?

— Ведите себя естественно, — посоветовал Борис, — ну, улыбайтесь, шутите, как обычно во время приятного совместного времяпрепровождения...

Я посмотрела на бледного Аркадия, потную Маню, красную Зайку и подавила вздох. Естественно, так естественно, только, надеюсь, Манюня и Кеша не начнут, по обыкновению, ругаться. Как правило, Аркадий с воплем: «Ты жиртрест, промсарделька», — отнимает у сестры пятый кусок торта, который та, совершенно не заботясь о фигуре, мирно тащит в рот. Впрочем, Манюня, никогда не дающая себя в обиду, мигом начинает орать: «Отвяжись, глиста в скафандре».

На этой стадии ласковой семейной беседы, как правило, вмешивается Ольга, а я стараюсь незаметно испариться, чтобы осколки от рвущихся снарядов случайно не попали в мою голову.

Но сегодня дети, желавшие прославиться на всю страну, вели себя невероятно.

— Так, начали! — взвизгнул Борис.

Я уставилась прямо в камеру, над которой горела красная лампочка. Надо же, вроде ерунда, просто прибор для съемки, а как гипнотизирует! Язык прилип к нёбу, руки словно связаны... Очевидно, Боря понял, в чем дело, потому что сразу сказал:

— Даша, сейчас только порепетируем. Ставлю задачу: у вас мирный семейный обед, такой, как всегда. Непринужденная беседа, вкусные блюда... Все естественно, без натуги, легко... Не надо зажиматься, когда начну снимать, предупрежу, ну, давайте, раньше начнем, раньше закончим. Главное — естественность. Ну, Маша, вперед, вроде ты самая спокойная!

Манюня покраснела, тихонько кашлянула и завела:

— Дорогой Кешик, будь любезен, передай, пожалуйста, кусочек торта!

— С большим удовольствием, дорогая, — расплылся в улыбке брат, — тебе какой? Со взбитыми сливками или клубникой?

— Я отдаю предпочтение выпечке с кремом, — ответила Маня.

— Не пойти ли нам сегодня в музей? — спросила Зайка.

— Изумительная идея, — вновь разулыбался Кеша, — а ты, мамочка, согласна?

Старательно сдерживая хохот, я кивнула.

— Курица удалась, — завела Ольга, — в меру зажаренная.

— Очень аппетитная, — сообщил Кеша, не переваривающий курицу ни в каком виде — ни в вареном, ни в жареном, ни в пареном, — восхитительная птица.

— Кешенька, — продолжила Машка, — сделай одолжение, положи еще кусочек тортика, вон тот, с красной розочкой!

В глазах сына загорелся нехороший огонек, но ради Ольги он сдержался и чересчур сладким голосом, изображая из себя сахар в шоколаде, ответил:

— Конечно, моя радость! Может, сразу еще и ломтик бисквита с вареньем? Скушай сразу два.

Маруська вздернула бровь, но тоже подавила негодующий вопль и просюсюкала:

— Очень мило с твоей стороны, прямо восторг! Ты страшно любезен.

— В Музее русского быта, — гнула свою линию Зайка, — открылась удивительная экспозиция, посвященная костюму восемнадцатого века. В те далекие времена одежда...

Я усиленно делала вид, что занята поглощением салата. Больше всего боялась, что сейчас не удержусь и заржу во всю глотку, глядя на Ольгу. Заинька сидела абсолютно прямо, словно балерина на приеме у английской королевы, на ее устах играла самая приветливая улыбка, и к камере Ольга поворачивалась осторожно, великолепно зная, что в профиль ее нос кажется чуть-чуть длинноватым, зато вид в полуанфас красит ее невероятно. Аркадий перестал резать на мелкие кусочки несчастную птичку и уставился на жену. Маня старательно отковыривала ломтики бисквита, не забывая осторожно вытирать рот салфеткой.

— Многие дамы тех лет, — пела Заюшка, — старательно...

— Дорогой Кешенька, — занудела Маруся, — будь другом, мне бы хотелось еще вон того тортика...

Скатерть зашевелилась.

— Ой! — завопила Маня.

— Что случилось, мой ангел? — с самым невинным выражением на лице поинтересовался Кеша. — Ты прикусила себе язык?

Маруся побагровела, оперлась локтями о стол... Я тяжело вздохнула. Все!

— Чего толкаешься! — взвизгнула Маня.

Услыхав вопль, все наши собаки мигом пригалопировали из холла и уселись в ряд возле стола. Банди, дрожа от нетерпения, бешено замел на полу длинным тонким хвостом, а Хучик тихонечко застонал.

— Что с ними? — удивился Федор, стоявший за камерой.

Я хотела было ответить: «Псы просто знают, что сейчас произойдет», — но не успела.

— Душечка, — протянул Кеша, — по-моему, ты объелась, и торт ударил тебе в мозг! Кстати, в подростковом возрасте очень вредно употреблять столько жирной, сладкой пищи...

— Дурак, — завопила Маня, — глиста в скафандре!

— Сосисина, промсарделина, — мигом отозвался братец.

— Экспозиция музея напоминает нам, — пыталась

изо всех сил спасти положение Зайка, но потерпела сокрушительную неудачу.

— Ах ты гад! — заорала Маруська и швырнула в Аркадия пирожок.

Слоеный пирожок, начиненный мясом, шлепнулся прямо к лапам дрожащего от вожделения Банди. Пит мигом слопал трофей. Хучик, понявший, что кому-то уже перепал вкусный кусочек, застонал совсем громко.

— Коли не умеешь себя вести, — сообщил Кеша, — ешь у себя в комнате, отдельно от всех. Кстати, швыряться тоже надо умеючи.

И он, схватив другой пирожок, бросил его в Маню. На этот раз снаряд достиг цели, угодил прямехонько девочке в лоб. Машка вскочила, пирожок упал опять перед Банди. Обрадованный пит мигом слопал и этот подарок. Хучик зарыдал в голос.

Опрокидывая по дороге тарелки со сладким и чашки с чаем, Маша кинулась на обидчика с кулаками.

Хучик радостно понесся подлизывать крем с ковра.

— Русский костюм, расшитый жемчугом, — надрывалась Ольга, старательно пытаясь остановить сражение между муженьком и золовкой.

Но Аркашка уже схватил Маруську за руки.

— Отпусти немедленно! — вопила та.

Но Кеша быстро и ловко потащил ее в коридор, приговаривая:

— Хоть ты и ешь безостановочно, но силу не наела, все в жир уходит.

Маня колотила ногами в воздухе, но Аркашка в мгновение ока вытолкал ее за дверь, повернул ключ и, совершенно не запыхавшись, спросил:

— Так что там про жемчуг?

Внезапно Зайка разрыдалась.

— Что я не так сделал? — удивился Кеша. — Старался, как мог, даже курицу ел, до сих пор мутит, а ты опять недовольна.

— Заткнись, — прошептала Ольга.

— Вот те на, — хмыкнул муженек, — не с той ноги встала?

— Эй, эй, — ожил Борис, — это совершенно не то! Сначала шло хорошо, а потом жуткая дрянь началась. Вы не поняли... Мне нужна сцена нормального семейного обеда, поняли? Ну еще разок, сначала.

— Ни за что, — отрезал Кеша, — снимайте только мать и Ольгу, меня увольте, ничего не выйдет, извините, я не обладаю актерскими способностями.

— Великолепно получится, — настаивал режиссер. — Дубль второй!

Я хотела было сказать, что все как раз только что вели себя очень естественно, но Аркадий встал, быстро подошел к двери и распахнул ее. Колотившаяся с той стороны Маруська совершенно не ожидала, что преграда между ней и столовой падет столь стремительно.

Потеряв опору, она влетела в комнату и упала возле сервировочного столика, задев его руками. Хлипкое сооружение мигом свалилось набок, несколько бутылок и графинов оказались на полу. Из горлышек, потерявших пробки, полилась жидкость, в воздухе мигом повис запах алкоголя.

— Ничего, ничего, — бормотал Борис, — ерунда, начнем еще, эй, Дарья, вы куда?

Но я уже бежала вверх по лестнице, перепрыгивая через ступеньки, — боже милостивый, избавь меня от семейного уюта! Пусть Зайка и Маруся становятся звездами экрана, мне же это совершенно ни к чему.

Вплоть до полуночи я не рисковала высовываться

из своей комнаты. Судя по всему, съемки шли с полным размахом. Из столовой долетали команды:

— Свет. Мотор. Камера. Снято...

Слышались возбужденные голоса и топот. Около одиннадцати раздался шум двигателей и киношники уехали. Подождав для надежности целый час, я, как была, в коротенькой футболке, побрела на кухню. Очень хотелось есть.

На ступеньках лежала какая-то странная куча, похоже, кто-то потерял меховую шапку. Я присела на корточки и увидела Хучика. Мопс спал в нелепой позе, в совершенно невероятном для него месте. Как правило, он забивается в кровать ко мне или к Мане. Правда, охотнее всего Хуч проводил бы ночи с Ольгой, только не подумайте, что Хучик больше всех любит Зайку, нет, просто у нас у всех одеяла из овечьей шерсти, довольно тяжелые, а Ольга спит под пуховым. Хучику же нравится, когда на его жирненькое тельце ничего не давит, а поскольку он всегда дремлет, прижавшись к хозяевам, спрятав все тело под плед, то пуховая перинка — это то, что нужно. Но у Ольги в спальне обожают проводить время наши кошки, Фифина и Клеопатра. Устроившись уютненько в семейной постели, киски недовольно шипят, завидя Хуча, а мопс не рискует связываться с противными дамами. Он великолепно знает, какие острые когти прячутся в их бархатных лапках!

Но Хучик никогда не спит на лестнице, на жестких ступеньках, по которым гуляет сквозняк. Такое ощущение, что бедняга брел в спальню и свалился на полпути.

— Миленький, что случилось? — спросила я, трогая шелковую шерстку. — Ты заболел?

Хуч приоткрыл мутные глаза, попробовал встать на

коротенькие лапки, но они разъехались, и мопс вновь рухнул на ступеньку. Правда, он не заснул, теперь Хучик громко икал.

Мне стало совсем не по себе. Надо разбудить Маню, вдруг Хучик заболел?

— Не волнуйтесь, — раздался прямо над моим ухом густой мужской голос.

От неожиданности я, забыв, что на мне из одежды только футболка, резко вскочила.

— Кто здесь?

— Не бойтесь, — произнес выступающий из темноты Борис.

Его глаза мигом уставились на мои голые ноги. Я быстро села, натянула майку на колени и поинтересовалась:

— Разве вы не уехали?

— Нет, завтра начнем съемки с утра, Ольга радушно предложила остаться. Зачем вы прячете свои ноги? Кто-нибудь говорил вам, что они очаровательны?

— Да, — обозлилась я, — все мои четверо мужей начинали с того, что сообщали о красоте моих конечностей.

Борис хмыкнул, окинул меня взглядом и сообщил:

— Все остальное тоже замечательно.

Я не люблю, когда мне говорят комплименты, и в отличие от некоторых женщин великолепно знаю: мой выигрышный билет не красота, которой, если признаться, я совсем не обладаю, а ум, проницательность и редкое обаяние. Но, повторяю, комплименты терпеть не могу. В особенности мне не нравится, когда незнакомый мужчина, одетый в джинсы и пуловер, стоит надо мной, полураздетой, в полночь, на темной лестнице и сообщает:

— Дорогая, вы необыкновенно хороши!

На всякий случай я решила сменить тему и быстро спросила:

— А почему вы сказали, что не стоит волноваться из-за Хуча? Он, похоже, заболел...

Борис засмеялся.

— Мопс вылизал ликер, вылившийся на ковер. Все, что не успело впитаться.

Я наклонилась и понюхала морду Хуча. Точно! От нее пахло горьким миндалем. Амаретто! Липкая гадость, которую в доме никто не пьет. Зайка любит коньяк, Кешка — виски, а мы с Маруськой не употребляем ничего крепче кефира. Ума не приложу, откуда у нас взялась эта бутылка, наверное, принес кто-то из гостей!

Хуч методично икал.

— Ты нализался, — возмутилась я, — пьяная собака — позор семьи!

— В гневе вы очаровательны, — понизив голос, сообщил режиссер и пододвинулся так близко, что я почувствовала запах одеколона «Кензо».

Странно, до сих пор мне нравилась продукция этого рафинированного парижанина, сделавшего карьеру на любви Европы ко всему восточному. Но сейчас аромат показался тошнотворным.

— Вам не скучно одной, такой богатой, без мужа? — нежно ворковал Борис.

Я подхватила Хуча, прижала его к себе и резко сообщила:

— Борис, вы ошибаетесь.

— В чем?

— Я нищая.

— Ну да, — хихикнул режиссер, — парочка миллионов во французском банке, два дома и гора драгоценностей не в счет.

— Есть еще коллекция великих импрессионистов, — со вздохом уточнила я.— Только все богатство принадлежит Кеше, Мане и моей лучшей подруге Наташе, баронессе Макмайер. У меня только и есть, что носильные вещи, поняли?

— Вы нравитесь мне сама по себе, — пропел Боря.

— А вы мне нет, — отрезала я, встала и пошла по лестнице вверх, кожей ощущая его липкий взгляд, ползающий по моей фигуре. Внезапно в душе проснулась тоска. Ну почему у меня всегда так? Дети передрались, поужинать, судя по всему, не удастся, в доме появился противный мужик, решивший охмурить глупую богачку, да еще Хуч напился, как последняя свинья!

ГЛАВА 9

Оставшись вчера без ужина, я не получила и завтрака. Боясь, что режиссер, оператор и Ольга заставят меня изображать невесть что, я на цыпочках прокралась в гараж и вздохнула свободно только на въезде в город. Слава богу, теперь до вечера меня никто не тронет.

Лучшая подруга Полины Аня Попова училась вместе с ней в одной группе. Я доехала до Коломенского переулка, отыскала нужную аудиторию и увидела Аню, сосредоточенно пишущую в тетради. Шел урок французского. Пожилая преподавательница бубнила:

— Же абит...

Вот ведь безобразие, где они откопали эту особу? «Же абит!» Да ни один француз не произнесет «Я живу» таким образом... Но тут прозвенел звонок, Анечка вышла в коридор, увидела меня и нахмурилась.

— Здравствуй, — весело сказала я, — пойдем перекусим!

— У меня еще две пары, — не слишком вежливо ответила Аня.

— Ничего, я подожду.

— Пожалуйста, если делать нечего, — совсем уж грубо ответила девушка.

Но я решила не обращать внимания на недовольный тон, в конце концов, работа есть работа, и покладисто добавила:

— Я абсолютно свободна, просто как ветер.

Следующие несколько часов я промаялась в коридоре и от скуки сделала одной девчонке домашнее задание по французскому. Обрадованная девушка мигом растрепала сокурсникам о странной тетке, лихо расправляющейся с текстами, и ко мне, словно журавли в Африку, потянулись другие студенты с тетрадями в руках.

Наконец Аня освободилась, мы сели в «Рено», и я без всяких обиняков спросила:

— Твое мнение?

— О чем?

— О смерти Полины?

Аня уставилась в окно.

— Вы же дружили, — сказала я.

— Было дело.

— А почему поругались?

— Да так, ерунда...

— Ничего себе, — возмутилась я, — столько лет рядом, а потом, бац, перестали даже разговаривать. И потом, ты же приехала, когда мы собирались хоронить Полю, плакала...

— Смерть заставляет забыть об обидах, — заявила Аня.

— Так что у вас стряслось?

— Так, мелочь, — не хотела идти на контакт Аня, — вам-то зачем в чужом белье копаться?

— Полину убили, она была мне родным человеком, я хочу узнать, кто и почему это сделал.

Анечка вытащила сигареты.

— Нам сказали, что она погибла в автомобильной катастрофе...

— Ты помнишь, естественно, про ее воскрешение из мертвых и пожар в машине?

Аня кивнула. Я быстро рассказала историю с примерочной кабинкой. Анюта преспокойно докурила, выбросила окурок и заявила:

— Значит, она достала кого-то, думаю, женщину. Небось хотела мужа увести, а та не стерпела.

— Отчего ты так думаешь?

Анечка поджала губы, затем нехотя процедила:

— Расскажу в общих чертах кое-что про Полину, но очень вас прошу не распространять эту информацию.

— Можешь быть спокойна, буду нема, как кастрюля, — заверила я.

Аня и Поля дружили со школы, бегали друг к другу в гости, частенько делали уроки вместе. Социальное их положение было равным. Обе росли без отцов, и особого достатка в семьях не наблюдалось. Но голодные и оборванные не ходили никогда, матери старались изо всех сил, чтобы дочки выглядели прилично.

Вместе поступали они и в институт. Идея стать переводчицами первой пришла в голову Ане. Знание языка — выгодное дело, без работы никогда не останешься. К тому же вполне возможно, что пойдут командировки за границу, а Анечке страшно хотелось посмотреть мир, одеться, обуться...

У Поли же имелась иная мечта.

— Как ни старайся, — объясняла она Анюте, — этот мир создан для мужиков. Ну, много женщин пробилось в жизни?

— Агата Кристи, Мадонна, Алла Пугачева, — старательно перечисляла Анечка.

— Э, ерунда, — отмахивалась Поля, — давай не будем вспоминать тех, кому господь отсыпал талант. И не сами они такими стали, просто достался бабам абсолютно случайно эксклюзивный набор генов от родителей. Ну где тут их заслуга?

Анечка пыталась было возразить, что одного дара мало, требуется еще трудолюбие, элементарная усидчивость, в конце концов, но Полина ее не слушала.

— Нет, — настаивала она на своем, — этих всяких Марининых, Плисецких и прочих не трогаем. Лучше спроси: есть хоть одна баба президент? Или председатель правления банка? Может, хоть одна заработала сама состояние? Нет! Кругом мужики.

— Ну и что? — спросила Аня.

— А то, — вздохнула Поля, — у каждого такого богатенького Буратино имеется жена, замотанная в жемчуга и норку. Сидит дома, наслаждается бездельем, денег полно... Забот никаких! Ну, может, собачку расчесать. И я тоже так жить хочу. Раз уж мне не достались родители, способные обеспечить элементарный уровень жизни, то пусть хоть супруг попадется богатый, не желаю всю жизнь, как мать, горбатиться и даже шубы приличной не иметь.

— Чтобы быть женой генерала, надо выйти замуж за лейтенанта, — рассудительно сообщила Аня.

— Глупости, — фыркнула Полина, — это для идиоток сочинили. Нет уж, я постараюсь сразу заполучить готовенького маршала.

Аня ничего не сказала, а подруга принялась действовать. У них в институте училось довольно много парней, чьи родители с легкостью отдавали десять тысяч долларов в год. Вот на них Полина и начала охоту. Первым попался Юра Рагозин. Целых три месяца они провели вместе, и Полечка уже ликовала, как случился облом. В Москву прилетели родители Юры, посол и послиха в какой-то стране, и мигом порушили любовную идиллию, посчитав, что нищая невестка в их семье совершенно ни к чему.

Поля переключилась на Женю Белова. Опять разгорелся роман, но теперь он продлился только месяц, потому что по истечении этого срока к Полине домой явилась ярко накрашенная и блестевшая, словно новогодняя елка, дама. Поправляя бесчисленные брильянтовые украшения, она заявила:

— Милочка, у Жени есть невеста, мы уже договорились с ее родителями. Брак устраивает всех, соединяем капитал, бизнес. Вам ничего не светит, оставьте моего сына в покое.

Поля не стала горевать и мигом округтила Ваню Стеблова. С тем она продержалась около двух месяцев, но, когда, устав от ожидания, девушка стала поговаривать об оформлении отношений, Ванька рассмеялся:

— Извини, на таких не женятся. Зачем мне супруга, которая с половиной факультета перетрахалась.

Пришлось Полине заводить связи в других местах: в банке, куда ее отправили на практику, в компаниях, на дискотеках... Но каждый раз получалась чушь. Богатенькие мальчики охотно ложились с ней в постель, но утром выяснялось, что у каждого уже есть невеста или мама, зорко следящая, чтобы чадо не попало в плохие руки. Бедные же ребята Полине были не нужны.

— А как же Костя? — удивилась я.

— А что Костя, — пожала плечами Аня, — абсолютный лопух. Она его дурила, как могла, а тот всему верил. Сколько раз я ее покрывала, врала парню, что Полина у меня! Другой бы давно догадался, в чем дело, а этот только отвечал:

— Ладно, отдыхайте.

Шло время, богатый принц не спешил на белом «Мерседесе» к порогу Поли. А вот Ане неожиданно повезло. Ей, которая совершенно не собиралась подыскивать себе обеспеченного мужа, судьба послала Семена Введенского. Познакомились они случайно. Аня ловила машину. Внезапно затормозила роскошная иномарка. Девушка сначала хотела отрицательно покачать головой, но сидевший за рулем черноволосый парень так хорошо улыбнулся... Сеня оказался просто ожившей девичьей мечтой. Молодой, веселый, щедрый, богатый, к тому же без родителей. Вернее, была мама, но она жила где-то в глубинке, в районе Уральских гор, и в Москву не совалась. Деньги Введенский заработал абсолютно честным путем, основал рекламное агентство, которое вдруг стало приносить замечательный доход. Женат он никогда не был, детей не имел, не пил... Словом, не партия, а сон. Анечка и Семен начали встречаться, и дело у них катилось к свадьбе...

Попова замолчала, я смотрела в окно. И без слов было ясно, что случилось.

— Она специально подпоила меня, — зло выплюнула Аня, — знала, что я не выношу сладкие напитки, и сделала на вечеринке коктейли. Я только когда выпила, поняла, что там среди ингредиентов портвейн.

Анечка мигом окосела и заснула. Ночью она неожиданно проснулась, пошла в туалет и обнаружила в соседней комнате спящих абсолютно голыми Сеню и подругу. Хмель мигом покинул девушку, и она, стараясь не разрыдаться, убежала домой. Семен потом носил охапками цветы, умолял о прощении, но Анечка осталась непреклонной. Раз изменил — все. Напрасно юноша пытался объяснить:

— Сам не пойму, как вышло...

Аня не собиралась его прощать.

— Одно радует, — хмыкнула девушка, — Полине он тоже не достался. Зря она старалась. Сеня проституток за людей не считал. Понятно теперь, почему я говорю, что ее, наверное, какая-нибудь ревнивая жена убила?

Мои уши отказывались верить услышанному. Полина, и такое? Мне вспомнилось бледное личико девушки с огромными глазами и ее тоненький, совершенно детский голосок. Неужели за ангельской внешностью и впрямь скрывалось алчное, злое, хитрое существо? Да и в кого она такая? Нина очень открытая, вся как на ладони... Нет, наверное, Аня просто злится на Полину за то, что кавалер предпочел ей более эффектную подругу, вот и наговорила гадостей! Да и Костя небось преувеличивал... Не хотела Поля выходить за него замуж, вот ему и стало обидно... Нет, я знаю Полю с детства...

Словно прочитав мои мысли, Аня сказала:

— Вот вы мне не верите, а Полина к Аркадию подкатывалась, но он ее послал!

Я вздрогнула и спросила:

— Откуда ты знаешь?

— Так она сама рассказывала! Еще говорила: ну его, тормоз какой-то, никакого интереса не проявляет. Но настаивать не стану, мне с Дашей неохота отношения портить, она мне нужна.

— Послушай, — разозлилась я, — теперь на мертвую можно все валить...

— А вы у Кеши спросите, — фыркнула Аня, — дело давнее, небось не станет таиться, тем более что скрывать ему нечего. Полька так ничего и не добилась! А если убедитесь, что я вам не соврала, ищите обиженную женщину, если хотите узнать, кто убийца. Только зачем? Я абсолютно уверена: Полина сама во всем виновата, давно нарывалась.

С этими словами она выскочила из машины и пошла по проспекту, полненькая, закутанная в делавшую ее еще толще дубленку. Я вспомнила стройную, высокую фигурку Полины и вздохнула. Небось оговорила подругу от злости, но проверить все равно надо.

ГЛАВА 10

Аркашка работал в юридической консультации. Я влетела туда и спросила у женщины в окошке:

— Воронцов в какой комнате?

— Триста рублей, — ответила та.

— Что? — не поняла я.

— Консультация Аркадия Константиновича стоит три сотни, если в первый раз...

— Спасибо, меня он примет бесплатно, подскажите, где сидит?

Тетка чуть не выпала в окошко, пытаясь разглядеть клиентку с головы до ног. Потом, кое-как справившись с любопытством, заявила:

— У него люди.

— Прекрасно, где искать Воронцова?

— Вряд ли он сумеет сейчас заняться вами.

— Не беда, я подожду.

— Аркадий Константинович не любит, когда в коридоре сидят. Он всегда заранее планирует прием. Вы записаны?

— Нет, но мне он обрадуется.

Тетка захлопнула окно. Я пошла по коридору,— подумаешь, сама найду.

Кешка обнаружился в крохотном кабинетике в самом конце коридора. Никаких клиентов у него не наблюдалось. Сын мирно читал какую-то толстенную книгу.

Услыхав звук открывающейся двери, он поднял глаза и недовольно буркнул:

— Ну, чего тебе?

Я не успела раскрыть рот, как у него затрезвонил на столе аппарат.

— Да, — сказал наш адвокат, — спасибо, Розалия Львовна, все в порядке, это моя мать!

Потом он повторил:

— Ну, что случилось?

— Скажи, у тебя был роман с Полиной? — резко спросила я.

Кеша удивленно поднял брови.

— Почему вдруг такой интерес?

— Просто ответь!

— Нет, конечно, — вздохнул сын.

Я перевела дыхание. Слава богу, Аня наврала.

— Романа не было, — мирно продолжал Аркашка, — но она пыталась одно время мне на шею вешаться.

Я уставилась на него во все глаза.

— Когда?

Сын побарабанил пальцами по столу.

— А три года тому назад. Мы только-только из Парижа вернулись.

Я разинула рот.

— Значит, приехали мы, — мирно продолжал Кешка, — ну и друзья, естественно, косяком ходить начали.

Я вздрогнула. Действительно, как только весть о нашем прибытии из Франции разнеслась по Москве, все кинулись к нам выражать свою радость. Появилась и Полина. Мы привезли тогда всем подарки, Зайка вручила Поле огромный набор «Нина Риччи», и девушка пришла в полный восторг, долго благодарила, тут же открыла духи, попробовала пудру, в общем, вела себя так, как положено в подобных случаях. Потом она буквально поселилась у нас, но я не усмотрела в этом ничего особенного.

— Затем Зайка улетела к матери, — вещал Кешка. Точно помню, Оля решила навестить родителей.

— Значит, Ольга умчалась...

— Ты не можешь побыстрей?

— Ну, собственно говоря, это все.

— Как все?

— Ольга укатила, я лег спать, просыпаюсь от того, что кто-то по спине меня гладит...

Спросонья сын решил, что это Зайка, и даже обнял женщину, но потом, мигом сообразив, что к чему, открыл глаза и увидел... Полину.

— Дорогой, — шептала она, — милый! Давно люблю тебя, все скрывала свои чувства, но теперь больше не могу... Обожаю!

— А ты что?

Кеша ухмыльнулся:

— Вылез из койки, натянул джинсы и ответил: «Я тоже тебя очень люблю и обещаю, когда мы с Зайкой будем крестить детей, позову тебя в крестные».

— А она?

— Начала рыдать и принимать разные эротические позы, фигурка-то у нее очень даже ничего, — хихикнул Кеша, — вполне даже, попка там...

— Перестань!

— Почему?! — веселился Аркадий. — Такая хорошенькая стервочка. Только меня этот тип не привлекает. Ну я и ушел на кухню.

— А она?

— Так не дура, больше не подкатывалась. Вздыхала иногда томно да в коридоре прижималась и бормотала: «Зря ты меня отталкиваешь».

— Ну и?

— Ничего, я отшучивался. Извини, говорил, староват для тебя, да двое детей на руках, вся зарплата на алименты уйдет.

— Почему ты мне не сказал?

— Ну мать, — развел руками Кеша, — прикинь на минуту картину. Девушка голая в кроватке, а я ору благим матом: «Мамочка, помоги!» Зачем ты мне нужна в этой ситуации!

— Зайка в курсе?

— Мать, я похож на идиота?

— Значит, скрыл от нее?

Кешка обозлился:

— Можно подумать, ты сама своим муженькам все выбалтывала. Нет уж, многие знания, многие печали. Да и зачем сыр-бор затевать? Начался бы скандал, Ольга жутко ревнивая, налетела бы на Полину, мне же в результате больше всех и досталось бы. Знаешь, как говорят: то ли он украл, то ли у него украли, но была там какая-то неприятная история... А мне лишние стрессы ни к чему. А так все нормально, тихо да гладко.

— Но она к тебе приставала!

Кешка усмехнулся:

— Я же не святой Иосиф, краснеть не стану. Вот год тому назад взял и треснул ее.

— Как? — ужаснулась я.

— Головой о косяк, — пояснил сын, — приложил как следует и сообщил: «Еще раз руки распустишь, нос сломаю и из дома выкину, больше тогда не станешь баксы получать от глупой Дашутки». Знаю, знаю, что ты ей в сумочку деньжонки вечно засовывала. С одной стороны, и не жаль совсем, но с другой... Тебе никогда не приходило в голову, что она корыстная, расчетливая дрянь, которая явилась в наш дом только с одной целью: слупить у дурачков «зелени».

— Ты посмел ударить женщину!

— Мусик, — неожиданно ласково сказал сын, — есть дамы, а есть бляди. Полина была из разряда последних. Мне жаль, что с ней так вышло. Ужасно умереть в двадцать три года, но, поверь, если она так, как со мной, вела себя с другими женатыми мужчинами, то скорей всего не дожила бы до четверти века. Какая-нибудь ревнивая женушка ее точно бы подстрелила.

В полной растерянности я вышла на улицу, села в «Рено» и закурила. Как же так! Столько лет общаться с человеком, видеть, как девочка растет на твоих глазах, и совсем не знать ее. Может, Зайка права, когда кричит в сердцах, что у меня на глазах розовые очки?

Посидев немного в машине, я слегка успокоилась. Пришлось признать, что и Аркашка открылся с неизвестной стороны. Бить девушку головой о косяк! Хотя, с другой стороны, она это заслужила, вот ведь дрянь!

Полная здорового негодования, я стала звонить Косте. Мне нужно точно узнать, с кем у Полины был в последнее время роман. Сдается, Костя полностью в курсе дела. Но телефон не отвечал.

Я тихо катила в потоке машин. Ну куда мог подеваться парень? Да куда угодно! Ладно, поступим так. Сейчас доберусь до его дома и повешу на дверь квартиры записку.

Зима каждый раз является в столицу неожиданной гостьей. Больше всего меня поражает здоровое удивление городских чиновников:

— Как? Метель? В декабре? Вот уж неожиданная напасть, простите, но все снегоуборочные машины сломаны, к апрелю обязательно починим!

Вот и сегодня на дороге было сплошное месиво, основная масса машин двигалась еле-еле. Оно и понятно, кому охота попасть в аварию. Потому я потратила почти два часа, добираясь до моста.

Оказавшись у цели, я поискала ручку, но, не найдя ее ни в «бардачке», ни в сумочке, использовала в качестве пишущего предмета губную помаду «Живанши».

«Костя, — вывела я светло-коричневым цветом, — как вернешься, сразу позвони мне домой или на мобильный. Даша».

Вот только прикрепить записку на дверь было нечем. Поколебавшись минуту, я позвонила в соседнюю дверь, высунулся подросток лет двенадцати, с наушниками.

— Здрасси!

— Добрый день, — ответила я и попросила: — Не дадите ли мне пару кнопочек или кусочек скотча...

— А зачем? — полюбопытствовал паренек.

— Хочу Косте записку оставить, а на дверь бумажку нечем приспособить.

Мальчик внимательно посмотрел на меня, потом увидел ключи от машины и неожиданно сказал:

— А я вас знаю! Вы к Поле приезжали, Железновой, на таком красном «Форде», а вчера к Костику на «Рено» прикатили, тоже клевый автомобиль, но «Форд» круче.

Я улыбнулась.

— Правильно, дружочек.

— У вас две машины?

— Ну, в общем, да.

— Здорово быть богатой, — завистливо вздохнул ребенок, — я, ежели деньги получу, куплю себе «Феррари», вот это тачка! Улет! А «Жигули» — отстой, но приходится на них ездить. У вас денег много?

— В принципе хватает, — осторожно сказала я.

— Сколько дадите, если скажу, чего с Костькой случилось?

У меня тревожно сжалось сердце.

— Что произошло?

— Сколько? — не сдавался паренек.

— Сто рублей.

— Нет, долларов, — заявил мальчик.

Я протянула купюру.

Глаза ребенка вспыхнули огнем.

Мальчонка схватил деньги, вышел на лестницу, огляделся и, понизив голос, зашептал:

— Костика бандиты украли!

Я уставилась на «информатора».

— Что?!

— Вечером вчера, — быстро сказал мальчик, — вон у нас глазок в двери.

Я с трудом переваривала услышанное. Где-то около десяти часов Лешка, так звали мальчика, собрался идти гулять с собакой. Родители его уехали в командировку, и все заботы о престарелом спаниеле легли на плечи подростка. Отправляться на холодную улицу Алексею было дико неохота, и он придумал выход. Позвонил в девятнадцатую квартиру, где живет одноклассник Санька, и сказал:

— Слышь, рыжий, завтра контрольная по геометрии.

— Знаю, — мрачно ответил троечник Саня.

Лешка же, в отличие от приятеля, отличник, поэтому продолжил:

— Хочешь, и твой вариант решу?

— Что надо делать? — тут же поинтересовался практичный Саня.

— Ерунду, с Лордом три дня гулять, утром и вечером, начинать прямо сейчас.

— Идет, — мигом согласился одноклассник, — только через полчаса, меня мать заставила голову вымыть, ща высушу и прибегу.

Прошло минут сорок, когда Лешке показалось, что приятель наконец идет. Лорд, сидевший у двери и нервно поскуливающий в ожидании гуляния, царапал когтями порог. Леша подошел к выходу, но, как осторожный мальчик, не стал сразу раскрывать дверь, а глянул в глазок. Увиденная картина ему совершенно не понравилась.

Двое парней самого жуткого, бандитского вида выталкивали на лестничную клетку соседа Костю. «Братки» выглядели именно так, как показывают в кино. Здоровенные, накачанные, с коротко стриженными, квадратными головами, полным отсутствием шеи и руками, смахивающими на колонки от музыкального центра. Между этими фигурами, одетыми во все черное, маячил бледный до синевы Костя.

— У него был разбит нос, — захлебывался Леша, — а по подбородку кровь текла, и шел он так странно, словно ноги волочил. А один из «качков» велел:

— Утрите ему морду, чтобы людей у подъезда не пугать, нам это ни к чему.

Потом он вытащил нечто, очень похожее на пистолет, но с круглой нашлепкой сверху, и предупредил:

— Слышь, парень, лучше тебе по-хорошему выйти и в машину сесть. Если рыпнешься или заорешь, сам виноват, я с десяти метров в копейку попадаю. Понятно объяснил?

Костя судорожно кивнул, и живописная группа исчезла в лифте. Леша дождался Саню, всучил тому Лорда и, велев гулять не меньше, чем полчаса, кинулся в квартиру к Косте.

— Погоди, — прервала я его, — они дверь не закрыли?

— Заперли.

— А как же ты внутрь попал?

Лешка хитро прищурился.

— Костя жуткий растеряха, он сто раз ключи терял, — хмыкнул Лешка, — вон, гляньте, на створке живого места нет! Некуда новый замок врезать. Вот он и отдал нам запасную связку. Там такое в квартире!

— Ты можешь меня впустить к нему?

— Одну нет, — бдительно заявил Лешка, — только со мной.

— С тобой, так с тобой!

— А это еще сто баксов.

— Не много ли?

— Как хотите, — пожал плечами подросток.

— Зачем тебе столько денег?

— Телик давно себе в комнату хочу, маленький, «Томсон» или «Акай», как раз двести баксов.

— Родителям-то как объяснишь, откуда у тебя баксы? — поинтересовалась я, вытаскивая кошелек.

— Им плевать, — сообщил Лешка, — пошли.

Он открыл хлипкую дверь, и я охнула. Вчера, когда я заходила к Косте, порядка в квартире особого не было, сразу становилось понятно, что жилище холостяка пылесосят два раза в год, а занавески не стирают вообще, но вещи в основном лежали на местах. Сегодня же тут можно было снимать сцену «Погром в Жмеринке». Шкафы раскрыты, все шмотки вывалены на пол, у большинства брюк вывернуты наружу карманы. Постельное белье разодрано на куски, на комоде ровным слоем лежит пух из разрезанных подушек, у стульев отломаны ножки, книги лишились переплетов, а все драпировки, включая и те, что заменили двери, небрежной кучей валяются в крохотном, тридцатисантиметровом коридорчике. Кухня выглядела не лучше. Линолеум покрывал «палас» из рассыпанного риса, пшена, овсяных хлопьев, кофе и сахара. Словно здесь только что побывала злая мачеха, решившая дать бедняжке Золушке особо тяжелое задание.

— Ох и ни фига себе, — вырвалось у меня.

— Ага, — кивнул Лешка, — такой кавардак, никогда ничего подобного не видел. Зачем бы им крупу рассыпать?

Я посмотрела на толстощекое, губастое лицо паренька и промолчала. Ты, Лешенька, очень практичный мальчик и быстро сообразил, как можно без особого труда подзаработать, но с логическим мышлением у тебя плохо. Либо подросток смотрит по телику только мультики про Бивиса и Батхэда, потому что тому, кто хоть раз видел криминальные истории, сразу станет понятно: здесь искали нечто, причем не слишком большое, раз вытряхнули содержимое банок с припасами. Ну, согласитесь, ежели, к примеру, у Кости хотели отнять компьютер или музыкальный центр, размер ущерба был бы иным... Впрочем, что бы бандиты ни искали, этого они не нашли. Почему я пришла к такому выводу? Да очень просто. Ведь «братки» увели Костю с собой... Вот только не пойму, специально ли он сопротивлялся или знал, что отдавать спрятанное нельзя ни в коем случае? Человек, который утаивает нечто от криминальных структур, жив только до тех пор, пока молчит. Стоит ему проговориться, и все!

В полной растерянности я спустилась вниз, плюхнулась в «Рено» и принялась бездумно включать и выключать радио. Что стряслось у Кости? Что прятал парень? Деньги? Наркотики? С каким криминальным бизнесом связался мальчишка? И что делать? Сообщить Дегтяреву? Только не самой!

Посидев минут десять в машине, я поднялась наверх и опять позвонила Леше.

— Теперь что? — «вежливо» спросил мальчик.

Я протянула ему телефон.

— Позвони по этому номеру, попроси Александра Михайловича и расскажи про Костю.

— Зачем?

Я опять вытащила бумажник. Подросток мигом начал набирать цифры. Оповестив полковника, я со спокойной совестью вернулась в машину. Вчера Костя обмолвился, что Поля пришла на вечеринку к Лене Ракитину с новым кавалером. Небось Леонид знает, как зовут парня.

Леня Ракитин тоже живет в этом доме, он учился в школе на один класс младше Полины, а его старшая сестра Катька давным-давно, когда я еще была вынуждена давать частные уроки, брала у меня уроки французского. Ракитиных мне подсунула Нинка, она сама не рисковала готовить детей для поступления в вуз, а мне было все равно, чем заниматься, лишь бы платили денежки.

ГЛАВА 11

Номера квартиры Ракитиных я не помню, зато великолепно знаю, как идти к ним. Третий подъезд, пятый этаж, дверь справа от лифта.

Ноги сами понесли меня по знакомой дороге. Дверь открыла Катька.

— Даша? — удивилась она. — Вот приятный сюрприз.

Странное дело, но все мои ученики через два-три занятия отбрасывали отчество и начинали звать меня по имени. Впрочем, никто из знакомых не обращается ко мне официально-тяжеловесно: Дарья Ивановна. Нет, обходятся попросту: кличут Дашей или Дашуткой, даже маленькие дети не употребляют слово «тетя»...

— Ты в гости? Вот молодец, — радовалась Катька, — входи, чайку попьем или больше кофейку желаешь?

— Мне все равно, — ответила я, — сойдет и то, и другое, только без сахара и сливок. Скажи, Леня дома?

— Спит, — хихикнула Катька, — мой трудолюбивый братец дрыхнет без задних ног.

— В три часа дня?

— Так он лег только в полдень!

— Почему?

— Всю ночь пил, гулял и веселился, — пояснила Катька.

— И родители разрешили? — удивилась я.

Насколько помню, у Ракитиных суровый отец и строгая, неулыбчивая мама, лупившая детей за тройки офицерским ремнем. Причем телесные наказания вовсю применялись в то время, когда я занималась с Катькой языком. Девочке было семнадцать лет, но мамаша по-прежнему считала ее едва вышедшей из младенческого возраста. Катьке предписывалось приходить домой не позже восьми, а обнаруженная в ее сумочке губная помада привела к такому скандалу, что мне пришлось вмешаться и отнять у разъяренной бабы швабру, которую она намеревалась изломать о спину дочери.

— Евгения Ивановна разрешила Лене всю ночь гудеть с гостями?

Катька со стуком поставила передо мной красную кружку с надписью «Нескафе», внутри которой плавал пакетик «Пиквик».

— Ты у нас сто лет не появлялась, — спокойно сообщила девушка, — мать с отцом давно уехали.

— Куда? — изумилась я.

— Так в Германию, папе там лабораторию предложили, деньги приличные, здесь он копейки получал. Мы теперь сами по себе.

Я разинула рот.

— Не может быть!

— Ну не совсем сами, — хитро ухмыльнулась Катька, — за нами поручили приглядывать бабе Зине, только ей все равно, глухая совсем. Ляжет в восемь спать, и все. Она дрыхнет, а у нас самое веселье идет.

Я хмыкнула: да уж, представляю, как отрываются Ракитины, желая вознаградить себя за долгие годы послушания!

Мы пили чай и болтали об общих знакомых. В самый разгар приятной беседы появился Ленька, взлохмаченный, с красной левой щекой и опухшими от сна глазами.

— Привет, — пробормотал парень, отчаянно зевая.

Разговор стал общим. Побалакав о том о сем, я, вздохнув, сказала:

— Бедная Полина...

— Да уж, не повезло, — согласился Леня.

— И ведь не знаешь, кому сколько суждено, — продолжала я. — Вы дружили?

Катька дернула плечом.

— Встречались.

— Давно виделись в последний раз?

Ленька почесал коротко стриженный затылок.

— У меня на дне рождения, 18 ноября, погудели славно.

— Да, — хмыкнула Катька, — бутылки потом два дня выбрасывали, повеселились от души.

— Полечка, конечно, с Костей пришла?

Леня и Катька переглянулись.

— Не, — сказал парень, — у них окончательный разрыв вышел.

— Да ну? — фальшиво изумилась я. — Столько лет дружили, жениться собирались.

— Сам удивился, — сказал Ленька, — открываю дверь, вижу, Поля с мужиком. Я на парня-то и не посмотрел как следует, думал, Костька. А уж когда вошли...

— Такой душка, — влезла Катька, — просто красавец. Рост, улыбка, плечи... Восторг.

— Ерунда, — охладил пыл сестры брат, — на манекен похож, ну такой, который в магазинах выставляют. Глаза круглые, губки бантиком, «голубой» небось.

— Не пори чушь, — рассердилась Катька.

— Звали его как? — словно невзначай поинтересовалась я.

— Виктор, — ответил Леня.

— Нет, Вячеслав, — сообщила Катька, — или Владимир.

— В общем, на В, — резюмировал Ленька.

— А фамилия?

— Зачем она нам? — удивились ребята. — Мы и не спрашивали...

— Вы его в первый раз видели?

— Ага, — ответил Леня, — и в последний. Да в чем дело?

— Полина дала ему на время попользоваться нашим видеомагнитофоном, — быстро соврала я, — вот теперь хочу назад забрать... А где же парня искать?

— Да уж, задача, — протянул Леня, — только нам ни к чему было у него расспрашивать про биографию. Сказал только, что студент, и все. Он, вообще, тихий!

— Тихий, тихий, — ехидно добавила Катька, — а живо разобрался, что к чему, и к Розе Глотовой прилип. Мигом сообразил, что Розочка у нас богатая.

— Дура она, каких поискать, — обозлился Леня, — просто клиническая идиотка, Эллочка-людоедка!

— Зато ходит в норковой шубе, ездит на «Вольво» и кольца в три ряда на пальцы нанизывает, — вздохнула Катька. — А то, что дура, даже хорошо. Мужики любят, когда баба без извилин, они тогда на ее фоне орлами смотрятся. Какой мне толк от ума? Замуж никак не выйду. Нет, лучше быть кретинкой, как Роза.

Я усмехнулась. Катька не права. Ум — необходимая вещь, а выйти замуж можно в принципе за любого, кого хочешь, каждого мужчину можно оттащить в загс, даже такого, который поклялся на иконе никогда не идти под венец. Просто следует соблюдать несколько правил. Собираясь пользоваться стиральной машиной, утюгом или пылесосом, вы же читаете сначала инструкцию? «Возьмите шланг, всуньте в отверстие, обозначенное буквой А...» Вас же не смущают подробные указания? Наоборот, чем их больше, тем лучше. Соблюдая все досконально, вы знаете, что добьетесь долгой бесперебойной работы агрегата. Почему же тогда, желая заиметь супруга, вы пускаете дело на самотек? Уж поверьте мне, женщине, сбегавшей в загс четыре раза, мужчина тот же пылесос, ну, может быть, слегка более простой конструкции, чем моющий «Электролюкс», и, четко следуя определенным правилам, вы обретете мужа. А правила, в сущности, просты до примитивности. Итак, для тех, кто хочет спешно получить штамп в паспорте, сообщаю элементарные истины:

а) Каждый мужчина верит в свою исключительность. Поэтому смело хвалите объект за все, не забывая при этом прибавлять: «Дорогой, ты удивительно умен». Не бойтесь переборщить. Ржавый крючок лести представители противоположного пола заглатывают мигом. Следовательно, без устали сыпьте комплименты по каждому поводу. Его манера водить машину безупречна, характер великолепен, внешность... нет слов! Секс... Вот здесь не вздумайте скорчить недовольную мину, даже если ваш избранник завершил дело, не успев снять с вас трусики. Закатывайте глаза и щебечите: «ТАКОГО со мной еще не случалось». Собственно говоря, никакой неправды вы не скажете. ТАКОГО и впрямь не приключалось, но кавалеру об этом знать незачем.

Если загоняемый зверь, оглядывая себя утром в зеркале, со вздохом сообщает: «Наверное, мне следует начать посещать тренажерный зал», — вы немедленно отвечаете: «Зачем? С твоей идеальной фигурой там делать нечего».

Если мужчина начнет жаловаться на начальство, которое опять обошло его повышением, реагируйте соответственно:

— А что ты хочешь? Какой директор потерпит возле себя подчиненного, более умного, чем он сам?

Соглашайтесь с парнем во всем, не следует только отвечать: «Конечно, милый», когда он восклицает: «Какой я дурак!»

б) Вы обожаете его маму, папу, бабушку, прыщавую сестрицу и отвратительно воняющую болонку. Нахваливаете мамины пирожки, выслушиваете нудные папины нотации и бабушкины бесконечные воспоминания, дарите сестренке косметику и, старательно скрывая содрогание, гладите мерзкую собачонку. Мойте посуду после семейного обеда и побольше молчите во время общих застолий.

в) Помните, мужчина любит говорить только о себе, поэтому выслушивайте объект и не грузите его своими проблемами. Собственных родственников: вечно недовольную маму, брюзжащего отца, братца-тинейджера в косухе — и обожающую писать посторонним людям в башмаки кошку следует до поры до времени не выпускать на сцену. Идеальный вариант, если жених до свадебного застолья будет считать вас круглой сиротой.

г) Имейте в виду, вы обожаете пиво, походы на рыбалку или футбол и любите всех его приятелей. Даже тех, которые вваливаются в ваше интимное гнездышко в три часа ночи с пьяными подружками. Если у парня живет аллигатор — вы мечтали всю жизнь дружить с крокодилом; если жених разводит тараканов, смело берите их в руки и сюсюкайте:

— Ой, какой миленький.

Впрочем, тут мы возвращаемся к пункту «а». Напоминаю: приходите в восторг от всего. Спрячьте до поры до времени желание покричать, поныть, и упаси вас бог рассказывать о своих болячках. Впрочем, последний совет пригодится и в семейной жизни. Знайте, в вашем доме болен теперь будет только один человек, угадайте, кто? Правильно, он, дорогой и единственный, падающий в кровать, когда термометр показывает 37°. Вам же с температурой 39° придется отныне метаться между плитой, мойкой и стиральной машиной. Всем ведь известно, что бюллетень дается бабе для того, чтобы она наконец привела хозяйство в порядок.

Следуя этим простым правилам, вы запросто отведете в загс любого, а после сумеете с лихвой отомстить ему за все перенесенные унижения. Впрочем, есть, конечно, и инструкции, каким образом можно воспитать из избалованного, никуда не годного, ленивого маменькиного сынка идеального супруга, но об этом как-нибудь в другой раз.

— Розка ему понравилась, — захихикала Катька, — небось телефончик попросил...

— А где можно найти эту Розу? — спросила я.

Катька хмыкнула.

— И искать нечего! Небось еще дрыхнет! Дома у себя, тут, напротив поликлиники, здание такое стоит из красного кирпича. Иди прямо сейчас, не ошибешься.

— С чего бы ей спать в обеденное время?

Леня заржал.

— Это у тебя обед, а у Розки еще и завтрак не наступил, она у нас девушка неработающая, а учиться полное отсутствие мозгов мешает, вот и проводит дни, вернее, ночи, на тусовках... Развлекательный комплекс «Кристалл», казино «Корона», клуб «Метелица»... Средства позволяют, отчего не побалдеть.

— Откуда у нее столько денег? — спросила я, натягивая в передней куртку.

— Ейный папенька, — с тяжелым вздохом сообщила Катька, — дико разбогател, развелся с Розкиной маменькой и женился на девице, которая младше дочери. Розка, хоть и идиотка, а сообразила, что лучше остаться при папеньке, поэтому с мамой тоже поругалась. Ну а потом папашка ей квартиру купил, чтобы не мешала счастливой семейной жизни. Денег ей отсыпает пригоршнями, словом, сплошной сахар в шоколаде.

Интерьер подъезда, в котором жила Глотова, резко отличался от того, где я только что была. Повсюду паласы, какие-то новомодные почтовые ящики, не с ключами, а с цифровыми замками, и секьюрити, одетый в черную форму с портупеей.

— Вы к кому? — вежливо, но строго спросил охранник.

— К Глотовой, — улыбаясь, ответила я.

Парень оглядел меня и тоже улыбнулся.

— Пятый этаж.

— Спасибо, — кивнула я и вошла в лифт.

Дверь в квартиру Глотовой была обита вызывающе

роскошной розовой кожей, а звонок был выполнен в виде золотого ангелочка. Дурацкая идея, если учесть, что хорошенькому мальчику с крылышками нужно было нажать на нос для того, чтобы извлечь весьма немелодичное «дзынь, дзынь».

— Кто там? — раздался изнутри хрипловатый голос, музыканты говорят про такой «с песком».

— Роза Глотова тут проживает?

Загремели замки, и на пороге появилась прехорошенькая блондиночка с огромными, похожими на пуговицы, чуть выпуклыми голубыми глазами. Пухленькая фигурка была облачена в бархатный халатик, отороченный лебяжьим пухом, красивые ножки покоились в домашних тапочках с помпонами. И вся она казалась такой уютной, просто свежевыпеченная булочка, а не девушка. Да и пахло от нее чем-то вроде ванили или корицы. Розочка сложила в улыбку пухлые розовые губки и спросила:

— Вы ко мне? Откуда?

— Журнал «Космополитен» читаете? Корреспондент отдела светских новостей Даша Васильева.

— Ой, — всплеснула руками девушка, — обожаю «Космо», такой интересный, столько нового узнаешь! Да вы входите, входите, не стесняйтесь.

Она втащила меня внутрь. Стены в квартире отсутствовали, вернее, их не было между комнатами и кухней. Сразу от порога вы попадали в огромное, почти стометровое пространство, в одном углу которого находился кухонный мебельный гарнитур и в другом роскошная кровать под балдахином. Сразу становилось понятно, что Розочка обитает тут одна, без мужа, детей или иных домочадцев.

— Идите, идите, — волокла меня девушка к барной

стойке, заменявшей тут нормальный стол, — садитесь. Хотите виски?

— Нет, спасибо.

— Тогда коньяк.

— Благодарю, лучше чай.

— У меня «Мартель», — сообщила Роза, — не говно, а настоящий французский.

Я посмотрела на темно-зеленую бутылку, стоявшую на столе. На этикетке четко, по-французски, было выведено «Коньячный спирт». Это не благородный коньяк, а его троюродный брат. Французы используют коньячный спирт в «технических целях». Его добавляют в различные блюда при готовке или обливают мясо-фламбе, такой особый кусок очень тонко нарезанной вырезки, который официант выносит в зал сырым, потом на ваших глазах опрокидывает на блюдо бутылку со спиртным, поджигает и через пару секунд тушит. Эффектное зрелище. Фламбе часто заказывают туристы, насколько знаю, нигде, кроме Франции, вам его не подадут. Еще коньячным спиртом хорошо разводить порошок от кашля, а моя подруга Сюзетта добавляет его в маски для лица. Одним словом, побочный продукт коньячного производства широко используется в разных областях, но пить его как подлинный «Реми Мартен», «Хеннеси» или «Наполеон» француз не станет ни за что. Да и стоят бутылки с коньячным спиртом в Париже, как правило, в отделе бакалеи, а не на полках, предназначенных для вина. Но наш человек слабо разбирается в изысках. Раз на бутылке написано «Мартель», значит, все в порядке. Причем наши крутые супермаркеты, торгующие дорогими продуктами, как правило, не имеют среди сотрудников так называемого сомелье, специалиста по винам, поэтому спирт со спокойной душой продают как элитный коньяк.

— Замечательный «Мартель»! — щебетала Роза, потом она достала две крохотные водочные стопочки и накапала туда темно-коричневую жидкость. Я почувствовала резкий запах. Глотова не знала, что продукцию департамента Коньяк следует разливать в пузатые фужеры, широкие внизу и узкие сверху. Настоящий ценитель греет такой бокал в руке, наслаждаясь ароматом и игрой света внутри емкости. Как водку коньяк пить никак нельзя...

Но Розочка опрокинула рюмочку одним махом и тут только сообразила задать вопрос:

— А зачем я вам понадобилась?

— Наш журнал собирается проводить конкурс на самую красивую пару, — улыбнулась я, — ваши друзья сообщили, что вы хороши необыкновенно, впрочем, теперь я сама вижу, что это правда. А еще они сказали, будто ваш кавалер просто Ален Делон!

Большей глупости нельзя и придумать, абсолютная ахинея, но у Розы и впрямь, наверное, с мыслительными способностями было не ахти.

— Супер, — взвизгнула она, — стебно! Меня снимут для «Космо», да?

— Обязательно.

— Когда?

— В этом месяце, но...

— Что? — взвизгнула Роза. — Если думаете, что у меня одежды нет, посмотрите...

Она подскочила к зеркальной стене, дернула за какой-то рычажок, и передо мной открылся огромный шкаф, набитый вещами. Чего там только не было: платья, кофты, юбки, шубы, белье.

— Во, — девчонка в полном ажиотаже принялась вытаскивать шмотки, — все есть: кожа, замша, бархат, шелк... Ну, в чем сниматься? Париж, не Черкизовский рынок, у меня все лучшего качества...

— Отлично, — одобрила я, — вы и впрямь как куколка, а вот у кавалера как дела обстоят?

— У какого? — хихикнула Роза. — У меня их много.

— А того, с которым на вечеринке у Лени Ракитина познакомилась!

Девушка на секунду наморщила хорошенький лобик:

— Это кто же?

— Ну такой высокий, очень красивый, Леня еще говорил, что парень сначала с Полиной Железновой пришел, а потом увидел вас и чуть не умер.

Роза покатилась со смеху.

— Ой, не могу, это же Веня.

— Кто?

— Зовут его так, Веня, он и правда на меня запал, прямо не отходил весь вечер!

— Небось Полина обозлилась, — подначила я.

— Не-а, — веселилась Роза, — даже внимания не обратила, я прямо удивилась. Кавалер вокруг меня вьется, комплименты говорит, танцевать зовет, а ей хоть бы хны. Зато, когда Костя со Светкой заявился, вот тут ее прямо перекосило, просто повело на сторону. Я даже удивилась, что ее так скорежило. Если ей Костя нравился, то за каким фигом с Веней пришла? И потом, чего из-за парня мучиться? Другой найдется. Я, например, ни за что не стану переживать, подумаешь, вон под окнами целая толпа топчется.

— Телефон Вени можешь мне дать?

— А я его не знаю.

От разочарования я чуть было не застонала.

— Но как же ты с ним встречаешься?

— С кем?

— С Веней.

— А кто вам вообще сказал, что мы видимся?

— Леня Ракитин, — недолго думая, выпалила я.

Роза поморщилась:

— Откуда он взял подобную чушь? Мне с официантом любовь крутить? Как же, больно надо! Тут такие кавалеры дожидаются: Лешка Смехов, папа у него генерал, Сережка Петров, тот вообще на джипе «Мерседес» ездит... Нет, я себя ценить умею и ни за что с «шестеркой» не пойду!

— Леня говорил, будто Веня студент, — напомнила я.

— Фу, — фыркнула Роза, — он врал! Мне тоже сообщил, что учится в МГИМО на дипломата, и я поверила, а потом пришел Сережка Петров и мигом узнал его. Подошел ко мне и шепчет:

— Слышь, Розка, давно парня знаешь?

Девушка пожала красивым плечиком и ответила:

— Минут двадцать.

— Кем работает, поинтересовалась?

— Учится, в МГИМО.

Сережка ухмыльнулся:

— Это он так сказал? Не верь. Служит твой нынешний обоже в ресторане, с подносом бегает. Я это очень хорошо знаю, потому как почти каждый день в этой харчевне обедаю и сию персону с полотенцем через руку вижу. Ну ты, Розка, даешь, меня отшила, а с халдеем обжимаешься!

Глотовой чуть плохо не стало, когда она поняла, что понравившийся ей парень шестерит между кухней и залом.

— Ну прикиньте, какая подлость! — жаловалась

она, — кто же Полине разрешил в приличную компанию бог знает кого волочить?

Розочка мигом отшила ничего не понимающего Веню и принялась отплясывать с довольным Сережкой.

— Как ресторан называется, знаешь?

— Какая-то утка, — пробормотала Роза, — веселая, синяя, зеленая... Нет, вспомнила. «Оранжевая утка».

— Ладно, — сказала я, — спасибо за кофе, мне пора.

— А сниматься? — изумилась Роза.

Нет, она и впрямь дура. Ведь я сижу на кухне с пустыми руками, ни фотоаппарата, ни камеры.

— Сегодня не будем делать фото, — пояснила я, — я просто пришла поговорить.

— А когда сниматься? — не успокаивалась Глотова.

— В субботу пришлю фотографа.

— О-о-о, здорово, прическу сделаю, макияжик...

Голубые глупые глаза Розочки уставились на меня, ротик приоткрылся... И тут я не утерпела:

— Прическа, макияж замечательно, нужно еще и пирсинг с татуировкой!

Но Роза восприняла идею всерьез.

— Класс! Супер! Завтра же побегу в тату-салон. Как вы думаете, что лучше наколоть на щиколотке?

— Змею, — посоветовала я.

— Почему? — оторопела Глотова.

— Она символ мудрости, — ответила я и ушла.

ГЛАВА 12

Телефонная сеть Билайн оказывает своим клиентам огромное количество услуг. В особенности же операторы нежно любят тех, кто подключен к безлимитному тарифу. Платите двести долларов в месяц и разговаривайте сколько хотите. Стоит позвонить в справочную службу и назвать свой номер телефона, как девушка на том конце провода начинает просто источать мед. Так было и в этот раз.

— Ресторан «Оранжевая утка»? Секундочку.

В ухо полилась заунывная мелодия. Интересно, почему в Билайне решили, что монотонно повторяющиеся звуки хуже тишины? Ладно бы играли концерт с начала до конца, а то ведь долдонят одну музыкальную фразу.

— Записывайте, — сказала оператор, — «Оранжевая утка», Федоров переулок, девять.

Я посмотрела на часы. Ровно шесть. Что ж, в ресторане небось самый разгар рабочего дня.

«Оранжевая утка» занимала довольно маленькое помещение, всего на шесть столиков. Все здесь, оправдывая название, оказалось цвета апельсина: скатерти, занавески, салфетки, ковры, люстры. Я с трудом сдержала смех, когда передо мной появился официант в смокинге, издали похожий на гигантский мандарин. Впрочем, и меню лежало в папке того же цвета.

Я заказала два самых дорогих блюда, которые совершенно не собиралась есть, кофе и сказала оберу:

— Милейший, меня всегда обслуживал Вениамин.

— Конечно, конечно, — засуетился парень, — если желаете, я просто отнесу заказ на кухню, а Веня подаст.

Я царственно кивнула и дала ему двадцать долларов. Минут через десять возле столика возник с подносом статный парень. Его лицо с абсолютно правильными чертами, прямым носом и четко очерченным ртом было отталкивающе красивым. Во всяком случае, для меня. Мне никогда не нравились безупречные красавцы с крашеной шевелюрой. А у подошедшего официанта сквозь блондинистые пряди просвечивала предательская чернота, к тому же глаза у него были темнокарие, а кисти рук покрывали черные волоски, следовательно, красавчик провел не один час в парикмахерском кресле, добиваясь нужного оттенка волос. Нет, поймите меня правильно. Я совершенно не имею ничего против мужчин, которые пристально следят за собой, делают завивку, маникюр, педикюр, подкрашивают волосы и брови... В конце концов, представителям мужского пола тоже хочется производить на окружающих хорошее впечатление. Просто мне это кажется немного смешным.

— Здравствуйте, — расплылся в сладкой улыбке Веня, ставя передо мной подогретые тарелки, — давно вас не видел.

— Вы меня вообще никогда не видели, — парировала я.

Официант не сдержал удивление.

— Но вы только что сказали...

— Садитесь, Веня, — велела я.

— Простите, — ответил юноша, — нам велено выполнять все просьбы, кроме одной, присаживаться за столик.

— Мне необходимо поговорить с вами, — резко сообщила я и протянула парню сто долларов, — можете освободиться сейчас на полчаса? Похоже, что сюда не ломятся толпами клиенты, ваш напарник и один справится.

— А обед? — удивился Веня.

— Он мне не нужен.

— Но унести его назад я не могу...

— И не надо, сколько там по счету?

— Вы хотите оплатить еду, не попробовав ее?

— Дружочек, — ласково сказала я, — оттащи-ка все на кухню и скажи, что клиентка попалась вредная, она просила сообщить повару, что настоящее ризотто делают не с шампиньонами, а с белыми грибами, и артишоки подают целиком, а не наломанными. Кстати, если уж на то дело пошло, а где соус к овощам? Вы что, предполагали, я стану есть артишоки просто так?

— Но...

— Быстро уноси жратву, — велела я, расплачиваясь по счету, — и выходи на улицу. Мой «Рено» стоит у входа.

Привыкший повиноваться капризам состоятельных людей, Веня мигом испарился.

Я села в машину и закурила. Прошло минут десять, прежде чем откуда-то сбоку вынырнул Веня. Парень вышел через служебный вход и снял жуткий смокинг. Сейчас на нем были просто свитер, джинсы и коротенькая дубленая курточка. Он сел в «Рено» и сказал:

— Слушаю.

— Ты знаешь Полину Железнову?

Вениамин кивнул:

— Встречались.

— Долго?

— Что — долго?

— Встречались.

Парень секунду помолчал, потом вежливо, но твердо ответил:

— Почему я должен перед вами отчитываться?

Я спокойно закурила и ответила:

— Видишь ли, ангел мой, Поля Железнова на днях скончалась при более чем подозрительных обстоятельствах. Ее мать наняла меня, частного детектива Дарью Васильеву, чтобы узнать, кто повинен в смерти дочери, понимаешь?

— Нет, — дрожащим голосом произнес Веня, — при чем тут я?

— При том, дорогуша, что у меня сложилось твердое впечатление: без тебя в этой истории не обошлось.

— Вы чего, — побелел официант, — «дури» обожрались?

Выпалив последнюю фразу, он попытался открыть дверцу, но я быстро нажала на брелок сигнализации. Раздался щелчок.

— Сиди тихо, — сказала я.

— Откройте, — велел Веня.

— Спокойно, — приказала я. — Ну-ка дай мне мобильный, вон он, в подставке.

— Зачем?

Я спокойно объяснила:

— Вениамин, мы, частные детективы, не имеем права сами производить задержание, поэтому я сейчас вызову сюда полковника Дегтярева. Вот он и побеседует с тобой так, как надо. Не хочешь общаться со мной, хорошо, но имей в виду, Дегтярев страшный человек, он Кольку Бетона за две минуты сломал. Слышал когда-нибудь про Бетона?

— Нет, — прошептал Веня.

— А, — махнула я рукой, — есть такой авторитет, Колька Бетон, двадцать лет по зонам отбегал, никого не боится, а у Дегтярева в пресс-хате мигом начал петь соловьем. Так что сам понимаешь, с тобой полковник справится элементарно...

— В какой хате? — прошептал Веня. — Не понимаю.

— Не беда, скоро ты сообразишь, — пообещала я, — давай сотовый!

Но официант начал судорожно рвать дверь. Я положила руку ему на плечо. Парень подскочил и стукнулся головой о потолок.

— Экий ты нервный, — сказала я, — разве можно так дергаться. Не хочешь, чтобы я вызвала полковника, так и скажи.

— Не хочу, — как маленький мальчик ответил Веня.

— Ладно, — согласилась я, — давай сделаем по-другому. Я дам тебе еще сто долларов, смотри, какая хорошенькая зеленая бумажка с изображением портрета американского президента. Бери, дружок, не стесняйся. Сначала успокойся, а потом ответь: у вас с Полиной любовь была? Ты ей наврал, впрочем, как и всем, что являешься сынком богатых родителей, учишься в МГИМО... А она через какое-то время узнала правду?

Юноша упорно молчал, глядя на купюру.

— Полина была девушкой с большими запросами, — мирно продолжала я, — она искала себе обеспеченного мужа и, естественно, мигом бросила тебя. Ну а ты разозлился и решил убить девушку. И ведь какой упорный оказался. Автомобиль взорвал, в магазине стрелял... Одно не пойму, каким образом ты подговорил ее на огромной скорости въехать в столб? Кстати, красный «Форд», в котором она погибла, принадлежал мне, и по-хорошему бы следовало с тебя взыскать его стоимость.

— Что за ужас вы говорите, — прошептал Веня, сползая по спинке сиденья, — я не знал, что Полина погибла.

— Дружочек, ну зачем ты врешь?

— Ей-богу, не знал, — ныл Веня, — я никого не убивал, да и за что мне ее жизни лишать?

— Так из ревности. Раз тебе не досталась, пусть никто ее не получит!

— Господи, — запричитал совсем деморализованный официант, — да не было ни ревности, ни любви, вообще ничего!

— Зачем ты тогда встречался с Полей?

— Наняли меня! — со слезами на глазах признался парень.

— Наняли? Кто?

— Ираида Львовна, — чуть не плакал Веня, — дала мне тысячу долларов, пообещала еще, только ничего не получилось...

— А ну рассказывай в деталях, — приказала я.

Веня вытащил из кармана платок, судорожно высморкался и начал каяться.

Венечка работает в «Оранжевой утке» третий год. Отслужил в армии, окончил училище и пришел в ресторанчик. Место ему нравится, тихое, без стриптиза. Всяческие «братки» и разгоряченные мужики сюда не лезут, тут им скучно: ни девок, ни музыки... Клиентура соответствующая, в основном сотрудники двух близлежащих банков и другие солидные, отлично зарабатывающие люди. Обедают, ужинают, дают хорошие чаевые. Веня старается, как может, ему деньги нужны позарез. Парень мечтает выбраться из коммунальной квартиры и копит доллары. Не отказывается ни от какой работы. Иногда зовут прислуживать домой или в офис... Другой кто поморщится и не пойдет. На «выездных мероприятиях» приходится пахать не только как подавальщику, но и как уборщику и тягловой силе: столы таскать, стулья. Но Веня всегда готов к любой службе. Ираиду Львовну он знает давно. Богатая тетка, приезжает на «мерсе» с шофером, заказывает, как правило, паровую рыбу и печеный картофель. То ли за фигурой следит, то ли больная.

Примерно месяц тому назад Ираида Львовна поманила Веню пальцем и спросила:

— Хочешь, ничего не делая, получить тысячу долларов?

— Кто же откажется, — резонно ответил парень.

— Ну тогда иди в мою машину, — приказала баба.

Опустив стекло между передним сиденьем, где сидел шофер, и задним, куда нырнул Веня, женщина спокойно объяснила суть дела.

У нее есть сын, Толя, наследник накопленного родителями состояния. Милый юноша, мягкий, интеллигентный, совершенно не способный никому сказать «нет». Зная о патологической порядочности и незлобивости отпрыска, папенька и маменька заранее подыскали ему невесту, такую, чтобы была достойной ему парой.

Толя учится в МГИМО, и Наташа там же на курс младше. Ее родители владеют солидным бизнесом, молодым уже приготовлены квартира, машина и место работы. В конце декабря намечалась свадьба. Но неожиданно Толя повел себя очень странно. Перестал встречаться с Наташей, а потом и вовсе порвал с невестой отношения. Ираида Львовна произвела разведку и узнала удивительную новость.

Всегда послушный, покорный сын неожиданно решил проявить самостоятельность и завел интрижку с совершенно неподобающей особой — Полиной Железновой. И вот в голове Ираиды Львовны родился план.

Веня должен прикинуться сыном невероятно богатых родителей и отбить Полю у Анатолия.

— Я навела об этой профурсетке необходимые сведения, — спокойно сообщала Ираида, — она просто охотница за денежными женихами. Если бы мой сын полюбил нормальную, честную, но бедную девушку, никогда бы я не стала рушить его счастье. Конечно, хорошо слить состояния, но, в конце концов, мы с мужем столько заработали, что хватит на всех с лихвой. Я хочу, чтобы мой ребенок был счастлив, но эта девка!.. Пробы негде ставить. Ты, Веня, мальчик смазливый, эта дрянь обязательно клюнет, а Толя тогда сразу поймет, с кем имеет дело!

— Но у меня даже машины нет, — растерялся Веня, — и, потом, денег мало, одежды тоже соответствующей... Как же мне ее обмануть? Она сразу сообразит, что к чему.

— Тебя будет везде возить мой шофер на этом «Мерседесе», — спокойно пояснила Ираида, — сегодня вечером на дом доставят чемодан со шмотками, и вот, держи, тут две тысячи долларов. Тысяча твоя, а вторую потрать на «ухаживание», цветы, конфеты, ресторан, кино, ну не мне тебя учить, сам сообразишь. Если дело выгорит, награжу потом по-царски.

— А если нет? — поинтересовался осторожный Веня.

— Значит, нет, — сухо ответила баба, — согласен? Говори, какой размер ботинок носишь?

Вечером ему и вправду приволокли огромный чемодан, забитый элегантными вещами. Все они оказались отличного качества, практически новыми, но без бирок. Вениамин сообразил, что незнакомый ему Толя решил сменить гардероб. Вот только обувь была прямо из магазина, несколько коробок с чеками внутри. Юноша только присвистнул, увидев, сколько стоят ботинки из кожи питона. Сверху на вещах лежали два дорогих брючных ремня, золотая зажигалка, часы «Патек Филипп» и телефон. Ираида Львовна предусмотрела все.

Полину он подстерег возле института. Подождал, пока девушка, оставшись без подруг, пойдет одна по проспекту, и велел шоферу, хорошенько разогнавшись, облить ее грязной водой из лужи.

Водитель окатил Полю с головы до ног. Веня выскочил из «мерса», стал извиняться и предложил тут же отправиться в магазин за новым прикидом. Полина оглядела автомобиль, шикарно разодетого Веню и кивнула.

Целую неделю Веня усиленно изображал африканскую страсть, засыпая «любимую» презентами.

— Вообще, она жуткая сука, — вздыхал парень. — Крутила одновременно со мной и этим Толей. Он ей все время на мобильный названивал, а она говорила: «Извини, скоро приеду, пока в институте занята».

Трубку отключит и сладким голосом сообщает:

— Брат мой нервничает, следит за мной прямо как евнух, во все глаза, очень за мою честь боится. Еще хорошо, что у вуза не встречает! Такой строгий! Мы рано без родителей остались, и он мне вместо отца!

Веня сочувственно вздыхал, великолепно понимая, что ушлая девица решила охотиться за двумя зайцами.

ГЛАВА 13

Полина оказалась далеко не дурой. Дорогие подарки принимала нехотя, словно делая Вене одолжение, на сближение не шла, ловко прикрываясь тем, что ревнивый брат стережет сестрицу аки Аргус. Веня сообразил, что девушка никак не может решить, кому из претендентов отдать предпочтение, и пустился во все тяжкие. Сообщил, что не имеет родителей и других родственников, и предложил Поле руку и сердце.

Получив предложение, Полина мгновенно ответила согласием и, демонстративно отключив мобильный, сообщила:

— Ну все, мне теперь не надо брата бояться, муж важнее.

Затем она страстно ответила на поцелуй Вени и прошептала:

— Давно полюбила тебя, с первой встречи, но боялась признаться, вдруг подумаешь, что охочусь за твоими деньгами.

Веня засмеялся и начал расстегивать на спутнице кофточку, но Поля отвела его руки в сторону и категорично сказала:

— Извини, но я дала обещание у кровати умирающей мамы, что отдамся мужчине только после свадьбы.

Очевидно, обжегшись много раз на молоке, Поля решила дуть на воду. Веня только подивился ее актерским способностям, если бы он не знал, в чем дело, то поверил бы ей безоговорочно. Полина сделала выбор, несчастного, влюбленного Толю ждала отставка. Девушка продолжила:

— Сегодня мои друзья устраивают вечеринку. Давай сходим, повеселимся!

Веня, естественно, согласился. Накупив дорогого вина и закусок, парочка явилась к Ракитиным. Сначала все шло просто замечательно, но потом пришел еще один мужик, и Веня похолодел. Во вновь прибывшем он узнал постоянного клиента ресторана «Оранжевая утка», одного из банковских служащих. Парень окинул взглядом Веню, удивленно поздоровался и пригласил танцевать Полину. Поняв, что разоблачен, Веня мигом переключился на толстенькую, глуповатую девчонку, обвешанную с ног до головы брюликами. Розочка производила впечатление полной идиотки, и в компании над ней откровенно посмеивались. Но официант решил, что обеспеченная сверх всякой меры девица вполне подойдет ему в качестве любовницы.

На этот раз Веня не стал прикидываться супербогатым мальчиком, он просто сообщил Розе, что учится в МГИМО.

Глотовой хорошенький парнишечка понравился чрезвычайно, и она мигом дала ему свой телефон. Но Веня просчитался. Не успел он предложить разгоряченной Розочке стакан минералки, как хмурая Полина поманила его пальцем.

Девушка вытащила кавалера на лестничную клетку и злобно прошипела:

— Ты обманул меня!

Официант решил прикинуться идиотом:

— Что случилось, дорогая? Если ты сердишься, что я танцевал с Розой, то, ей-богу, не хотел тебя разозлить...

— Прекрати, — оборвала его Поля, — я знаю все. Ты работаешь в забегаловке, а «Мерседес» с шофером принадлежит председательнице правления банка Ираиде Львовне Ершовой. Боже, какая я была дура, и хорошо, что Сережка открыл мне глаза. На твое несчастье, он работает в этом же банке. То-то удивился! Начальница сама на «Пежо-206» рулит, а «мерс» с водителем куда-то пропал. Все ясно! Скотина, сволочь, дрянь!

Ее рука с острыми красными ноготками развернулась, но Веня успел схватить разъяренную девицу за запястье.

— Сама хороша, — с усмешкой сообщил он, — как там твой старший брат Толик поживает? Следит, говоришь, в четыре глаза?

Поля начала материться. Веня присвистнул.

— Чистой, молодой девушке, собирающейся отдаться мужчине только после свадьбы, такие выражения не к лицу.

— Убирайся прочь, — прошипела девица и толкнула бывшего кавалера.

Веня, не ждавший нападения, больно стукнулся о батарею. Полный злобы, он хотел надавать наглой девице пощечин, но Полина мигом исчезла в квартире. Слегка остыв, официант решил извлечь из ситуации максимальную прибыль. Вернувшись на вечеринку, он с самой сладкой улыбкой подкатился к глупышке Розочке, но девчонка наморщила хорошенький носик и велела:

— Ну-ка, сбегай на кухню да подай мне чай, чувствуй себя как на работе!

Поняв, что под студента МГИМО в этой компании больше не закосить, Веня ушел.

Ираида Львовна, узнав о неудаче, только вздохнула.

— Да уж, редкое невезенье. Ей-богу, эту девицу дешевле убить, чем Толика от нее отваживать.

Веня испугался, что баба потребует тысячу долларов назад, но Ираида Львовна о деньгах не заговаривала, вещи, обувь, брючные ремни, зажигалка, сотовый и даже роскошный чемодан, в который были упакованы шмотки, тоже остались у парня. Вот только «Мерседеса» с шофером он, естественно, лишился.

— Дай мне телефон этой дамы, — потребовала я.

— Его у меня нет!

— Как же ты с ней связывался!

— Она сама мне на сотовый звонила.

— Где ее можно найти?

— У нас, в «Оранжевой утке», — мигом отозвался парень, — она каждый день ровно в час приходит. Именно в 13.00. У них в банке обед, и все в столовую бегут, но начальству западло с подчиненными вместе сидеть...

— Ладно, — вздохнула я, — ты свободен!

Веня дернул ручку, дверь не подалась. Я опять нажала на брелок сигнализации. Последовал щелчок. Официант распахнул дверцу и вдруг побледнел.

— Что с тобой? — поинтересовалась я. — Никак заболел?

— Получается, что эта мадам убила Полину, — пролепетал Веня, — ведь она сказала, что ее дешевле урыть, чем сына отваживать... Небось наняла киллера... С такими деньгами все возможно...

— А вот об этих соображениях никому ничего не рассказывай, — ласково попросила я, — не надо, можешь сам где-нибудь в канаве оказаться, понял?

Веня судорожно кивнул.

— И еще, — продолжила я, — я завтра приеду ровно к часу в ресторан, чтобы поболтать с Ираидой Львовной, не вздумай со мной поздороваться! Хорошо усек?

Веня закивал и дал деру. Я посмотрела на часы и медленно поехала домой. Мне совершенно не хотелось отправляться в Ложкино. Небось в доме топчутся гадкие киношники, полно народа, шум, гам... Я же люблю тишину, покой и спокойное времяпрепровождение на диване, под пледом, с книжкой в руках. Мои привычки сродни повадкам Хучика, точь-в-точь как мопс, я обожаю лежать в тепле и начинаю рычать, если кто-нибудь пытается вытряхнуть меня из уютного гнездышка. Но, справедливости ради, следует заметить, что все домашние не обращают на ворчание Хучика никакого внимания и бесцеремонно выпихивают его на пол, кстати, и со мной они поступают точно так же. Стоит умоститься в своей комнате на диване и с головой погрузиться в увлекательные приключения, как дети начинают без конца забегать в спальню и задавать идиотские вопросы, ну, например, на днях Маша поинтересовалась:

— Где у нас стоит велосипед?

Самая необходимая вещь в декабре.

А Аркадий с хмурым видом заявил:

— Куда, интересно знать, подевался чемодан с моими детскими вещами, ну такой клетчатый саквояж, еще в Медведкове на антресолях стоял!

Услыхав последнюю фразу, я отшвырнула книгу и зашипела:

— Послушай, нельзя ли оставить меня в покое хотя бы вечером?

— Ты и днем ничего не делаешь, — ответил сын. — Где чемодан?

— С ума сошел, да?

— Почему?

— После Медведкова мы успели два раза сменить квартиру, пожить в Париже, выстроить дом в Ложкине... По-твоему, мы должны были везде таскать за собой баул с абсолютно ненужными шмотками? Это смешно...

— Там лежала коробка с моими солдатиками!

Я обозлилась окончательно:

— Господи, если ты решил играть, купи себе новых и радиоуправляемого робота в придачу!

— Мне нужны были мои старые солдатики, — хмуро ответил Кеша и ушел.

До сих пор не пойму, он издевался или на самом деле переживал из-за утраты оловянных фигурок?

В свете всего вышеизложенного я решила заявиться в Ложкино как можно позже. Сначала я опять поехала в книжный магазин «Молодая гвардия», где с тоской отметила, что никаких новинок в отделе криминальной литературы не появилось. Потом побродила по другим залам и отправилась домой.

Гроб по-прежнему стоял в холле, и в нем, как, впрочем, и вчера, мирно спал Банди. Храбрый питбуль, купленный исключительно для того, чтобы исполнять охранные функции, даже не вздрогнул, когда я вошла внутрь. Скорей всего он и не слышал шагов. Зато Снап, Черри и Жюли прилетели мигом и начали повизгивать, выражая радость. Из столовой высунулся Борис.

— О, Дашенька! Как хорошо, жду вас, жду... Думаю, куда подевалась? Мобильный не отвечает!

Правильно, я отключила его, чтобы всяческие личности не трезвонили с воплем: «Давай быстрей сюда на съемки».

Но Боре я, естественно, этого не сказала, просто пробормотала, снимая куртку:

— Да? Очень странно. Может, батарейка разрядилась?

— Вполне возможно, — согласился режиссер. — Ну, вы готовы?

— К чему?

Борис мерзко улыбнулся:

— Даша, вы удивительно киногеничны, у вас такое «говорящее» лицо... Одним словом, я решил дать вам роль.

— Не надо, — слабо протестовала я, — актриса из меня никудышная...

— Не волнуйтесь, — оскалился режиссер, — это всего несколько эпизодов, а играть ничего не потребуется, просто запечатлим вас, как хозяйку, милую даму...

Продолжая тарахтеть, он втолкнул меня в столовую, где сидели Федор и какая-то тетка.

— Валечка, давай, — велел Боря.

Тетка поманила меня пальцем.

— Слушаю, — сказала я.

— Сядьте на стульчик, — попросила она, — личико подмажу.

— Я практически не крашусь.

— Так это же кино! — воскликнула Валечка и принялась возить по моему лицу отвратительно воняющей губкой.

Моя бабушка частенько повторяла:

— Если напал насильник и отбиться от него нельзя, нужно расслабиться и получить удовольствие.

Поэтому я не стала с гневом отталкивать руку гримерши, а просто закрыла глаза.

Минут через десять Борис сообщил:

— О, чудесно, шикарный вид, десять лет долой, тебе всегда следует только так ходить!

Отметив, что мужик перешел со мной на «ты», я хмуро поинтересовалась:

— Что делать?

— Слушай, — пустился в объяснения режиссер, — сейчас раннее утро. Ты встала, хорошо выспалась, настроение чудесное! Сидишь в столовой, куда входит горничная с тарелкой овсянки... Ты с аппетитом завтракаешь. И все! Ей-богу, ерунда! Поняла задачу?

Я кивнула.

— Но меня смущают детали.

— Какие?

— Во-первых, сейчас вечер, во-вторых, по утрам у меня обычно дикая меланхолия, в-третьих, я практически никогда не завтракаю, в-четвертых, ненавижу овсянку...

— Киса, — замахал руками Бориска, — это кино! Тут все неправда. Больше фильмов врут только новости. Ладно, сначала порепетируем. Так, быстренько села, улыбочка...

В лицо мне ударил яркий свет.

— Ну, изобрази радость, — велел мучитель.

Я представила, что на режиссера напала злобная, голодная тигрица, вот она пытается откусить ему голову. Губы помимо воли начали растягиваться в улыбку.

— Отлично! — завопил Борис и хлопнул в ладоши. — Ира, овсянка!

Стукнула дверь, и в круге света возникла наша домработница. Я расхохоталась во все горло.

Ирка обычно бегает зимой по дому в удобных вельветовых брюках и пуловере. Знаю, конечно, что многие обеспеченные люди, нанимая прислугу, обязывают ее носить форму, у Сыромятниковых, например, шофер одет в красную тужурку и шапочку с золотым околышем. Но у нас все намного проще. Главное, чтобы Ира справлялась с домашней работой, а во что при этом она обрядится, всем в доме без разницы. Кстати, Ирка патологически аккуратна, ее вещи безукоризненно отглажены, волосы хорошо уложены... Она очень следит за собой. Но сегодня домработница выглядела невероятно.

Ладную, небольшую фигурку обтягивало узкое черненькое платье-футляр, сшитое из какого-то блестящего материала. Короткая юбчонка открывала колени, на поясе топорщился крохотный белый кружевной фартучек размером чуть больше носового платочка, на голове вздымалась «корона» из того же кружева.

Маленькими шажками Ирина подсеменила к столу, грохнула на скатерть никелированную емкость, подняла крышку и объявила:

— Овсянка, мадам!

Я чуть не скончалась от смеха. Мало того, что Ирка напоминала танцовщицу из третьесортного стрип-бара... Есть такие заведения, где девушки выпархивают на сцену в различных одеяниях: медсестры, официантки, стюардессы. Костюмчики сшиты утрированно, все слишком коротко, узко и вызывающе... Так еще Ирина произнесла фразу о каше, ставшую классической после телесериала о Шерлоке Холмсе.

— Эй, — завопил режиссер, — не пойдет! Даша, такую бурную радость при виде простой каши может продемонстрировать только изголодавшаяся бомжиха, а не богатая дама. Ты переиграла. Ира, сначала!

Ситуация повторилась. На этот раз я удержалась от хохота и, когда Ирка, торжественно возвестив: «Овсянка, мадам», — подала тарелку, я уставилась на кашу.

— Ну, — поторопил Борис, — давай.

— Что давать?

— Ешь с удовольствием!

— Но я терпеть не могу геркулес!

— Искусство требует жертв, — патетически воскликнул режиссер, — начинай.

Я великолепно знаю, что от природы мне достался чересчур мягкий, податливый характер, к тому же я всегда боюсь обидеть человека, и в тех ситуациях, когда, по-хорошему, следует разораться и затопать ногами, я, как правило, со вздохом покоряюсь. Вот и сейчас, вместо того, чтобы послать Борю вместе с овсянкой в то место, где им надлежит быть, я взяла ложку и принялась глотать скользкую, слишком сладкую массу. Впрочем, будучи зверски голодной, я справилась с задачей вполне успешно.

— Ладно, — смилостивился Борис, — сойдет!

Я обрадовалась.

— Это все? Я могу быть свободна?

Режиссер посмотрел на меня так, как дрессировщик смотрит на глупую обезьяну.

— Естественно, нет, сейчас начнем съемку!

— Но я уже съела овсянку!

— Это была репетиция, а теперь включим камеру.

— Мне придется опять давиться кашей?!

— Странное дело, — возмутился режиссер, — Ольга, между прочим, обещала, что все в доме будут нам помогать, и только на этом основании я дал ей роль, а теперь начинаются капризы!

Я притихла. Если у Зайки отнимут возможность появиться на экране, моя жизнь до скончания дней превратится в ад.

— Ладно, ладно, хорошо, согласна. Только, Ира, не клади больше так много!

Домработница кивнула и исчезла.

— Мотор! — завопил Борис.

Я изобразила идиотскую улыбку. Тут вдруг откуда-то сбоку появилась гримерша Валечка с непонятной черной табличкой в руке. Сунув деревяшку прямо мне под нос, баба проорала:

— «Отчий дом», дубль первый! — и оглушительно стукнула чем-то.

— Ой! — взвизгнула я.

— Стоп! — заорал режиссер. — Что еще?

— Ничего, я испугалась.

— Ладно, не дрейфь, это хлопушка, — ответил Борис, — так будут делать перед каждой сценой. Ведь не больно совсем, а?

И они с оператором противно заржали. Через пять минут ситуация повторилась.

— «Отчий дом», дубль один, — возвестила Валечка.

Я ощерилась, появилась Ирка.

— Овсянка, мадам!

Стараясь не поперхнуться, я заглотила геркулес.

— Снято, — возвестил режиссер.

— Не пойдет, — сообщил оператор и загадочно добавил: — Блики.

— Ну е-мое, — обозлился Борис, — ладно, еще разок.

— Опять! — в ужасе прошептала я, чувствуя, что сыта овсянкой на всю оставшуюся жизнь.

— Ладно, ладно, потом поспоришь, — заорал режиссер, — пошли!

Я вновь, давясь, проглотила содержимое тарелки.

— Не пойдет! — завопил Боря. — Где улыбка? И почему Ирка хихикает? Всех уволю, вон выгоню, прочь отправлю, идиоты! Не можете режиссерскую задачу реализовать, так и нечего на съемочную площадку лезть!

Я хотела было справедливо заметить, что совершенно не рвалась стать Шарон Стоун, разинула уже рот, но тут же его захлопнула. Каша плескалась в горле, и я побоялась, что сейчас выполню любимый трюк Хучика — тошнилки в столовой.

— Еще разок, — просвистел Борис, — аккуратно, четко, ну...

Говорят, если человека долго и упорно пытать, в какой-то момент он становится совершенно невосприимчив к боли. Организм, защищаясь, в отчаянии отключает все сигнальные системы. Вроде личность и жива, а рефлексы отсутствуют. Подобная штука приключилась со мной на шестом дубле. Кашу я проглотила играючи.

— Вот, — довольно сообщил Боря, — наконец. Всех дел-то было, чтобы геркулес скушать! Всем спасибо.

Я вырвалась из-за стола и осторожно пошла в холл. Овсянка колыхалась в носу, по-моему, она добралась до гайморовых пазух. Не в силах подняться на второй этаж, я доползла до гостевого туалета и склонилась над унитазом. Слов нет, чтобы описать мое самочувствие. Скажу только одно, если бедному Хучику каждый раз так плохо, то его никогда не нужно ругать за испорченный ковер.

Примерно через час ко мне в спальню влетела Зайка.

— Чего валяешься тут в одиночестве?! — закричала она. — Иди в столовую, поужинаем.

— Спасибо, не хочется.

— Хватит кривляться, — возмутилась Ольга, зажгла верхний свет, повернулась к шкафу, вытащила брюки, свитер, обернулась вновь ко мне и взвизгнула:

— Ой, мамочка!

— Что случилось?

— Ты в зеркало давно смотрелась?

— Ну, — задумалась я, — когда умывалась...

— И как?

— Нормально.

— Поди еще разок глянь!

Пришлось вылезать из-под уютного пледа и топать

в ванную. Бесстрастное стекло отразило бледное лицо и всклокоченные волосы. Странного в этом ничего нет. Как правило, у меня лицо цвета снятого молока, а шевелюру просто невозможно пригладить, торчит, как хочет. Удивляло другое. Лоб, щеки, нос, подбородок покрывало огромное количество красных пятен, уходивших вниз, на шею...

— Что с тобой?! — вопила Ольга.

Стоит ли упоминать, что голос у нее, как у профессиональной «говорящей головы», зычный... Вмиг прилетели все домашние, за ними, естественно, явились собаки вкупе с кошками, хорошо хоть, хомяки остались в домике!

Дети мигом принялись высказывать версии.

— Комары покусали, — заявила Маня.

— В декабре? — фыркнул Кеша. — Ну, хорош будущий ветеринар!

— Я не по насекомым, — обиделась Маня.

— Оно и видно, — не сдавался Аркадий, — скорей всего это ветрянка.

— Нет, — покачал головой Борис, — у моего сына была эта зараза, не похоже, там внутри у каждой точки имеется такой пузырь, а здесь просто краснота...

Скажите, пожалуйста, у него, оказывается, имеется ребенок, и жена небось наличествует? А туда же, приставать к женщинам!

— Ерунда, — отмахнулась Зайка. — Может, клопы?

— Кто? — возмутилась Ирка. — Да как у тебя язык повернулся, я чищу матрасы каждый день, вы чего! Скорей уж блохи, Дарья Ивановна вечно Хуча к себе вместо грелки засовывает.

Теперь вознегодовала Маня:

— У Хуча, как, впрочем, и у всех наших животных, нет никаких паразитов. Как тебе, Ира, не стыдно!

— Не надо ссориться, — сказал Борис, — полно болячек, при которых тело покрывает сыпь: корь, скарлатина, псориаз, проказа, сифилис, СПИД...

— Ой, — сказала Ирка, — у меня там стиральная машина гоняет, пойду проверю!

— Хватит! — взвизгнула Ольга. — Пусть Дашка ложится в постель, все вниз, а ты, Аркадий, иди, звони Оксане.

— Может, не надо? — пискнула я, почесываясь.

Красные пятна начали нестерпимо зудеть.

— Тебя никто не спрашивает, — отрезала Зайка и унеслась.

Где-то около полуночи в спальню вновь ворвалась толпа во главе с моей лучшей подругой Оксаной. Она работает хирургом, оперирует щитовидную железу, дружили мы столько лет, что и говорить нельзя, но все-таки стараемся выглядеть молодо.

Так уж повелось, что Ксюта лечит нас от всех болезней. Энергии у нее через край, заразительная улыбка всегда играет на губах, хотя, поверьте, живется ей совсем не весело. У Оксанки нет мужа, зато есть два сына, которых она подняла на ноги исключительно собственными усилиями, без бабушек, дедушек и нянюшек, трое собак и парочка кошек. Наши судьбы в чем-то схожи, только мне господь послал богатство, а Оксанке приходится много работать, чтобы прокормить свою ораву. Живет она в крохотной двухкомнатной «распашонке». Я давно хочу подарить ей квартиру с большой кухней, но боюсь. Ксюта очень гордая и ни за что не примет такого подарка даже от меня.

— Ну, — радостно выкрикнула подруга, — какая ты хорошенькая!

Потом взгляд ее красивых голубых глаз переместился на моих домашних, и хирург категорично заявила:

— Давайте все отсюда! Нашли цирк! Аллергии никогда не видели?

Зайка, Кешка и Маня, никогда не слушающие меня, с Оксанкой спорить не решаются. Сделав разворот через правое плечо, они строем вышли за дверь. Маша все-таки не удержалась и пискнула:

— А отчего у нее аллергия?

— Сейчас произведу допрос и выясню, — пообещала Ксюта и захлопнула дверь.

— Скажи, — робко поинтересовалась я, — от геркулесовой каши такое возможно?

Оксана фыркнула:

— Вообще говоря, нет!

— А если слопать десять литров?

— Покажи мне идиотку, способную на такой поступок, — заявила подруга.

Я промолчала, хотя следовало ответить: «Она перед тобой».

ГЛАВА 14

Супрастин, всунутый в меня Оксаной, произвел волшебное действие. Утром от красноты не осталось и следа. Я умылась и застыла в задумчивости перед шкафом. Ночью я придумала, какую комедию следует разыграть перед Ираидой Львовной, чтобы баба прониклась ко мне сочувствием и доверием. Теперь нужно было осуществить задуманное.

Из недр гардероба я вытащила роскошный костюм от Живанши. Не люблю этот комплект, потому что он состоит из пиджака и юбки. Но в сентябре, когда мы в последний раз были в Париже, Зайка буквально заставила меня купить костюмчик, приговаривая:

— Ну нельзя же повсюду в штанах маячить.

И вот теперь эксклюзивная шмотка пригодилась.

Ираида Львовна мигом поняла, сколько стоит прикид, едва только я подошла к столику. Взгляд дамы пробежался по супермодной курточке из светло-голубой норки, позаимствованной у Ольги, скользнул по брильянтам бабушки Макмайер, вынутым из сейфа ради такого случая... Очевидно, увиденное удовлетворило тетку, потому что она улыбнулась:

— Вы Ираида Львовна? — спросила я.

— Да, — удивленно ответила дама.

— Можно я сяду?

— Конечно.

Я отодвинула стул, положила на стол крохотную сумочку от Лагерфельда и, нервно ломая пальцы, прошептала:

— Разрешите представиться, Анжела Куракина, жена Льва Куракина, владельца компании «Металлпром». Слышали про такого?

Ираида Львовна стала совсем любезной:

— Конечно, более того, мне кажется, мы с вами встречались, на юбилее у Яна Кисина...

Я кивнула:

— Да, еще его жена отвратительно напилась и принялась петь «Калина красная», совершенно не комильфо, но она из простонародья...

Называясь Анжелой Куракиной, я совершенно ничем не рисковала. Лика моя хорошая знакомая, и мы в самом деле похожи. Обе невысокие, натуральные блондинки, хрупкого телосложения. Ее муж Лева, внезапно разбогатев, не стал, как многие другие «новые русские», менять старую жену сорока четырех лет на две новые по двадцать два года. Как поженились в студенческие времена, так и живут до сих пор. Кстати, Лика не бросила свою работу учительницы, и ведет она крайне замкнутый образ жизни, редко выходя на тусовки. Даже если Ираида и столкнулась где с Ликой, то говорили они от силы пару минут. А жена Кисина, Татьяна, всегда напивается, а потом горланит народные хиты...

Поняв, кто перед ней, банкирша стала совсем сладкой:

— Очень рада встрече, дорогая!

Я прошептала:

— Милая Ираида Львовна! У меня жуткая неприятность с сыном, с Никитой, и мне очень, просто очень нужен ваш совет! Понимаю странность своего поведения, мы ведь даже близко не знакомы, но знаю, что мы товарищи по несчастью. Я нанимала частного детектива, извините...

— Не понимаю, — пробормотала дама.

— Сейчас поясню, — коротко ответила я и завела рассказ: — У меня есть сын, Никита, милый, чудесный мальчик, наша радость. Скоро предстоит свадьба. Невеста — девочка из хорошей семьи, Алена, папа ее владеет концерном «Якуталмазпром». Два состояния, соединившись, дадут возможность внукам и правнукам не думать о хлебе насущном. Все на мази, свадьба наме-чена на март, но тут случилось несчастье... На пути Никиты попалась совершенно неподобающая особа, Полина Железнова...

Я пела и пела. Ираида кивала головой, в ее чересчур густо накрашенных глазах заплескалась сочувствие.

Когда сольная партия кончилась, дама поинтересовалась:

— И чем я могу помочь?

Я схватила ее за руку.

— Дорогая, история с Никитой произошла в октябре. От греха подальше мы с отцом отправили его на три месяца в Лондон. Муж придумал там какую-то служебную необходимость... Я была уверена, что эта дрянная девчонка в его отсутствие заведет романчик, уж больно она не похожа на честную женщину, понимаете, да?

Ираида кивнула. Я продолжила:

— Только Никиточка уехал, я мигом наняла частного детектива. Тот и доложил про все ее художества. Так что я знаю про попытку охмурить вашего Толеньку. И, к сожалению, вынуждена сообщить вам, что эта девка одновременно с Анатолием завертела отношения с очень странным молодым человеком, выдающим себя за сына приличных родителей. Он представляется всем студентом МГИМО, но на самом деле, только подумайте, дорогая, работает в этом ресторане, где мы сейчас сидим, в «Оранжевой утке», официантом. Честно говоря, я сначала обрадовалась, что возникла подобная ситуация. Забрала отчет у агента, фото. О, их много, весьма компрометирующих. Расплатилась с детективом и решила, что избавлена от напасти, но тут...

Я замолчала, потом вытащила из эксклюзивной сумочки крохотный платочек из валенсийских кружев и принялась осторожно промокать совершенно сухие глаза. Кусочек нежной ткани стоимостью в годовой бюджет небольшой страны подарила мне на день рождения Сюзетта. Сюзи обожает делать дорогие, непрактичные подарки вроде жуткой побитой куклы, сделанной китайцами в пятом веке, или глиняной чашечки, найденной в пирамиде Хеопса. Так что кружевной пла-точек, продав который, Россия бы запросто отремон-тировала станцию «Мир», еще не самая жуткая ее за-тея.

— Не нервничайте, милая, — стала успокаивать ме-ня Ираида, — выпейте воды...

— Как же не нервничать, — довольно натурально всхлипнула я, — ведь Никиточка на днях вернулся из Лондона.

Не успел парень добраться до дома, как кинулся к мерзавке. Оказалось, что эта дрянь, сволочь, негодяйка подзаборная, таскаясь с другими мужиками, не забыва-ла каждый день по два-три раза звонить моему сыну на мобильный и клясться в любви. Естественно, я сунула Никите под нос отчет с фото, но парень сказал, что сам хочет услышать от Полины правду. Теперь он пытается встретиться с девкой, но та как сквозь землю провали-лась, и слава богу, между нами говоря. На телефонные звонки не отвечает, дома ее тоже нет, небось нашла но-вого лопуха и проводит с ним время. Но вот беда, Ни-кита просто сохнет, прямо заболел... И у меня появи-лась идея, давайте познакомим их с Толей...

— Не надо, — покачала головой Ираида, — я очень хорошо вас понимаю, у нас произошла в доме точь-в-точь такая же история, как у вас... Вот вы тут говорили про официанта... Это я наняла Вениамина, чтобы он «отбил» Полину у Толи. Но ничего не вышло.

— Может быть, — настаивала я, — они поговорят, наши глупые сыновья, выяснят, что одновременно хо-дили в женихах у мерзкой девчонки, вот глаза и распах-нутся...

— Не надо, — тихо ответила Ираида.

— Да почему?

— Полина умерла.

— Слава богу! — закричала я, потом, сделав вид, что сержусь на себя за такую реакцию, добавила: — Ой, простите!

— Ничего, ничего, — махнула рукой Ираида, — я сама радовалась, как невменяемая, когда узнала, что ее убили.

— Убили? — прошептала я. — Господи, вы уверены?

Банкирша вытащила сигареты и, закурив, сообщила:

— Вообще-то, официально сообщают, будто она погибла в автомобильной аварии, но я навела справки, и знаете, какая странность?

— Ну?

— Девчонка разбилась рано утром на дороге в пяти километрах от МКАД, сидела она за рулем красного «Форда»-купе, одной из последних моделей. В салоне такая тачка стоит около двадцати тысяч. Вот я и задаю себе вопрос, кто же дал такой сволочи деньги на этот автомобиль? Ответ ясен — новый мужик, такой же наивный, глупый, как мой Толя и, простите, ваш Никита, или...

— Вы правы! — воскликнула я. — Но при чем тут убийство? С иномаркой надо уметь обращаться, тактика вождения слегка иная, чем на отечественной машине... Не справилась с управлением, и все.

Ираида вздохнула, побарабанила пальцами по столу и, понизив голос, сообщила:

— Просто я знаю, чей это «Форд»! И понимаю, кто постарался испортить управление, чтобы мерзавка расшиблась в лепешку! Знаю, у кого была такая новая машина.

— Кто? — с неподдельным ужасом поинтересовалась я. — Кто?

— Ну... — протянула Ираида, — естественно, никаких доказательств я не имею... Одни догадки и предположения...

— Господи, скажите скорей, за здравие кого свечки ставить, — заломила я руки, — кто избавитель, кто этот славный человек?

Ираида выпила воды, помялась, потом ответила:

— Милая, я только подозреваю, точно не уверена...

— Умоляю, скажите!

Банкирша грустно ответила:

— Софья решила отомстить за смерть Лялечки.

— Кто? — не поняла я.

— Соня Кристалинская, — пояснила Ираида, — жена Данилы Кристалинского, владельца издательского холдинга «КДК», слышали?

— Естественно, он выпускает кучу литературы, в том числе и альбомы по искусству, которые я собираю.

— У Сони и Дани есть сын, Гена, — принялась растолковывать Ираида, — очень милый молодой человек примерно Толиного возраста. Мы раньше не дружили.

В прошлом году Соня неожиданно позвала Ираиду на свой юбилей. Между дамами стихийно возникла симпатия. Ираида стала бывать у Кристалинских, не часто, но все же раз в месяц обязательно. Познакомилась она и с женой Гены.

— Лялечка была очаровательным существом, — вздыхала Ираида. — Провинциальная девочка, воспитанная на медные копейки бедной матери.

Но не зря говорят, что интеллигентность не купить ни за какие деньги, это не образование, не богатство, а состояние души. Можно отучиться в Кембридже и

Оксфорде одновременно, но остаться хамом. А можно родиться в деревне Тмутараканской и быть благородным человеком, тонко чувствующим окружающий мир... Вот Лялечка и оказалась из последних. Добрая, тихая, совершенно не конфликтная, не любительница шумных вечеринок, в основном помалкивающая во время каких-то мероприятий. Гену она обожала. У них в доме не было ни кухарок, ни домработниц, хотя финансовое положение Кристалинского было таким, что он мог позволить себе все. Но Лялечка сама хотела ухаживать за супругом. Ей было не лень вставать в семь утра и гнать на Центральный рынок за свежим творогом, чтобы подать Геночке на завтрак сырники. Соня обожала Лялечку. Их общение напоминало отношения между матерью и дочерью. И довольно долгое время, целых три года, семья была счастлива.

Неприятность случилась в самом конце мая. Лялечка поскользнулась и упала. Результат происшествия — сломанная правая рука. Неприятно, но не смертельно.

Соня, схватив синюю от боли невестку, повезла ту в Склифосовского. По дороге Лялечка расплакалась.

— Ну, ну, — забормотала свекровь, — потерпи, сейчас укол сделают.

— Да боль ерунда, — прошептала Лялечка.

— Что тогда слезы льешь?

— Я не успела ужин приготовить, — горестно вздохнула невестка, — и комнаты не убрала. Гена придет домой, а там бардак и мясо сырое! Бедный, он так устает.

Соня затормозила и в первый раз принялась орать на девушку:

— Прекрати! Хоть раз в жизни подумай о себе! Генка сто кило весит! Ничего с ним не случится, если один раз не поест. Если хочешь знать, ему вообще надо месяц голодать!

— Гена не толстый, он крупный, — тихо отозвалась Лялечка, судорожно прижимая к себе висящую как плеть руку.

Поняв, что спорить с девушкой бесполезно, Соня устроила ее в больницу, а потом мигом решила проблему и наняла кухарку Майю и домработницу Полину Железнову.

— Кого? — удивилась я, чуть не упав со стульчика. — Полину Железнову? Вы не ошибаетесь?

— Нет, — грустно вздохнула Ираида, — я-то узнала об этой истории только недавно, в конце ноября. Летом уезжала, потом закрутилась на работе и не звонила Соне. Она сама мне звонила, позвала в гости и рассказала, что у них приключилось!

Полина попала в дом через агентство «Уют». Солидная фирма, с большим стажем работы на рынке услуг.

Соня приехала в офис и из множества кандидаток отобрала Железнову. Можно сказать, собственными руками впустила в дом горе.

Первый месяц Лялечка провела в больнице, требовалось сделать операцию, потом другую, затем руку привязали к какой-то конструкции. В конце июня ее отпустили домой. Но каждое утро шофер отвозил Лялю сначала на лечебную физкультуру, потом на массаж, затем в бассейн. В общем, дома она оказывалась в районе семи вечера и мигом засыпала, страшно усталая.

Соня, естественно, каждый день приезжала к сыну проверить, как дела. Прислуга работала идеально, дом содержался в порядке, и тут Кристалинская дала маху.

Решив, что все идет прекрасно, она уехала в августе на две недели в Карловы Вары подлечить печень.

Новость настигла ее, когда Соня вернулась после процедур в номер. Портье протянул телеграмму. Соня изумленно развернула ее и почувствовала, что земля уходит из-под ног.

«Леля скончалась, срочно вылетай, Гена». В полном ужасе Соня принялась названивать домой, но трубку не снимали, мобильные Дани и Гены молчали... Почти потеряв рассудок, Соня кинулась в аэропорт. Ужасную правду рассказала ей кухарка. Гену с нервным приступом увезли в клинику, Даня сидел возле сына, которого нельзя было ни на минуту оставить одного даже в поднадзорной палате. Геннадий пытался несколько раз покончить с собой, и пришлось погрузить парня в лекарственный сон.

Толстая Майя, вытирая слезы, поведала совершенно невероятную историю.

Гена с детства обожал змей. Соня не разделяла любви сына к пресмыкающимся и вздрагивала, когда тот брал в руки ужа. Но завести дома серпентарий мать сыну разрешила. Став взрослым, Геннадий отвел в своей квартире целую комнату под «зоопарк». В специальных аквариумах жили самые разнообразные гады, были среди них и редкие, ядовитые экземпляры.

Лялечка, считавшая, что супруг всегда прав, ухитрилась полюбить мерзких тварей, она иногда даже брала в руки безобидного ужика Яшку...

Неспособный сделать никому вреда, Яшка мирно жил в стеклянной «квартире». Но рядом с ним находились апартаменты эфы, страшно опасной ядовитой змеи...

Зачем Лялечка в отсутствие Гены пошла в серпентарий, почему решила поиграть с ужом, никто не знал. Только она совершила роковую ошибку: перепутав аквариумы, вытащила эфу...

Их так и нашли вместе на полу около стены, заставленной стеклянными ящиками. Наверное, Лялечку можно было спасти, существует специальная сыворотка, введение которой купирует действие яда, но... Но дело произошло вечером. Кухарка и домработница давно ушли, а Гена слегка задержался на работе и вернулся домой только около одиннадцати. Лялечка к тому времени окоченела.

Соня, рыдая, похоронила обожаемую невестку и принялась лечить Гену. Через какое-то время ей стало понятно: сын что-то скрывает, в кончине Ляли есть какая-то тайна... Геннадий никак не мог успокоиться, жизнь стала ему не мила. Сначала она подумала, что вот, пройдет девять дней, потом сорок... Но потом ей показалось, что Гена слишком уж корит себя. При жизни Лялечки Геннадий не был таким уж примерным мужем. Нет, упаси бог подумать, будто он бил жену или ограничивал ее в средствах... Нет, конечно, но, как говорится, во всяком браке один целует, а другой подставляет щеку... Так вот младший Кристалинский был из тех, подставляющих. Пару раз у него случались интрижки на стороне, о которых, естественно, не догадывалась Лялечка, но знала Соня. Мать считала, что мужчина существо полигамное, главное — это сохранность семьи, а от походов налево, как ни странно, брачный союз, как правило, крепнет. Сотни и сотни парней, изменив жене, наутро понимают: супруга намного лучше любовницы, родней, привычней, с ней спокойно, нет никакой нужды изображать из себя белого и пушистого. Поэтому Соня не сомневалась. Как ни дико это звучит, но Соня любила Лялечку даже больше, чем Гену. Свекровь тщательно покрывала сына, чтобы не причинить горя девушке. И потом, она просто не видела никаких женщин, способных разрушить этот стабильный брак. А измена! Ерунда! Соня была умна и по-житейски хитра. Честно говоря, после похорон она приготовилась к тому, что придется объяснять Гене про сроки траура. Мать предполагала, что сын быстро отгорюет и заведет новую даму сердца, но получилось-то иначе.

Наконец Соня не выдержала и напрямик поинтересовалась:

— Милый, мне кажется, ты недостаточно откровенен, ну-ка, расскажи, что же случилось с Лялечкой?

Гена сначала пытался отнекиваться, но потом неожиданно выпалил:

— Она покончила с собой!

Соня рухнула на диван и прошептала:

— Как?

Гена принялся судорожно выплескивать правду, которую таил в себе почти два месяца.

ГЛАВА 15

В тот день он явился домой поздно и нашел жену в домашнем серпентарии. У приехавших милицейских работников не было никаких сомнений: смерть молодой женщины произошла от несчастного случая. Гена старательно поддерживал эту версию, рассказывая, что Лялечка очень любила ужа Яшку, часто вынимала его из аквариума, но теперь выяснилось, что дело было не совсем так...

— Там лежало письмо, — каялся Гена, — прямо на столе, под лампой.

— Где оно? — спросила еле шевеля губами Соня. — Где?

Сын метнулся к небольшому сейфу и вытащил листок, сложенный вчетверо. Соня развернула бумажку.

«Милый Гена, я все знаю про тебя и Полину. Извини, простить не могу, но жить в разводе не хочу. Спасибо за счастливые годы, ухожу, любя тебя. Ляля».

— И ты никому не показал этой записки?! — закричала Соня.

Гена стоял, понурив голову.

— Это правда? — неистовствовала Соня.

— Что? — дернулся сын.

— Про тебя и домработницу?

Геннадий кивнул.

— Как ты мог, — чуть не с кулаками накинулась на него мать, — как посмел!!!

Парень начал бестолково оправдываться:

— Ну так вышло, она целый месяц в больнице провела, потом все жаловалась на боль в руке... Спать легла в комнате для гостей, боялась, что ее ночью толкну... А Полина...

Он замолчал.

Дикая злоба захлестнула Соню.

— Даже птица не срет в своем гнезде! — выкрикнула она.

Гена молчал, возразить ему было нечего.

— Имей в виду, — отчеканила Соня, — если ты надеешься, что я разрешу тебе и дальше поддерживать отношения с этой дрянью, то не рассчитывай. Сия особа войдет в дом только через мой труп.

— Мама, мне не пять лет, — ответил Гена, — а Полина очень хорошая, вот увидишь, ты привыкнешь к ней, как к Ляле.

И тут Соня сделала то, чего никогда не делала раньше. Она со всего размаху залепила сыну пощечину и прошипела:

— Мразь! Имей в виду, все твое благосостояние от нас с отцом, из наших рук ешь. Захотим — и все кончится.

Гена побледнел и вышел.

— С Соней он не разговаривает до сих пор, — вздохнула Ираида. — Между прочим, по Москве давно полз слушок о том, что Ляля умерла как-то странно. Представляете теперь, как я ужаснулась, когда услышала, что Толя связался с этой Полиной Железновой?

— Но если Гена даже порвал ради Полины отношения с родителями, почему же он тогда не оформил с ней брак? — удивилась я.

— Милая, это она с ним прекратила общаться. Соня перестала давать сыну деньги. Гена работал в фирме у отца. Данила мигом стал платить ослушнику голый оклад, тысячу долларов в месяц. Конечно, это вполне нормальная сумма для любого другого мальчика, но не для Гены, который считать рубли и сотни не приучен. А насчет того, почему он не повел в загс эту мерзкую дрянь... Совершенно понятно. Железнова — охотница за богатым мужем. Переставший получать средства от родителей парень ей не нужен, потом, она, наверное, понимала, что, даже помирившись с матерью и отцом, Гена никогда не посмеет привести ее, Полину, в отчий дом... Ну и ушла от юноши, переключилась на другого. Бедная, бедная Сонечка, вот кого жаль до слез! Решиться на такое!

— Что вы имеете в виду? — осторожно спросила я. Ираида вновь закурила.

— Знаете, когда мы с мужем узнали, что Толя порвал отношения с невестой и связался с Полиной, когда я навела справки о девице...

Банкирша помолчала, потом тихо добавила:

— Мне в голову мигом пришла мысль: убить негодяйку!

— Дорогая! — закричала я, хватая Ираиду за унизанные перстнями пальцы. — Дорогая, я боялась признаться, но очень, очень хотелось нанять киллера с пистолетом... Только кишка тонка оказалась лишить кого-то жизни, пусть и не своими руками.

— У меня тоже, — грустно ответила Ираида, — хотела решить дело проще, наняла «кавалера»... А вот, видно, Соне хватило окаянства. Она Лялю любила больше Гены... Вот и отомстила за все ее муки Полине. Такие у меня предположения.

Я чуть было не спросила: «Почему же вы не пошли в милицию и не сказали, что знаете убийцу», — но вовремя прикусила язык. Люди, подобные Ираиде, ни за что не обратятся в правоохранительные органы, в какое-то там районное отделение и уж тем более никогда не станут набирать «02». Если же и случится казус, ну убьют кого-нибудь в доме, то хозяин по сотовому позвонит самому министру МВД или его ближайшему помощнику. В этой тусовке свои правила, и разоткровенничалась со мной Ираида только по одной причине. Я — человек ее круга, одного с ней социального и финансового положения и вообще, «жена» Куракина! Подсядь сюда за столик с подобным разговором интеллигентная, приятная учительница младших классов Марья Ивановна, Ираида бы очень вежливо отшила тетку. Я слишком хорошо знаю повадки богатых людей, как ни крути, но уже несколько лет являюсь

одной из них. Странно только одно: почему Соня разоткровенничалась с Ираидой?

Простившись с Ираидой, я уехала из «Оранжевой
утки», докатила до «Макдоналдса», купила обруганный
всеми врачами холестериновый чизбургер и впилась в
него зубами.

Чем больше узнаю о Полине, тем все меньше и
меньше нравится мне дочь Нины. А какая обманщица!
В мае она сказала нам, будто едет к матери в Америку,
а сама, оказывается, устроилась домработницей к
Кристалинским. И здравые рассуждения мешают мне
думать, что Поля сделала этот шаг из желания заработать. Нет, думается, она пристроилась в домработницы
только с одной целью — заполучить Геннадия. Вот
только непонятно, за каким чертом она решила отби-
вать мужа у жены? Неужели не хватает в Москве бога-
теньких холостых мальчиков?

Слопав булку с котлетой, я выпила минеральной
воды и, по французской привычке, потащила поднос с
объедками к урне. Москвичи, перекусывающие в
«Макдоналдсе», оставляют после себя мусор на столах.
Жители столицы России уверены, что посещают ресторан, где использованные предметы обязан уносить об-
служивающий персонал. Парижане же считают, что,
появляясь в «Макдоналдсе, они переступают порог
низкопробной забегаловки, где следует самому оттас-
кивать ворох пустых упаковок к мусорнику. Кстати,
настоящий француз пойдет в заведение предприимчи-
вого Рональда только тогда, когда атомный взрыв
уничтожит все остальные ресторанчики в округе. Во-
первых, граждане этой страны терпеть не могут амери-
канцев, а во-вторых, биг-маки и прочий ассортимент
«salete»! В переводе слово означает «грязь», но стоит

посмотреть, каким образом, брезгливо сморщив нос, произносят его мои друзья с берегов Сены. В Париже я не рискую признаться, что обожаю чизбургеры. Кстати, руководство «Макдоналдса» великолепно знает о «любви» большой части европейцев к своему заведению, поэтому в парижских филиалах вы можете купить разнообразные салаты, к примеру, из тунца или моркови с капустой, а в Москве нет. Да и зачем стараться для москвичей, которые и так потоком несутся за гамбургерами.

Плюхнувшись в «Рено», я схватила телефон и через пять минут узнала, где находится агентство «Уют». Похоже, что Ираида права, именно Соня и наняла киллера, но ехать сразу к госпоже Кристалинской мне было не с руки, сначала проведу разведку боем. Вместе с Полиной в доме работала кухарка Майя. Следует сначала расспросить эту тетку. Прислуга, как правило, знает о хозяевах все или почти все. Это оборотная сторона богатства. Не желая больше проводить время между плитой, мойкой и пылесосом, вы нанимаете посторонних людей и мигом теряете возможность бегать голой из спальни в ванную, сидеть в туалете с раскрытой дверью и от души ругаться с любимым мужем. Нет, теперь вам придется держать себя в руках, если, конечно, вы не хотите увидеть как-нибудь на прилавках газету «Мегаполис» с фотографией собственной перекошенной морды... Желтые издания отлично платят за интимные фото сильных мира сего, и кое-кто из обслуживающего персонала соблазняется.

Найти хорошую кухарку, горничную или няню очень и очень непросто. Некоторые пытаются переманить прислугу у знакомых, другие честно обращаются в агентство. Но, даже получив от служащих соответствующей конторы характеристики, медицинское свидетельство и диплом об образовании своей будущей дом-работницы, вы никогда не можете быть уверенной в том, что девушка не станет приставать к вашему мужу или сыну. Кстати, возраст тут ни о чем не говорит. У Сыромятниковых работает уже два года очарователь-ная Леночка, едва справившая сейчас двадцатилетие. Никаких поползновений в сторону мужской части семьи Ленуся не делает, в доме ее обожают и, по-моему, начали считать кем-то вроде племянницы. Зато до этого у них трудилась пятидесятилетняя Клавдия Львовна, которая не упускала случая, чтобы не при-жаться костлявым боком к хозяину.

В «Уют» я влетела и бесцеремонно крикнула с по-рога:

— Ну-ка, отвечайте, вы способны подобрать нор-мальную кухарку?

Сидевшая за столом худенькая девочка в строгом темно-зеленом костюме, вышколенно улыбаясь, отве-тила:

— Без проблем, учтем даже пожелания к внешнос-ти: блондинка, брюнетка, цвет глаз...

Я села на стул, закинула ногу на ногу, увидела, как узкая юбка взметнулась вверх, швырнула на стол перед служащей ключи от машины, эксклюзивную сумочку и заявила:

— С лица воду не пить, дорогуша, мне нужна рабо-чая сила, а уж как она выглядит, наплевать! Хоть косая!

— Ну что вы! — всплеснула руками девушка. — На-ши претендентки все очень милые, давайте сначала уточним возраст!

— Дорогая, — прощебетала я, помахивая перед ее носом рукой, унизанной перстнями бабушки Макмайер, — милейшая, у меня есть вполне конкретный вопрос!

Девица уставилась на кольцо, сидевшее на моем среднем пальце. Что ж, она совершенно права. Брильянт, украшающий его, просто превосходен. Я ни у кого не видела до сих пор камня такого размера и чистоты. Жан, покойный муж Наташки, со смехом говорил, что бабуля называла этот перстень «Кошмар Макмайера». А когда наивные люди осведомлялись: «Почему, мадам? Почему кошмар?» — бабуся спокойно поясняла: «Потому что к этой драгоценности прилагается сам Макмайер!»

С трудом оторвав взор от искрящегося камня, девушка поинтересовалась:

— Какой вопрос?

— У моей подруги, Софьи Кристалинской, работала женщина по имени Майя, хочу нанять ее.

— Секундочку, — ответила служащая и включила компьютер.

Пару минут мы провели в тишине, потом девушка сообщила:

— Герасимова Майя Владимировна, 39 лет, повар... Есть одно «но»...

— Какое?

— Она не умеет готовить экзотические блюда, только русская и европейская кухня. Суши и антрекот из акулы Майя не сделает!

— И не надо, — отмахнулась я.

— Тогда еще минуточку, — улыбнулась девушка и принялась терзать телефон.

Я терпеливо ждала. Скажите, пожалуйста, какие изыски: суши, акульи отбивные... Сегодня же явлюсь вечером домой и закажу Катерине консоме из жабы! Интересно, что ответит мне кухарка?

— Простите, — вмешалась в мои мысли девушка, — Герасимова интересуется, когда и куда ей подъехать.

— Где она сейчас находится?

— На улице 1905 года.

Я взглянула на часы и велела:

— Пусть едет по адресу Большая Никитская, дом 53. Там расположен Дом литераторов, буду ждать ее в холле. И еще одно!

— Слушаю.

— Мне нужна горничная Полина Железнова.

Девушка порылась в компьютере.

— Железнова?

— Да.

— Простите, но такой нет в картотеке.

— Точно?

— Абсолютно.

Я пошла на выход. Странное дело, где ж Соня нашла Полину?

ГЛАВА 16

Майя оказалась полной женщиной, выглядевшей старше своих лет. Никогда бы не подумала, что ей еще нет сорока, скорей дала бы пятьдесят с хвостом. Наверное, работа у плиты располагает к полноте.

На первом этаже Дома литераторов находится великолепный ресторан, но я повела Майю в подвал, где работает дешевый буфет. Кухарка вела себя скованно, видно было, что она старается понравиться будущей хозяйке.

Мы сели за столик, и я начала допрос. Некоторое

время Майя старательно перечисляла свои прежние места работы, рассказывала о кулинарии... Надо отметить, что впечатление женщина производила наилучшее. Если бы мне и впрямь пришла в голову идея прогнать Катерину, то я, не колеблясь, наняла бы Майю.

— Значит, — осторожно приступила я к выполнению стратегической задачи, — последняя ваша служба — это кухня в доме Геннадия Кристалинского. Если не секрет, сколько лет вы работали в этой семье?

— Около трех месяцев.

Я вздернула брови.

— Так мало? Отчего уволились? Поругались с хозяевами?

— Нет, — спокойно ответила Майя, — жена Геннадия трагически погибла, а он сам куда-то уехал.

— Хорошо, — протянула я, — кстати, мне в агентстве сообщили, что с вами вместе в доме Кристалинских работала горничной Полина Железнова. Мне, кроме поварихи, требуется еще и домработница. Как вы смотрите на то, чтобы вновь работать с ней в паре? Девушка произвела на меня благоприятное впечатление, но я знаю, что на кухне иногда между слугами разыгрываются целые баталии. Так вот, мне штурм Грозного у мойки не нужен, поэтому спрашиваю откровенно: какие у вас взаимоотношения с Железновой?

Майя глубоко вздохнула:

— Если вы уже решили нанимать Полину, то мне лучше поискать другое место.

— Почему?

— Ну... Мы не сработаемся.

— Отчего? Железнова выглядит мило.

— Мне не по душе кое-какие ее привычки.

— А именно?

Майя замялась, потом пробормотала:

— Она много курит, дым раздражает.

Мне понравилось, что повариха придумала столь деликатный повод для отказа, поэтому я вытащила из кошелька пару зеленых бумажек и подвинула к женщине.

— Что это? — удивилась та.

— Я вызвала вас из дома, оторвала от семейных хлопот, — ответила я, — возьмите за труды.

— Мне вовсе не тяжело было съездить сюда, — спокойно ответила Майя.

— Берите, берите, — сказала я, — позвоню вам сегодня и скажу о принятом решении. Извините, но сразу я не могу ничего решить, прежде чем окончательно согласиться, требуется посоветоваться с сыном.

— У вас есть сын? — напряглась Майя.

— Да, я не сказала, какова наша семья. Аркадий, 28 лет, его жена Ольга и я. Хлопот немного.

Неожиданно Майя покраснела.

— Что-нибудь не так? — удивилась я.

Кухарка еще сильнее налилась краской, потом решительно отодвинула от себя купюры и сказала:

— Знаете, Дарья Ивановна, вы мне очень понравились, но давайте сразу договоримся: я не стану работать в вашей семье.

— Почему?

— Потому что тогда смогу говорить сейчас просто как ваша знакомая, а не как будущая служащая. Понимаете, существует определенная этика взаимоотношений между хозяйкой и прислугой. В качестве будущей поварихи я должна сейчас промолчать, но, повторяю, вы мне очень понравились. Поэтому прошу: уберите деньги.

Я молча спрятала ассигнации и пробормотала:

— Слушаю.

— Не берите в дом Полину.

— Да почему? Такая милая девушка, приветливая, интеллигентная, услужливая... Она очень понравилась Аркадию.

— Вот именно поэтому, — прервала Майя.

— Не понимаю, — я старательно прикидывалась идиоткой.

Майя опять вздохнула и наконец решилась:

— Полина — отвратительная особа. Из-за нее покончила с собой моя прежняя хозяйка Ляля. Какая милая была девушка! Я так плакала!

— Объясните подробней.

Майечка пустилась в детали. Сначала Полина пришлась ей по душе. Милая, улыбчивая... Правда, было видно, что девушка никогда до этого не работала горничной...

— Хозяевам трудно понять, — откровенничала Майя, — но я сразу сообразила: это место у нее первое. Небось обманула служащих в конторе, когда представляла рекомендации. Так иногда делают, договариваются со знакомыми и просят тех написать характеристику. Якобы работали у них, понятно?

Я кивнула, естественно, проще некуда.

— Но она очень старалась, — продолжала Майя, — только потом я стала замечать кой-чего.

Через неделю Майе стало ясно: у Полины роман с Геннадием.

— Они так нагло себя вели, — пожимала плечами кухарка, — меня не стеснялись совершенно или считали за окончательную дуру, ну посудите сами!

Стоило Ляле утром уехать на процедуры, как Гена громко объявлял:

— Полина, погладь мне рубашку и костюм.

Домработница шла на зов и исчезала в комнате хозяина. Майя только качала головой. Гладильная доска стояла в кладовке. Полина даже не пыталась изобразить, что собирается работать утюгом. Просто шмыгала в дверь, и все. Один раз Майя не утерпела и с укоризной заявила:

— Ты так никогда не сумеешь стать хорошей горничной. Первая заповедь нашей работы: никогда не затевай дружбу с хозяевами. Чем дальше — тем лучше!

Деликатная Майечка не стала называть вещи своими именами, но Поля живо сообразила, в чем ее упрекают, и резко ответила:

— А я вовсе не собиралась всю жизнь с тряпкой по чужим углам мотаться! У меня другие планы.

— Зачем тогда сюда нанялась? — искренно удивилась кухарка.

Полина брезгливо поджала губы.

— Твое какое дело? Вари суп да держи язык за зубами, имей в виду, ежели что, хозяева нас вместе уволят.

Майя замолкла и больше не делала Поле замечаний, отношения между домработницей и кухаркой испортились, теперь они общались только в силу служебной необходимости. Кстати, повариха, придерживавшаяся мнения, что хозяева и прислуга находятся по разные стороны баррикад, вовсе не собиралась наушничать Ляле. Наоборот, один раз, когда Лялечка неожиданно приехала на два часа раньше, Майя, случайно выглянувшая в окно, увидела знакомую машину и крикнула:

— Полина, иди к двери, хозяйка сейчас позвонит.

Красная, растрепанная домработница выскочила из спальни Геннадия и буркнула:

— Спасибо.

Майя опять промолчала. На самом деле она вовсе не хотела удружить Поле, кухарке было жаль обожающую мужа Лялечку.

Как-то раз Майя стала свидетельницей странной сцены. Увидев, что закончился лавровый лист, кухарка выскочила в магазин, но по дороге обнаружила, что оставила деньги в прихожей. Ругая себя за забывчивость, она вернулась домой. По квартире разносились звуки скандала. Очевидно, Поля, думая, что в доме никого нет, отбросила всякий стыд.

— Ты обязан развестись с ней, — орала девушка, — понял?!

Ответа Геннадия кухарка не услышала, но, наверное, слова мужика совсем взбесили наглую девицу, потому что та завизжала в верхнем регистре:.

— Наплевать на ее чувства! Если не сделаешь того, что говорю, расскажу всему свету правду о Соне, и что тогда? Прикинь, какой скандал начнется? И вообще, ты здесь никто, забыл? Тут все мое! Не хочешь скандала, гони Лялю в шею, теперь у тебя одна жена — я!

Пораженная наглым поведением домработницы, кухарка тихо взяла кошелек и предпочла исчезнуть незамеченной.

— Кончилось все очень плохо, — добавила Майя, — Ляля узнала про шашни мужа с Полиной и покончила с собой. В общем, ужасная ситуация. Куда подевалась Железнова, не знаю, она в тот день, когда скончалась Ляля, исчезла из дома, но у милиции к ней вопросов не было, и девушку не искали. Меня уволили тоже, Геннадий начал сильно пить... Теперь понимаете, почему я прошу не нанимать Полину? Ей-богу, кабы не было у вас двадцативосьмилетнего сына...

Она резко замолчала. Я тихо спросила:

— А где Гена Кристалинский?

— Не знаю, — слишком быстро ответила Майя.

Но мне эта поспешность показалась подозрительной. Я подумала секунду и сказала:

— Майечка, я абсолютно твердо могу обещать: на днях вы получите хорошее место, если не возьму к себе, устрою к своим знакомым.

— Спасибо, — с достоинством ответила Майя, — мне очень нужна работа.

— Только одна просьба...

— Какая?

— Скажите адрес Гены, вы его знаете.

Кухарка стала красной, даже бордовой, словно спелая свекла.

— Ну в общем, это вышло случайно... Шла к метро и встретила его! Болен, да и только! Сходила к нему домой, о господи, жаль парня!

— Говорите.

— Чапаевский переулок, дом 59, квартира 2, — пробормотала Майя.

Я быстро глянула на часы. Повариха была не только деликатна, но и умна. Заметив движение моих глаз, она сообщила:

— Только сейчас к нему ехать не стоит. В запое он, после полудня трупом лежит. Утром еще какой-никакой на площадь к метро выползает и на бутылку зарабатывает, ему много для счастья не надо. Пол-литра скушает, и готово, дрыхнет без задних ног. Коли хотите побеседовать с ним, то лучше часикам к восьми подъехать, с утречка. Он как раз оклемывается и начинает соображать, где рублики на пузырек сгоношить.

Пришлось отправляться в Ложкино.

На территории перед входом в дом творилось нечто невообразимое. Повсюду стояли прожектора, освещавшие сильным светом фасад здания. Внизу, на небольшом пространстве, где мы обычно ставим машины, если не хотим загонять их в гараж, толпились люди. Глаз выхватил из общей массы Бориса в неизменной бейсболке, Федора, слившегося с камерой, гримершу Валечку... Все взоры были устремлены вверх. Я тоже посмотрела туда, куда пялилась толпа, и чуть не заорала.

На втором этаже есть длинный и довольно широкий балкон. Сейчас на нем стояли все домашние. Маруська, зажав руками уши, исступленно мотала головой и топала ногами. Зайка в полурасстегнутом халате, молча, но яростно толкала Аркадия, довольно сильно перевесившегося через перила. Руки сына безвольно мотались в воздухе, голова качалась из стороны в сторону. Кеша был одет в лимонно-желтый свитер, и это яркое пятно мигом притягивало внимание.

Мне не понравилось, с какой силой Зайка лупит мужа. Конечно, играть следует не фальшиво, но впадать в раж тоже не стоит, так и до беды недалеко, вон как Аркашка ужасно изогнулся...

Не успела я крикнуть: «Зая, осторожней», — как Ольга особо сильно треснула муженька между лопаток.

В ту же секунду ноги Аркашки взметнулась вверх, и тело, широко раскинув руки, начало падать со второго этажа. От страха мне показалось, что время остановилось. Кеша летел к земле целую вечность, потом раздалось резкое «хрясь», и на моих глазах лимонный пуловер мигом стал красным.

— А-а-а-а, — понесся над притихшей толпой исступленный вопль Маруси, — а-а-а-а, помогите!!!

— Так ему и надо, — перекрыл его громоподобный голос Ольги, — будет знать, как изменять жене!

Я шагнула пару раз вперед, увидела в круге света неестественно вывернувшуюся темноволосую голову, окровавленную одежду и беззвучно свалилась на землю.

Внезапно по моему лицу начала бегать мокрая вонючая тряпка.

— Что это? — застонала я, отбиваясь.

— Платок, намоченный духами «Эскада», — послышался спокойный Зайкин голос.

Я разлепила глаза. Так, лежу в гостиной на диване, у окна стоит Борис, слева от него Федор, а в кресле... Не может быть! В своем любимом кресле абсолютно спокойно сидит Аркашка, внешне совершенно живой и здоровый.

Я попыталась отодрать каменно-тяжелый язык от зубов, но потерпела неудачу и только сумела промычать нечленораздельно.

— М-м-м-м...

— Вот и я говорю, — тут же подхватила Зайка, — «Эскада» такие гадкие духи, что мертвый восстанет, коли понюхает.

— В особенности те, что подарил тебе Кеша на днях, — влезла Маня, — в оранжевом флаконе. Ну, пакость! Блевотина!

— Их не надо пить, — огрызнулся старший брат, — только нюхать.

— Кешенька, — пролепетала я, пытаясь сесть, — ты жив!

— С чего мне умирать, — фыркнул сын.

— Но только что... На балконе...

— Ага, — завопила Маруська, — говорила же, мусечка испугалась, а вы заладили: давление упало, давление упало!.. Ну и кто прав! Скажи, мулечка, ты ведь решила, что это Кешку сбросили, ведь так?

Не в силах вымолвить слово, я кивнула.

— Знаешь, мать, — вздохнул сын, — нельзя быть такой идиоткой! Это же кино! Тут все понарошку!

— Но я видела человека, очень, просто до жути похожего на тебя... Погодите, кто же тогда упал?

— Максим Иванович, — спокойно пояснил Боря, — под балконом мученической смертью погиб Максим Иванович.

Я резко села.

— Кошмар. Вызвали милицию?

— Зачем? — веселился режиссер.

— Как? Человек погиб!!!

— Максим Иванович — болван, — спокойно пояснила Зайка, — так ему и надо!

Чувствуя, что сейчас опять грохнусь в обморок, я прошептала:

— Знаешь, Ольга, от тебя я не ожидала такой жестокости!

Раздался громовой хохот.

— Можно, я покажу мусечке Максима Ивановича! — заорала, подпрыгивая на месте, Маня.

— Валяй, — ответил Борис.

Маруська метнулась к выходу. Я вжалась в диван и закрыла глаза. Нет, только не это! Они что, все с ума посходили и собрались демонстрировать мне останки несчастного мужика, рухнувшего со второго этажа...

— Ну, мусенька, открой глазки...

Я покорно выполнила приказ. На полу лежала... кукла.

— Так это...

— Манекен, — в полном восторге сообщила Маруська.

— Киношники зовут подобное чучело «болван», — добавил Федор.

Маруська безостановочно тарахтела:

— Вот, смотри, ну смотри же... Сюда крепится мешочек с фальшивой кровью, понимаешь? Максим Иванович падает, емкость лопается, фр-р-р... кругом красные брызги.

— Зачем вы его по имени зовете? — только и сумела пропищать я.

— А как же, — ухмыльнулся Борис, — актер все же! Сколько ему достается! Бедненький Максим Иванович, вот уж кто гибнет во имя искусства!

Все присутствующие опять захохотали. Ощущая себя полной идиоткой, я поползла на второй этаж и забилась в кровать. Сон начал медленно затягивать меня в свое вязкое болото. Уже собираясь окончательно отдаться Морфею, я неожиданно подумала: «Как странно поступила Соня Кристалинская! Выгнала из дома собственного сына».

Сон пропал. Я села на кровати, потом встала, подошла к балкону и закурила. Надо же, так перепугалась, когда увидела летящее вниз тело, одетое в свитер Аркашки. Интересно, а как бы я поступила, случись у нас дома, не дай бог, история, как у Кристалинских?

Вздрогнув, я вернулась в кровать. Иногда не следует задавать себе кое-какие вопросы...

Натянув одеяло на голову, я продолжала лежать без сна. Потом опять встала и закурила, старательно выгоняя дым в форточку. Надеюсь, что господь никогда не пошлет мне подобное испытание. Впрочем, если

Кешка изменит жене, я сделаю все, чтобы спрятать от Зайки неприятную правду...

Окурок полетел вниз. Дрожа от холода, я нырнула под одеяло. Ну, Дашутка, наедине с собой надо быть честной. Я никогда не смогла бы выгнать сына из дома, ни в каком случае, это абсолютно исключено, и поведение Сони Кристалинской кажется мне по крайней мере странным.

ГЛАВА 17

Утром меня разбудил громкий лай Банди. Часы показывали семь. Вспомнив, что сегодня нужно ехать к Гене Кристалинскому, я, охая и вздыхая, сползла на первый этаж, где наткнулась на гроб. Возле полированного ящика стоял Борис, гневно выговаривающий питбулю:

— Слышь, парень, ей-богу, мне это надоело!

— Что случилось? — поинтересовалась я.

Режиссер пропел:

— Дашенька, доброе утро. Извини, разбудил тебя.

— Ничего, мне пора уходить.

— Все убегаешь, — придвинулся совсем близко мужик, — не хочешь даже разговаривать.

И он неожиданно обнял меня за плечи.

— Ну что ты, — я попыталась вывернуться из цепких объятий, — просто у меня работа!

— А Маня сказала, ты бросила преподавать.

Обозлившись на болтливую сверх всякой меры дочь, я быстро нашлась:

— Действительно, я прекратила одно время сеять разумное, доброе, вечное, но теперь опять взяла группу.

Борис придвинул лицо совсем близко.

— Ну хоть вечерок посиди дома, дай возможность за тобой поухаживать...

— Извини, — вертелась я, словно червяк под каблуком, — боюсь, это не понравится моему бойфренду.

Борис разжал кольцо рук.

— У тебя есть любовник?

Решив сменить скользкую тему, я быстро спросила:

— Что наделал Банди?

— Лезет все время спать в гроб, — возмутился режиссер, — просто отвратительно!

— Сегодня же прикажу Ивану разломать ящик в куски, — пообещала я.

— Ни в коем случае! — перепугался Борис. — Ты с ума сошла!

— Но этот похоронный атрибут надоел мне до жути, — ответила я, — мало того, что занимает много места и вообще выглядит отвратительно, так еще Бандюша избрал его любимым местом для отдыха, а мне категорически не нравится, когда собака спит в гробу!

— Дашенька, — вздохнул режиссер, — если тебе и впрямь некуда девать сей предмет, подари его нам.

— Зачем?

— Мы бедные киношники, вечно экономящие средства. Сериал, который сейчас снимаем, нельзя назвать даже малобюджетным, он крохотнобюджетный, у нас жалкие копейки. Честно говоря, нам просто повезло с вами, потому что сумели сберечь кучу средств, оказавшись в Ложкине. Сняли ваши интерьеры, машины... Будем работать с животными... И уж совсем подфартило с гробом. В сценарии есть сцена шикарных похорон, поняла?

— Ладно, — кивнула я, — только после окончания съемок все равно нужно сжечь его.

— Заберем гробик с собой, — пообещал режиссер. Потом он неожиданно опять обнял меня.

— Ну так как? Приедешь сегодня пораньше? Впрочем, если хочешь, можем встретиться в городе.

— А твоя жена как посмотрит на эту ситуацию?

— У меня нет жены, — изумился Борис.

— Ты же говорил про сына...

— Мы давно в разводе, я абсолютно свободен, без каких-либо обязательств...

— А я нет... У меня есть старый любовник, можно сказать муж...

— Да? — недоверчиво протянул режиссер. — Что-то он у вас в доме не появляется...

— Сегодня увидишь, — пообещала я и, мигом натянув куртку, вылетела во двор.

Стоял дикий холод, и оглушала пронзительная тишина, которая бывает только ясным, морозным, ранним утром в деревне. Моментально замерзнув, я влетела в гараж. Надо было надеть шубу, кстати, не помешало бы выпить кофе... Только из-за противного, приставучего мужика приходится спешно уезжать из дома. Интересно, он долго собирается снимать тут свой идиотский сериал? Сколько времени они обычно делаются? Я никогда не смотрю «мыльную» продукцию, вернее, не включаю телевизор, когда идут «семейные» и «любовные» драмы. Вот криминальные истории обожаю. Про Коломбо, ментов и Леху Николаева знаю все.

Прямо из гаража я позвонила Дегтяреву.

— Алло, — пробормотал сонный голос.

— Привет, это я.

— Дарья? — удивился Александр Михайлович, потом помолчал и в ужасе спросил: — У меня будильник сломался? Который час?

— Полвосьмого.

— Что у вас случилось?! — почти выкрикнул полковник.

— Да ничего, полный порядок.

— Зачем звонишь тогда в такую рань? — сбавил тон Дегтярев.

— Приезжай к нам сегодня ужинать...

— И ты проснулась ни свет ни заря, чтобы позвать меня?

— Конечно, боялась, что на работу убежишь!

— Могла не стараться, — вздохнул Дегтярев, — сегодня пятница, я так и так к вам собрался прикатить.

— Хочешь, заеду за тобой?

— Давай.

Договорившись с полковником, я метнулась в Чапаевский переулок. Часы показывали четверть девятого, когда «Рено» послушно замер возле нужного дома. От души надеясь, что Геннадий не ушел к метро, я взлетела на второй этаж и принялась звонить в дверь. Раздалось шарканье, и дверь распахнулась.

Я знаю, что пьянство никого не красит. Мой последний муж был запойным алкоголиком, собственно говоря, именно по этой причине я и разошлась с ним в свое время. Некоторые люди могут пить годами, но все равно ухитряются прилично выглядеть, другие за месяц превращаются в жалкое подобие человека. Мой бывший муж и стоявший сейчас на пороге Гена Кристалинский были из второй категории. Насколько понимаю, еще ранней осенью Геннадий шикарно одевался, посещал дорогой парикмахерский салон, ездил на новенькой иномарке и мог позволить себе любую прихоть. Сейчас мой взгляд упал на чучело.

В темноватом коридоре, держась одной рукой за

ободранную стену, стояло, покачиваясь, существо, одетое в рваные, грязные джинсы и давно не стиранную, замызганную рубашку. Темные сальные волосы напоминали шерсть нерасчесанной персидской кошки, мутные глазки плавали под красными, воспаленными веками. Пару секунд помятая личность тупо смотрела на меня, потом раздвинула узкие губы, прячущиеся в трехдневной щетине, и просипела:

— Чего надо?

Мне в нос ударил аромат перегара и нечищеных зубов. Стараясь не дышать, я вытащила из сумки бутылку пива и покачала ею перед носом парня.

— Хочешь?

— Давай, — оживился хозяин.

Не выпуская емкость из рук, я шагнула в квартиру и решила на всякий случай уточнить:

— Ты Геннадий Кристалинский?

— Уж не знаю теперь, — вздохнул парень, — раньше и впрямь меня так звали, но теперь, похоже, имя мое «Никак» и звать меня «Никто».

Русский человек — философ от рождения. Французский бомж или, как называют там людей подобной категории, клошар, веселое, необремененное никакими особыми думами существо. Летом ночует под мостами, радуясь каждой бутылке дешевого вина, попавшей в руки. Зимой, прячась от сырости и холода, перебирается на какую-нибудь жилплощадь, где коммунами обитают подобные ему экземпляры. Бродяга-француз не корчит из себя Сартра и Камю в одном флаконе. Чаще всего он честно признается: да, пью, потому что обожаю такой образ жизни. Времяпрепровождение в коробке из-под холодильника на берегу Сены милее мне чем скучное, буржуазное прозябание.

Клошар доволен собой и окружающим миром. Милостыню он клянчит весело, не ноя и не жалуясь... Кстати, малочисленные парижские нищие, которых, впрочем, вы никогда не встретите на Больших бульварах или Елисейских Полях, никогда не стоят просто с протянутой рукой. Они пытаются хоть как-то закамуфлировать свою деятельность. Делают вид, что торгуют спичками, или пытаются играть на гитаре.

Российский алкоголик мигом объяснит вам, что вступить на отвратительный путь пьянства его заставила жуткая трагедия, достойная стать сюжетом для Федора Михайловича Достоевского. Наш пьющий соотечественник мучается, постоянно испытывает комплекс вины, стенает, плачет, ноет, портя жизнь не только себе, но и всем окружающим. Вот он, дрожа от похмелья, дергает вас за рукав возле ларька и бормочет:

— Умоляю, один рублик, на лекарство для смертельно больного ребенка, я — ветеран афганской войны, потерял половину внутренностей...

Естественно, вы не верите, но потом делается неприятно, а вдруг правда про ребенка? Опрокинув «пузырек» с дешевым красным вином, клошар становится счастливым. Наш бомж, скушав «огнетушитель», мучается раскаяньем и стыдом до следующей дозы. Вот и Гена расфилософствовался с утра пораньше. Решив растоптать в зародыше это желание, я протянула ему «Балтику».

— Действуй!

Кристалинский мигом содрал пробку посредством дверной ручки. Я подождала, пока пол-литра напитка исчезнет в его глотке, и продолжила искушение. Из недр сумочки появилась еще одна емкость, на этот раз с водкой. Не выпуская ее из рук, я поинтересовалась:

— Нравится?

Потерявший всякое человеческое достоинство парень кивнул.

— Тогда веди на кухню.

Я не стану описывать вам состояние пищеблока, не собираюсь доводить людей до процесса обратной перистальтики. Сообщу лишь, что под стать пейзажу был и аромат. Впрочем, нашлись здесь и домашние животные, большие, какие-то тучные тараканы, нахально сидевшие повсюду и даже не пошевелившиеся, когда я вошла в помещение.

Брезгливо стряхнув прусаков, я села на колченогий стул и спросила:

— Как ты дошел до жизни такой, а? Родители вроде приличные люди...

— Не твое дело, — буркнул Гена.

Потом, очевидно, в его мозгах рассвело, и он с надеждой поинтересовался:

— Тебя они прислали?

— Кто?

— Ну эти, — он замялся, потом совсем тихо добавил: — Родители...

— Нет, они наняли меня, чтобы расследовать смерть Полины Железновой.

— Чего? — оторопел парень. — Кого?

— Полины Железновой, — четко повторила я, — твоей любовницы...

Неожиданно Гена залился идиотским смехом. Так тупо ржет дебил, глядя на мучения попавшей под колеса автомобиля собаки.

— Полина умерла! Ой, не могу, покарал господь шельму, значит, недолго дочерью богатых родителей пробыла. А уж как хотела деньги тратить...

Внезапно он остановился и добавил:

— Паскуда!

Подумав, что у парня от алкоголизма помутился рассудок, я решила внести ясность в ситуацию. Показала ему еще раз бутылку, потом помахала перед носом пятисотенной бумажкой.

— Это мне? — оживился Гена.

— Обязательно получишь, если внятно объяснишь, что к чему. Каких богатых родителей ты имеешь в виду? Своих?

— Нет, — протянул Гена, — Кристалинских...

— Ты пропил последний ум, — обозлилась я, — Соня и Данила твои отец и мать, а у Полины только мама, Нина. Хотя она и живет сейчас в Америке, назвать богачкой Нину никак нельзя!

Гена хмыкнул и неожиданно четко, ясно и вполне разумно заявил:

— Ну, едрена-матрена, частный детектив! Говно ты, а не сыщик! Ничего не знаешь! Полина — дочь Кристалинских, а я, как выяснилось, никто и звать меня никак.

От неожиданности я чуть не выронила бутылку.

— Врешь!

— Ты это, с ханкой-то поосторожней, — заботливо сказал парень, — неровен час кокнешь.

— Рассказывай живо!

— А что? — сам у себя спросил Гена. — Зачем мне теперь их доброе имя беречь? Выгнали меня, как собаку. Значит, обязательств никаких. Слушай, коли хочешь, история замечательная.

Полина появилась в доме Геннадия через два дня после того, как Ляля сломала руку. Неприятность произошла с женой Кристалинского на рынке. Когда она шла по мясному ряду, откуда ни возьмись вылетел парень и сбил ее с ног. Правда, хулиган остановился, кинулся поднимать Лялю, но та отказалась от помощи и плача поехала домой. Положив невестку в больницу, Соня мигом наняла прислугу, чтобы у сына всегда была горячая еда и чистая квартира. Так в семье Кристалинских появились Майя и Полина. И если кухарка не вызывала у парня никаких эмоций: толстая, некрасивая тетка, стоявшая весь день у кастрюль, то Поля понравилась Кристалинскому чрезвычайно. И через три дня девица оказалась в его кровати.

У Гены до этого случались связи на стороне. Нет, он вполне хорошо относился к жене, благосклонно принимал ее заботы о себе... Но Лялечка была безнадежно провинциальна, воспитана в жуткой глуши бабкой-учительницей и имела соответствующие взгляды на жизнь. Милая, порядочная, хорошенькая, но страшно скучная, невероятно правильная. Не было в ней того «поди сюда», что делает даже дурнушку желанной для парня. Да еще Лялечка оказалась дальней родственницей Кристалинских. Честно говоря, Гена не слишком разобрался, какой. То ли его прадед женился на сестре прабабки Ляли, то ли двоюродный брат деда на сестре бабушки... Но только пару лет тому назад Ляля приехала из глуши посмотреть Москву, остановилась у них в доме и вмиг покорила сердце Сони.

Гена только удивлялся. Мать его, человек не слишком приветливый, резкий на язык, совершенно не стесняющийся никого. Любые неурядицы Соня привыкла улаживать при помощи денег. В детстве Гена имел все. Данила и при коммунистах отлично зарабатывал, был директором завода, номенклатура по тем временам и соответствующие блага: госдача, черная

«Волга» с шофером, паек и спецполиклиника... Так что комната Гены ломилась от игрушек, и к нему бегало сразу две няни. Соня великолепно относилась к сыну. Он ездил к морю, получил лучшее образование, выучил английский язык... Но всяческих нежностей в их семье не водилось. Никаких песенок на ночь мама сыну не пела, не чесала спинку и не целовала без конца мальчишку. Впрочем, Гене и не особо хотелось этого, и если бы ему предложили выбор: послушать сказку в мамином исполнении или получить машинку, не колеблясь бы выбрал последнее.

Поэтому парень очень удивился, увидев, какие бурные эмоции вызвало у всегда сдержанной Сони появление Ляли.

— Я всегда мечтала о дочери, — вздыхала Соня, таская повсюду с собой девчонку, — вот погоди, выдам тебя замуж...

Но Лялечка влюбилась в Гену с первого взгляда. Парень, поняв, что стал объектом чувств, особо не ломался. Сердце его было свободно, Лялечка была хорошенькая, к тому же еще и влюблена, как шестиклассница. Да и мать в восторге от девчонки! Несколько Гениных приятелей недавно женились, и Кристалинский слышал, что свекрови оказались на «ножах» с невестками. В случае с Лялей подобный вариант был исключен, и Гена с радостью повел девушку под венец. Он искренне считал, что любит Лялю и является хорошим мужем. Некоторые зигзаги в сторону даже не следовало считать зигзагами, так, ерунда. Ну понравилась девчонка из бутика «Версаче», ну трахнул парикмахершу из салона «Велла-Долорес», ну провел выходные с хорошенькой медсестрой из стоматологической поликлиники... Все это бабы не их круга, так, чистая ерунда, для тонуса.

Отделывался от своих мимолетных любовниц Геннадий очень легко. Покупал норковую шубку или «Жигули», по цене выходило одно и то же. Но в своем доме он впервые пошел на интрижку. Конечно, не следовало начинать роман в родных стенах, но Полина была хороша, как майский день, Ляля лежала в больнице, а свекровь сидела у кровати невестки. Сам дьявол подталкивал Гену и Полину навстречу друг другу, да они особо и не сопротивлялись.

Месяц пролетел вмиг, накануне приезда из клиники жены Гена зазвал к себе домработницу и накинул на ее точеные плечики шубку из голубой норки.

— Нравится?

— Очень, — радостно ответила Полина, — хотя вроде не по сезону, лето на дворе. Лучше бы зимой подарил, чтобы сразу носить!

— Мороз еще придет, — махнул рукой Гена, — успеешь покрасоваться. А вот насчет меня... Ну да ты человек взрослый, поэтому буду откровенен. Завтра возвращается Ляля, извини, тебе придется уйти.

Увидев, как исказилось лицо любовницы, парень быстро добавил:

— Я нашел изумительное место, у Морозовых. Двое стариков, работы мало, зарплата больше чем у нас...

Полина сняла обновку, аккуратно повесила на спинку кресла и мирно прощебетала:

— За заботу спасибо. Только у меня характер особый, мне или все подавай, или ничего. А шубку подари Ляле, чтобы той не так холодно было, когда убираться отсюда придется.

— Извини, не понял... — сказал Гена, — что за чушь ты несешь? Забирай манто и дуй к Морозовым.

— Нет, мой дорогой, — ответила Поля, — я теперь

здесь навсегда. Думаешь, я случайно к вам в дом пришла? Ну откуда я появилась?

— Мать в агентстве наняла.

— Это повариху, а меня где взяла?

— Где?

— А ты поинтересуйся, спроси у Сони, кто ей приказал взять меня?

— Приказал? — изумился Гена и рассмеялся. — Не пори чушь! Моей матери нельзя ничего приказывать, не тот она человек.

— Ошибаешься, — торжествующе отозвалась Полина, — есть один мужчина, который может с ней сделать все.

— Кто?

— Кирилл Олегович Молоков!

— Кто? — изумился Гена. — Какой еще Молоков? Не знаю такого.

— А что ты вообще о Соне знаешь? — вопросом на вопрос ответила девушка.

Кристалинский растерялся.

— Она моя мать!

— Это замечательно, — ухмыльнулась Полина, — а еще что? Ну кто ее родители, где появилась на свет, как она познакомилась с твоим отцом, что делала до замужества?

Гена напрягся.

— Вроде она сирота. Во всяком случае, никаких бабушек или дедушек у меня никогда не было. Кажется, папу она увидела в больнице, где лежала после операции аппендицита... Ну, кажется, так!

— Так-так, — хихикнула Поля, — выходит, ты — дурак. Ладно слушай историю про благородную даму с темным прошлым!

ГЛАВА 18

История, услышанная Геной, оказалась такой невероятной, что парень на первых порах лишился дара речи.

Сонечка Кристалинская была плечевой проституткой. Одной из тех девочек, которые колесят по всей стране в кабинах большегрузных автомашин. Только не надо полагать, что этот вид проституции родился на свет вместе с разгулом демократии. Нет, жрицы любви существовали всегда, и в советские, и в перестроечные времена. Впрочем, плечевые девочки скорей могут быть приравнены к гейшам, чем к проституткам. Это совсем особый разряд продажных девиц. Большие любительницы приключений, обожающие дорогу, смену впечатлений, городов, людей. Они непритязательны, не настаивают на комфорте, готовы ночевать в кабине и питаться тушенкой. Плечевая девочка — отличный парень и верный друг. Многие шоферы радостно подсаживают их к себе, чтобы не заснуть во время долгой дороги. Одному ехать скучно, а иногда и страшно. Веселая девчонка — хороший компаньон. Причем, как правило, ни на какой оплате своего труда девушка не настаивает, а довольствуется тем, что дают: теплым ночлегом, обедом, парой колготок или губной помадой. Впрочем, если предложат деньги, то возьмет, кривляться не станет. Алкоголь они почти не употребляют, зная, что шоферы не подсадят к себе пьяную, да и смерть от побоев или грубости клиента в их среде — редкость. Водители относятся к девчонкам, как к подружкам, и рук не распускают. Занятие сексом со стороны плечевой девочки — это не противная обязанность, а дружеская услуга парню. И, как правило, удовольствия они получают не меньше, чем мужчина.

Выходят на дорогу девицы обычно в подростковом возрасте, лет в четырнадцать. Бегут от скуки провинциальных городов, от вечно пьяных родителей, от тоски и отсутствия впечатлений. Этакие цыгане, бороздящие просторы России... Как правило, их «карьера» заканчивается лет в двадцать пять. Девушки оседают в каком-нибудь городе, заводят семью. Говорят, из них получаются великолепные жены, заботливые, верные... Натаскавшись вволю по мужикам, они ведут себя в дальнейшем безукоризненно.

Вот такой и была Сонечка. Двадцать четыре года тому назад ее привез в Москву шофер, имени которого Соня не помнила. Она была беременна, на седьмом месяце. В дороге начались роды. Водитель, проклиная все на свете, успел доставить девчонку в роддом и мигом умчался, проклиная тот день и час, когда подсадил симпатичную толстушку на трассе Ленинград—Москва возле городка Обухова.

Сонечка без особого труда произвела на свет девочку и, естественно, отказалась от новорожденной. Судьба ребенка ее не очень волновала, она даже не поинтересовалась, выживет ли недоношенная дочка. К тому же врачи обнаружили у Сони гонорею, рожала она в специальном, инфекционном боксе.

Через две недели она совсем оклемалась, стала выходить в парк гулять. Роддом, где она лежала, был частью огромной старой больницы. Вокруг стояли корпуса: хирургия, неврология, онкология... Больные гуляли по гигантской территории... Вот там Сонечка и встретила Данилу, милого юношу, только-только начавшего карьеру инженера на крупном заводе.

Девушка мигом смекнула, что судьба-индейка послала ей сказочный шанс, и рассказала жалостливую историю. Родителей у нее нет, приехала издалека в Москву, чтобы учиться на артистку, но на вокзале ее ограбили, чемодан и деньги исчезли. От горя у Сони случился сердечный припадок, вот и привезли сюда...

Будь Данила чуть поумней, он бы засомневался в правдивости рассказа. Но Сонечка была очень хороша собой, а у Данилы на уме были одни моторы. У парня тоже отсутствовали родители, зато имелась собственная комната в коммуналке.

Они поженились, и Данила никогда не пожалел о принятом решении. Единственным черным пятном в их браке было отсутствие детей. Через несколько лет семейной жизни они усыновили ребенка. С младенцем возиться не захотели; выбрали готового, четырехлетнего Гену... И с тех пор жизнь их шла только в гору, словно одаряя за благородный поступок.

— И ты ей поверил? — спросила я.

Гена кивнул.

— Подумаешь, — фыркнула я, — не та мать, что родила, а та, что воспитала. И потом, усыновленный ребенок уравнивается в правах с родным, так что по праву ты являешься наследником Кристалинских. По-моему, тебе следует бросить пить и вернуться к родителям. Ну Полина, ну дрянь! С какой стати она решила, что ты должен на ней жениться?

Гена хмуро посмотрел в окно, потом подошел к мойке, спустил воду, напился прямо из-под крана и нехотя ответил:

— Мне и в самом деле деваться было некуда.

— Почему?

— Понимаете, я люблю Соню и Данилу и, хоть сейчас знаю правду о своем рождении, все равно считаю их своими родителями...

— Ну и что?

— Полина обещала, если я не выгоню Лялю и не женюсь на ней, раскрыть всю правду о матери. Сначала рассказать отцу, а потом бульварным газетам... Наверное, она блефовала, это ведь было не в ее интересах... Понимаете, Полина — дочь Сони.

На этот раз я уронила бутылку. Издав отнюдь не мелодичный звук, та свалилась на линолеум. Сильно запахло спиртным.

— Кто? — ошарашенно переспросила я. — Кто?

— Родная дочь Сони, — повторил Гена и бросил в водочную лужу несколько старых газет, — это от Поли отказалась мать, а та выросла и специально нанялась к ней в домработницы.

С трудом переваривая эту информацию, я забормотала:

— Ну и кто же звонил Кристалинской, чтобы она взяла девчонку на работу?

— Говорил же, Молоков! Кирилл Олегович!

— А это кто?

— Она не сказала, только сообщила, что когда Соня слышит эту фамилию, то пугается до безумия.

— Значит, Полина — брошенная дочь Сони, — бубнила я, — но зачем ей требовать от тебя женитьбы? К чему такие сложности? Можно было просто прийти к матери, объяснить, в чем дело...

Внезапно в Гене проснулся избалованный богатый юноша. Кристалинский обвел меня взглядом и процедил:

— Вы не слишком профессиональны. Это же очевидно...

— Сделай милость, объясни.

— Ну расскажет она Соне, и что? Как мать объяснит Даниле ситуацию? Если он узнает правду, мигом ее выгонит. Поверьте, я великолепно знаю отца, не за то вон выставит, что на дороге ноги раскидывала, а за то, что столько лет врала про себя. И что выйдет? Не достанутся Поле денежки, а уж она их больше всего хотела, прямо тряслась. Вот и сообразила, как поступить. Я прогоняю Лялю и женюсь на ней. А Полина молчит в тряпочку про прошлое Сони...

Он постоял, покачиваясь с носка на пятку, и добавил:

— Я люблю мать и не хотел ей неприятностей.

— И ты поверил Поле на слово? — недоумевала я.

— У нее документ был, — тихо продолжил Гена, — метрика...

— Метрика?

— Ну да, причем старого образца, такая светло-зелененькая, с водяными знаками, теперь другие выдают. Сразу понятно, что бланк еще с семидесятых годов сохранился. Там четко стояло: Полина Иванова, мать Софья Иванова, а вместо отца прочерк.

— Как же она в Железнову превратилась?

— Говорила, ее женщина удочерила, Нина, прямо в роддоме. Ей просто повезло. А я совершенно детского дома не помню...

— Но почему после смерти Ляли вы не поженились?

Гена тяжело вздохнул.

— Я уехал на работу, а Полина пошла, да и рассказала Ляле правду. Вот дрянь! Фото показала.

— Какие?

— Она, оказывается, в моей спальне установила шпионскую камеру и все наши кувыркания засняла... Полина потом плакала, говорила, не думала, что Ляля покончит с собой. Ну, уйдет, подаст на развод, родители ей квартиру купят, денег дадут, но чтобы так!

— А дальше что?

Гена мрачно потер затылок.

— Ужас и мрак! Полина все же пошла к Соне, а та ее выгнала, подробностей не знаю! Сначала ее выставила на улицу, потом меня. Просто швырнула на стол ключи от этой халупы и сообщила: «Купила тебе жилплощадь, считай, получил последний подарок от нас с отцом. Уходи, никогда не прощу тебе смерть Ляли!»

Вот как! Она ее любила больше меня. А квартира! Зашел, чуть не умер. Даже ремонт не сделан! Вон, смотрите, куда отселили, грязь, тараканы, жуть. Денег не дали...

Он всхлипнул.

— На что же ты живешь?

— Тут у метро палатки стоят, — пояснил Гена, — меня Ахмет на работу нанял. Ящики таскаю, упаковки с бутылками...

Я вышла на улицу, села в «Рено» и уставилась на бегущих прохожих. Что за бред? Поля дочь Кристалинской? Но такого просто не может быть. Нина родила дочь в Америке, об этой истории тогда говорила вся Москва, уж очень она была экзотичной для «застойных» лет. Хотя...

По спине у меня потекли капли пота. Что, если Нинушка нам всем врала? Ни в какой Нью-Йорк она не летала, удочерила новорожденную девочку и выдала за свою...

Я тупо смотрела на идущий за окном снег. Но подобное просто невозможно. Во-первых, я сама лично провожала Нину в Шереметьево. В те годы поездка в Америку была редкой удачей, страшным везением. Подруги радовались, а недруги скрипели зубами от злобы. Нина обставила свой отъезд торжественно, смотреть, как она улетает в США, явилось пол-Москвы. Нет, Нина точно была в Штатах. Вот только назад прилетела отдельно от группы, позже месяца на два.

Четкая картина встала перед моими глазами. Вот я с букетом цветов бегаю возле того места, откуда, толкая перед собой тяжело груженные тележки, выходят счастливчики, прилетевшие из-за кордона. Их много, но Нины нет. Наконец поток пассажиров иссякает. Я в растерянности смотрю на табло. Рейс SU-242, Нью-Йорк—Москва... А где же Нина...

Тут кто-то трогает меня за плечо. Я оборачиваюсь и вижу подругу, в руках она держит небольшой сверток.

— Привет! — радостно кричит Железнова. — А меня с младенцем через VIP-зал выпустили!

— Где твой багаж? — удивляюсь я.

— Вот, — смеется Нина, показывая на спортивную сумку.

— Это все?

— Остальное прибудет через неделю.

— Почему? — не успокаиваюсь я.

— Ну мне с ребенком и с баулами тяжело, — пустилась в объяснения Нинуша, — потом, я совершенно не была уверена, что ты меня встретишь... Вот и договорилась с парнем из посольства, он притянет мои бебехи. У него диппаспорт, все что угодно протащить может, свои сувениры получишь двенадцатого.

И ведь на самом деле она потом подарила мне жуткую фигурку статуи Свободы и брелочек для ключей с надписью «Love»...

Впервые за несколько десятков лет мне пришла в голову одна простая, как веник, мысль. А что, если

Нина вовсе не прилетала из Нью-Йорка? Что, если она просто приехала в Шереметьево на такси? Что, если... Люди, которые могли бы подтвердить факт того, что Нинушка осталась рожать на чужбине, музыканты. Оркестранты то ли из Ленинграда, то ли из Киева, они, долго не задерживаясь в столице, вернулись домой... Вся история известна нам исключительно в пересказе Нины...

Вот оно, значит, как! И вот почему на «встречу» в аэропорт была вызвана только я! Ни Ленки Говоровой, ни Тани Костомаровой, ни Игоря Ларионова, ни Сергея Бодрова не было... Почему это не смутило меня тогда? Теперь понятно. Я-то всегда безоговорочно верю людям, а другим появление Нины из «VIP-зала» могло показаться подозрительным...

У моей Маруськи есть выражение: «Тихо шифером шурша, крыша едет не спеша». Ощущая, что моя крыша покидает хозяйку с невероятной скоростью, я принялась бесцельно мотаться по городу, совершенно не соображая, куда и зачем еду. Каким-то образом добралась до «Рамстора», от тоски накупила кучу ненужных вещей и продуктов, выпила на третьем этаже кофе с булочкой и зашла в кинотеатр. Только не спрашивайте, какой фильм там демонстрировали. Совершенно не помню ни названия, ни содержания.

Где-то около пяти вечера ко мне вернулся рассудок, и появилось жгучее желание довести начатое дело до конца. Полная решимости, я села за руль и помчалась за Дегтяревым.

Что ж, сегодня я немного растерялась, раскопав чужие тайны и узнав, как одна из лучших подруг обманывала меня всю жизнь... Но теперь совершенно владею собой. Не следует сердиться на себя за проявление слабости. В конце концов, я всего лишь женщина, хрупкое, нежное создание, рожденное для тихой, размеренной жизни... И потом, я просто не умею на себя злиться, слишком люблю женщину по имени Даша Васильева.

ГЛАВА 19

Дегтярев вышел из подъезда и начал в растерянности крутить головой. Потом поглядел на часы и зашевелил губами. Сидя в «Рено», я, естественно, не могла слышать слов, но точно знала, какие фразы вылетают из его рта.

— Ну, Дарья, опять опоздала, никогда не способна приехать в назначенное время...

И это неправда. Я всегда и везде появляюсь загодя, бывают редкие случаи, когда выбиваюсь из графика, но все они связаны с ужасающими пробками на дорогах. Иногда мне кажется, что нужно приобрести вертолет, такой геликоптер с вертикальным взлетом.

Дегтярев покраснел. Надо же так злиться на ни в чем не повинную женщину, ему следует заняться аутотренингом, иначе у толстячка будут вечные проблемы с давлением. Мне стало смешно. Ну-ка посмотрим, как он поступит дальше?

Александр Михайлович вытащил свой телефон. Через минуту ожил мой «Сименс».

— Слушаю.

— Где тебя носит?

— Я от тебя нахожусь в двух шагах.

— На Петровке?

— Нет.

— На Тверской?

— Нет.

Надо же быть таким дураком.

— Нет, буквально в двух шагах.

— Где?! — завопил приятель, делаясь похожим на хорошо созревший баклажан. — Где?! Отвечай быстро!

Ну да, свет в лицо, немедленно говори правду, одну лишь правду и только правду, а то закатаю на весь срок по верхней планке. Меня окружают сплошные истерики, что родные, что приятели. Но со мной милицейские штучки не пройдут, ишь, как обозлился. Между прочим, некоторые кавалеры терпеливо ждут даму по часу, а потом еще дарят ей цветы. Но у Александра Михайловича в руках не было букета, только портфель.

— Ну где тебя носит? — злился полковник. — Холодно стоять!

Решив сжалиться над толстяком, я мирно сообщила:

— Не понимаю причину гнева! Сижу позади тебя в «Рено» темно-зеленого цвета. Зачем так возмущаться?

Александр Михайлович подпрыгнул, обернулся и уставился на машину. Я помахала ему из-за руля. Полковник влез в автомобиль и буркнул:

— Идиотская шутка!

— Думала, применишь метод дедукции и сообразишь, где я.

— Откуда мне знать, какая у тебя теперь машина, — вздохнул приятель.

— Хорошо хоть не подумал, что я прилетела на ковре-самолете, — улыбнулась я.

— Тебе больше подходит метла, — огрызнулся полковник.

— Ну не сердись, посмотри, там, в «бардачке», лежит баночка пива.

Дегтярев крякнул, поднял крышку и вытащил «Миллер».

— Дорогое какое!

— Зато вкусное.

Полковник мигом опустошил алюминиевый «бочонок» и сразу подобрел.

— Значит, «Рено»... Только, похоже, не новый... Где взяла?

— Карина Сыромятникова дала, надо поехать в салон да купить себе новый автомобиль.

— Какой хочешь?

— «Пежо-206», — ответила я, — серебристого цвета. Очень милая машина, двухдверная, но при необходимости в нее влезает пять человек. Большой багажник, маневренная, красивая, надежная... И вообще мне нравятся французские марки. А к «Пежо» прикуплю себе и новую шубку, под цвет тачки, голубую норку.

— У тебя вроде и эта курточка ничего, — задумчиво протянул приятель.

— Очень короткая и уже давно не новая... Прикинь, как красиво будет выглядеть! Выхожу я из серебряной машины в серебристой норке, фр-р...

— Ага, — хмыкнул Дегтярев, — хлопаешь дверцей, прищемляешь манто и падаешь носом в грязь. Уж я-то тебя знаю, ни дня без приключений!

Я сердито замолчала, и оставшуюся часть пути мы проделали, слушая идиотские вопли диджеев «Нашего радио». Представляете, этих ребят зовут блондинка Таня и Коля Макклаут.

Первый, кого мы увидели в холле, был Борис.

— Дашенька, — завел мужик свою песенку, — как хорошо...

Но тут его взор упал на Дегтярева, режиссер прикусил язык.

— Знакомьтесь, — предложила я.

Мужики расшаркались. Александр Михайлович повесил куртку на вешалку, сделал шаг вперед и взвизгнул:

— Что это?

— Гроб, — спокойно ответила я.

— Зачем он тут? — дрожащим голосом поинтересовался полковник.

Надо же, оказывается, наш «комиссар Мегрэ» побаивается похоронной атрибутики.

— Потом объясню, — отмахнулась я, — ступай в столовую, небось есть хочешь.

Александр Михайлович, большой любитель вкусной еды, шагнул еще раз и с неподдельным ужасом возвестил:

— Мамочка!

— Что?

— Там лежит негр.

Кто бы мог подумать, что мы с Дегтяревым настолько похожи, что одинаково реагируем, увидев Банди на кружевной подушечке.

— Ой, не могу, — захихикал Борис, — это же чертов питбуль полюбил здесь спать. Уж что я только не делал, чтобы его отвадить, без толку!

— Ага, — сообразил наконец Дегтярев, — ясненько. У Дашутки все как всегда. Питбуль, отдыхающий в гробу... А крокодила, вяжущего в кресле носки, еще не завели?

Не получив ответа, Александр Михайлович исчез в столовой.

— Это и есть твой бойфренд? — поинтересовался Боря.

Я кивнула.

Но режиссера было не так легко заткнуть.

— Ну, дорогуша, он скорей дедфренд, — развеселился Борис. — Зачем тебе, молодой и прекрасной, старый мухомор, трухлявый гриб. Может, бросишь его и обратишь внимание на меня? Хотя я и не Керубино, но и не Мафусаил.

— Сердцу не прикажешь, — сообщила я и, решив показать всю огромность своей любви, схватила шлепки Аркадия и кинулась в трапезную с воплем: — Милый, вот твои тапочки!

Дегтярев удивился так, что выронил вилку, занесенную над куском сочной вырезки. Мало того, что я никогда не обращалась к нему, сюсюкая «милый», так еще у нас в доме никто никогда не натягивал сменную обувь. Кстати, мне всегда не нравилась московская привычка предлагать гостям разношенные баретки без задников. Приходишь вся такая разнаряженная, при макияже и духах, а тебе, бац, выдают нечто отвратительное, и потом весь вечер чувствуешь себя кретинкой, при вечернем костюме и в отороченных мехом пантофлях.

Когда мы жили в Медведкове и, естественно, не имели прислуги, я спокойно протягивала гостям мокрую тряпку и предлагала вытереть подметки. Сейчас же основная масса наших приятелей купила машины, и вопрос с грязной обувью отпал сам собой. Но Кеша, Маня и Зайка, естественно, ходят в Ложкине в удобной домашней обуви, и сейчас я трясла перед ошалевшим полковником тапками, принадлежавшими Кеше.

— Ты хочешь, чтобы я их надел? — изумился Дегтярев.

— Конечно, родной, небось ножки за день устали!

Александр Михайлович крякнул.

— Ну, если ты настаиваешь...

И он встал, намереваясь выйти в холл.

— Нет, дорогой, не надо утруждать себя, переобувайся тут, а я унесу твои ботиночки...

— Ты заболела? — неожиданно поинтересовался приятель, расшнуровывая жуткие башмаки фабрики «Парижская коммуна».

Интересно, почему даже сейчас, когда вокруг полно изящной и удобной обуви, Дегтярев предпочитает покупать то, что невоздержанная на язык Зайка зовет «говнодавами»? Или он донашивает старые запасы?

Ничего не понимающий полковник покорно всунул ступни в предложенные тапки. Я осторожно, держа двумя пальцами его ботинки, оттащила их в холл, а потом принялась на глазах у Бориса изображать заботливую любовницу.

— Дорогой, подложить тебе морковки?

— Нет, спасибо.

— Скушай, милый, она полезна для твоей печени.

— Не хочу, — побагровел полковник, не терпящий никаких намеков на свои болячки.

— Тогда возьми брюссельской капусты, в ней много железа.

— Будешь весь как памятник, — хихикнула Зайка, — железный Дегтярев. А что, звучит хорошо. Впрочем, у нас имелся в свое время железный Феликс.

Как один из кадровых сотрудников МВД, полковник более чем прохладно относится к людям из ведомства КГБ или ФСБ по-нонешнему. Александр Михайлович слился по цвету с отвергаемой им морковкой, но ничего не ответил Ольге.

— Не желаешь капустки, скушай бутербродик, — продолжала я квохтать.

Александр Михайлович взял кусок хлеба и потянулся к масленке. Но я проявила бдительность и перехватила его руку.

— Нет!

— Почему? — обозлился полковник.

— Только не сливочное масло, в нем сплошной холестерин, и хлеб тебе ни к чему, от него лишь полнеют.

— Но как же тогда сделать бутерброд? — осведомился вконец одураченный Александр Михайлович.

— По-японски!

— Как?!

— Вместо хлеба листик салата, сливочное масло замени маргарином, а колбасу редиской.

— Диета придурковатого кролика, — сообщила Манюня. — Мусечка, ну что ты привязалась к Дегтяреву? Он мясо любит! Пусть ест.

Полковник с благодарностью глянул на Машку и пододвинул к себе тарелку с бужениной, но я решительно выхватила из его рук запеченную свинину и сообщила:

— До сих пор Александр Михайлович весьма безответственно относился к своему здоровью, но больше я не дам ему укорачивать свою жизнь, он нужен мне живым. Ешь капусту!

Бедный толстяк не выдержал:

— Дарья! Ты головой не ударилась?

— Нет, миленький, — ответила я, потом нежно обняла его за плечи и провела рукой по темечку, — как ты оброс. Надо сходить в парикмахерскую.

Повисла тишина. Потом Зайка тихонько сказала:

— Скорей уж в будку для чистки обуви.

— Что ты имеешь в виду? — спросила я.

— А что Дегтяреву делать у цирюльника? — захихикала Зайка, — он же лысый, как коленка. А в будке щеточкой начистят и бархоткой отполируют, и вообще, чего ты к нему сегодня прилипла? Дай человеку поужинать!

Тут вошел Аркадий и с порога заявил, глядя на Александра Михайловича:

— Ты зачем влез в мои тапки? А ну снимай живо.

Испугавшись, что Борис смекнет, что к чему, я утроила заботу. После ужина усадила приятеля в кресло, прикрыла ему ноги пледом, притащила вместо грелки Хуча, подсунула под ноги маленькую скамеечку, вручила газету, подала пульт от телевизора, приволокла фужер с коньяком, набила трубку, поднесла зажигалку и в конце концов уселась на ковер возле ног полностью обалдевшего Дегтярева в компании Снапа, Черри и Жюли.

— Мусечка, ты просто как верная собака, — заметила Маня.

Я сделала вид, что не слышу ядовитого замечания, и уставилась в экран телевизора. Шел ужастик, который наше телевидение отчего-то называет информационной программой «Сегодня». В Чечне убили десять человек, в Уфе взорвался газ, семь детей погибло во время аварии на железнодорожном переезде. Это же какую нервную систему нужно иметь, чтобы спокойно смотреть на данный видеоряд? Уж лучше включить ТВ-6, где идет идиотская, но веселая программа «33 квадратных метра». В любой другой день я бы не задумываясь щелкнула пультом, но только не сегодня. Разве любящая женщина может так поступить? Однако какая это трудная роль! Надеюсь, что все мучения вознаградятся сторицей и Борис отвяжется от меня.

— Мусечка, тебя! — завопила Машка и швырнула мне трубку.

Я ухитрилась ее поймать и, забыв выйти из роли влюбленной кретинки, жеманно ответила:

— Аллоу.

— Дарья? — раздался резкий женский голос. — Дарья Васильева?

— Да.

— Вы пользуетесь сейчас машиной «Рено», принадлежащей Карине Сыромятниковой?

— Да. А в чем дело?

— Мне необходимо побеседовать с вами. Срочно, прямо сейчас.

Я глянула на часы: четверть одиннадцатого.

— Уже поздно.

— В самый раз. Впрочем, знаете ресторан «Русская сказка?»

— Конечно, он рядом с Ложкином, буквально в одном километре.

— Буду там через полчаса, хорошо?

— Да кто вы?

— Софья Кристалинская, — ответила дама, — жду через тридцать минут.

Я отключилась и осторожно посмотрела на Дегтярева. Полковник мирно спал, Хуч сопел у него на коленях. Маня с Зайкой играли в нарды, а Кеша с Борисом бурно обсуждали что-то, разглядывая глобус на подставке, который Аркашка недавно притащил в гостиную. Так, все заняты, можно попробовать удрать незамеченной. Но стоило мне подняться, как Александр Михайлович приоткрыл один глаз.

— Ты куда?

— Спи, милый, пойду к себе, устала очень.

Полковник смежил веки. Я поднялась в спальню, заперла изнутри дверь, вытащила из шкафа удобные кроссовки, куртку и распахнула балкон. Пусть все думают, что я мирно почиваю в кровати. Моя коротенькая шубейка и зимние сапожки тоскуют в холле, никто и не подумает, что матери нет дома. Я же уйду таким способом, каким всегда покидала здание, когда желала исчезнуть незаметно, — по садовой лестнице, которая стоит у моего балкона.

ГЛАВА 20

Ресторан «Русская сказка» был полон народа. Уже войдя в битком набитый зал, я запоздало подумала: «А как я узнаю мадам Кристалинскую?»

— У вас заказан столик? — услужливо поинтересовался метрдотель.

— Нет.

— Извините, но у нас только по предварительной записи.

— Вы не знаете Софью Кристалинскую? Она назначила мне тут свидание.

Обер улыбнулся.

— Вас зовут Дарья?

— Да.

— Прошу за мной.

Ловко лавируя между столиками и людьми, он довел меня до маленькой дверки и толкнул ее.

— Прошу.

Я шагнула в крошечную комнатушку, так называемый кабинет, где стоял столик на двоих. На стуле сидела роскошная, яркая женщина. Всего в ней было чересчур. Слишком черные волосы, кроваво-красные губы, неестественно румяные щеки и огромные карие глаза, чем-то похожие на коровьи. Рукой, на которой блестели и переливались кольца, она сделала небрежный жест, и старший официант с поклоном испарился.

— Садитесь, — велела мне Соня.

Я посмотрела на нее и наморщила нос. Со мной нельзя разговаривать подобным тоном, пусть раздает указания прислуге. Очевидно, Кристалинская поняла, что совершила бестактность, потому что через секунду добавила совсем другим тоном:

— Даша, я очень рада вас видеть, присаживайтесь, хотите коньяку?

— Спасибо, я за рулем.

— Ну двадцать грамм можно.

— Вы вытащили меня из кровати, чтобы напоить? — усмехнулась я.

Соня хмыкнула.

— Ладно, тогда сразу перейдем к делу. Скажите, зачем вы сегодня расспрашивали моего несчастного сына Геннадия? Почему представились частным детективом? Только не надо сейчас врать! Я знаю о вас почти все. Вы живете в Ложкине, имеете сына Аркадия, дочь Машу, невестку Ольгу и двух внуков. У вас отличное финансовое положение, и работать сыщиком вам нет никакой необходимости... Продолжить?

— Не надо, — ответила я, — на самом деле я беседовала с мужчиной по имени Геннадий, только, насколько понимаю, он не ваш сын. Кстати, меня волнует тайна гибели вашей дочери, Полины! Я долгие годы считала, что ее родила моя подруга Нина Железнова, но...

— Смотрите, — неожиданно прервала меня Соня и выложила на стол книгу в красивом кожаном переплете.

— Что это?

— Фотоальбом.

Я открыла обложку. Веселая молодая женщина держит на руках завернутого в одеяло младенца. Соня пополнела с тех пор и сделала другую прическу, но лицо узнаваемо. Рядом с букетами цветов стоят парень и девушка.

— Это мы забираем Гену из роддома, — пояснила Соня.

Я переворачивала странички, мелькали фото. Голенький, крохотный мальчик «подрастал». Пошли групповые снимки, сделанные в детском саду, потом в школе, завершало экспозицию свадебное фото.

— Он, наверное, сообщил вам, что мы взяли его из детского дома в возрасте четырех лет, — вздохнула Соня.

— Но как же, — забормотала я, — ничего не понимаю!

— Мой сын тяжело болен, — ответила Кристалинская, — он психически нездоровый человек, а Полина Железнова, уж простите, пожалуйста, хоть и является дочерью вашей подруги, на самом деле хитрая дрянь, решившая воспользоваться ситуацией.

Я оторопело хлопала глазами.

— Но...

— Ладно, — стукнула ладонью по столу Соня, — слушайте.

Геннадий родился вполне здоровым мальчишкой, веселым и крепким. Лет до двенадцати он развивался совершенно нормально, но классе в седьмом вдруг стал угрюмым, малоразговорчивым, начал таскать двойки. На все вопросы родителей он сначала огрызался, а потом и вовсе замолчал. Затем лег в кровать и проспал почти неделю, просыпаясь один раз в сутки. Перепуганные отец и мать вызвали врача. Терапевт развел руками и посоветовал обратиться к психиатру.

Месяца два Гену, засыпавшего на ходу, таскали по клиникам. Диагноз заставлял содрогнуться: заболевание психики. Шизофрению не ставили, но психопатическое состояние подтверждали. Соня бросила работу и кинулась спасать сына. К делу подключили лучшие силы. Мать боролась за ребенка до конца. Нашла знакомых за границей и, наплевав на то, что коммунистическая власть косо поглядывала на тех, кто общался с иностранцами, начала покупать за рубежом безумно дорогие лекарства.

Пришлось продать «Волгу», дачу, поменять трехкомнатную квартиру на меньшую... Видя подобное старание, господь сжалился над Соней. В четырнадцать лет Гена вновь стал обычным подростком, может быть, только чересчур тихим. Сонечка молилась каждый день, боясь, что болячка вернется. Но Геннадий рос, становился юношей... Сорвался опять он в двадцать лет. Причем вбил себе в голову странную, дикую фантазию: он неродной сын Кристалинских, а приемыш без роду и племени. Более идиотского вымысла нельзя себе и представить, если учесть, что тьма Сониных подруг могла рассказать о том, как встречала Кристалинскую у роддома. Но на то она и болезнь, что не поддается никакой логике. Гена мучился безумно, он обожал отца с матерью и страдал, думая о том, что рожден неизвестной женщиной. Обострение болячки наступало у него в мае, как по часам, тянулись летние месяцы, а осенью к Геннадию вновь возвращался разум. Однажды один опытный психиатр подсказал матери, что приступ можно облегчить или даже совсем купировать, если разрешить парню иметь половую связь. У душевнобольных людей часто повышенная потенция, а регулярная жизнь с женщиной может сотворить чудеса.

Соня мигом начала действовать. В доме появилась молоденькая домработница. И Гена целых два года провел без обострения. День, когда Леночка уволилась, стал роковым. Гена съехал с катушек. Только теперь к дикой фантазии про приемного ребенка добавилось еще и пьянство. Парень начал наливаться водкой. Соня впервые растерялась, но потом поняла, что Гену следует женить. Так в доме появилась Ляля, провинциальная девочка, бедная и малообразованная.

— Мы с ней просто договорились, — объясняла Соня, — брак — это ее работа. Она всегда должна быть дома, прислуживать Гене и никогда не отказывать парню в постели. А я платила ей деньги.

Ляля честно выполняла контракт, считая, что ей очень повезло. Живет в роскошном доме, одевается, как царица, тратит деньги на любые прихоти, да еще откладывает каждый месяц определенную сумму.

— Она мне нравилась, — говорила Соня. — Хоть и нашла я девчонку на самом дне, у сутенера выкупила.

— И вы не побоялись взять в дом проститутку?

Соня ухмыльнулась.

— Нет. Ляля была молода, здорова, я, естественно, сначала отправила ее на полное медицинское обследование. Характер у девочки был самый подходящий, и она жутко боялась вновь оказаться на панели.

— Но можно ведь было найти невестку и среди своих.

— Нет, — покачала головой Соня, — все знакомые в курсе проблем Гены, а какую-нибудь девчонку из его института не хотелось. Польстится на деньги, мы ведь очень богаты, а потом затеет развод. Оно бы и фиг с ним, но только все обострения у Гены начинаются после стресса. Нет, с Лялей ему было хорошо, хотя он бегал налево, но никто не возражал. За весь их брак сын ни разу не сорвался, Лялечка умела им управлять, и я полюбила девушку. Кстати, я совершенно ничего не имела против ребенка, с радостью воспитывала бы внука, но Лялечка не беременела.

Вот так они и жили, неожиданно став счастливыми. Впервые за долгие годы Соня расслабилась и даже потеряла бдительность. Они с Данилой съездили вдвоем в Париж и в Испанию. До сих пор Кристалинские не могли себе позволить отдых вдвоем, Гена всегда был при них, мать боялась оставить сына одного. Но теперь за парнем приглядывала Ляля. Сонечке даже стало казаться, что сын излечился. Гена работал у отца на фирме и даже считался там хорошим специалистом.

Потом случилась неприятность. Ляля сломала руку, да еще так неудачно, в трех местах, вместе с ключицей, со смещением и осколками. Соня, естественно, мигом определила девушку в клинику. Произошло событие во вторник, а уже в среду мать нашла сына в компании с бутылкой. Долго не колеблясь, она приняла решение. В доме появились Майя и Полина.

— Вы знали Железнову? — не утерпела я. — С Майей понятно, наняли в «Уюте», а девушку где взяли?

Соня вытащила пачку сигарет, повертела ее у руках, потом, не закурив, убрала в сумочку и спросила:

— Говорите, она дочь вашей близкой подруги?

— Да.

— И вы хорошо знакомы с девочкой?

— Достаточно. Одно время очень тесно общались,

потом стали реже встречаться, но Полина частенько приезжала в гости.

— Тогда не настаивайте на ответе.

— Не понимаю...

— Я не стану объяснять вам, кто познакомил меня с Железновой, вам будет не слишком приятно узнать правду.

— Говорите!

— Поверьте, не стоит!

— Выкладывайте!!!

— Ладно, — вздохнула Соня, — только имейте в виду, я предупредила с самого начала, что информация малоприятная... У меня есть подруга, у которой не муж, а настоящий кобель. Если хоть раз в день с кем-нибудь не трахнулся, считает, что сутки прошли зря. Жена, естественно, не в счет. Ну, моя подруга боится сразу нескольких вещей. Какого-нибудь заболевания, черт с ней с гонореей и даже сифилисом, но ведь есть СПИД. Но больше всего пугает ее, что муж в один прекрасный день просто уйдет к другой, поэтому у нее в доме постоянно мелькают молоденькие хорошенькие горничные. Алиса считает, что лучше уж она сама будет контролировать процесс. Девиц поставляет ей некий Молоков.

— Кто?

— Молоков Кирилл Олегович, — спокойно повторила Софья, — он сутенер, и в его распоряжении самые разные девицы. С его помощью я нашла Лялю. Попросила в свое время Алису помочь, сказала, хочу Гене девчонку подыскать, та познакомила меня с Кириллом, кстати, очень милый с виду человек. Соня объяснила ему задачу: нужна молодая, но не до конца испорченная девочка, с опытом работы и определенными актерскими данными. Молоков не подвел.

Вот поэтому-то Кристалинская и обратилась к нему еще раз, предупредив, что дело спешное.

Кирилл и в этот раз оказался на высоте. Соня встретилась с ним утром, а вечером в доме появилась Полина.

— Она была одной из его девочек, — пояснила Соня, стараясь не смотреть мне в глаза.

— Полина — проститутка?! Быть того не может!

Соня развела руками.

— Понимаю, что поверить трудно, но это так!

— Дайте мне телефон Молокова! — потребовала я.

Кристалинская вытащила из сумочки крохотный «Эриксон», потыкала пальцем в кнопки.

— Пишите, будете звонить, скажете от меня.

Я накорябала номер на салфетке и уставилась на Соню.

Та тихо сказала:

— Я предупреждала, что не нужно вдаваться в подробности, ну какая разница, откуда она взялась? Намного важней, что случилось потом.

Соня была вынуждена рассказать Полине правду. Она предупредила, что нанимает ее только на время болезни Ляли. Железнова спокойно оговорила условия, и через день Соня с удовлетворением отметила, что «домработница» приступила к выполнению обязанностей. Спустя еще несколько суток Соня вздохнула совсем свободно, поняв, что заместительница Ляли пришлась по душе сыну. К бутылкам он больше не прикасалея.

Через месяц вернулась Ляля, но Полину пришлось оставить. Гена отказывался иметь дело с женой, сказав той:

— Лялечка, у тебя загипсовано полтела, никакого

удовольствия нам секс не доставит, давай подождем полного выздоровления.

Но когда повязки сняли, выяснилось, что Ляля не может шевелить рукой. Одним словом, Поля жила в доме, она начинала чувствовать себя там хозяйкой, а потом у нее появился план, как сделать так, чтобы занять теплое место Ляли.

— Я сама во всем виновата, — грустно говорила Соня, — меня предупреждали, что болезнь сына неизлечима, она может притаиться, заснуть, но пройти навсегда — нет. А я потеряла бдительность, слишком хорошо шли дела.

Тут еще и печень заболела, зашевелились камни в желчном пузыре, вот Соня и подалась в Карловы Вары, не чувствуя никакой тревоги. Да и чего ей было бояться: Ляля дома, Полина на подхвате. Гена под двойным присмотром.

Вот только Кристалинская не знала того, как сильно хочется Поле занять место Ляли...

— Она придумала дикую историю, зная фобию Гены, — монотонно рассказывала Соня, — а тот безоговорочно поверил негодяйке. Эта дрянь ухитрилась наврать про меня черт знает что! Якобы я проститутка... повторять противно. И ведь как точно рассчитала. Геночка ни на минуту не усомнился ни в чем. Боясь, что на мать падет позор, он пошел к Ляле и сказал:

— Мы разводимся. О причинах не спрашивай, я естественно, обеспечу тебя до конца дней.

Но Лялечка ответила:

— Никогда.

Соня лечилась в Карловых Варах, посоветоваться невестке было не с кем. И тогда случилось то, что случилось.

— Зачем ей кончать жизнь самоубийством? — взвилась я. — Никаких причин я не вижу.

— Кто сказал про самоубийство? — грустно спросила Соня.

— Гена и потом еще одна дама...

— Милиция констатировала несчастный случай, — отрезала Соня.

Я кивнула.

— Хорошо. Только почему вы выгнали из дома Полину? Нелогично получается. Боялись оставить сына без женщины и выталкиваете его даму сердца за порог... Одно с другим не вяжется...

Соня молчала.

— Значит, вы лжете, — заявила я, — вопрос, почему? Может, сами наняли киллера, чтобы убрать Полю, а теперь выворачиваетесь?

Кристалинская закусила нижнюю губу и уставилась в окно.

— Имейте в виду, — пригрозила я, — никакое богатство не дает вам права распоряжаться жизнью людей. Есть у меня близкий друг, полковник МВД, попрошу его навести ясность в этом запутанном деле, пусть пороет как следует! Все тайное становится явным!

— Вам же бесполезно предлагать деньги, — протянула Соня.

— За что? — удивилась я.

— Чтобы прекратили свою бурную деятельность.

— Естественно! Я сама могу дать вам сколько угодно тысяч! Меня волнует истина, — патетически заявила я.

Повисла тишина, потом Соня пробормотала:

— Хорошо, я скажу правду, только дайте обещание, что она останется между нами.

— Конечно, — тут же пообещала я, — говорите.

— Чтобы избавить мать от позора, Гена решил жениться на Полине, — сообщила Соня, — но Ляля не соглашалась на развод, и сын убил жену.

— Как?! — подскочила я.

Кристалинская стала нервно вертеть в руках бокал.

— Поднес к ней змею. Ляля терпеть не могла пресмыкающихся, она ни за что бы не взяла в руки даже ужа, а тем более эфу... Нет, это проделал Гена. Он сам мне признался. Ляля спала в своей комнате, а муж принес ядовитую дрянь, разозлил и положил на грудь к девушке. Он умеет обращаться с гадами, знает, как правильно их держать и что надо сделать, чтобы привести змеюку в «рабочее» состояние.

Убедившись, что Ляля мертва, Гена перенес тело в серпентарий и попытался изобразить дело как самоубийство.

— Вы не представляете, сколько денег стоило прикрыть эту историю, — вздыхала Соня. — Получили все: следователь, эксперт ну и, конечно, Полина. Я не могла позволить, чтобы Геннадия отдали под суд. Естественно, его признали бы невменяемым и определили в спецбольницу. Большего ужаса нельзя себе и представить.

Как всегда, стресс вызвал новый виток болезни. Гена стал неуправляемым. Теперь к фобии «приемыша» и пьянству добавилась новая беда. Парень рвался уйти из дома. Соню консультировал один из лучших психиатров России. Вот он и посоветовал:

— Дорогая моя, понимаю, что тяжело, но вам придется пойти у парня на поводу. Чем больше будете его удерживать, тем активнее он будет бежать прочь, не дай бог совсем съедет с катушек, и тогда — беда, без стационара не обойтись. Лучше всего, если выгоните сына.

Через какое-то время приступ купируется, а вы пока подберете ему новую «жену».

— Вы сами с ума сошли! — разозлилась Соня. — Предлагаете мне выкинуть на улицу больного человека!

— Дорогая, — улыбнулся врач, — придется вновь разыгрывать спектакль.

Спешно, за один день, была куплена квартира. Договорились и с пронырливым Ахметом, нанимавшим Гену на «работу». Расплачивался он с парнем бутылками и едой. В водке было растворено необходимое лекарство. Через три дня Сонечка доставила на площадь молоденькую Светочку. Ахмет посадил ее в ларек и велел Гене помогать продавщице.

— Сейчас, слава богу, запой заканчивается, — пояснила Соня, — Света вроде нравится парню...

— Как вы узнали, что я у него была?

Соня усмехнулась.

— За квартирой и за Геной следят сразу несколько человек. Я боюсь, что с ним случится неприятность. Охрана незаметно провожает его на площадь, караулит там. Жители района должны быть мне страшно благодарны. Мои люди из соображений безопасности прогнали от метро всех асоциальных элементов, там пока «бомжует» один Гена. Естественно, мне мигом сообщили, что к сыну приезжала дама на «Рено». Дальше дело техники. По номеру уточнили, что авто принадлежит Карине Сыромятниковой, а она ответила: «Машина моя, только ездит на ней соседка, Даша Васильева». Мы так мило поболтали с Кариной, она рассказала о вас...

Я пыталась сообразить, что к чему, но мысли расползались, словно червяки при виде лопаты.

— Не проще ли было оставить Полину? — наконец спросила я.

— Нет, — резко ответила Соня, — во-первых, Железнова и заварила эту кашу. Мне такая женщина в доме не нужна. А потом... Она сама убежала, когда поняла, что Гена — убийца. Небось побоялась. Выйдет за парня замуж, тот и ее...

— И вы отпустили ее просто так?

— Я дала ей много денег.

— Не побоялись, что начнет шантажировать вас? Соня поджала губы.

— Еще вопрос, кто кого мог шантажировать. Я девчонке прямо заявила: только пикни, мигом растрезвоню по всем газетам правду про Молокова, который усиленно изображает из себя респектабельного гражданина, а когда Кирилл позвонит, скажу, что это ты разболтала журналистам. Больше двух дней тебе после не прожить! Да и дело с Лялиной смертью можно так вывернуть... Сама виноватой станешь!

ГЛАВА 21

Домой я вернулась в состоянии грогги. Полное ощущение, что проглотила грамм сто водки. Голова кружилась, глаза плохо видели, в уши словно кто-то запихал затычки, ноги дрожали, а спина стала липкой...

Чтобы не шуметь, я не стала заводить «Рено» в гараж. Пешком пересекла двор, влезла по лестнице наверх, попала через балкон в комнату и услышала настойчивый стук в дверь.

— Эй, Дарья, открой, — тихо, но твердо бубнил Дегтярев. — Эй, что молчишь?

— Кто там? — прохрипела я, изображая разбуженного человека. — Кто?

— Открой.

— Что надо? — сипела я, быстро вылезая из свитера.

— Поговорить.

— О господи, погоди минутку, сейчас встану, — пообещала я, дергая в разные стороны шнурки.

Но они, как назло, запутались окончательно, а в комнате ни ножниц, ни ножа, и разорвать путы мне слабо. Дегтярев не должен видеть меня в кроссовках, да и джинсы я снять не могу, остается один выход... Я подошла к двери.

— Послушай, неохота одеваться, сейчас отопру, а ты войди через пару секунд, хочу лечь в кровать.

— Ладно, — покладисто ответил Дегтярев.

Я повернула ключ, потом мгновенно юркнула под одеяло, в кроссовках и джинсах.

— Я прямо испугался, — заворчал полковник, входя в спальню, — стучу, стучу, а ты молчишь. Грешным делом подумал, не случилось ли чего?

Я обежала взглядом комнату и показала на пузырек валокордина.

— Наглоталась капель и заснула, голова болела... Не думала, что кому-нибудь придет в голову мысль колотиться в дверь, запертую, между прочим. Ну неужели не понятно, если человек не открывает, значит, спит или занят. Покоя нет никакого!

— Не сердись, — улыбнулся полковник, — не дуйся. Просто я хотел тебе кое-что сказать.

— Говори, — ответила я, усиленно зевая, — вещай!

Александр Михайлович сел в кресло, вытащил трубку и спросил:

— Можно?

— Пожалуйста.

Полковник аккуратно набил агрегат, сосредоточенно раскурил и поинтересовался:

— Сколько лет мы знакомы?

Я призадумалась.

— Двадцать пять.

— Вот, могли бы серебряную свадьбу справить!

— Мы бы давным-давно развелись, — засмеялась я, — а так дружим. Впрочем, никогда не горели желанием вступить в интимные отношения.

— Это верно, — хмыкнул Дегтярев, — знаешь, я баб боюсь, ну пугает меня перспектива увидеть на кухне некую особу, которая начнет жарить котлеты и звать меня Шуриком. И потом, как посмотришь кругом! У всех не жены, а оживший кошмар.

— Не тоскливо без семьи?

— Я давно считаю вас родственниками, — разоткровенничался Дегтярев, — ты вроде как сестра, а Кешка с Машкой — племянники. Все ведь свободное время провожу с вами.

— Вот и переехал бы совсем, — предложила я, — дом огромный, места хватит.

— Ну, — замялся Александр Михайлович, — мне бы очень не хотелось, чтобы в наших отношениях что-то менялось, потому я и пришел пошептаться.

— Случилось чего?

— Ну, в общем, пойми меня правильно, извини, коли что не так, — занудил приятель.

— Ты влюбился?!

— С ума сошла, — подскочил толстяк, — в моем возрасте.

— При чем тут года? И вообще «любви все возрасты покорны», классик сказал.

— Ладно, — решился полковник, — если ты полагаешь, что мы после стольких лет безмятежной дружбы должны пожениться, изволь, пойду навстречу твоему идиотскому желанию, хотя предвижу, какие мерзкие разговоры о ментах, польстившихся на богатую даму, поползут по министерству. Но, коли хочешь, пожалуйста. Только извини, я отношусь к тебе по-братски и боюсь, не смогу...

Я, забыв, что на мне сверху только один кружевной лифчик, резко села в кровати, не снимая одеяла с ног. Полковник деликатно отвернулся. Я схватила футболку, висевшую на спинке кровати, натянула ее и сказала:

— На фиг ты мне нужен!

Александр Михайлович подскочил.

— Но весь вечер... Кеша сказал: иди к матери объясняться.

— О боже, — вздохнула я, — никаких чувств, кроме родственных, я к тебе не испытываю, просто тебе надо следить за здоровьем.

— И все?

— И все.

— Ладно, пойду спать, — ответил явно повеселевший полковник.

Он встал, потом пригляделся к изножью кровати.

— Что там болтается?

— Где? — лениво спросила я.

— Вот, из-под одеяла свисает, на грязный шнурок похоже.

Не успела я сообразить, что к чему, как Александр Михайлович резко наклонился. В следующую секунду моя правая нога дернулась и высунулась из-под одеяла.

— Ты спишь в джинсах и грязных кроссовках? — воскликнул полковник и нахмурился.

— Послушай, — обозлилась я, быстро пряча конечность под одеяло, — у каждого человека имеются свои привычки. Один обожает ковырять в носу, другой ест в постели и вытирает руки о простыню, а я сплю в кроссовках, да, я сплю в кроссовках, обожаю спать в кроссовках, могу проводить ночь только в кроссовках! Если уж хочешь знать правду, все четыре мужа бросали меня из-за этого пристрастия, им не нравилась жена, залезающая в кровать, обутая в спортивные ботинки. Хотя, если вдуматься, ничего плохого тут нет! Сущая ерунда!

— Но зачем ты спишь в «Адидасах»? — только и сумел вымолвить Дегтярев.

— Мне холодно! Страшно мерзну! Отстань!

— Ну-ну, — пробормотал Александр Михайлович, — спокойной ночи.

Вымолвив последнюю фразу, он ушел. Я в изнеможении откинулась на подушки — ну почему у меня всегда так? Вечно попадаю в идиотские ситуации.

Сон пропал окончательно, вернее, его и не было. Кое-как, сломав два ногтя, я разодрала шнурки, вылезла из джинсов и попыталась счистить с простыни ошметки грязи. Представляю, как обозлится завтра Ирка, когда увидит пятна. Впрочем, я скажу, что вечером нашла под одеялом Снапа, который заполз туда с вымазанными лапами. Ира любит ротвейлера и мигом замолчит.

Сев в кресло, я включила телевизор и, глядя на экран, по которому носились два мужика с лестницей, принялась думать о своем.

Было от чего тронуться умом. Полина — проститутка! Девочка по вызову! Нет, такого просто не может быть! Наверное, Соня наврала мне, чтобы выкрутиться... А если нет? Что тогда?

Я сидела с совершенно пустой головой, наблюдая за актерами. Теперь парни кидались друг в друга тортами. Приходится признать, я не знаю, кто убил Полину, более того, не понимаю почему или, если угодно, зачем? Кому выгодна смерть девушки?

Руки сами собой схватили телефон. Не слишком прилично звонить незнакомому человеку в три часа утра, но Молоков сутенер, следовательно, сейчас у него в самом разгаре рабочий день. Такого человека нужно ловить ночью, утром и днем он спит. Соня дала мне номер мобильного, он начинался с тех же цифр, что и мой, — 792.

«Бип-бип-бип-бип», — неслось из трубки. Небось не слышит, сама сколько раз находила потом в окошечке сигнал «повисшего» звонка.

— Алло, — пробурчал хриплый голос, — кто там?

— Здравствуйте, Кирилл Олегович, — бодро провещала я, — ваш телефон мне дала Соня Кристалинская...

— О боже, — простонал мужик, — кошмар, зуб болит невыносимо, только заснул...

— Простите, — растерялась я.

Но Молоков, очевидно, взял себя в руки.

— Ерунда, слушаю.

— Мне нужно побеседовать с вами лично, когда можно приехать?

— Сейчас!

— Сейчас? В три утра?

— А что такого? — хмыкнул Молоков. — Вы не спите, да еще и меня ухитрились разбудить... Где находитесь?

— Коттеджный поселок Ложкино...

— А, Ложкино, знаю, вам по МКАД до меня пять минут, пишите адрес.

Интересно, кто из наших соседей заказывает у мужика девочек?

Понимая, что прилечь не удастся, я начала одеваться. Потом, покорившись обстоятельствам, открыла балкон, занесла ногу над перилами и услышала за спиной шорох! Вот кошмар! Кто-то из домашних полуночничает и решил заглянуть ко мне.

Я обернулась и увидела Снапа, медленно входящего в комнату.

— Черт тебя побери, напугал!

Ротвейлер завертел задом.

— Ложись и спи.

Снап сел у кровати. Я заперла дверь изнутри и вылезла наружу. Стоял отвратительный холод. Щелкая зубами, я донеслась до «Рено» и тихо-тихо, на первой скорости покатила к воротам. Уже нажав на брелок, при помощи которого автоматически раздвигаются створки, я оглянулась. Наш дом был погружен в темноту, только в моей спальне горел ночник, я забыла выключить свет.

Молоков жил в симпатичном кирпичном домике. Здание пряталось за железными воротами, охранник, очевидно, привычный к потоку гостей, молча пропустил «Рено». Я подрулила к крыльцу и нажала кнопку. Дверь распахнулась, на пороге стоял сам хозяин, одетый в джинсы и голубую водолазку. Сразу стало понятно: Кирилл не лгал про больной зуб. Правая щека мужика выглядела полнее левой.

— Вы Дарья? — вздохнул он и поморщился. — Проходите.

В шикарно обставленной гостиной Молоков сказал, открывая бар:

— Наверное, не станете пить коньяк?

— Нет, спасибо, лучше минеральной воды...

Кирилл открыл бутылку «Перье», отхлебнул из своего бокала и скривился.

— О боже!

— Так болит?

— Жутко, — простонал Молоков, — измучился до предела...

— Чего к врачу не пошли?

— Боюсь, — ответил мужик, — бормашину увижу и умру. Прямо в момент.

— Все равно придется идти...

— Ни за что!

— Заражение крови может произойти...

— Не-а, уже не в первый раз, — вздохнул Кирилл, — дней пять поболит и утихнет.

— Вы прямо пещерный человек, — возмутилась я, — сейчас придумали изумительные обезболивающие...

— Не, — тянул свое Молоков, — ни за какие баксы. Может, и больно не будет, только от страха скончаюсь. Все эти инструменты, крючки, палочки... Прямо камера пыток. Буду терпеть!

Я сочувственно вздохнула: если я кого и боюсь, так это стоматологов. Милейшая Танечка Рудых, которой я изредка разрешаю заглядывать в свой рот, один раз призналась:

— Обожаю, когда ты садишься в кресло!

— Почему? — удивилась я.

— А так орешь, так визжишь...

— Что же в этом хорошего? Извини, сдержаться не могу. Ведь не больно совсем! Воплю от страха.

— Знаю, — веселилась Танюша, — а больные в коридоре этого не знают и думают, будто я несчастной бабе челюсть пассатижами выламываю. Отпущу тебя, выгляну в коридор... Никого! Все смылись! Можно идти пить чай. Красота! Приходи почаще.

Так что я очень хорошо понимаю Кирилла. Впрочем, могу попытаться помочь мужику.

— Вы верите в колдунов?

Молоков проглотил коньяк.

— Нет, конечно, разве я похож на идиота? Почему вы спрашиваете?

— Видите ли, у меня была бабушка, очень своеобразная женщина. Все в ней было необычно, начиная с имени, бабусю звали Афанасия. Она курила, с удовольствием прикладывалась к рюмке, обожала компании, до самой смерти носила каблуки, словом, вела себя отнюдь не как пожилая дама. Более того, бабуля самозабвенно играла в карты, в преферанс. Надо отдать ей должное, делала она это великолепно, потому что обладала великолепной памятью и логическим мышлением. Иногда везение покидало ее, нам, например, пришлось переехать из центра в Медведково, потому что Фасенька ухитрилась проиграть гигантскую сумму... Но чаще она все же побеждала. Ее великолепно знали во всех московских квартирах, где шла крупная игра. Вот видите это кольцо?

Молоков кивнул.

— Бабуся обштопала в свое время некоего Ваню Барона, крупного столичного шулера. А тот, совершенно ошеломленный таким поворотом событий, снял с руки перстень и подарил даме. После бабушкиной смерти печатка досталась мне, я практически не расстаюсь с ней, это мой талисман. Так вот, бабушка умела заговаривать зубы...

— Это невероятно, — пробормотал Кирилл, — такого просто не бывает. Ну-ка, дайте сюда колечко.

Я стянула с руки перстень. Кирилл повертел его и сказал:

— Ага, насколько помню, так.

Он нажал куда-то, и перстень... раскрылся.

— Ой, — ахнула я, — надо же! Понятия не имела, что он с секретом. Бабуля об этом не рассказывала...

— Наверное, она сама не знала, — улыбнулся Кирилл, — видите, там внутри фотография, очень крохотная, правда.

Я уставилась на пожелтевшее, еле видное изображение.

— Кто это?

Молоков улыбнулся.

— Иногда жизнь выделывает такие кренделя, что ни одному писателю не придумать... Перед вами изображение моей матери. Дед обожал ее.

— Не понимаю ничего, — пробормотала я, глядя на кольцо.

— Ваня Барон мой дед, — пояснил Кирилл, — вашей бабушкой он восхищался, знаете, кажется, у них был роман.

— Не может быть!

— Отчего же? Сколько вам исполнилось тогда, когда Афанасия получила перстень?

— Ну... Где-то около десяти...

— А бабушке?

— Думаю, в районе шестидесяти... шестидесяти трех...

— Вот видите, еще не вечер! И деду было примерно столько же... Отлично помню, как злилась моя бабка, когда слышала имя Афанасия. Очень редкое, кстати, ни разу больше не встречал такое.

— Его и нет, — ответила я, — есть мужской вариант — Афанасий. Прадед поругался с попом, что-то они не поделили, и когда родилась бабушка, зловредный священник заявил: «Сегодня день святого Афанасия, вот и крестим младенца по святцам. Не хочешь, езжай в город». До ближайшего населенного пункта было семьдесят километров по октябрьскому бездорожью. Отсюда и такое имечко.

— Зато запоминающееся, — улыбнулся Кирилл, — погодите тут минутку.

Он поднялся и вышел. Я повертела в руках перстень. Бывает же такое!

— Любуйтесь, — сказал хозяин, возвращаясь.

В моих руках оказался снимок. Я вгляделась в него и ахнула: бабуся!

Я не принадлежу к сентиментальным натурам и не разглядываю каждые выходные старые семейные фото. Афанасия давно умерла, и в моей памяти она осталась маленькой, сухонькой старушкой с необычайно яркими, не выцветшими, синими глазами.

Но на фото улыбалась немолодая, прекрасно сохранившаяся дама с неизменной папиросой «Беломорканал» в руке. Бабулю запечатлели в ресторане за столиком, заставленным тарелками и графинами. Рядом с Фасей, обняв ее за плечи, сидел крупный мужчина самого благородного вида, одетый в двубортный пиджак с невероятно широкими лацканами.

Фотография была разорвана пополам, а потом склеена.

— В те годы, — ухмыльнулся Кирилл, — по шикарным заведениям, типа «Метрополь», «Прага» или «Интурист», ходили фотографы и снимали клиентов. Вот дед и сделал фото на память, а жена его нашла, разодрала... Жуткий скандал вышел.

— Подарите мне карточку, — попросила я.

— Она одна, впрочем, могу сделать дубликат.

Еще минут десять мы удивлялись невероятной игре судьбы, потом Кирилл спросил:

— При чем тут зубы?

— Афанасия умела их заговаривать и меня научила. Хочешь попробую?

— Давай, — согласился Молоков, — только я не верю во все такое.

— Лучше принеси простой воды, не газированной, не кипяченой...

Хозяин притащил чашку. Я усадила его на стул, взяла фарфоровую кружечку и зашептала:

— Из-за острова Буяна, из-за синего тумана, из-за моря голубого летит белая птица. Правое крыло у нее черное, левое белое. Птица-синица нигде не садится, к рабу божьему Кириллу подлетает, боль забирает. Как эта птица прочь улетает, так пусть и хвороба исчезает. Как вода выпьется, так и здоровье вернется. Пей, раб божий Кирилл, и больше не болей.

Молоков осушил чашку.

— Болит.

— Погоди, торопыга, — ответила я, — через полчаса отпустит. Кстати, заговор этот действует всегда и на всех. У моей бабушки был еще один секрет. Долгие годы, почти до самой смерти, Афанасия сохранила изумительный цвет кожи, без старческой желтизны и пигментных пятен. И морщин у нее было на редкость мало. Каждый раз, умываясь, Фасенька набирала полные пригоршни холодной воды и приговаривала:

— Ангел воды, дай красоту, здоровье, бодрость. Убери морщины.

Хотите верьте, хотите нет, но средство действовало. Сама им пользуюсь, а меня часто незнакомые люди в присутствии Аркадия называют не матерью, а женой парня. Попробуйте сами, и убедитесь!

— Значит, мы с тобой почти родственники, — подвел итог Кирилл, — предлагаю перейти на «ты».

— Так уж давно перешли, — улыбнулась я, — покажи, как действует запор у кольца.

— Зачем я тебе понадобился? — поинтересовался Молоков, после того как я освоила «механизм».

Вообще говоря, я собиралась наврать парню про похотливого мужа, которого хочу удержать дома, заведя смазливую горничную... Но отчего-то язык произнес совсем другую фразу:

— Слушай, тут такая штука приключилась!

ГЛАВА 22

Кирилл молча выслушал рассказ, потом побарабанил пальцами по столу.

— Прежде чем ответить на твои вопросы, разреши задать свой...

— Ну?

— Тебя не смущает, что я зарабатываю на жизнь торговлей женским телом?

Я пожала плечами.

— Почему-то нет, хотя, конечно, сутенерство нельзя отнести к почтенным занятиям. Только мне кажется, что ты не привозишь девчонок на проспект в машине и не бьешь кнутом, заставляя ублажать клиентов, у тебя, очевидно, клуб или стрип-бар?

— Угадала, — усмехнулся Кирилл, — моя семья традиционно была в оппозиции к закону. Дедушка получил кличку Барон на зоне, отец, пока не убили, был одним из авторитетов.

Но сейчас иные времена, поэтому Кирилл совершенно открыто держит заведение «Ночной разговор».

Ресторан, стриптиз-бар... Ничего особенного, но прибыльно, народ ломится в клуб стаями. Но есть у Молокова еще один бизнес, о котором мало кто знает.

Кирилл поставляет девочек элите.

— Не могу назвать имен, — объяснял собеседник, — но верь, у меня в клиентах ходят такие люди!

Девушки у Молокова соответственные. Их назвать путанами язык не повернется. Как правило, все с высшим образованием или студентки. Владеют иностранными языками, великолепно держатся, воспитанны, водят автомобиль, легко поддерживают беседу на любую тему, безукоризненно одеты, причесаны... Стоит съем такой девочки бешеную сумму. Кирилл тщательно следит за здоровьем «жриц любви» и далеко не всякую возьмет на работу. Как в любое хорошее место, так и в его клуб можно попасть только по рекомендации, девчонке, прыгающей на углу и ловящей клиентов на дороге, путь сюда закрыт. Девушки трудятся в общей сложности года два-три.

— Потом теряют свежесть, — объяснял Молоков, — приедаются клиентам, они у меня постоянные. Даю путанам выходное пособие и увольняю. Кстати, подавляющее большинство моих «работниц» успевает сколотить неплохой капитал. Я, естественно, беру с мужиков деньги, отчисляю девкам процент, но если кто дарит подарки — милости просим. Они мне не нужны. Киски и квартиры получают, и машины, и шубки, уж не говорю про духи, косметику, золотишко. Знаешь, какой тут плач стоит, когда я сообщаю об увольнении?

Кирилл настаивает на соблюдении кое-каких простых правил. Никакого пьянства или наркотиков, упаси бог украсть у клиента даже носовой платок, и каждые две недели шагом марш на осмотр к гинекологу.

Все. Сказочные условия. Девицы это понимают и стараются.

— Полина попала ко мне год тому назад, — пояснял Кирилл.

— Как она узнала про тебя?

Молоков вытащил золотой портсигар, вынул тоненькую сигариллу и учтиво поинтересовался:

— Ничего, если подымлю?

— Сама курю, — ответила я, доставая «Голуаз».

— Полину рекомендовала Варя Хоменко, одна из девочек, впрочем, давно уволенная.

Варя позвонила и спросила:

— Простите, Кирилл Олегович, вам нужны сотрудницы?

— Хорошие — да! — ответил мужик.

На следующий день явилась Полина.

— Она меня полностью устроила, — рассказывал хозяин, — интересная внешность, образованна, раскованна... Вот только одна деталь: Железнова была замужем, а я предпочитаю не связываться с замужними. Не хочу скандала с супругом.

— Что? — закричала я. — Полина? Замужем?

— Разве это удивительно? — вскинул брови Кирилл. — Молодая девочка, ей, по-моему, года двадцать три было?

— Да...

— Самый возраст для брака, хотя, насколько я помню, из документов следовало, будто она уже лет шесть, как семейная дама. Вроде в восемнадцать лет выскочила замуж.

— Невероятно!

— Почему? Бывает и такое.

Я молчала. Оснований не верить Кириллу у меня не

было. Он-то не знает, как Поля старательно пыталась округить богатых мальчиков.

— Почему же ты нарушил свои правила и взял ее на работу?

Кирилл вздохнул:

— А она пришла вместе с супругом, тот сказал, что ничего против общения жены с клиентами не имеет.

— Ни фига себе! Вот это муженек! Разрешил жене работать проституткой.

Молоков пожал плечами.

— Всякое бывает, такого могу порассказать, со стула упадешь!

— А как звали этого продвинутого мужика?

Кирилл нахмурился.

— Имя идиотское... М-м-м, Дормидонт... нет, погоди, Каллистрат... нет, нет, во: Бонифаций! Точно! Помню, там буква «ф» была! Бонифаций!

— И долго у тебя Поля вкалывала?

— Так до сих пор ее не уволил. Она уехала в мае жить к Кристалинским, июнь, июль ее не было, в августе отправилась отдыхать, вроде к матери, в Америку моталась... В сентябре опять начала пахать.

— Они у тебя каждый день заняты?

— Ну, как получится. Иногда и раз в месяц выходит. От клиентов зависит. У меня много иногородних, явятся в Москву и заберут на три-четыре дня, потом свободна.

— То есть ты хочешь сказать, что у Полины было много свободного времени?

— До фига, они у меня еще и учиться успевают, и отдыхать!

Я засунула руку в волосы и принялась ерошить шевелюру. Ну Поля, Полечка... Ай да многостаночница!

Везде успевала. И на Кирилла поработать, и к обеспеченным сыночкам поприставать...

Молоков проводил меня до «Рено» и предложил:

— Давай как-нибудь сходим в ресторанчик? Слушай, а зуб-то перестал болеть!

— Я и не сомневалась. Вот только завершу расследование, и погуляем, — ответила я.

— Хочешь, приезжай в «Ночной разговор»?

— Старовата я у тебя девочкой работать.

Молоков засмеялся:

— Зову как посетительницу, естественно, за счет заведения. Программа, правда, специфическая, зато кухня отличная... А насчет старости ты не права... Есть у меня парочка мужиков, западает только на дам элегантного возраста. Если скажу тебе, какие особы у меня служат, упадешь, не встанешь. Кроме свиристелок, держу еще и женщин, ну, скажем, бальзаковских лет... Так что, если захочешь подработать, милости прошу...

— Спасибо, подумаю, — ответила я и уехала.

Часы показывали пол-одиннадцатого утра, когда я, зарулив в кафе «Делифранс», купила кофе-коктейль и два круассана.

Я люблю эту торговую точку, расположенную возле метро «Маяковская», так же трепетно и нежно, как «Макдоналдс». Здесь чувствую себя в Париже, глядя на бегущую за окнами московскую толпу. Да и круассаны тут подают совсем такие, как во Франции. В остальных местах под этим названием вам пытаются впихнуть клеклые булки, а не нежные рогалики из тонкого слоеного теста.

Слопав выпечку, я подумала и позволила себе еще кусочек грушевого торта. Когда весишь чуть больше собаки, можешь разрешить себе излишества. Хотя смотря о каком псе идет речь. Снап и Банди намного крупнее меня. Я нахожусь где-то между мопсами и питбулем. Хуч весит четырнадцать килограммов, а Бандюша восемьдесят два, во мне же ровнехонько сорок восемь. Значит, если сложить вместе Хучика и Банди, и потом разделить на два, то получаюсь я. Ваша покорная слуга — среднее арифметическое от двух кобелей.

Грушевый торт исчез так же быстро, как и появился. Облизнувшись, я хищно покосилась на суфле из клубники, но потом все же решила: хватит. Вес у меня, конечно, небольшой, но печень может взбеситься и отомстить хозяйке, дорвавшейся до жирного теста. И вообще, следует прекратить обжорство и заняться делами. Сначала я набрала полученный от Кирилла телефон Вари Хоменко. Но трубку никто не снимал. Небось девушка на работе или шляется по магазинам. Ладно, займемся следующим вопросом.

Быстро потыкав в кнопки, я услышала бодрое:

— Слушаю.

— Женька, скажи пароль!

— Опять двадцать пять, — сердито ответил эксперт, — ни за что!

— Женюсик, — прочирикала я, — помнишь, ты говорил о чудо-скальпеле, английском, в бархатной коробочке? Ну тот, который дико дорого стоит в «Медтехнике» и с которым так здорово работать?

— И что? — осторожно поинтересовался Женька.

— Он твой.

— С ума сошла, да?

— Ну должна же я сделать тебе подарок к 25 декабря.

— Это что за праздник?

— Милый, ты совсем заработался, Рождество!

— Так не наше же, католическое!

Я вздохнула, не буду пускаться сейчас в теологическую дискуссию о том, когда и сколько раз появлялся на свет Христос.

— Ну, Женюсик, я живу полгода в Париже и, естественно, отмечаю и их Рождество. Так что радуйся! Скальпель твой, а теперь будь умницей, скажи пароль.

— Подожди, — буркнул Женька и положил трубку на стол.

Я терпеливо ждала.

— Липа, — сообщил приятель.

— Что?

— Ну пароль такой, липа.

— Спасибо, котеночек.

— Кушай на здоровье, — буркнул Женька.

Я вновь принялась терзать «Сименс». Тесно общаясь с Александром Михайловичем много лет, я узнала кое-какие секреты. В частности, этот. Когда сотруднику правоохранительных органов нужно уточнить домашний адрес какого-нибудь человека, милиционер набирает заветный номерок, называет свою фамилию, пароль и получает доступ к сведениям. Ну, на фамилию, предположим, наплевать, в МВД туча людей работает, не могут же девушки из адресного бюро знать всех? Зато пароль! Его меняют каждый божий день, вот ведь безобразие!

Услыхав «липа», женщина вежливо, но весьма холодно ответила:

— Слушаю.

Я поторопилась изложить суть дела.

— Бонифаций? — переспросила служащая. — Ни фамилии, ни отчества, ни года рождения?

— Вы хотите сказать, что каждый второй москвич носит такое имя?

— Ждите, — не пошла на контакт тетка.

В трубке воцарилась тишина. Я смотрела в окно, на улице пошел снег. Большими хлопьями он падал на землю. А ведь и впрямь скоро Новый год. Пора позаботиться о подарках. Что купить Кеше? Чем можно удивить человека, у которого все есть?

— Записывайте, — рявкнула трубка. — Бонифаций Юлианович Бортнянский. 1907 года рождения...

— Какого?

— 1907-го, — повторила раздраженно баба, — прописан по адресу Комаров переулок, дом 7, квартира 1.

— С таким именем один?

— Да.

Я ошарашенно пробормотала:

— И где этот Комаров переулок?

— Данный вопрос не ко мне, — гаркнули из трубки, следом понеслись гудки.

Отвратительно невежливая особа! Заглянув в атлас, я обнаружила нужный адрес в самом центре города. Комаров переулок находился между Новослободской и Тверской улицами. Внезапно меня осенило. Вот черт! Противная тетка не сказала номер телефона, правда, я его и не спросила, но ведь могла бы и сама сообразить! Я снова потыкала в кнопки.

— Липа.

— Уже не «липа», — отрезали с той стороны.

— Почему?

— На часы взгляни, — буркнула мегера, — полдень пробило.

Я швырнула «Сименс» в «бардачок». Ну и кадры, небось там сидят одни старые девы, вон какие злые, просто собаки. Хотя, например, наши псы излучают только доброжелательность! Делать нечего, придется ехать к этому Бонифацию. Может, у деда имеется внук, названный в его честь. Правда, если учесть, что дедуле без малого сто лет, внучку его небось все пятьдесят.

Комаров переулок, кривой и узкий, изгибался во все стороны. Дома тут оказались под стать переулку — кособокие, перекошенные, словно пьяные. Номер семь выглядел совсем уж мерзко. Можно посоветовать киношникам снимать в нем сериал про ужасы войны. Здание смотрело на мир выбитыми стеклами лестничной клетки. Трехэтажное, дико грязное, с облупившейся штукатуркой. Дверь в подъезд стояла нараспашку, ни о каком кодовом замке или домофоне речи не шло. Внутри было холоднее, чем на улице, и резко воняло кошачьей мочой. Первая квартира оказалась, естественно, у самого входа. Звонка не нашлось. Я заколотила в дверь ногой, послышался тихий лай, потом шарканье, затем дверь без лишних вопросов распахнулась. Я глянула на хозяина и вздохнула.

На пороге стояла мумия, замотанная в какие-то тряпки. К ногам, обутым в валенки, жалась старая болонка, грязная и клочкастая, на руках мумия держала почти лысую кошку, один глаз у которой был затянут бельмом. Вместе этой гоп-компании двести лет, никак не меньше.

— Вы ко мне? — неожиданно бодро поинтересовался дедушка.

Собачка ткнулась в мои сапоги и тоненько заплакала.

— Фу, — строго сказал хозяин.

— К вам, — ответила я. — Бонифаций Юлианович?

Дедуся кивнул.

— Вы из собеса?

Решив не пугать пожилого человека, я поспешила подтвердить.

— Да.

— А где Танечка?

— Заболела.

— Ладно, — смилостивился дедок, — входи, детка, прямо по коридорчику, на кухню.

Я добралась до темноватого помещения и села на жесткий венский стул с гнутой спинкой. Надо же, у кого-то они еще сохранились. Помнится, подобные стояли в коммуналке на улице Кирова, нынешней Мясницкой, где прошло мое детство.

Собачка вновь ткнулась мне в ноги и зарыдала. Я нагнулась, погладила плачущее животное и обнаружила, что под скомканной шерстью нет тела, одни тоненькие, хрупкие косточки, животное было измождено до предела. Впрочем, и хозяин, и кошка выглядели просто скелетами, один обтянут кожей, другой мехом...

— Ты, деточка, зря пришла, — со вздохом промолвил дедок.

— Почему?

— Так пенсия еще три дня тому назад кончилась, а следующую дадут не скоро, за продуктами идти не надо. Ступай дальше.

Я обвела взглядом компанию.

— Что же вы едите?

— Позавчера каша у нас была, геркулес на воде.

— А вчера и сегодня?

Бонифаций Юлианович пошамкал ртом:

— Собрался я, милая, в «Азазель» пойти, да закрылась наша точка.

— Куда?

— В «Азазель», трактир тут недалеко был, хозяин мне для Крошки и Васьки пакет давал с объедками, добрый человек. Я тебе по секрету признаюсь, и сам ел. А почему нет? Продукты свежие... Но вот прогорел. Мне бы и не надо еды, да вот Крошку с Васькой жалко.

Я просто потеряла дар речи.

— Васька еще ничего, — продолжал Бонифаций, кутаясь в нечто, бывшее когда-то одеялом, — а Крошка плачет и плачет, спасу нет.

— Дедушка, — проорала я, — сейчас я, мигом, только подожди!!!

Вылетев на улицу, я вбежала в ближайший супермаркет и понеслась по отделам.

Примерно через полчаса была готова геркулесовая каша.

— Экая ты транжира, — качал головой Бонифаций, — на молоке сварила, с сахаром... А это чего?

— Колбаса «Докторская».

— Ишь ты, — покачал головой дед и принялся аккуратно хлебать овсянку.

Я осторожно опустила на пол две миски. Крошка и Васька ринулись к еде. Я никогда не думала, что кошка начнет с таким энтузиазмом есть геркулес. Фифина и Клеопатра ни за что бы не притронулись к этому блюду. Впрочем, наши киски отворачивают носы и от мяса, если оно, на их взгляд, недостаточно свежее. Несчастный же Васька на едином дыхании проглотил угощение, потом вылизал миску и сел около пустой посуды, уставившись на меня круглыми желтыми глазами. Впрочем, Бонифаций Юлианович и Крошка не отстали от кота. Дедушка опустошил тарелку мгновенно и потянулся к кастрюльке.

— Сейчас не надо, — пробормотала я, — может стать плохо, вы долго голодали.

— Твоя правда, детка, — вздохнул старик, — жадный стал, вот рука и потянулась.

— Вы живете тут совсем один?

— Как перст.

— Никого нет? Ни детей, ни внуков?

Бонифаций покачал головой.

— Сын умер, была еще внучка, да только она уехала давно, обещала писать, но, видно, не судьба...

— Вам никто не помогает?

— Ну приходит от вас женщина из собеса, два раза в месяц, да мне чаще и не надо... Пенсии аккурат на два похода в магазин и хватает.

Потом он, очевидно, увидал мое вытянувшееся лицо и быстро сказал:

— Я не жмусь, мы хорошо живем, в этом месяце только поистратились, потому что пришлось телевизор чинить.

И он ткнул пальцем в маленький черно-белый агрегат.

— Не могу без новостей, ты погоди, сейчас тебе кой-чего покажу...

С этими словами дедушка пошел к двери.

— А как звали ваших родственников? — поинтересовалась я.

— Сына Егором, внучку Катей, — ответил Бонифаций и добавил: — Жена еще была, Елизавета Андреевна, царство ей небесное, светлая память... А больше и никого.

Он ушел. Я осталась сидеть на холодной кухне, разглядывая руины мебели и остатки посуды. Грязные занавески свисали с ободранного карниза, здесь не было даже тараканов, от которых так страдают старые дома, расположенные в центре. Скорей всего хитрые насекомые не заглядывали в квартиру, зная, что там нечем поживиться.

Внезапно Крошка подошла ко мне и села у ног, преданно глядя в глаза.

— Что же мне с вами делать? — пробормотала я, лихорадочно соображая, как поступить.

Тут раздался кашель, и в кухню вступил Бонифаций Юлианович с гордо поднятой головой. Я посмотрела на старика и почувствовала, как в горле заворочался тяжелый горячий ком. На дедушке была старенькая, застиранная гимнастерка, на которой блестели бесчисленные ордена и медали.

— Вот, — с гордостью сказал Бонифаций, — в тяжелое время я не подкачал, сражался с врагом, потом всю жизнь до пенсии на одном месте проработал, на почте, отделением заведовал, не пил, не курил, взяток не брал, а трудился на благо нашей социалистической Родины. Я прожил свою жизнь честно, мне есть чем гордиться! Видишь, я полный кавалер ордена Славы, а его трусам и негодяям не давали!

Я оглядела «иконостас», а потом бросила взор на шатавшихся от слабости Ваську и Крошку, еще раз обежала взглядом кухню.... Внезапно ком в горле скатился вниз и лег камнем в желудок. Дедушка-то ветеран, орденоносец. У таких людей неплохая пенсия. Значит, работница собеса, пользуясь тем, что старик живет один, вульгарно обманывает его. Знаю, такие случаи бывают. Недавно Аркадий отказался защищать мошенницу, патронажную сестру. Она приходила к одиноким, больным людям и врала, что килограмм масла стоит двести рублей, а бабушки, неспособные сами выйти из квартиры, верили ей. И ведь эта дрянь приносила своим подопечным чеки, небось подбирала у касс бумажки с нужными суммами. Большинство покупателей просто бросает их.

— Дедушка, — сказала я, — уж, извини, не хотела тебя сразу новостью огорошить, думала потихоньку подготовить...

— Чего стряслось? — спросил Бонифаций.

— Я твоя правнучка Дарья, дочка Кати, приехала забрать тебя к себе.

ГЛАВА 23

— Что? — пробормотал дедушка, пятясь. — Как?

Боясь, что старик мне не поверит, я начала быстро-быстро плести невероятную историю.

— Как забрать? — бубнил Бонифаций. — Прямо так? А Васька с Крошкой?

— И их тоже, естественно.

— Но вещи!

— Сейчас соберем!

— А пенсия... Мне домой приносят.

Я хотела было сказать: «На фиг твои копейки, не волнуйся», — но вовремя осеклась.

— Аркаша поедет в собес и все устроит, переведут на наш адрес.

— Мебель... Буфет, табуретки...

— Закажем фургон и перевезем.

— Как же так, господи, да откуда ты взялась?

— Говорю же, Катя во Франции...

— Она в Германию уехала, в 1972-м, на стажировку от университета, да там и осталась...

— Из Германии во Францию перебралась!

Вконец замороченный дедушка начал шевелить губами, очевидно, он пытался вспомнить даты, но потом бросил это занятие.

— То-то гляжу, ты мне кого-то напоминаешь, — протянул он, — а теперь понял, вылитая Лизочка. Ну-ка глянь.

И он вытащил из ящика стола фотографию примерно сороковых годов. На снимке улыбалась пухленькая шатенка. Я походила на нее, как Пизанская башня на Останкинскую телевышку, но Бонифаций еще раз повторил:«Вылитая Лизочка», — и внезапно заплакал.

Остаток дня мы посвятили сборам. Правда, в конце концов выяснилось, что брать с собой нечего. Дедушка был практически голый. В большой чемодан мы бросили кое-какие тряпки, фотографии, документы, гимнастерку с орденами и Библию. Я усадила деда на заднее сиденье, сунула ему на колени Ваську с Крошкой и понеслась в Ложкино.

Время подбиралось к девяти, когда «Рено» влетел во двор и замер у входа. Домашние, предупрежденные по телефону, выскочили из дома. Началась процедура знакомства. Потом Аркашка повел Бонифация в ванную, а Маруська потащила мыться Крошку с Васькой. Наши животные носились кругами вокруг гостей, но последние были слишком слабы, чтобы реагировать на внешние раздражители. Устроили мы Бонифация на первом этаже, в комнате для гостей. Где-то около одиннадцати я заглянула к нему. Старик спал, одетый в Кешину пижаму. Около его кровати на тумбочке лежало два банана и шоколадка. Это, очевидно, приволокла Манюня. Белоснежная расчесанная Крошка мирно сопела на одеяле, рядом дрых Васька. После бани выяснилось, что он вовсе даже не лысый, а серо-голубой, очень симпатичный кот.

Тихо закрыв дверь, я шагнула по коридору в сторону столовой и налетела на Бориса.

— Тебе кто-нибудь говорил, что ты сумасшедшая? — поинтересовался режиссер. — Надо же такое выкинуть! Притащить домой безумного деда!

— Что же, следовало оставить его подыхать с голода?

— Ну, всем не поможешь!

Я повернулась и молча пошла к лестнице. Это верно, всем помочь невозможно.

— Вдруг он наврал? — продолжал Борис. — Вдруг у него полно родственников?

— Значит, они потеряли дедушку!

— Но...

— Заткнись, — сказала я, — сделай милость, а? Тебе какое дело? Я привела Бонифация в свой дом.

— И правильно сделала, — сообщила, появляясь на пороге столовой, Ольга, — в конце концов, у нас тьма противных бабушек, но ни одного деда.

— Разве можно так просто взять и увезти человека? — не успокаивался Боря. — Квартира, пенсия...

— Какой ты зануда, — сказала я и побежала наверх.

Снизу донесся Зайкин голос:

— Аркашка все уладит, завтра съездит куда надо и разберется.

Я усмехнулась. Конечно, покоя в нашем доме не найти, Маня с Кешкой ругаются каждый вечер за ужином, а Зайка готова запилить меня до смерти, если учует запах сигарет, но... Но я абсолютно твердо знаю: на мир мы смотрим одними глазами.

Чувствуя огромную усталость, я дошла до своей спальни и принялась дергать дверь, но она не поддавалась. Покрутив в разные стороны ручку, я уже хотела заорать: «Ирка, какой дурак запер комнату», — как до меня дошло, почему сегодняшний день оказался таким длинным. Я же не спала всю ночь, покинув дом через балкон. Значит, моя спальня заперта изнутри!

Крадучись, боясь попасться кому-нибудь на глаза, я вышла на улицу, обежала здание и увидела, что лестницы нет. Задрав голову, я оглядела второй этаж и увидела на балконе Снапа, положившего морду на перильца. Пес, сидевший до сего времени тихо, как мышка, если уместно сравнить почти девяностокилограммового ротвейлера с грызуном, теперь, учуяв меня, неожиданно открыл пасть и разразился нервным, громким лаем.

— Замолчи, — зашипела я, размахивая руками, — немедленно заткнись.

Но Снап не успокаивался. Наш ротвейлер при всей своей могучей и даже страшной внешности на самом деле очень добрый, деликатный, интеллигентный пес. Такое ощущение, что его родители были не злобными, охранными собаками, а профессорами Московского университета. Снап никогда не злится, не заливается лаем, не бросается вам на плечи, стоит хозяину переступить порог. Он как будто понимает, что почти центнер литых мышц запросто собьет с ног даже крепкого Кешу. Снапун терпелив. Когда очередные котята Фифаны и Клеопатры бодро ползают по нему, используя ротвейлера вместо горки, он лежит совершенно неподвижно, хотя у кошачьих детей противные мелкие, царапающие коготочки. Не обращает он внимания и на Жюли, которая готова начать свариться по любому поводу. Когда йоркширская терьериха весом в пятьсот грамм и ростом с заварной чайник начинает нападать на Снапуна, яростно лая, наш мальчик просто закрывает глаза и засыпает. Не злится он и на Банди, который частенько утаскивает у «братишки» игрушки: косточки из бычьих жил и резиновую лошадку. Не раздражает его полуслепая и практически глухая Черри, нагло отпихивающая Снапика с теплого местечка возле камина. Обнаглевшая пуделиха просто прикусывает ему ухо, и ротвейлер со вздохом уступает ей лежанку возле огня. Только Хучик способен выбить из равновесия Снапа, но у мопса, вечно ищущего способ обогреться, имеется малоприятная привычка. Стоит Снапу мирно заснуть в укромном уголке, как Хуч приходит и плюхается сверху на ротвейлера, используя того вместо живой, теплой подстилки. Иногда Снапик ловко скидывает мопса, но тот, обиженно сопя, вновь забирается на приятеля. Ладно бы, Хучик ложился на спину, она у Снапа широкая, словно кровать. Нет, мопс влезает ротвейлеру на голову и устраивается между ушами. И только тогда Снап начинает тихо ворчать.

Но сегодня бедняга настрадался по полной программе. Почти сутки не ел, не пил, не гулял... Естественно, по своей привычке он не лаял. Если бы в подобную ситуацию попали другие члены стаи, крик бы стоял еще тот! Но Снап молчал, теперь же, увидав бессовестную хозяйку, запершую его в спальне, не утерпел.

Гав, гав, гав — разносилось в воздухе.

Я растерянно шарила глазами по окрестностям. Ну куда девалась дурацкая лестница! Сейчас все домашние выглянут! И точно! Из соседней комнаты высунулась Маня.

— Мусечка, — заорала по обыкновению дочь, — что случилось?!

— Тише, — взмолилась я.

— Что? Не слышу?! — надрывалась девочка.

— Опять случилась какая-нибудь неприятность? — послышался голос Зайки.

Я только удрученно вздохнула. Все, сейчас начнется. Через пять минут домашние топтались на снегу, задрав голову вверх.

— Значит, говоришь, ушла утром, закрыв комнату и не заметив там Снапа? — протянул Кеша.

Я кивнула.

— Но ты же никогда не запираешь спальню, — удивилась Зайка.

Это верно, в нашем доме все стоит нараспашку, единственная замочная скважина, в которой всегда повернут ключ, принадлежит расположенному в кабинете сейфу. Комнаты никто никогда не закрывает. Пришлось придумать на ходу историю.

— Сама не понимаю, как вышло, задумалась и защелкнула, а ключ внутри!

— А почему балкон открыт? — не успокаивалась Зайка.

— Ну... наверное, от ветра распахнулся!

— От ветра, — процедил Аркадий. — Это какой же должен быть ураган, чтобы сломать огромные латунные шпингалеты, причем на двух дверях?

— Делать-то чего? — подпрыгивала Маня.

Все вновь уставились наверх, где плакал Снап. И тут сообразительная девочка закричала:

— Чего мы мучаемся! Сейчас поставлю лестницу, влезу и открою дверку...

— Где ты видишь тут лестницу? — вздохнула я. — Она всегда стоит у стены, а сегодня исчезла.

— Да вот она, — удивленно ответила Маня и ткнула пальцем с зеленым ногтем прямо перед собой.

Я проследила за ее не слишком чистой рукой и обомлела. Лестница! Стоит себе на прежнем месте! Голову даю на отсечение, ее только что тут не было! Ну откуда она взялась?

Маруся мигом взлетела по ступенькам, и через пару минут Снап выскочил во двор и задрал ногу прямо у крыльца. Он никогда не позволяет себе сделать лужу у входа, но сейчас терпения не хватило. Все побрели спать.

— Мусечка, — свистящим шепотом сообщила Манюня, когда Зайка и Кеша исчезли, — а я тебя не выдала!

— Что ты имеешь в виду?

Девочка хитро прищурилась.

— Скажи спасибо, что в комнату полезла я, а не Кеша или Зайка!

— Почему?

Манюня захихикала:

— Дверка-то не была захлопнута на замок!

— Как? — удивилась я. — Я вертела ручку, и ничего.

— Ага, — кивнула Маруська, — только изнутри была задвинута щеколда. И теперь скажи, каким образом ты ушла, ухитрившись закрыть дверь не снаружи, а?

Я молчала.

— Как Санта-Клаус, через дымоход? — веселилась дочь.

— В моей спальне нет камина, — глупо возразила я.

— Зато имеется балкон, — фыркнула Маня, — вот только интересно, почему ты не захотела воспользоваться парадным входом.

— Сделай милость, не рассказывай никому!

— Когда я тебя выдавала? — возмутилась Маня. — Спи спокойно, можешь на меня рассчитывать.

Утром все начали заниматься делами. Борис, Федор, Валечка и еще штук восемь незнакомых мне людей переместились в сторожку, где начали снимать сцену из жизни второстепенной героини, которую изображала манерная девица с отвратительно длинными ногтями. Тихо радуясь, что актриса не пожелала знакомиться с хозяевами, я в районе одиннадцати утра села пить кофе. Было воскресенье, но домашние разлетелись кто куда. Маруська отправилась в Ветеринарную академию, Аркашка повез сестру в город, потом он собирался на встречу с клиентом. Зайка, преодолев слабое сопротивление Бонифация, запихнула деда в «Фольксваген» и уехала. Ольга собиралась оттащить старика в парикмахерскую, а потом купить ему кое-какие вещи. Если спать в Аркашкиной пижаме наш благоприобретенный дедушка мог запросто, то ходить в Кешиной одежде было невозможно. Сын догнал ростом царя Петра I, метр девяносто девять, а Бонифаций на двадцать сантиметров короче. Слушая, как Ирка громко возмущается на втором этаже: «Что же это такое, Дарья Ивановна? Все простыни черные, грязные, словно на них бомж вокзальный спал», — я потянулась к телефону и набрала номер Вари Хоменко, полученный от Кирилла Молокова.

— Слушаю, — раздался бархатный томный голосок.

— Позовите Варю.

— Слушаю, — промурлыкала дама.

— Ваш номер мне подсказал Кирилл Молоков...

Голос мигом сменил окраску, стал железным.

— Кто?

— Молоков Кирилл.

— Вы ошиблись, — отрезала девица и отсоединилась.

Я упорно набрала номер еще раз. Но на том конце

провода не собирались брать трубку. Очевидно, у противной Вари стоял определитель, и она решила не реагировать на звонок.

Я налила себе треть чашки кофе и призадумалась. Не хочет госпожа Хоменко со мной беседовать, и не надо. Имея на руках номер телефона, я легко узнаю адрес и подъеду к неприветливой девице. Надо лишь найти подход к телефонной станции. Рука потянулась к трубке, но не успела я поднести палец к кнопкам, как аппарат затрезвонил.

— Это вы мне только что звонили? — нервно поинтересовалась Варя.

— Да.

— Что надо?

Ну и грубиянка!

— Поговорить!

— О чем?

— О Полине Железновой.

— Не знаю такую!

Глупость и грубость девицы стали меня раздражать, и я сладко просюсюкала:

— Деточка, телефончик я получила от Кирилла, напомнить, откуда ты знаешь мужика?

— Не надо, — буркнула Варя, — только я сейчас говорить не могу — свекровь дома.

— Давай встретимся в любом месте...

— Кафе «Делифранс» на Маяковке знаете?

— Конечно.

— Буду там в час дня.

— Погоди, как я узнаю тебя?

Варя хмыкнула:

— Смело подходите к столику, где увидите самую красивую женщину, не ошибетесь!

Однако самоуверенности девице не занимать, и комплексом неполноценности она определенно не страдает.

Во французскую кондитерскую я прибыла на пять минут позже назначенного времени, обвела глазами зал и остановила взор на стройной, великолепно одетой молодой даме, восседавшей у большого окна. Мадам выглядела словно ожившая картинка из журнала «Эль». Роскошные, совершенно прямые, белокурые волосы каскадом падали на плечи. Большие, чуть раскосые карие глаза были умело подкрашены и от этого казались совсем бездонными, брови летели к вискам, тонкий нос с четко вырезанными ноздрями и рот, крупный, с пухлыми губами, довершали соблазнительный облик. Перед девушкой лежала изящная сумочка. Я приблизилась к столу.

— Вы Варя Хоменко?

Девица кивнула и царственным жестом указала на стул.

— Садитесь.

— Ваши координаты мне подсказал Кирилл, — завела я.

Варя хладнокровно открыла ридикюльчик, вытащила изящный портсигар, потом щелкнула элегантной золотой зажигалкой и совершенно спокойно заявила:

— Дорогуша, ежели решили срубить с меня «капусты», то ошибаетесь, шантажистам я не плачу, облом вышел, поищите другой объект!

— Я похожа на мошенницу?

— А мошенник обязан выглядеть безукоризненно, — парировала Хоменко, — иначе он не сможет заработать.

Кипя от негодования, я заявила:

— Между прочим, я — сотрудник милиции и просто хочу поговорить с тобой в неформальной обстановке, без протокола.

Все люди до сих пор, услышав фразу про протокол, делаются мигом любезными, но только не госпожа Хоменко. На ее породистом лице не отразилось ни удивления, ни страха, ни любопытства. Без всяких эмоций девушка произнесла:

— Предъявите служебное удостоверение.

Я растерялась.

— Ну... дома забыла!

Варя тихо засмеялась.

— Милочка, я сказала же только что, поищи другой объект, о меня обломало зубы много людей. Максимум, что можешь получить, это чашку кофе, желаешь угоститься?

От полной безнадеги я кивнула.

Варя встала и пошла к стойке. Фигура у нее оказалась, как и лицо, без всяких изъянов, двигалась девица словно балерина, легкой походкой, с прямой спиной, гордо неся на длинной шее голову. Поставив передо мной чашку, она сообщила.

— Ну а теперь за угощенье признавайся, где раздобыла мой телефон?

Я отхлебнула горькую жидкость. Очевидно, Варя заботится о фигуре, вот и заказала мокко без сахара.

— Номер и впрямь дал Кирилл. Я веду расследование...

— Только не начинай сначала, — засмеялась Хоменко.

— ...смерти Полины Железновой, — как ни в чем не бывало закончила я фразу, — ее мать наняла меня, частного детектива Дарью Васильеву, чтобы раскрыть тайну смерти дочери. А Молокова я хорошо знаю, можно сказать, что дружили еще наши дед и бабушка. Да ты позвони Кириллу и спроси обо мне. Он сейчас дома, флюс лелеет.

Варя секунду глядела в окно, потом вытащила изящный телефончик в серебристом футляре и стала тыкать в кнопки.

— Побеседуй спокойно, — сказала я, — пойду пока пирожки выберу.

Стоя у прилавка, я краем глаза наблюдала за Хоменко. Девушка, насупив брови, слушала Кирилла. Увидев, что она засовывает аппарат в сумочку, я подхватила тарелочку с двумя кусками пирога и вернулась к столику.

— Рекомендую, грушевый десерт, никаких калорий.

— Ладно, извини, — сказала Варя, — надо было сразу догадаться и позвонить мужику. Просто в прошлом году один парень, из бывших клиентов, узнал меня на тусовке и решил подзаработать. Значит, Поля умерла...

— Разбилась в машине, врезалась на большой скорости в дерево.

— Странно, она всегда осторожно ездила и никогда не садилась за руль выпивши.

Я развела руками.

— Тем не менее смерть застала ее за рулем. Ты хорошо знала Полину?

Варя улыбнулась.

— Естественно.

— Если не секрет, откуда?

— Мы учились в одной группе.

— В институте? — удивилась я.

— Что же здесь странного? — парировала Варя.

— Ничего, конечно, но...

— Думали, что элитная проститутка не может посещать вуз? — усмехнулась Варя.

— Как же ты попала к Молокову?

Варя пожала плечами.

— Просто.

ГЛАВА 24

Варечка воспитывалась в семье, ведущей богемный образ жизни. Ее родители играли в ансамбле. Папа лабухал на гитаре, мама на клавишах. Группа называлась «Красный слон». Особой популярностью она не пользовалась, в Москве выступала мало, в основном каталась «с чесом» по провинции, давая по три-четыре концерта в день. Все детство Варечка протряслась в поезде и в автобусе, мотаясь по городам и селам.

Актерские дети — это отдельная песня. Если у них нет сердобольных бабушек или тетушек, малыши спят за кулисами, едят что бог послал, и ни о каком режиме нет речи. Варины родители были молоды, абсолютно безголовы, и девочка росла, как лопух в придорожной канаве. Спать она ложилась в четыре утра, просыпалась тогда, когда другие дети садились обедать. Никто не водил ее гулять, не таскал по музеям и выставкам. В доме у них вечно толклись люди, впрочем, в родной квартире они бывали редко. Однажды Варечка попыталась сосчитать, сколько городов она сменила за месяц, и ахнула — их оказалось двадцать.

В школу девочку отдали в девять лет. Безалаберные родители просто забыли про то, что ребенку следует учиться. Но в год, когда Варенька наконец отправилась в первый класс, папа и мама осели в Москве. Они приобрели известность и начали выступать в столице и области. Для Вари наняли няню, которая должна была следить за девочкой. Но домработницы менялись в семье, как носовые платки. Ни одна не выдерживала богемного образа жизни. Варечка не всегда успевала запомнить имя очередной прислуги, как та увольнялась.

Привыкшая к полному отсутствию контроля, Варя училась плохо. Вставать в семь утра она не могла. Девочка, как правило, укладывалась спать глубоко за полночь, поэтому на первых двух уроках ее никогда не было. В конце года в дневнике тесными рядами стояли двойки. В мае месяце мама хватала кошелек и неслась в школу. Двойки волшебным образом трансформировались в тройки, и Варенька оказывалась в следующем классе. К девятому стало понятно, что она невероятно тупа и так же необразованна. Впрочем, это заявление не совсем верно. Варя практически ничего не знала из математики, физики, химии, географии, но литература, русский и английский давались девочке легко. В выпускном классе ее по состоянию здоровья освободили от экзаменов. Мать и отец предложили пойти в цирковое училище, на эстрадное отделение, но девушка категорически отказалась. Варя не была дурой и понимала, что голосок у нее маленький, особых данных нет, а мотаться, как родители, по провинции она не хотела. Для многих девушек сцена выглядит волшебной страной... Для многих, но только не для Вари, отлично знавшей «кухню» закулисья.

Решив все же получить образование, Варя отнесла документы в институт и неожиданно для самой себя поступила, правда, на платное отделение. Жизнь улыбалась девушке, но тут папа с мамой, переезжая из одного города в другой, разбились в автобусе. Варя осталась одна-одинешенька, и очень скоро появилась проблема: где взять деньги?

Родители отлично зарабатывали, и у девушки в голове раньше никогда не возникал подобный вопрос.

Не успела Варя испугаться предстоящей нищеты, как к ней подкатилась с разговором красавица Люся с пятого курса. Люська и привела ее к Молокову. Ничего особенного в предложении стать проституткой Варя не усмотрела. Невинность она потеряла еще в восьмом классе, а богемное воспитание сделало свое дело — девушка более чем просто смотрела на отношения полов.

Два года Варя «отпахала» на Кирилла, а потом ей выпал выигрышный билет. Один из богатых клиентов влюбился в нее настолько, что предложил руку и сердце. Кирилл тут же отпустил свою путану, пожелав ей счастья. Варечка в благодарность за хорошее отношение через год после замужества, уже бросив институт и прочно осев дома мужней женой, порекомендовала Молокову Полину.

— Ты бросила учиться?

— Конечно, — фыркнула Варя, — зачем мне теперь диплом?

— Вы дружили с Полиной домами?

— Нет, — ответила Хоменко, — целый год не виделись.

— Но как тебе пришло в голову отправить Железнову к Молокову? — удивилась я.

Варя хмыкнула.

Примерно год назад она заехала вот в эту самую кондитерскую «Делифранс» и увидела за столиком Полину. Стояла зима, на улице было пасмурно, но на Железновой красовались темные очки. Варя, обрадованная встрече, все-таки какое-то время вместе проучились, подсела к Полине. Девушки разговорились. Варя похвасталась новой шубкой, машиной, удачным супружеством.

Полина сидела молча.

— А у тебя как дела? — щебетала Варя, удивляясь мрачности всегда веселой подруги.

Железнова молча сняла очки и положила перед собой. Варя ахнула. Под левым глазом Поли расплывался огромный сине-черно-желтый кровоподтек.

— Кто тебя так?

— Муж, — тихо пояснила Железнова.

— Ты вышла замуж? — удивилась Варя.

И тут Поля расплакалась. Испугавшись, Варвара втащила подругу в свою машину и попыталась успокоить. Но Поля рыдала, словно сумасшедшая, мотая в разные стороны головой. Наконец припадок прошел, и Железнова, обретя дар речи, выплеснула на Варю море ошеломляющей информации.

Замужем она давно, выскочила в восемнадцать лет, тайком от всех по громадной любви. Супруга обожает так, что теряет рассудок. Но он бедный парень, студент, нищий, у самой Полины тоже денег немного. Вот поэтому-то муженек и велит помалкивать о браке.

— Почему? — удивилась Варя.

Поля всхлипнула.

— А он хочет, чтобы я нашла себе богатого, зарегистрировалась с ним, а потом развелась...

— Зачем? — недоумевала Варя.

— Ну квартиру получу, машину... и вообще, — бормотала Поля, — можно и не разводиться!

Ничего не понимающая Варя только хлопала глазами.

— Ты меня совсем запутала, — вымолвила наконец

она, — как же можно расписаться, если ты уже замужем?

— У меня два паспорта, — пояснила Поля, — один со штампом, другой чистый.

— Где ты его взяла?

— Делов-то, — буркнула Полина, — сказала в милиции, что потеряла старый, вот и дали новый.

— Без пометки о браке?

Полина вздохнула.

— Да, штамп потом надо самой ставить, сходить в загс, только я, естественно, никуда не отправилась. Мой муж считает, что, если выйду удачно замуж, можно посмотреть, как выгодней поступить. То ли оттяпывать у мужика имущество, то ли просто брать деньги, чтобы мы спокойно жили.

— Чтобы он спокойно жил! — возмутилась Варя. — Ты хоть понимаешь, какой он мерзавец, твой благоверный!

— Я люблю его, — прошептала Поля.

— Дура, — вышла из себя Варя, — немедленно уходи от него! Тебе что, негде жить? Ты же москвичка!

— А мы и не живем в одной квартире, — прошелестела бывшая одногруппница, — я у себя, а он у себя...

— Господи, — всплеснула руками Варя, — да он — сутенер! И, похоже, бьет тебя!

— Это первый раз, — попыталась оправдать парня Железнова, — просто мне дико не везет. Каждый раз облом получается. Денег никак не могу принести.

— Вот сволочь!

— Я люблю его, — бормотала Поля.

— Ты мазохистка?

— Я люблю его, — твердила Полина, — а он очень красивый, умный, девушки прямо пачками падают.

— Что же он сам не женится на богатенькой?

— Нет, — в ужасе закричала Железнова, — только не это! Не смогу его отдать, покончу с собой, нет, уж лучше сама... Только не это!

И она снова заплакала. Варя тяжело вздохнула.

— Хочешь, попробую тебе помочь?

— У тебя есть богатый Буратино, который хочет жениться?

— Не совсем, — ответила Варя и рассказала про Молокова.

— Порекомендуй меня, — схватила Полина подругу за руку. — Пожалуйста, умоляю.

— Ты понимаешь, — поинтересовалась Варя, — что это занятие проституцией? Пусть элитной, с приятными людьми, но продажа тела за деньги.

— Да, да, да, — повторяла Поля, — я согласна. Сама думала о таком, только не знала, как найти «хозяина». Теперь заработаю наконец деньги. Он хотел машину, он поймет, что я лучше всех!

— Как звали этого гада? — поинтересовалась я.

Варя пожала плечами.

— Понятия не имею, Поля упоминала все время только личное местоимение.

— Дальше что?

— Ничего. Привела ее к Кириллу, и все.

— Все?

Варя кивнула.

— И вы не общались?

Хоменко опять вынула портсигар.

— Нет, надеюсь, она была счастлива. Встречаются же такие мерзкие личности. Отправлять на панель безумно влюбленную в тебя женщину...

— Ни разу больше не встречались?

— Только в ноябре, случайно.

— Где? — насторожилась я.

— На десятилетии «Космобанка», — ответила Варя, — там собралась безумная куча народа, и я увидела Полину. Вечно из-за нее в дурацкое положение попадаю!

— Почему?

— Ну сначала надо было звонить Молокову, думаете, это приятно?

— Думаю нет!

— А потом еще и с этим Шлюзом пришлось повздорить.

— С кем?

Варя усмехнулась.

— Анатолий Кочергин, кличка Шлюз. Гадостный тип, про него много чего рассказывают, и все плохое. Я, когда его с Полей увидела, прямо расстроилась. Ну, думаю, дела. Раньше у Кирилла только приличные люди были, политики из провинции, всякое начальство, военные при больших звездах. С уголовниками никогда дела не имел, а тут Шлюз!

Полина окликнула Варю, и они довольно мило поболтали несколько минут. Потом Анатолий быстрым шагом подошел к девушке и бесцеремонно велел:

— Собирайся!

Поля, решившая сохранить хорошую мину при плохой игре, сказала:

— Знакомься, Толя, моя хорошая подруга Варя Хоменко.

— Привет, — буркнул мужлан и, выпустив дым от сигареты прямо в лицо своей даме, поинтересовался: — Долго еще ждать? Поторапливайся, а то пехом попрешь, недосуг мне.

Варечка только вздохнула. Полина, как магнит, притягивала к себе подонков.

— А теперь представьте, как я обозлилась, — говорила девушка, — когда примерно две недели назад этот Шлюз позвонил мне домой и велел:

— Приезжай в Дом кино!

— Что за наглость! — возмутилась Варя. — Вы с кем разговариваете!

— Хорош целку из себя корчить, — хрюкнул Шлюз, — одна нога здесь, другая там. Греби в Дом кино, иначе подошлю своих парнишек, приволокут за милую душу.

— Зачем мне с вами встречаться? — сбавила тон Варя.

— Затем, что неприятность у тебя, — ответил Шлюз.

Ничего не понимающая Варвара понеслась на Брестскую улицу. Наглый Анатолий сидел в ресторане. Он даже не предложил запыхавшейся даме кофе или воды, просто рявкнул, завидев Варю:

— Где эта падла, твоя подружка?

Варя сразу не поняла, о чем речь. Знакомых у нее полно, самых разных.

— Кто? — изумилась она.

— Ну эта, Полина!

— Понятия не имею.

Шлюз схватил нежное, хрупкое Варино запястье своей короткопалой, похожей на разделочную доску ладонью, с силой сжал и процедил:

— Ишь, решила тут баллоны гонять, нет, милая, попутала ты! Знаешь, что я сделаю?

Варя попыталась вытащить свою руку из железных

тисков, но с таким же успехом она могла бы бороться с медведем гризли. Шлюз, мерзко улыбаясь, продолжил:

— Сегодня же муженьку твоему сообщу, чем занималась его женушка до свадьбы, как широко ножки раскидывала. Так что быстренько колись, где Полина?

Варя похолодела. Иногда на тусовках она натыкалась на бывших клиентов, впрочем, совсем не часто, раза три или четыре. Но Молоков имел дело только с высокопоставленными людьми, которым признаваться в связи с проституткой было совсем не с руки, и потом в подавляющем большинстве это были отлично воспитанные и великолепно обеспеченные люди. Увидев Варю в новом качестве — жены богатого человека, они не удивлялись. Никакой фамильярности не проявляли, просто раскланивались с девушкой, навесив на лицо протокольно-дипломатическую улыбку. Варвара не думала о том, что когда-нибудь может разгореться скандал, связанный с ее прошлым. Во-первых, супруг все знал. Он, как было сказано выше, одно время являлся клиентом Хоменко. Потом, муж Вари совершенно не стремился играть заметную роль на политическом Олимпе. В депутаты не баллотировался, в губернаторы не лез, ни на какие посты в управлении государством не претендовал, поэтому для средств массовой информации был совершенно неинтересен. Варя жила совершенно спокойно, и вот, нате, Шлюз откуда-то узнал про все. Впрочем, откуда, Варечка сообразила мигом, небось Полина растрепала. Варваре стало просто нехорошо, когда она сообразила, какую волну погонит обозленный мужик. Супруг про все знает, в конце концов, черт с ней, с тусовкой, поболтают и забудут, да и у очень многих жен за плечами можно найти такое! Но имелась свекровь, желчная, злобная старуха, живущая вместе с Варей в одном доме. Муж Хоменко, расчетливый, трезвый бизнесмен был любящим, послушным, даже покорным сыном. «Да, мамочка. Хорошо, мамочка. Как хочешь, мамочка». Страшно представить, в какой ад превратится семейная жизнь Вари, узнай свекровь всю правду о невестке!

Ужас придал ей силы. Варя вырвала свою руку из ладони Шлюза и твердо ответила:

— Бога ради, рассказывай всем, не стесняйся! Можешь даже по телевидению объявить, ну ты и дурак, однако!

Шлюз, не ожидавший подобной реакции и думавший, что женщина, разразясь рыданиями, начнет его упрашивать, оторопел и спросил:

— Почему?

— Потому, — хмыкнула Варя, — мой муж полностью в курсе дела, он был моим клиентом, понял, чурбан? И никогда я не скрывала своего прошлого. Чего мне его стыдиться? Ты ведь небось тоже о своих судимостях не молчишь, а? Ведь верно? Все знают, сколько раз на зоне побывал?

— Ну и что? — поинтересовался совсем ошарашенный Шлюз. — Как же такое скрыть? Кругом людей полно! С одним в Бутырке парился, с другим в пересылке, с третьим во Владимирке... Ладно бы один знал, ну двое, а так — целый свет, глупо баллон гнать в такой ситуации, всем пасть не заткнешь!

Варя рассмеялась и, старательно скрывая дрожь, соврала:

— Вот в этом зале сейчас сидят трое моих бывших клиентов, мне тоже никакого смысла прикидываться Аленьким цветочком нет. Хочешь сам попасть в идиотское положение, давай, открывай секрет Полишинеля.

То-то народ повеселится, кругом давным-давно о ней и говорить перестали, а до Шлюза только дошло, ну не дурак ли?

Анатолий обежал глазами зал и сбавил тон:

— Скажи, где Полина?

Поняв, что одержала победу, Варя спокойно ответила:

— Знала бы, сказала, да только не общались последнее время. Впрочем, могу дать ее домашний телефон.

— Не надо, сам знаю, — отмахнулся Кочергин, — ну, сука, ну, падла!

— Чем она тебе досадила?

— Деньги украла, — ответил мужик.

— Много?

— Достаточно.

— Как же ей это удалось? — удивилась Варя. — У тебя охраны нет?

— Есть, конечно, как не быть, — вздохнул Шлюз, — только дрянь эта вокруг пальца всех обвела.

— И тебя? — хихикнула Варя.

Шлюз потер рукой затылок и неожиданно улыбнулся.

— Выходит, и меня провела, как ребенка!

— Как ей это удалось? — веселилась Хоменко.

Кочергин налил себе из графинчика коньяк, опрокинул фужер и сказал:

— Ну слушай, расскажу тебе кой-чего, а ты уж поищи свою друганку да скажи ей: отдай денежки, а то Толику придется тебя убить. Мне на бабки-то наплевать, хоть и, честно говоря, жаль. А вот допустить, чтоб по Москве слух прошел: Шлюза прошмандовка обкусала, не могу.

ГЛАВА 25

Кочергин увидал Полину на юбилее Петьки Волкова. Петька, известный в столице гей, эстрадный певец и танцор, шумно справлял пятидесятилетие. Кочергин терпеть не может «голубых», сказывается тюремное прошлое. Нравы в местах не столь отдаленных крутые. У педерастов, или опущенных, своя посуда, ложка с дыркой, место под иконкой у параши и, естественно, никакого авторитета. Ежели воспользоваться какой-либо шмоткой парня или, не дай бог, поздороваться с ним за руку, мигом можно стать таким же. Впрочем, Шлюза никто бы опускать не стал, но Кочергин и близко не приближался к «Маруськам», вовсе не потому, что боялся чего-то или так ревностно соблюдал законы блатного мира. Нет, просто ему было противно.

Но на воле иное дело. Из уголовного элемента Толя превратился в легального бизнесмена, нуждающегося в многочисленных связях. Вот и пришлось, скрипя зубами, идти на тусовку и даже обнимать Петьку.

Похлопав именинника по спине, вручив ему подарок и заработав в благодарность, как это принято в артистической среде, сладкий поцелуй, Анатолий отправился на поиски туалета, ему хотелось умыться и ополоснуть руки с мылом.

«Уголок задумчивости» оказался один для мужиков и баб. Кочергин рванул дверь и увидел красивую девчонку, поправляющую колготки.

— Занято, — совершенно спокойно сказала она, — закрой дверь с той стороны.

Но Шлюз не спешил, он большой любитель женщин, а девица выглядела привлекательно.

— Чего уставился? — продолжала девчонка. — Ног не видел?

— Таких нет, — галантно ответил Кочергин, — ничего ножки, хорошенькие.

— Все остальное еще лучше, — спокойно заявила девчонка и, опустив подол, прошла мимо Толика так, как будто на пороге стояла уборщица, а не мужик в смокинге. Шлюза зацепило. Как все мужики, он западал на необычное, нестандартное поведение. Девять девиц из десяти, застигнутых в туалете в момент натягивания чулок, принялись бы орать, как потерпевшие: «Уходи, пошел вон, помогите!»

Эта же не упустила возможность продемонстрировать стройные бедра и преспокойно ушла, проигнорировав Кочергина, как таракана. Хотя нет, при виде прусака девица могла брезгливо вздрогнуть, сравнение было неверным, девчонка проскользнула мимо Шлюза так, словно тот был шваброй.

Кочергин вышел в зал, поманил пальцем своего охранника и велел, указывая на Полину:

— Быстро узнай все про эту бабу.

Парень расстарался, и к концу вечера Анатолий получил исчерпывающую информацию. Полина Железнова, студентка, нанята Петей для того, чтобы исполнять роль хозяйки вечера. Певец старательно скрывал от публики свою «голубизну», прикидываясь натуралом, боялся потерять огромную дамскую аудиторию, которая не пойдет слушать гея. Женщинам хочется видеть в кумире мужчину. Вот почему перед объективами журналистов Петюсик позировал, обнимая Полину за плечи.

Шлюз хихикнул и начал атаку. С тусовки они уехали вместе, и ровно неделю Кочергин провел с Железновой. Девица раскрутила его по полной программе: букеты, конфеты, кольца, рестации, духи и шубка. Но Толя был богат, а Полина оказалась отличной бабой, веселой, компанейской и, в отличие от всех остальных путан, с которыми Шлюз до сих пор имел дело, совершенно не вульгарной. Анатолий даже подумывал выкупить девицу у Молокова и оставить ее для своего, личного пользования. Но тут она неожиданно повела себя глупо. Вечером, после очередной тусовки, Полина, подвыпив, принялась объясняться Анатолию в любви.

— Обожаю тебя, — пела Полина, кося хитрым глазом в сторону, — влюбилась с первого взгляда. Ты одинок, я тоже, что нам мешает пожениться?

Шлюз мигом потерял к бабе всякий интерес. Всю жизнь его тянуло на стерв, холодных, даже злых, резких на язык и независимых. Если дама не проявляла к нему никакого интереса, швыряла трубку и морщилась при виде Толика, Кочергин мигом начинал активные ухаживания. И чем неприступнее был объект, тем большее желание вызывал у Шлюза. Полина вначале полностью соответствовала идеалу, и вдруг такой облом! Пришлось Кочергину сказать прямо:

— Извини, ты мне не подходишь!

Последовала истерика с рыданиями, потом бурное примирение и... Шлюз заснул, как убитый.

На следующий день он проснулся с дикой головной болью и уставился на часы: ровно три. Недоумевая, каким образом проспал столько времени, Кочергин поискал Полину, не нашел девку и вызвал секьюрити. Допрошенный парень пояснил:

— Поля уехала в восемь утра.

Девушка вежливо простилась с охранником и, как ни в чем не бывало, сказала:

— До вечера, Коля, на занятия тороплюсь, прикажи Лешке меня до института довезти.

Николай вызвал шофера, Полина направилась к машине и вдруг остановилась:

— Чуть не забыла! Анатолий Николаевич велел не будить его, перебрал вчера, голова разболелась, хочет выспаться.

Секьюрити не усмотрел в ситуации ничего особенного, Полину он считал очередной хозяйской игрушкой и преспокойно сидел в холле, читая детектив. Шлюз сначала тоже не заподозрил ничего плохого. Но, так как голова и впрямь немилосердно болела, просто раскалывалась, вызвал своего доктора.

Эскулап первым делом померил давление и удивленно спросил:

— Анатолий Николаевич, вы пили клофелин?

— Нет, — изумился Шлюз, — с чего ты взял?

Врач пожевал нижнюю губу.

— Ну, такие цифры обычно у людей вашего телосложения случаются после огромных доз этого препарата.

Тут в голове Кочергина забрезжил рассвет. Вытолкав терапевта, он кинулся к расположенному в спальне сейфу, распахнул дверку... Триста тысяч долларов, лежавшие в железном ящике, испарились.

От злобы у Толика почернело в глазах. Сумма была большая, для большинства людей просто фантастическая, но для Шлюза отнюдь не страшная, совершенно рядовая. Бесило другое. Его, Толяна Кочергина, кинули, как последнего лоха, поддели на удочку вокзальных проституток. Сначала опоили клофелином, а затем грабанули, словно редкостного кретина, пускающего слюни при виде бабы. Такого позора Шлюз до сих пор не переживал. Он настолько спокойно чувствовал себя дома, что был абсолютно уверен в своей безопасности. Гадкая девица, скормив любовнику лошадиную дозу лекарства, имела кучу времени на поиски денег. А Толя, плохо запоминавший цифры, написал шифр сейфа на бумажке и бросил листочек в шкатулочку со всякой дрянью, стоящей на ночном столике. Поля, очевидно, там порылась и сообразила, что за число написано на клочке бумаги. Сейф же примитивно прятался за одной из картин. Шлюзу и в голову не могло прийти, что его обворуют в родных пенатах. Следовало принять экстренные меры. Сдерживая желание надавать идиоту-охраннику по морде, Толян велел одному из своих парней ехать в институт, где грызла железо науки Полина, а другому отправиться по адресу прописки девицы.

— Срочно привезите девку, — шипел Шлюз.

Он не стал объяснять ребятам, что случилось. Даже будучи легальным бизнесменом, Кочергин не мог позволить себе выглядеть лохом. В его душе начинало шевелиться нечто, похожее на уважение к Полине. Подобного с ним не проделывал никто ни на зоне, ни в обычной жизни. Кочергина боялись, а тут наглая, как танк, бесшабашная девка. Она что, думала, Толик не заметит пропажу?

Парни вернулись ни с чем. Домой Железнова не приходила, в институте не показывалась. Кирилл Молоков не смог вразумительно ответить, где девка. Поля словно под землю провалилась. Кочергин хотел было поставить Молокова на счетчик, стребовать с хозяина денежки, украденные «служащей», но удержался. Уж очень не хотелось ему, чтобы по Москве пошли слухи. Поэтому Кирилла он оставил в покое и принялся сам искать Полину. Никаких знакомых девицы, кроме Вари, мужик не знал, вот и вызвал ту на свиданку.

Хоменко молча выслушала рассказ мужика и ехидно поинтересовалась:

— Не хотел волну гнать, простил Кириллу, не стребовал с него сумму, а мне рассказал. Зачем? А ну как распущу сплетню?

Шлюз ухмыльнулся.

— Нет, не в твоих это интересах. Ты про меня, я про тебя, здорово получится. Лучше ответь, где Полина?

— Сказала же, не знаю!

— Кончай ломаться, — рявкнул Толик, — небось у себя прячешь.

Варя повертела пальцем у виска.

— С дуба упал, да? Говорю, не знаю.

И, глядя на озадаченное лицо Шлюза, прибавила:

— Тебе скажи, а ты девчонку придушишь, но я и впрямь не в курсе. Да мы и не дружили особо, так, приятельствовали. С этими деньгами она куда угодно могла деться, кстати, Железнова гражданка США, въездная виза ей не нужна. Ты ее тут ищешь, а она давным-давно в Штатах! Триста тысяч долларов — неплохая сумма. Оставь ее, не бери очередного греха на душу.

И тут Шлюз сказал совершенно невероятную вещь:

— Да кто ее убивать собирается!

— Сам же пять минут назад пообещал!

— Это так, — отмахнулся Толян, — ради красного словца. Девка мне больно нравится! Экая стерва! Ну прямо для меня, один характер у нас! А какой спектакль разыграла, чисто актриса. Я ведь в самом деле слезам поверил. Во дела! Меня лоханули! Нет, она девка что надо. Найду — женюсь.

Варя разинула рот.

— Ты всерьез?

— Ну, блин, в натуре, — хлопнул кулаком по столу Шлюз, — серьезней некуда. Всю жизнь такую паскуду искал, чтобы можно было ничего дома не изображать, да и обсудить кой-чего... Сразу она мне понравилась, и не зря. Ну падла, ну дрянь, ну лиса Алиса! Моя баба. В общем, Варька, больше тебя не держу. Поезжай к ней и скажи: Толик ждет назад, ну даст пару раз в морду за клофелин и колечко с брюликом на пальчик повесит. Только пусть поостережется триста тонн тратить, нехай вернет, я ей к свадьбе миллион подарю. Соображаешь?

— О боже, — закатила глаза Варя, — ну сколько раз повторять...

— Коли Полину вернешь, — жестко сказал Толян, — получишь сто кусков...

— А вы что? — не утерпела я.

Хоменко дернула плечиком.

— Ничего, деньги мне не нужны, ввязываться в эту историю я не собиралась, просто ушла.

Я повертела в руках липкую кофейную ложечку. Значит, хитрый Шлюз нанял киллера... Бедная Полина, вот до чего доводит жадность. Да у такого человека, как Кочергин, нельзя было взять даже сухарик. Где была голова у девчонки? Утащить триста тысяч долларов! Просто немыслимо. Решив поставить последнюю точку над «i», я уточнила:

— И когда Кочергин беседовал с тобой?

— Вчера, — преспокойненько ответила Варя и, увидев мое остолбеневшее лицо, прибавила: — А что? Вчера в районе обеда и встретились.

С трудом ворочая мозгами, я влезла в «Рено» и уставилась на приборную доску. Надо бы поехать в салон да купить себе автомобиль, сколько можно кататься на машине Сыромятниковых, да все времени нет, вон какая штука закрутилась, какой узел завязался!

Теперь многое становится понятно. Во-первых, причина, по которой решили «убрать» Полю. Потом, я знаю, что за люди увели с собой перепуганного насмерть Костю, влюбленного в Полечку. Это были парни Кочергина. Небось Шлюз провел свое расследование и решил, что Костик знает, где прячется его подруга детства. А он, наверное, знал, потому что пару раз звонил нам в Ложкино.

На нервной почве я, вместо того чтобы закурить, превратила пару сигарет в мелкое крошево. Итак, восстановим ситуацию с начала.

В двадцатых числах ноября у нас, в Ложкине, неожиданно появляется Полина с чемоданчиком. На мой вопрос: «Что случилось?» — девица, не моргнув глазом, врет:

— Черт знает что творится! В моем доме котел отопления сломался в бойлерной, сидим без горячей воды и отопления. Вон, уже простуду подцепила. Можно у вас недельку перекантоваться?

И она зашмыргала носом. Я не усмотрела в просьбе ничего особенного и ответила:

— Конечно, чувствуй себя как дома!

Поля неделю безвылазно провела в Ложкине, не ходила на занятия, говорила нам:

— Простыла капитально. Надо же, какое безобразие. В такой холод людей без горячей воды оставить.

29 ноября очень рано Поля уехала в институт, ее не было целый день, а вечером она «умерла» от сердечного приступа... Почему Поля решила вернуться к себе? Подумала, что Шлюз прекратил поиски?

Значит, в первый раз ее пытались убить дома. Она открыла сама дверь киллеру? Или ее взломали? Может, убийца давно поджидал ее в квартире, затаился в темном углу... В конце концов, это все равно. Ясно одно, Шлюз просил представить дело как несчастный случай, сердечный приступ. Не хотел шума. Да, такой вариант заказного убийства дорого стоит. Чтобы шито-крыто, без всяких подозрений. Намного проще нанять традиционного исполнителя с пистолетом или удавкой.

Но Кочергин решил потратиться. Однако ничего не вышло, то ли доза оказалась мала, то ли организм у Поли был чересчур здоровым, только девушка сначала впала в кому, принятую недобросовестными врачами за смерть, а потом, лежа в холодном трупохранилище, пришла в себя.

После воскрешения Полина вновь оказалась у нас. Но почему она поехала в институт? Что поволокло ее туда? Неужели девушка не поняла, какая опасность ее подстерегает?

В ажиотаже я сломала еще пару сигарет. Нет, естественно, она все знала. Видела убийцу, который подносил шприц... Но почему, чудесным образом воскреснув, она не кинулась в милицию, да к Александру Михайловичу, которого знает с самого детства и без лишних церемоний зовет дядя Саша?

Нет, она не могла обратиться в органы. Ведь тогда пришлось бы рассказать всю правду про себя, Молокова и триста тысяч!

Представляю, как она металась по нашей комнате для гостей, думая о своей дальнейшей судьбе! И тем не менее отправилась в институт! Зачем?! Сдавать зачет? Уму непостижимо. И ведь именно в этот день ее попытались убить, сначала заложили в машину взрывчатку, а потом стреляли в примерочной кабине.

Поля выглядела перепуганной донельзя, когда мы вернулись в Ложкино. Но утром она вновь садится в машину, на этот раз в мой красный «Форд», и... влетает в столб. Ну каким образом ее заставили проделать такое? Может, она подсадила убийцу по дороге? Он голосовал в лесу, Поля пустила мужика в салон, тот сделал ей укол, разогнал несчастный «Форд» и выпрыгнул на ходу!

Мне стало смешно. Ну и ну, киллер-каскадер с ядом в кармане, вываливающийся из обреченной машины на глазах у сотрудников ГИБДД. Авария-то произошла прямо у поста, сержант Миша наблюдал практически все от начала до конца! Глупее варианта и не придумать.

Но почему же Полина поехала вновь в город? Ладно, черт с этими рассуждениями, намного интересней другое. Зачем Шлюз вчера разговаривал с Варей? Хоменко нет никакого смысла мне врать! Значит, если Кочергин убил Полину, то он по какой-то невероятной причине решил валять дурака перед Варей. Абсолютно ненужное, глупое действие... А если он и в самом деле искал Полю, то... То получается, что ничего о кончине Железновой Кочергин не знал. Или все же был в курсе?

Я почувствовала легкое головокружение, вышвырнула в окно пустую пачку, потом спохватилась, вылезла, бросила ее в урну и покатила в Ложкино. Был только один путь узнать правду. Но прежде чем вступить на скользкий и тонкий лед, следовало как следует пораскинуть мозгами.

ГЛАВА 26

Не успела я войти в холл и по обыкновению налететь на гроб, как Борис высунулся из гостиной и заорал:

— О, чудненько, ты-то мне и нужна!

Вспомнив бесконечные дубли с поеданием геркулесовой каши, я содрогнулась и осторожно поинтересовалась:

— Зачем?

— Иди, иди, — хитро улыбался Борис, вталкивая меня в комнату, которую заливал безжалостно яркий свет, — топай на диванчик.

Я пробралась между прожекторами. Представляю, какую сумму придется выложить в результате за свет.

— Нам надо снять животных, — пояснил Борис.

— А я тут при чем? Вроде не похожа ни на собаку, ни на кошку, или ты принял меня за морскую свинку?

— Нет, — рявкнул Борис, очевидно привыкший к тому, что на съемочной площадке говорит только он, — но они нас не слушаются. Поэтому сделай милость, прикажи им.

— Что? — удивилась я.

— Вот, например, вели мопсу сесть!

— Хуч, сидеть, — сказала я.

Но Хучик, как и следовало ожидать, даже ухом не повел. Между нами говоря, он великолепно знает команды, просто не любит слушаться. Хуч своенравный и упрямый. Словами от него ничего не добьешься, но Борис-то этого не знает.

— Ну, еще разок, — велел он.

— Сидеть, — повторила я.

Естественно, результата не последовало.

— Безобразие, — вскипел режиссер, — отвратительно! Почему он не выполняет приказ?

— Тут не уголок тети Наташи Дуровой, — спокойно ответила я, — Хучик хочет спать.

— Но мне надо, чтобы он сначала сел, а потом прошел по ковру!

— Вот и поставь перед ним актерскую задачу, — съязвила я, — объясни цель, растолкуй мизансцену, может, и поможет.

Борис фыркнул и вышел за дверь. Федор, сидевший у камеры, хохотнул.

— Ой, мамочка, хуже нет — животных снимать!

— Да? — удивилась я. — Они такие милые!

— Ага, — мотнул головой оператор, — на экране.

— Думаю, вы не правы, — вздохнула я, — помните фильм про колли, «Лэсси», кажется. Там снимали великолепно дрессированную собаку, большую умницу. Она такие штуки проделывала! Ну не могла же эта шотландская овчарка все забыть после съемок?

Федор поглядел на меня с жалостью.

— Даша, ты наивна до жути. Насколько я знаю, в фильме «Лэсси» снималось то ли восемь, то ли десять животных!

— Да ну?!

— Именно. Подобрали похожих дрессированных животных, одно умело прыгать через огонь, другое бегало по лестнице, третье плавало. А потом, ну подумай, сериал длился лет пять или шесть, а собака все оставалась молодой...

А ведь верно. Надо же, сплошной обман это киноискусство.

— Но даже с дрессированными зверями работать — чистый геморрой, — откровенничал Федор, — а уж с обычными... Недавно снялся с Ваграмовым, слыхала про такого?

— Нет, — покачала я головой.

— Да ты чего? — изумился оператор. — Тенгиз Ваграмов, автор ужастиков, два года по телику крутят «Сказки из могилы».

— Извини, я не смотрю такое.

— Вот и зря, — припечатал Федя, — адреналин так и кипит! Ну не в этом соль. Там нужно было сделать такой кадр. В фужере сидит мышь. Главная героиня хватает, не глядя, бокал, подносит ко рту и тут только замечает грызуна.

— Она слепая? — поинтересовалась я.

— Кто? — удивился Федор.

— Главная героиня! Тащит в пасть стакан и не замечает мышонка!

— Ой, да перестань, — взвился оператор, — не в этом дело.

— А в чем?

— Ну как заставить мышь тихо сидеть в бокале?

Я призадумалась, потом честно призналась:

— Не знаю!

— Вот и мне сначала в голову ничего не пришло, но потом додумался, — торжествующе сообщил Федя.

— И как? — заинтересовалась я.

— Дал ей хлеба с коньяком, — веселился оператор, — враз опьянела.

— И снял?

Федор махнул рукой.

— Говорю же, чистый геморрой. Сначала актриса истерику устроила. Визжала, будто дрель в бетоне: не стану дохлую мышь трогать! Я ей объясняю: мышь пьяная... Нет, ни в какую! Час улаживали! Джулия Робертс недоделанная! Еле-еле уговорили!

— Значит, сняли!

— Как бы не так, — взвизгнул Федя, — ты прикинь! Только-только эта идиотка фужерчик к носу поднесла, как мышка от алкоголя оклемалась, увидела рожу кинозвезды около своей морды, перепугалась, впрочем, тут на нее злиться нельзя, я бы тоже от ужаса скончался, приди бабе в голову идея ткнуться в меня физией, и...

— Что?

Федор принялся хохотать.

— Ой не могу, ой, мышка за нас всех отомстила!

Звезда-то наша, Полуянова Надька, жуткая стерва. Правда, у них, у всех бабенок киношных, норов еще тот, считают себя великими и выдрючиваются по полной программе. Но Надька — редкостная сволочь, всех до обморока довела. У гримерши кисть рыбой пахнет, партнер потом воняет, раньше десяти на площадку не приду, в полдень подайте кофе, принесите минеральную воду без газа, да только «Перье»!.. Забодала всех, а тут такой прикол! Сунула, значит, наша мадама морду к бокалу, а мышка-то и цап ее за носик. Визгу было! Крику! Народ просто замертво попадал от смеха, кто где стоял. Надька воет, мышь у нее на ноздре висит! Тенгиз руками машет, один я не растерялся и все отснял. Так в фильм и вошло, можно сказать, лучший кадр!

Я с сомнением посмотрела на наших собак и кошек, собравшихся в гостиной. К сожалению, их невозможно заставить тяпнуть противного Бориса... Хотя... Не успела я придумать, каким образом объяснить Жюли, единственной из всех собак, способной пустить в ход зубы, что следует цапнуть мужика за ноги, как режиссер вернулся в комнату. В руках он нес глубокую тарелку, наполненную кусочками сыра.

— Вот, — торжествующе сообщил режиссер, — ты правильно про Дурова вспомнила! А чему нас учил этот гениальный дрессировщик?

Он обвел взглядом молчаливую аудиторию.

— Правильно, зверей следует поощрять, кормить вкусно и действовать лаской! Хучик, Хучик, иди сюда, мой сладенький, хочешь сыру?

При виде «Эдама» мопс мигом становится очень послушен.

— Сидеть!

Хучик мигом устроился на жирненькой попке и преданно заглянул в глаза Борису.

— Ага, — обрадовался режиссер, — ты продажен, как все. Просто великолепно! Ну, начали.

Следующие полчаса мопс послушно воплощал в жизнь задумки постановщика. Садился, вставал, лежал, ходил. Количество сыра уменьшалось, когда содержимое тарелки ополовинилось, я осторожно предупредила Борю:

— Ты бы поосторожней с сыром-то!

— Почему, — отмахнулся режиссер, — не мешай!

— Хучу нельзя столько жирного, сыр — тяжелая еда для собачьего желудка.

— Ерунда, — ответил Боря, — смотри, как ему нравится!

Я вздохнула и легла на диван, дожидаясь эффекта. Он не замедлил случиться буквально через секунду. Обожравшийся мопс икнул и лег на ковер.

— Эй, Хуч, — недовольно заметил режиссер, — ну, еще пару раз от окна до двери, и все!

Но мопсику явно было не по себе. У Хучика внутри организма нет стоп-сигнала. При виде вкусной еды наш мальчишечка теряет контроль над собой и начинает сметать все, что предлагают. Впрочем, желудок у Мопса умнее головы, и, когда он наполняется под завязку, происходит процесс освобождения органа.

— Хучик, вперед, — присел на корточки возле собачки режиссер, — на, видишь, сыр!

— Не давай ему больше, — прошелестела я, — не надо!

— Почему?

— Не надо!

— Глупости, — вскипел Борис и поднес к носу мопса очередной ломтик, — ну, Хучик, действуй!

Мопс осоловело глянул на качающийся перед мордой сыр, икнул, и все съеденное ранее оказалось на ботинках Бори.

— Это что такое! — взвизгнул постановщик.

— Пережеванный Хучем «Эдам», — мирно сообщила я, — говорила же, не давай ему больше!

— Ладно, — бормотал Боря, глядя, как Ирка убирала безобразие, — начнем сначала!

Я вспомнила, как плохо мне было после того, как я слопала немереное количество геркулесовой каши, и решительно заявила:

— Все, с бедного Хуча хватит, он уже переполнился искусством.

— Все, так все, — неожиданно покладисто согласился режиссер. — Теперь займемся кошкой, вон той! — и он ткнул пальцем в трехцветную Клеопатру.

Сначала выстроили мизансцену. В кресло посадили меня и велели гладить Клепу. Я старательно выполняла все требования, но Борису постоянно что-то не нравилось. То не так улыбаюсь, то слишком размахиваю руками, то голова повернута не в ту сторону... Клеопатра вначале сидела тихо, но потом ее тело напряглось, а из груди стало вырываться нервное урчание.

— Боже мой, — в очередной раз возмутился режиссер, — ну неужели так трудно! Элементарщину прошу, дай сюда киску.

Он вырвал из моих рук Клеопатру.

— Не надо, — сказала я, — не трогай кошку!

Борис вздернул бровь.

— Почему?

— Она нервничает.

— Ой, не могу, — засмеялся постановщик, — ну и пусть! И потом, ты ошибаешься, киска урчит.

Очевидно, у Бориса никогда не было кошек, потому что все, кто держит дома это существо, знают: киски издают урчание не только в момент удовольствия. Очень часто подобный звук вырывается из них на пике нервного напряжения.

— Давай, — сердито заявил Боря, — смотри, как надо!

Он плюхнулся в кресло. Кошка попыталась удрать, но режиссер с силой прижал ее к себе.

— Ну уж нет, лежи!

Клепа забила хвостом.

— Отпусти ее, — дружески посоветовала я, — она злится!

— Вовсе нет, хвостом виляет!

Я вздохнула, Борис ошибается, это собака вертит нижней частью позвоночника от радости и дружелюбия, кошка же начинает дергать хвостом от раздражения, и сейчас Боре мало не покажется.

— Вот так, — торжествующе объявил режиссер, — голову налево, лапки направо, хвост вверх и аккуратно... Ой, что такое?

Я попыталась скрыть усмешку. Наша Клеопатра — необыкновенная киска. Она появилась в доме раньше всех животных. Еще не было в помине Черри, Банди, Снапа, Хуча и Жюли. Не взяли мы еще и Фифину, а, если сказать честно, не собирались вообще никого брать. Но однажды, холодным декабрьским вечером, я, тогда еще нищая преподавательница французского языка, брела домой после очередного рабочего дня. Вернее, где-то около десяти вечера я вышла из квартиры одного из своих учеников и наткнулась на крошечного котенка, лежащего на ступеньках. Несчастное существо громко плакало, оно замерзло и хотело есть. Думая, что кошечка невесть как выползла из соседней с моим учеником квартиры, я позвонила в дверь. Высунулась тетка, за ней выплыл запах жирных щей, сваренных на свинине, просто удар по организму, а не супчик.

— Надо-то чего? — спокойно поинтересовалась она. — Или ищешь кого?

Шел 1987 год, и москвичи еще не успели стать тотально подозрительными.

— Ваша кошечка?

Баба покачала головой и ткнула пальцем в потолок.

— У Райки квартиру жильцы снимали, с дитем. А сегодня уехали, видать, надоел им котенок, вот и кинули.

— Что же делать? — растерянно спросила я.

— А ничего, — мотнула «химической» головой баба, — на помойку снести!

— Там мороз, замерзнет.

— Ну и хрен с ним, — ответила, зевая, тетка, — кому он нужен!

— Может, себе оставите, смотрите, какой хорошенький, — пробормотала я.

Бабища замахала руками.

— Да ты че? Ремонт только сделали! Обои обдерет, зассыт все...

— Умрет ведь...

— Себе забирай, коли такая жалостливая, — буркнула баба и захлопнула дверь.

Я в недоумении поглядела на несчастное существо. Теперь оно уже не плакало, а икало, худенькое тельце мерно вздрагивало, тоненькие лапки безвольно лежали на грязной плитке.

Я решительно подхватила котенка, потом сдернула с головы вязаную шапочку и сунула туда найденыша. Ремонта у нас нет и не предвидится, а полы покрыты линолеумом. Даже если котенок и будет делать лужи, то невелика беда.

До метро я неслась бегом, непокрытая голова мигом замерзла. У самого входа в подземку меня неожиданно поймала цыганка.

— Эй, красавица, подскажи, где тут хлеба купить?

Я знаю, что уличные гадалки начинают разговор с самой невинной фразы, и хотела молча прошмыгнуть внутрь, но черноволосая девушка ухватила меня за рукав.

— Эй, тебе говорю, Даша.

Удивленная, я притормозила.

— Откуда знаешь мое имя?

— Чего его знать, — усмехнулась девчонка, — на лбу написано. Счастливая ты, хочешь погадаю?

— Я бы не прочь, да денег нет, уж извини, поищи другого клиента.

— Просто так наворожу.

Я удивилась еще больше.

— Почему?

— День у тебя такой.

— Какой?

— Судьбоносный, — спокойно сказала цыганка, — вот вижу богатство, дом большой, кирпичный, ты в золоте, дети около, полна коробочка, и внуки будут, мальчонка да девочка... Нищета уйдет, всю жизнь, а жить тебе до 104 лет, счастье с тобой останется. Знаешь почему?

— Нет, — ошарашенно ответила я, прижимая к себе шапочку с молчащим котенком.

— Ты свою судьбу сегодня на лестнице подобрала, — ответила смуглянка и быстрым шагом ушла, не взяв у меня ни копейки.

Хотите верьте, хотите нет, но все вышло именно

так, как она говорила. Через год после появления в нашем доме кошечки, названной Клеопатрой, Наташка вышла замуж за француза.

Клепа оказалась необыкновенным созданием, тихим, ласковым, интеллигентным. Наслушавшись рассказов разных людей о кошачьей вредности, я ожидала от нее проявления вздорного характера. Но нет, она не царапалась, не орала по ночам, не прыгала в форточку и не таскала со стола мясо. Клепочка быстро выучилась ходить в туалет, причем начала пользоваться унитазом, а не лоточком, где лежала старая газетка. О наполнителях для сортира Москва в те годы не слыхивала. В отличие от многих кошачьих, она была всеядной и с одинаковым удовольствием ела мясо, рыбу, творог и кашу. Спать стала со мной в кровати, я, наверное, патологически не брезглива, а потом Клеопатра превратилась в члена семьи. Именно она воспитывала всех остальных наших животных, причем делала это серьезно. Бандюше не раз доставалось от нее за неподобающее поведение, поэтому наш клыкастый питбуль до обморока боится всех кошек. Единственная, кто ни разу не получал от нее оплеуху, это Жюли. Йоркширская терьериха прибыла к нам в дом вместе со своей хозяйкой, няней Серафимой Ивановной, нанятой для близнецов. Жюли едва исполнилось несколько месяцев, она сейчас-то не превышает по размеру карманное издание детектива, а в то время и вовсе была крошкой. Клеопатра, воспитавшая в своей жизни безумное количество котят, очевидно, приняла Жюли за новую, невесть откуда взявшуюся дочку и принялась пестовать собачку. Она вылизывала Жюли, таскала, пока могла, за загривок по всему дому, грела по ночам и шипела на Снапа, пытавшегося поиграть с йоркширихой... Жюли выросла, но приемной матери не забыла. Собачку и Клепу связывает нежная дружба, их часто можно видеть на диване, спящих бок о бок. А кошка — это не человек. Она никогда не устроится на ночлег возле того, кто вызывает отрицательные эмоции.

Но и на солнце случаются пятна. Клепа не любит, когда ее заставляют делать что-то вопреки кошачьей воле. Впрочем, мы никогда не принуждаем ее, потому как знаем: Клеопатра способна отомстить мучителю. Нет, она не станет дергаться, царапаться и выть! Это выше ее достоинства. Клепочка попросту описает человека, дергающего ее за хвост.

— Это что? — повторил Борис, недоуменно разглядывая мокрые брюки. — Что?

— Говорила же, — хихикнула я, — не трогай кошку — и вот результат!

— Ну, пакость! — завопил режиссер и швырнул Клепу в кресло. — Ну и воняет, жуть!

Кошка, упав на подушку, коротко мяукнула. В ту же секунду, поняв, что мамочку обидели, Жюли кинулась на Бориса и, недолго думая, вонзила мелкие, но острые и крепкие зубы в щиколотку мужика.

— Ой, ой, ой, — завопил тот, тряся ногой, — пошла прочь, идиотка!

Но Жюли не отпускала добычу и злобно рычала, если бы она могла, то растерзала бы обидчика. Клепа преспокойно вылизывалась в кресле, но терьериха хотела отомстить по полной программе.

— Уйди! — заорал Боря и отшвырнул Жюли.

Та взвизгнула. Теперь возмутился всегда спокойный, даже апатичный Хуч. Жюли, его любимая женушка, рыдает от боли! Издав боевой клич, мопс кинулся на Борю и ткнулся тому в ноги. Режиссер, не ожидавший нападения, заорал.

— Сумасшедший дом!

Рукой он нащупал столик, схватил журнал «Четыре сезона», роскошное, толстое, шикарное издание, рассылаемое обеспеченным людям, и с треском опустил его на мопса. Хуч упал и завыл. Боря перевел дух и спросил:

— Они белены обожрались?

Я не успела ответить, потому что старая, слепая и глухая Черри, оскалив желтые, но довольно большие зубы, возникла перед режиссером.

— Э-э-э, — предостерегающе поднял руку с журналом Боря, — поосторожней!

Голос его прозвучал грубо и резко. И это было ошибкой режиссера. Черри вовсе не собиралась кусать мужика, она всего лишь его пугала. Но Снап, считающий дряхлого пуделя своей подругой, подскочил к Борису и издал громкое:

— Р-р-р.

— Убери их всех, — завопил постановщик, — немедленно!

Испуганный Федор предпочел выйти в коридор.

— Фу, Снап, — велела я.

Но ротвейлер продолжал рычать. Он у нас злится крайне редко, на моей памяти это случилось только один раз, когда Катерина пролила ему на спину кружку горячего какао. Но, видно, Борис просто капитально надоел Снапу. Крикливый, шумный, вечно с вонючей сигаретой во рту...

— Р-р-р.

— Прекрати, Снап, — приказала я, великолепно зная, что пес не укусит парня.

Но тут Жюли вновь кинулась на Бориса, тот принялся отбиваться журналом, задел Хуча, мопс вцепился в другую брючину. В процессе потасовки дерущиеся наступили на артритные лапы Черри, та мигом истерически зарыдала. Снап зарычал сильней, подскочил к Борису и ткнул его своей мощной головой под колени. Подкат был сделан по всем правилам. Взмахнув руками, постановщик рухнул на ковер. Падая, он задел журнальный столик, на котором, кроме газет, находилась еще тьма всяких вещей, а среди них огромный степлер. Канцелярская принадлежность оказалась на полу, рядом с задней ногой Снапа. Вернее, конечность ротвейлера пришлась как раз в то место, куда всовывают картонные листы, когда желают их скрепить. Рыдающая Черри шагнула вперед, нажала лапой на рычаг степлера, раздался щелк, из гнезда выскочила острая, железная скрепка и воткнулась в Снапа.

— У-у-у! — взвыл ротвейлер.

Услышав вой, вся стая, озверев, начала рвать брюки Бориса, я пыталась оттащить Хуча, Жюли и Черри, но безрезультатно. Они вырывались из моих рук и снова вцеплялись в то, что еще несколько минут назад было широкими вельветовыми джинсами. Снап плакал, пытаясь выкусить скрепку, Клепа и Фифина, подняв шерсть, шипели... Тут распахнулась дверь и влетел Банди. Увидев кучу малу, он решил, что в комнате происходит какая-то замечательная забава, для участия в которой его забыли пригласить. Бандюша ринулся в центр событий. Борис лежал на полу, пит наступил ему на живот когтистой лапой. Окончательно обозлившись, режиссер заорал, словно паровоз, несущийся сквозь туман:

— Пошли вон, уроды!

И это было его второй, роковой ошибкой. Наш Бандюша с детства панически боится громких звуков, и реагирует на шум всегда одинаково. Раздалось журчание.

— ...., — завизжал Борис.

Я постаралась сохранить серьезное выражение на лице, но, честно говоря, получалось с трудом. В эту секунду распахнулась дверь, появилась Зайка и сказала:

— А ну все вон, живо!

Собаки мигом оставили жертву и вынеслись в коридор. Боря сел.

— О боже, — простонал он, — они меня хотели съесть.

— Наши собаки не едят человечину, — возмутилась вбежавшая Маруська, — фу, ну и запах! Кто это так воняет?

— Борис, — пояснила я, пятясь к двери, — он обозлил Клепу, и вот результат.

Ольга поджала губы, потом вымолвила:

— Подумаешь, ерунда, пойдет и помоется!

Режиссер выскочил за дверь. Я увидела, что вместе с Зайкой и Маней вошел неизвестный мужчина, и вежливо сказала:

— Добрый вечер.

— Здравствуй, Дарьюшка, — ответил мужик знакомым голосом.

Я уставилась на него, разинув рот. Это Бонифаций?! Не может быть.

ГЛАВА 27

В парикмахерской старику сбрили бороду и сделали красивую стрижку. Зайка купила ему темно-коричневые вельветовые джинсы и пуловер. Немного молодежный вариант, но дедушке он шел. Сразу стало видно, что, несмотря на почти столетний возраст, Бонифаций еще молодец, хоть куда. Спина прямая, глаза яркие, и никакой лысины. Немного худоват, ну да это не беда. Васька с Крошкой тоже принарядились. Кот щеголял новым ошейником, собачка была облачена в ярко-красный комбинезончик. Увидев меня, болонка радостно взвизгнула и принялась изо всей силы махать хвостом.

— Ужинать дадут? — закричала Маня. — Есть хочется!

— Тебе лучше после семи не разжимать челюсти, — послышалось из коридора, и в комнату вошел Кеша.

— Глиста в скафандре! — завопила Маня.

Я спокойно пошла наверх, надо переодеться в уютный халатик. Когда дома нет посторонних, я с огромным удовольствием хожу в пижаме или халате. Но сегодня влезу в удобную одежду, наплевав на все принятые правила поведения. Борис и К° надоели мне до зубовного скрежета и, если им будет неприятно видеть за столом даму, облаченную в неглиже, это их проблема.

— Ешь меньше, а то скоро сравняешься весом с бегемотом, — неслось снизу.

— Укропина зеленая! — бушевала Маня.

Я спокойно ушла в ванную. Слава богу, дома все, как всегда, в полном порядке.

Утром я проснулась от тишины. Часы показывали десять. Накинув халат, я, неумывшись, зевая, потопала на кухню. Сейчас попрошу Катерину налить мне кофе и оттащу чашку наверх.

Но поварихи не было. На холодильнике висела записка: «Ирка! Завтрак на плите, разогрей и подай. Поехала сама за мясом на рынок, а то ты такое г... купила, что даже Хуч жрать отказался». Рядом белел другой листок: «Катька! Вымой посуду, машина сломалась, я повезла в химчистку вещи».

Я перевела взгляд на мойку, забитую тарелками,

чашками и кастрюльками. У нашей прислуги свои отношения, меня они не касаются. Полазив по полкам, я нашла кофе, насыпала его в чашку, налила кипяток, прихватила пару тостов с сыром и ушла в спальню.

Делать-то что? Ну, Полина! Кто бы мог подумать, что под маской тихой, милой, интеллигентной женщины прячется проститутка и охотница за богатыми мужчинами. К тому же она, оказывается, давно замужем за парнем с идиотским именем Бонифаций. Странно, однако, что он не значится в Центральном адресном бюро. Хотя, если подумать, то и ничего особенного. Небось живет в столице без прописки и регистрации, вот и выпал из поля зрения соответствующих органов. Это все глупости, будто в Москве каждый человек на учете, на самом деле в нашем городе полно людей, которые прячутся от милиции, потому что лучше всего затеряться в мегаполисе, где даже ближайшие соседи подчас не знают имен и фамилий друг друга.

И что делать? Поняв, что хожу по кругу, я подошла к окну и неожиданно приняла решение. Хватит заниматься ерундой, надо звонить Шлюзу.

Я вытащила бумажку, полученную от Вари, и глянула на цифры — 792... Похоже, это мобильный.

— Да! — раздался грубый голос.

— Можно Шлюза?

— Кого? — рявкнул парень. — Кто говорит?

Я быстро отсоединилась, похоже, опять сваляла дурака.

Потыкав заново в кнопки, я пропищала:

— Добрый день, позовите господина Кочергина.

— Слушаю.

— Вас беспокоит частный детектив Дарья Васильева.

— Кто? — изумился Анатолий.

Но я решила не сдаваться и, как ни в чем не бывало, повторила:

— Дарья Васильева, частный детектив.

— Короче!

Ах так! Ну ладно.

— Короче, в натуре, я знаю, где Полина Железнова! Если интересует...

— Интересует, — оборвал Шлюз, — в час дня, клуб «Красный башмачок», на входе скажешь охране, что ко мне.

Я не успела спросить адрес, как в ухо полетели нервные гудки. Ну, погоди, Шлюз.

Целых два часа я потратила на то, чтобы сразить мужика наповал. Из обширного Зайкиного гардероба был выужен красный костюм от Диора. Я не слишком люблю эту фирму и считаю огненный цвет вызывающим, но сегодня такой прикид в самый раз. Под это одеяние нельзя надевать столь обожаемые мной туфли на практичном «учительском» каблуке, поэтому я влезла в коротенькие полусапожки на десятисантиметровой шпильке.

Пришлось вопреки обыкновению воспользоваться косметикой и пенкой для волос. Вдохновенно создав на голове художественный беспорядок, я обвесилась золотыми цепочками, нанизала на пальцы штук шесть колец, полюбовалась на «икебану», потом пошла в комнату к Марусе, разгребла на столе фантики, журналы, шкурки от мандаринов, обертки от мороженого и вытащила пузырек с лаком. Наносишь его на когти, и те мигом покрываются трещинками. Вид жуткий, но страшно модный. До Москвы эта фенька еще не добралась. В качестве заключительного штриха опрокинула на себя полпузырька новинки «Живанши» с названием «Вечность».

Следовало признать, выглядела я сногсшибательно.

Во всяком случае, охранник, сидевший у входа в клуб, выскочил из-за стола и бросился открывать мне дверь.

— Спасибо, любезный, — прощебетала я, расстегивая парадную Зайкину шубку из щипаной норки, — скажи, сделай милость, где тут Кочергин?

— Вы кто? — проявил бдительность секьюрити.

Быстрым движением дамы, привычной к тому, что верхнюю одежду у нее берут либо мужчины, либо прислуга, я бросила невесомое пальто на руку кланяющейся гардеробщицы, подошла к зеркалу, взбила слегка примятые волосы и отчеканила:

— Дарья Васильева, частный детектив!

Парень захлопал глазами, но я быстро обернулась и поинтересовалась капризно-тягучим голоском:

— Что же так, любезный? Толян забыл предупредить о моем визите?

— Проходите в ресторан, — обрел способность говорить юноша, — в каминный зал.

— Благодарю, душа моя, — ласково улыбнулась я и, швырнув гардеробщице десять долларов, двинулась в указанном направлении.

В помещении, заставленном столиками, оказалось на удивление много народу, причем в основном мужчин, сидевших по одному за столом. Штук пять из них походили на Шлюза. Именно таким я и представляла бывшего уголовника: полным, красномордым, коротко-стриженым, с отвратительно мощной шеей.

Я притормозила официанта с подносом:

— Сделай милость, скажи, где здесь Анатолий Кочергин?

— Вон там, в самом углу, возле камина, — ответил почтительно халдей.

Я переместила взгляд вправо и увидела полноватого мужика в безукоризненном костюме, явно сшитом на заказ. Как правило, у российских мужчин плечи пиджака обвисают вниз, здесь же все сидело как надо. У субъекта было холеное интеллигентное лицо, волосы красивой волной спускались ниже мочек ушей. Подобную прическу носит Константин Эрнст с ОРТ. Меньше всего личность, ловко управлявшаяся с омаром, походила на человека, носящего кличку Шлюз.

— Ты не ошибся? — спросила я у гарсона.

— Нет, — покачал тот головой, — Анатолий Николаевич Кочергин собственной персоной.

Быстрым шагом я подлетела к столику и рявкнула:

— Добрый день.

Анатолий поднял глаза и выронил щипчики, которыми только что кромсал омара. Если он и ожидал увидеть даму, то явно не такую. Памятуя, что Шлюз, разоткровенничавшись с Варей, признался в любви к стервам, я наморщила нос и капризно протянула:

— Красиво получается, вы сидите, а дама стоит. Понимаю, конечно, что лучшие годы прошли на нарах, но ведь пора бы уже и политесу обучиться!

Изумленный Кочергин показал рукой на стул:

— Прошу!

Я вздернула брови.

— Вообще-то полагается встать, отодвинуть сие сидалище и только тогда предлагать даме сесть, но, учитывая вашу крайнюю неинтеллигентность, так и быть!

Щеки Шлюза подернулись легким румянцем. Он явно соображал, как лучше поступить: воткнуть в наглую бабенку ножик для разделки рыбы или просто дать ей по башке тяжелым хрустальным графином?

Я села, небрежно швырнув на стол сумочку, и заявила:

— Закажите мне кофе с лимоном без сахара!

Кочергин даже не пошевелился.

Я наморщила нос.

— Только не говорите, что в этой низкопробной забегаловке нужно самому ходить на кухню, хотя, если учесть, как отвратительно тут поставлено дело, подобный экивок меня бы не удивил.

Тут Шлюз возмутился:

— Это дорогой клуб!

— Рыгаловка, — спокойно ответила я, — зайти противно.

— Почему? — искренне удивился Кочергин.

— Ну, хорошо, — смилостивилась я, — не рыгаловка, тошниловка, только в таком месте не следует назначать деловых свиданий, а то партнеры подумают, что дела у Шлюза пошатнулись, коли в столь дрянное место пошел!

— И что тут не так? — процедил Анатолий, ощупывая меня цепким взглядом.

— Все перечислить?

— Валяй!

Я вынула сигарету и выжидательно посмотрела на парня, тот глядел на меня.

— Ну?

— Что — ну? — окончательно оторопел Толя.

— Зажигалку!!!

Кочергин протянул мне золотой «Ронсон». Я со вздохом положила его на стол и поманила пальцем официанта. Тот мигом подлетел.

— Чего изволите?

— Прикурить.

Парень щелкнул дешевым пластмассовым «огнивом», вытащенным из кармана ливреи.

— Анатолий Николаевич, — ласково сообщила я, — дама моего положения и уровня никогда сама не станет пользоваться кресалом. А насчет клуба, ежели желаете иметь мнение светского человека, извольте. Во-первых, стоянка для автомобилей.

— Чего в ней плохого? — спросил Шлюз. — Трое охраняют, шлагбаум, будка, муха не проскочит.

— Фи, — фыркнула я, — в приличном месте о безопасности авто даже не упоминают, это совершенно естественно. Только в нормальном, подчеркиваю, нормальном клубе, люди подъезжают непосредственно ко входу и отдают ключики привратнику. Остальное не их дело. Никто не заставляет девушек на каблуках, с прической и макияжем, ковылять по снегу от охраняемой стоянки до клуба. Затем, охранник у входа спокойно читал книгу, а гардеробщица вязала. Просто какой-то клуб по интересам. Зеркало плохо протерто, а на столике перед ним валялась забытая кем-то расческа. Тут явно экономят на уборщицах. Продолжать?

Кочергин кивнул:

— Лакеи плохо выглядят. У всех разные прически, и хоть на парнях одинаковая форма, обувь у них разномастная. Вон тот, идиот, вообще в кроссовках. Теперь, мы сидим у камина...

— И что? — буркнул Шлюз.

— Зола не вычищена, на доске пыль, и решетка не блестит, она должна сверкать! Идем дальше. Скатерти явно перестилали.

— Как это? — не понял Толя.

— Очень просто. Их положено стирать каждый день, но кто-то, небось жадный хозяин, решивший сэкономить пять копеек, приказал снять скатерть, встряхнуть и постелить снова, но наизнанку, сэкономил на прачечной. Салфетки тут бумажные, а не льняные, приборы из дешевого металла, тарелки самые простецкие, купленные в магазине, а не на заказ, фужеры гадостные. Похоже, их приобрели на дороге.

— Где? — окончательно растерялся мужик.

— На шоссе, — мило улыбнулась я, — если отъехать от Москвы, то в районе провинциального городка Гусь-Хрустальный вдоль обочины стоят десятки людей, продающих бокалы, рюмки и стаканы. Спору нет, продукция неплохая, вполне приемлемая для пользования на кухне. Ну знаете, кухарке захочется выпить рюмочку, или водопроводчик зайдет кран починить, дворник заглянет, надо поднести мужику! Но ставить в клубе на стол! Уж простите!

— Это ручная работа, — отбивался Шлюз.

Я рассмеялась.

— Гениальный тезис. Вы когда-нибудь встречали фужеры, изготовленные ногами? Впрочем, на мой взгляд, подобный стакан должен был стоить в десять раз дороже, чем «ручная» работа! Ну да оставим в покое эти мелочи, в конце концов, можно и не заметить, что стены тут давно не мыты, а плинтуса не протирались никогда, но еда!

— А с ней что?

— Омар!

— Омар как омар, — пожал плечами Шлюз.

— Какой сейчас месяц?

— Декабрь.

— И омар! Вам подали в декабре омара!

— Ну и что? — побагровел Толик. — В декабре запрещено есть этого гада?

— Именно, — преспокойно пояснила я, — лангусты, омары, раки, устрицы, все, кроме креветок, осьминога, мидий и кальмаров, всех обитателей глубин следует есть только в те месяцы, которые не имеют в названии буквы «р». А именно, май, июнь, июль, август, вот в сентябре уже не надо.

— Почему?

— Милейший, вы можете прилюдно испортить воздух?

— Нет, — ответил ошарашенный Шлюз.

— И почему?

— Ну, это не принято...

— Вот-вот, устрицы тоже не принято есть в декабре.

— Но их же продают! И все едят!

— Семечками тоже торгуют, и народ их лузгает. Но в элитарном клубе свои порядки. Кстати, вам принесли к омару красное вино.

— Не годится?

— Как кирзовые сапоги балерине. Да еще налили в графин.

— Нельзя?

— Вино следует подавать в бутылке и открывать в присутствии гостя. В графин наливают только водку, да и то этот деревенский шик давно не в моде. Кстати, я не советую в гостях пробовать напиток из графина.

— Почему?

— Скорей всего хозяева, если они, конечно, не разбогатевшие торговцы куриными лапами, постеснялись поставить на стол неполную бутылку, недопитую вчерашними гостями и перелили остатки в графин. Получилось прилично и очень экономно. Мой совет — не пользуйтесь этим клубом.

Багровый Шлюз щелкал щипчиками для разделки омара, потом процедил:

— Посидите тут секунду, — и ушел.

Я расслабилась. Разыскивая адрес клуба «Красный башмачок», я позвонила Ленке Абдуловой. Ленка держит агентство, которое занимается наймом рабочей силы для ресторанного бизнеса.

Она, естественно, мигом сообщила необходимые

координаты и фамилию владельца заведения: Кочергин Анатолий Николаевич. Представляю, какие разборки он сейчас устроит!

Через секунду в зале началось лихорадочное движение. К столику подлетело сразу трое лакеев. Мигом переменили скатерть, положили полотняные салфетки, поставили серебряный кофейник, чашки...

Синий от злости Шлюз сел на свое место и поинтересовался:

— Вы явились сюда, чтобы рассказать про клуб?

— Нет, любезный! До меня дошли слухи, будто вы ищете Полину Железнову...

— Верно.

— Могу указать ее местонахождение.

— Сколько?

Я вытащила из сумочки платиновую кредитку и постучала ею по столу.

— Дорого, мои услуги стоят дорого!

Шлюз покосился на карточку и процедил:

— Сколько?

— Сто тысяч.

— С ума сошли?

— Не хотите, не надо, — с достоинством ответила я и спрятала кредитку, — прощайте.

— Погодите, пятьдесят тонн и договорились, — быстро сказал Анатолий.

Я усмехнулась.

— Уважаемый, я не торгую на рынке рыбой и, честно говоря, никогда не пыталась заниматься этим бизнесом. До свидания!

— Хорошо, — быстро сказал Шлюз, — только сначала информация, потом бабки!

— Право, смешно!

— Сколько времени понадобится, чтобы найти Полину?

— Как только доллары окажутся на моем счету, мигом скажу, где она.

— Поехали, — коротко бросил Толя.

— И куда же?

— Ко мне. Дам наличкой.

— Нет, дорогой, не пойдет.

— Почему?

— Я слишком долго занимаюсь своим бизнесом, чтобы доверять такому человеку, как вы. Возьму денежки, сообщу требуемое, а на выходе два мальчика отнимут все. Нет, только через кредитку.

— За кого вы меня принимаете? — начал Толя.

Я махнула рукой.

— Ей-богу, не стоит передо мной раздувать щеки, бессмысленное занятие. Перечислить все ваши судимости и сроки? Рассказать, как вы нанимали Полину у Молокова? Припомнить про триста тысяч? От души могу посоветовать не прятать бумажку с шифром от сейфа на видном месте и, если собираетесь выпивать в присутствии проститутки, даже элитной, всегда внимательно посмотрите в бокал. От клофелина на поверхности любого спиртного образуется малозаметная пленочка. Исключение составляет шампанское, но что-то мне подсказывает, что вы не пили его!

Кочергин не выдержал.

— Не слишком ли ты много знаешь? А то ведь таких и убивают! Откуда взяла про клофелин? Варя растрепала?

Я дернула плечом.

— Кто? Варя? Не знаю такую. А откуда узнала? Ха! У женщин свои секреты. Что, разве я не права? И потом, без меня вам не обнаружить Полины, ведь до сих пор не нашли девушку? Кстати, я не болтлива, сами понимаете, занимаясь подобным ремеслом, нельзя иметь длинный язык. Так что в ваших интересах не устранять меня, а оберегать и лелеять. Кроме того, я способна решать многие деликатные дела, я вхожа в такие дома, куда вас не впустят, следовательно, иметь меня в качестве знакомой более приятно, труп не сумеет помочь в щекотливой ситуации, а детектив Дарья Васильева способна на многое.

— Давайте реквизиты, — буркнул Шлюз.

Я протянула листочек. Кочергин достал сотовый и буркнул:

— Иди сюда.

Появился паренек в отличном темном костюме. Кочергин сунул ему прямоугольничек.

— Сто тысяч положить сюда немедленно, сам свези, быстро.

Мальчишка кивнул и испарился. Следующие полтора часа мы провели, обсуждая клуб. Я рассказала о том, кто такой сомелье и зачем нужен метрдотель, отдельно поговорили об эстрадной программе... Словом, время пролетело почти незаметно, и хотя я, пробуя кофе, скорчила гримасу, следовало признать, «арабику» сварили почти хорошо, да и пирожные оказались свежими, с нежным кремом.

За окном стемнело, на город спустился ранний декабрьский вечер, когда ожил мобильник Шлюза.

— Деньги на счету, — сообщили Кочергину.

Я вынула свой телефон, спокойно набрала номер банка, услышала голос управляющего и спросила:

— Андрей Евгеньевич? Добрый день, Даша беспокоит.

В деньгохранилище мало таких клиентов, как наследники Макмайера, поэтому собеседник мигом воскликнул:

— Дарья Ивановна, приятно, очень приятно слышать ваш милый голосок.

Еще бы ему не радоваться.

— Чем могу служить? — щебетал управляющий.

— Сделайте одолжение, попросите своих подчиненных проверить состояние нашего счета, меня волнует последнее вложение, когда оно было сделано?

— Ради вас, дорогая Дарья Ивановна, — верещал Андрей Евгеньевич, — сам разузнаю. К сожалению, придется секунду подождать.

— Хорошо!

Кочергин без слов барабанил пальцами по столу, я также молча смотрела на его руку.

— Сто тысяч буквально десять минут назад перевел анонимный источник, — ответил наконец управляющий, — вообще говоря, мы не имеем права сообщать подобную информацию по телефону, но для вас делаю исключение.

— Ну, — рявкнул Кочергин, — убедились? Говори.

— Она мертва, — спокойно сообщила я, — велите подать еще кофе.

ГЛАВА 28

— Как, — взвился Шлюз, — как мертва?

— Разбилась в автомобильной аварии, врезалась в столб при выезде на шоссе, возле охраняемого поселка Ложкино.

Кочергин схватился за телефон и прошипел:

— Семен, ну-ка быстренько уточни мне...

Я спокойно разглядывала посетителей. Что-то есть захотелось. Наверное, на нервной почве, слишком уж я

устала, разыгрывая из себя дамочку без страха и упре-
ка. Спина вспотела, а ноги противно подрагивают, но
деваться мне некуда.

— ....., — сказал Шлюз, отсоединяясь, — как же
так? Пьяная, что ли, была?

— Дело было рано утром, — напомнила я, — редко
кто нажирается в семь часов, ее убили, более того, за
ней шла охота.

— Выкладывай! — рявкнул Кочергин.

Я выплеснула все, что знала о Полине, старательно
умалчивая о своей роли в этой истории. Толя крякал.
Потом он налил себе почти полный фужер коньяка,
опрокинул и произнес:

— .....! Найду того, кто придумал спектакль, ноги
выдерну...

Я хмыкнула:

— Мало вам проституток? Подойдите к «Метропо-
лю» или «Президент-отелю»... Там их на любой вкус,
жаль, конечно, девочку, но не до такой же степени!

— Слушай сюда, — прошипел Кочергин, — найдешь убийцу, получишь в два раза больше, две сотни
тонн, поняла? Рой носом, скреби лапами, но отыщи
падлу.

Я решила не делать ему очередного замечания о ма-
нерах, только поинтересовалась:

— Что это с вами? Из-за девицы легкого поведения
такие расходы.

— Тебя не касается, — шипел Шлюз, — или заказы
не нужны?

— Ладно, — смилостивилась я, — ничего не обещаю, но постараюсь!

На улице я перевела дух и, отъехав подальше от
«Красного башмачка», стала искать место, где можно
спокойно посидеть и подумать. На глаза попался пла-

кат с гигантским зеленым кенгуру «Рамстор». Просто замечательно. Там целая куча кафе и есть охраняемая стоянка.

Заставив поднос лоточками с салатами, я устроилась в кафе «Сбарро». Похоже, Шлюз ни при чем. Мужик в самом деле хотел узнать, где прячется Полина, даже перевел на мой счет несуразно большую сумму, а известие о смерти девушки ошеломило его. Скорей всего Поля и впрямь понравилась Шлюзу, если он даже решил отомстить за ее смерть! Подобное желание со стороны Кочергина говорит о серьезных чувствах, почти любви. Да уж, никогда не знаешь, где найдешь, где потеряешь! Полина, мечтавшая подыскать себе богатую партию, совершенно не приняла Кочергина в расчет, обокрала его... Ну кто бы мог подумать, что Шлюз придет в восторг от такого поведения и решит предложить девушке руку, сердце и кошелек?

Я отставила недоеденный салат. Интересно, куда подевались триста тысяч? Пару минут я сидела спокойно, потом подскочила на стуле. Деньги! Вот зачем девчонку поволокло в институт. Сначала жила целую неделю у нас, пряталась, а потом решила передать их своему мужу, ну тому, Бонифацию, отправлявшему жену на панель... Впрочем, нет, глупо. Скорей всего они встретились в другом месте. Тоже не получается! Девчонка уехала от Шлюза рано утром и явилась к нам с тремя сотнями тысяч долларов в кармане! Хотя... Она появилась в Ложкине около трех. От неожиданно пришедшей в голову мысли мне стало жарко. Боже, какая я дура! Все очень просто. В этой истории возможно только два варианта. Либо муж Полины перехватил ее по дороге и забрал денежки, либо Поля спрятала доллары. Где? И как найти этого мужа, если я не знаю ни имени парня, ни его фамилии. Нет, имечко-то как раз известно, только толку? Бонифаций! Да не правда это! Небось кличка!

Чувствуя полную безнадежность, я поковыряла салат, потом посмотрела на часы: семь! В голове начал оформляться смутный план. Решительно отодвинув поднос, я спустилась вниз, села в машину и покатила в институт, где училась Полина.

Несмотря на довольно позднее для учебы время, в коридорах клубился народ. Шли занятия у вечерников. Никакой охраны у входа не было, и я беспрепятственно прошла внутрь. Да сюда можно протащить что угодно, никто и не чихнет! В задумчивости я пошаталась по помещению. Дурацкая идея пришла мне в голову, но проверить ее стоит. Так, отметем сразу такие места, куда Полине не было доступа. Вряд ли она пыталась спрятать сумку или пакет с банкнотами в столовой. Там слишком много людей, и потом предприятие общественного питания тщательно убирают в конце рабочего дня. Маловероятно нахождение «клада» в библиотеке и медпункте. Ректорат, учебная часть, комнаты, где находятся кафедры, тоже отметаются. И что у нас остается? Аудитории, туалеты, коридоры... Я побродила по классным комнатам. Выглядели они словно близнецы. На одной стене доска, рядом стол для преподавателя и ряды мест, предназначенные студентам. Здание было недавно отремонтировано, в столах отсутствовали ящики, никаких стенных шкафов, а батареи представляли собой узенькую крохотную «гармошку», тесно прилепленную к стене, туда ничего не засунуть. Нет, не прятала она деньги, отдала их муженьку!

Теряя всякую надежду, я посетила местный сортир для дам и горестно вздохнула, кругом кафель и блестящие никелированные краны. Понимая, что скорей всего ничего не найду, я поднялась сначала на чердак, но вход в него оказался заперт, а на железной двери висело объявление «В случае необходимости обращаться к проректору по АХО». Такое же дацзыбао украшало и железную дверь, ведущую в подвал. Следовало признать, что в институте царил феноменальный порядок, наверное, ректор каждый день бьет кнутом своих подчиненных, потому что от профессуры и научных сотрудников добром ничего добиться нельзя. По себе знаю. В мою бытность преподавателем нас довольно долго уговаривали не курить в туалетах.

— Сделайте одолжение, — клянчил завхоз, — ну нельзя, идите на первый этаж, там специально курилку оборудовали.

Но всем было лень бегать по бесконечным лестничным маршам, и на мольбы завхоза никто не обращал внимания. Все кончилось разом, как сейчас помню, в апреле. Я неожиданно получила зарплату меньше. Не восемьдесят, как рассчитывала, а шестьдесят. Такая же история произошла еще с некоторыми сотрудниками. Разъяренные, мы явились в ректорат, где нам спокойно объяснили: всех курильщиков оштрафовали. Если будем продолжать дымить в туалетах, то в следующую выплату получим еще меньше, штраф прогрессирующий, к тому же ректор решил применить и принцип круговой поруки. Если в туалетах найдут хоть один окурок, то накажут всех курильщиков, всех поголовно! Стоит ли говорить, что после такого поворота событий преподаватели переместились в курилку, а студентам было категорически объявлено: «Если увидим кого с сигаретой на этаже, можете не рассчитывать на получение зачетов».

— Вы ксерокс ищете? — раздался за спиной тоненький голосок.

— Что? — не поняла.

— Хотите сделать ксерокопию? — повторила прехорошенькая девочка в кожаных брючках. — Так не старайтесь, Ромы нет.

И она ткнула рукой в деревянную дверь, находившуюся возле входа в подвал. Я подняла глаза и прочитала: «Время работы с десяти до трех, одна страница А4 50 копеек, тетради дешевле».

— Кто такой Рома? — машинально поинтересовалась я.

— А я вас знаю, — неожиданно сказала девушка, — вы тетя Полины Железновой, на такой красивой машине ездите. Ой, бедная Поля, вот жуть-то!

— Вы знакомы с Железновой?

— Конечно, — улыбнулась девочка, — в одну группу ходили, в тот день, когда у Полины машина сгорела, вы здесь были, я очень хорошо помню. Очень мне Полину жаль, так страшно, так страшно! Взяли и убили!

— Как вас зовут?

— Люся.

— Почему же, Люсенька, вы решили, будто Полю лишили жизни насильно? Произошла авария, она въехала в столб.

Люся покачала головой.

— Что-то мне с трудом в такое верится. С чего бы ей в тумбу вламываться? Она не пила, ездила аккуратно. Мы разок вместе отправились на дачу. Я, Полина, Ленка и Соня. Так девчонки ее начали подначивать: езжай быстрее, чего, как черепаха, ползешь. Только Поля ответила:

— Здесь знак ограничения скорости, 40 километров.

— Так нет никого вокруг, — заржали студентки, — ни людей, ни милиционеров, жми на газ.

— Нет, — возразила Железнова, — правила следует соблюдать, они придуманы для нашей же безопасности.

— Девчонки над ней потешались, — объясняла Люся, — только Полина не реагировала и скорости не прибавила. Вот поэтому мне и сомнительно, что она неслась как угорелая. Нет, убили ее. Сначала хотели в машине подорвать, а когда не получилось...

— Погоди, погоди, — я решила выведать у Люси все, что та знала, — какой взрыв? Мне сказали, проводку в «Жигулях» замкнуло!

— Ой, — усмехнулась студентка, — тут милиции понаехало! Всех по сто раз опросили. Кто чего видел, кто чего слышал! Зачем так стараться, ежели дело в простой неисправности? И Роман пропал!

— Это кто?

— Рома Саблин, — пояснила Люся, — он на вечернем учится, а днем тут сидит, ксерокопии всем делает.

— Ну и при чем здесь Поля? Может, ваш Роман заболел!

Люся покачала головой:

— Не-а, думаю, дело нечисто.

— Да почему?

— Во-первых, Ромки дома нет, мы с ним живем рядом, я наведалась, а во-вторых, у него с Полей амур был, только они его от всех скрывали.

— Любовь? У Железновой с Саблиным был роман? Люся дернула плечиком.

— Мне Рѳмка нравился...

Только Саблин делал вид, что не понимает, отчего Люсенька без конца бегает к нему с тетрадками, без всяких эмоций делал копию и получал деньги. Люся очень хорошенькая, большинство парней с удовольствием бы провели с ней время, но противный Роман оставался к ней равнодушен, и Люсеньку заело. Такое поведение юноши можно было объяснить только одним: у него есть другая. Люся решила выследить соперницу. Рано или поздно любовница Романа должна была объявиться, потому что Саблин проводил в институте все время: утром работал, а вечером учился. Люсенька старательно приглядывала за объектом, но ничего криминального не замечала. Она уже подумывала бросить неблагодарное занятие, но тут однажды, совершенно случайно, пробегая мимо двери «ксероксной», она увидела странную сцену. Приоткрыв створку, туда, озираясь, юркнула Полина Железнова. Ничего особенного в этом не было, к Саблину постоянно забегал кто-нибудь из студентов, но Люсе очень не понравилось, как Поля нервно оглядывалась.

Поколебавшись минуту, Люся вытащила из сумки тетрадь с конспектами и попыталась войти к Роману. Не тут-то было. Дверь оказалась заперта. Девушка дергала ручку, стучала, но изнутри не доносилось ни звука. Следовало уйти, но Люсенька была упорной, она колотилась в дверь до тех пор, пока Саблин не высунулся наружу.

— Чего тебе? — недовольно буркнул он. — Не видишь, закрыто!

— Тетрадочку отксерить, — заныла Люся.

— Приходи завтра.

— Ну, Рома, пожалуйста, жутко надо!

Саблин совершенно неконфликтный парень. Он всегда задерживается, если кто-то просит, частенько оказывает услуги в долг, ждет до стипендии... Люся предполагала, что юноша со вздохом сообщит:

— Ладно, давай.

Но Саблин ответил:

— Аппарат сломался, иди к метро, там возле булочной тоже можно отксерить, и цена одна!

Люся посмотрела на захлопнувшуюся дверь, отошла в коридор и встала у окна. Ждать пришлось довольно долго, около часа, а может, даже больше. Где-то около двенадцати дверь приоткрылась, из комнаты выскользнула Поля и смешалась с толпой студентов. Буквально через минуту выглянул Саблин и повесил на дверь объявление «Закрыто по техническим причинам». Все, больше Люся его не видела.

— Полина на следующий день тоже не пришла, — ябедничала девушка, — я к старосте подходила и интересовалась, где Железнова.

Старшая по группе, Лена Родионова, обязанная отмечать отсутствующих, спокойно ответила:

— Да заболела она, грипп, говорит.

Люся, которую съедала ревность, попросила:

— Дай мне ее телефон.

— У тебя его нет?

— Не-а. Не нужен был.

— Пиши, — ответила Лена.

Люся принялась названивать Поле, но у той никто не подходил, а на квартире у Романа снимала трубку его младшая сестра и сообщала:

— Ромка спит, температура у него.

Но чутье подсказывало Люсе: дело нечисто. Небось нет Ромы дома, проводит где-то весело время с Полиной. Потом Поля появилась на занятиях, но в этот же день у нее сгорела машина, и все... Потом стало известно, что она погибла. А Саблина по-прежнему не подзывают к телефону, только теперь Ритка, противная сестричка парня, цедит сквозь зубы:

— Нет его, в больницу положили!

Услыхав это заявление в первый раз, Люся мигом поинтересовалась:

— А в какую?

— Тебе зачем? — отбила вопрос Ритка. — Чего любопытничаешь?

— Фрукты хочу отнести, апельсины!

— Он их не жрет, — ответила милая сестричка, — и просил никому адрес не говорить.

— Почему?

— Никого видеть не хочет! Отвяжись от человека!

Пришлось Люсе несолоно хлебавши отсоединяться. Только на душе поселилась тревога. Вдруг с Романом случилось чего?

— Знаешь, где Саблин живет? — спросила я.

— Конечно, и адрес, и телефон.

— Скажи мне, пожалуйста.

— Зачем? — проявила бдительность Люся.

Я на секунду растерялась, но потом нашлась:

— Уж не знаю, что у них было с Полиной, только она ему завещала передать золотой браслет. Вот, приехала выполнить последнюю волю умершей, а Саблина нет. Хорошо, что тебя встретила.

— Пишите, — грустно сказала Люся, — видно, у них и впрямь любовь была. Эх, вечно мне не везет, если кто понравится, обязательно занят!

Сжимая в руке листочек, я понеслась по указанному адресу. Ехать предстояло далеко, на Загорьевскую улицу. Добралась я туда около семи вечера, усталая, голодная и злая.

Загорьевская улица идет перпендикулярно Дмитровскому шоссе. Я впервые попала на эту магистраль, и следовало признать, что выглядела она гадостно. Вдоль узкой проездной части стояли шпалерами мрачные, однообразные блочные дома самого противного вида. Те самые пресловутые пятиэтажки с черными швами.

Пошатавшись между зданиями, я наконец нашла нужное и пошла вверх. Мусоропровода тут не имелось, почти около каждой двери стоял пакет, набитый мусором, сами понимаете, какой аромат витал в воздухе.

За дверью нужной мне квартиры царила тишина. Справа довольно громко работал телевизор, слева закатывался в плаче младенец, напротив вовсю ругались. Вход здесь прикрывали самые обычные деревяшки, кое-где без обивки. Впрочем, железных дверей я не заметила ни одной ни на втором, ни на третьем этажах. Очевидно, жильцы не боялись воров или были крайне беспечны, а может, у них просто не хватало денег на оборудование «бункеров».

— Кто там? — раздалось в ответ на мой звонок.

— Саблин Роман тут проживает?

— А зачем он вам? — доносилось из-за двери.

— Я из института, мне велено узнать, что с Романом.

— Чего не позвонили?

— Так у вас трубку никто не снимает!

Залязгал замок, на пороге появилась девочка лет двенадцати в дешевых джинсах, мятой клетчатой рубашке и домашних тапках.

— Заплатить забыли, — сообщила она, — вот и отключили, здрасти! Только зря ехали. Ромка в больнице.

— Надо же, — всплеснула я руками и попыталась войти в квартиру, но девочка загораживала собой вход.

— И что с ним приключилось?

— Зараза какая-то, — бойко соврала девица, — в инфекционное положили, весь прыщами пошел. Месяца два точно проваляется, небось придется ему академический брать.

— Номер клиники подскажи?

— Не знаю.

— Ты не навещаешь брата?

— Говорю же, зараза, к нему никого не пускают, — самозабвенно выдумывала девица.

— Мама когда придет?

— В командировке она.

Я решила предпринять последнюю попытку.

— Ладно, жаль, конечно, что заболел, но ничего не попишешь, с каждым случиться может. Будь другом, дай мне водички попить, устала, пока до вас добралась, просто на краю света живете, как только Роман каждый день в институт ездит! Небось по три часа на дорогу тратит!

Я предполагала, что, услышав подобные слова, девочка, нехотя пробормотав: «Входите», впустит меня на кухню.

Но вышло по-иному.

— Погодите, — велела девица и захлопнула дверь. Минуты через две она снова выглянула и протянула мне пластиковый одноразовый стаканчик, в котором плескалась бесцветная жидкость, слегка попахивающая хлоркой. Очевидно, девочка пожалела для нежданной гостьи минералки и набрала воды прямо из-под крана. А может, они всегда пьют простую воду из трубы, не пользуясь не фильтром, ни приборами для кипячения жидкости.

— Посуду можете не возвращать, — милостиво разрешила девчонка, — швырните в ведро.

Дверь с треском захлопнулась, я осталась стоять на лестничной клетке, сжимая в руке «угощенье». Что ж, подождем. Хоть и хитер подросток, да я умнее и, если не ошибаюсь, сейчас услышу все, что надо. Насколько я знаю, в этих домах, в первых, московских блочных «скворечниках», передней нет. Есть то ли двадцать, то ли тридцать сантиметров, где несчастные жильцы ухитряются прибить самую простецкую вешалку, а дальше уже начинаются комнаты и кухня, дверь в дверь, никакого коридора, разделяющего помещения, нет. Стены тут из бумаги, а двери из картона, стоит чуть-чуть повысить голос, как соседи мигом оказываются в курсе ваших проблем. А санузел вообще беда. Мало того, что он совмещенный, так еще настолько крохотный, что ни о какой стиральной машине и мечтать не приходится. Сама жила в подобных апартаментах! Поэтому я решила подождать у двери. Расчет был верен.

— Кто это был, Ритка? — послышался из квартиры басок.

— Из твоего института приходили, — отозвалась девчонка.

— Как ее зовут? — поинтересовался Роман.

— Не сказала.

— Чего не спросила?

— А ты не велел.

— Дура ты, Ритка.

— Раз я дура, — обиделась сестрица, — сам тогда и выкручивайся. Наодалживал денег и прячешься, а я со всеми разговаривай! Надоело!

— Ну, ладно, — подобрел Саблин, — не злись, все хорошо сделала, иди киношку смотреть.

Из квартиры понеслись звуки стрельбы и вопли.

— Убили, гады, убили!

Брат и сестра воссели у телевизора. Швырнув стаканчик в мусорное ведро, я тихо пошла по лестнице вниз. Нет никакой необходимости подслушивать дальше. Основная цель достигнута, теперь я точно знаю: Роман дома, и он кого-то настолько боится, что не рискует высовываться из дома. Почему? Что связывает их с Полиной? И как попасть в квартиру к Саблину?

По дороге домой я так и эдак прикидывала план действий, но ничего не придумала, кроме одного: пытаться проникнуть в жилище Романа следует завтра утром. Сестра его скорей всего уйдет в школу, и парень останется один. Только как его заставить открыть дверь? Телеграмма? Мосгаз? Слесарь? Кто у нас ходит по домам без вызова? В голову так и не пришло ничего достойного.

ГЛАВА 29

Запихнув «Рено» в гараж, я побежала в дом. В холле стоял противный, просто омерзительный запах. Так «благоухает» горящая пластмасса...

— Ирка, — завопила я, — что случилось?!

Домработница, кашляя, вышла в прихожую.

— Гадость, правда?

— Чем у нас воняет?

— А все эти киношники, — сердито сказала Ирка. — Оно, конечно, приятно, когда тебя снимают, только грязи сколько! Целый день топчутся, туда-сюда носятся, все ковры изгваздали, скатерти извозюкали, а посуды сколько! Да они выпили годовой запас кофе! И приспичило же Ольге кинозвездой стать!

Я молча снимала ботинки. Ирка не имеет права жаловаться, следить за порядком в доме ее работа, за которую она, между прочим, получает большую сумму. Только в данном случае я с ней совершенно согласна. Борис и его команда надоели мне до зубовного скрежета, а еще больше опротивел гроб, стоящий прямо посреди холла. Конечно, смешно, что Бандик полюбил дрыхнуть внутри на шелковой подкладке, я даже готова подарить ему эту уютную подушечку с рюшками, но сама домовина тут совершенно ни к чему. И, если похоронное бюро не желает забирать роскошное изделие, не надо! Сама решу, как с ним поступить.

— Ира, — строго сказала я, — завтра же вели Ване разломать во дворе этот омерзительный ящик и сжечь! Подушку только выньте, Банди она очень нравится.

— А сегодня, — словно не слыша приказа, тарахтела Ирка, — притащили какие-то штуки и зажгли! Дыму было! Все заволокло.

— Зачем?

— Пожар изображали! Бедный дедушка перепугался, животных собрал и во двор побежал. Еле я его успокоила. Хуч чуть не отравился, Жюли до сих пор кашляет!

— Где Борис?

— Уехал, — развела руками Ирка, — насвинячил и исчез.

Я пошла в столовую. Комната выглядела, как кошмар. Повсюду стояли прожектора, слава богу, выключенные, посередине помещения громоздилась камера, заботливо прикрытая чехлом. На столе вперемешку валялись пустые сигаретные пачки, какие-то листки, ручки, чьи-то часы, дешевая китайская пудреница, пульт от телевизора. В углу, возле моего любимого велюрового кресла, обнаружился ящик со странными длинными штуками, похожими на булавы.

— Ира! — закричала я.

Домработница высунулась в комнату.

— Почему тут такой бардак! Ты посмотри на стол!

— Велели не трогать до завтра.

— Это еще по какой причине?

— Так специально насвинячили!

Я села в кресло.

— Зачем?

— Завтра съемку продолжат, сцена «После пожара», — пустилась в объяснения Ира, — этот Борис целый час на столе бебехи раскладывал и велел: «Кто тронет, убью».

Как вам нравится такое? Распоряжается здесь, как у себя дома! Видали когда-нибудь подобного нахала! Обозлившись, я встала и одним движением смахнула все на пол.

— Ой, — перепугалась Ирка, — Борис завтра орать станет!

— Не станет, — каменным голосом пообещала я, — съемкам конец, надоело!

— И правильно, — повеселела Ирка, — сейчас ведро принесу.

— Что это за дрянь? — поинтересовалась я, тыча пальцем в ящик.

— Во, шашки...

— Что?

— Ну, видите, свисает ниточка?

— Да.

— Ее поджигают, и шашку кладут на такую железочку. Минуты через две начинает валить дым.

Выпалив последнюю фразу, Ирка ушла. Я в задумчивости посмотрела в ящик, потом вытащила одну «булаву». Дымовая шашка. Вот оно, решение моей проблемы. Подожгу и суну парню под дверь. Небось испугается пожара и выскочит на лестницу, тут-то я его и возьму, прямо тепленьким! Интересно, как эта дрянь работает? Впрочем, можно попробовать, их тут много. Повертев в руках шашку, я нашла фитиль и, недолго думая, подожгла его. Послышалось легкое потрескивание, маленький огонек весело побежал по нитке. Надо же, как просто. Наверное, сейчас покажется первый дымок. Ладно, все понятно, теперь следует положить шашку вон туда...

Не успела я додумать мысль до конца, как раздался легкий хлопок и верхняя часть «булавы» стартовала вверх. Никакого дыма не было и в помине. Устремившаяся к потолку петарда рассыпала за собой сноп искр. Похоже, это не «дымовуха», а что-то другое, более опасное.

Тут распахнулась дверь и появилась Ирка с железным ведром и тряпкой. Узрев «фейерверк», домработница взвизгнула:

— Чегой-то?

В то же мгновение «булава», ударившись о потолок, издала шипение, выпустила из себя сноп переливающихся огней и ринулась вниз.

— Мама! — пискнула Ирина и юркнула под обеденный стол.

Я в ужасе присела возле дивана. Ракета стремительно понеслась к полу, издавая змеиное шипение и еще какой-то жуткий звук, похожий на хриплый свист. Действие заняло секунду. На полной скорости петарда врезалась в ящик, полный ее собратьев.

На секунду повисла тишина. Я было подумала, что

мы отделались легким испугом, и осторожно высунулась из укрытия. И тут началось!

Из деревянной тары послышалось шуршание, потом треск, затем утробный вой и грянул взрыв. Одна за другой ракеты взлетали в воздух, наткнувшись на потолок, они начинали, как обезумевшие куры, метаться по комнате, врезаясь в стены, окна и мебель. Действие сопровождалось миллионами огней, рассыпающихся в воздухе.

Ирка безостановочно визжала. Впрочем, ей, благоразумно забившейся под тяжелый деревянный стол, ничего не грозило. Я же просто сидела около дивана, старательно прикрывая темечко. В какой-то момент мне на глаза попалось ведро. Руки схватили его и опрокинули на голову. Звук сразу стал тише, свет исчез. Так, уже лучше. Моя бабушка все говорила: «Если попадешь в аварию, береги голову. Руки, ноги, спина... все ерунда, а вот без мозгов не проживешь!»

Прикрыв самое слабое место своего организма, я слегка расслабилась. Отлично, ведро железное и великолепно выполнит функции каски. Теперь осталось только ждать, пока «салют» прекратится.

Через какое-то время я поняла, что сидеть с ведром на голове все-таки не слишком приятно.

— Что здесь происходит? — раздался сердитый голос.

Я опустила глаза вниз и в узенькую щель увидела черные блестящие ботинки Аркадия.

— Что происходит? — вопрошал сын. — Мать, ты совсем на старости лет сдурела? Решила в пса-рыцаря играть? Давай, скидывай шлем. Что здесь произошло?

— Ой, Аркадий Константинович, — запричитала

Ирка, — ой, как живы остались! Ой, мамочка! Ой! Что это!

— Это столовая, — ответил Кеша, — вернее, ее останки, руины. Эй, мать, вылезай, кончен бал, погасли свечи!

Сидя с ведром на голове, я с ужасом думала, как объяснить устроенный мною фейерверк.

— Ну, — настаивал Кеша, — чего медлишь?

— Как там, все спокойно? — пискнула я.

— Громче говори!

— Не могу! — крикнула я и чуть не оглохла. Внутри ведра голос звучал как в соборе — сильно и густо.

— Дай сюда, — велел Кеша и сдернул с меня ведро.

— Ой-ой-ой, — завопила я, — больно! — И зажмурилась, боясь увидеть картину разгрома.

— Зачем она его надела? — послышалось сопрано Зайки.

— А зачем она вообще все делает? — спросил Кеша.

— Прекрати издеваться, — взвыла я.

— Злится, значит, жива, — резюмировала Ольга.

— Ой, — раздался Марусин крик, — ох и ни фига себе! Вот это бардак, прямо погром в Жмеринке!

— Маня, — возмущалась я, — что за выражения!

— Мать, устроившая такой разгром в столовой, не имеет права делать никому замечания, — отрезала Зайка.

— Почему она ведро надевала? — полюбопытствовала Маня.

— Голову мыть хотела, — ответил Кеша.

— Глупо как-то, — удивилась Маня, — мусечка, как тебе подобная идея в голову пришла? Ну зачем устраивать из столовой баню?

— Хватит идиотничать! — закричала я. — Мы чуть

не взорвались, а от вас никакого сочувствия. Лучше помогли бы от копоти отмыться, — добавила я, увидев свои закопченные руки, которыми до ведра прикрывала голову.

— Пошли в ванную, — скомандовала Оля. Там она полила меня «Ферри», сказав, что остальные средства не подействуют.

Я покорилась.

Широко разрекламированное средство для мытья посуды очень мылкое, а чтобы меня отмыть, Ольга его не пожалела. Все волосы, шея, плечи были залиты зеленой массой. Кое-как открыв глаза, я открутила душ и встала под теплые струи. Чтобы окончательно привести себя в порядок, мне понадобилось около часа.

Наконец, завернувшись в халат, с полотенцем на голове, я всунулась в столовую и лишилась дара речи. Это не погром в Жмеринке, нет, в комнате завтра Борис без особых декораций сумеет снять эпизод «Взятие Грозного федеральными войсками». Я не сумею описать вам пейзаж, у меня просто не хватит слов...

— Объясни теперь, — спросил выглянувший из гостиной Кеша, — что за примочка с ведром.

— Тут взорвались петарды...

— Знаем, Ирка рассказала, еще хорошо, что животных не было.

— Я и надела ведро, чтобы мозг сберечь.

Аркашка сложил губы трубочкой, потом присвистнул:

— Что сберечь?

— Мозг.

Сын посмотрел на меня, тяжело вздохнул и поинтересовался:

— А с чего вдруг петарды взорвались?

— Не знаю, — малодушно соврала я, — лежали, лежали себе, потом фр-р-р — и взлетели. Небось само-
возгорание... Случается такое...

— Ага, — кивнул Кеша, — теперь все ясненько,
просто случайность, да?

— Да!

— Да?

— Да!!!

— Ну-ну, — пробурчал сын, — вот у меня новый
подзащитный, такой прикольный парень!

— В чем прикол? — поинтересовалась я, разматы-
вая тюрбан.

— Жену убил, — спокойно пояснил Кеша, — нанес
бабе восемьдесят два ранения ножом, всю исколол, и
знаешь, что говорит?

— Ну?

— Якобы супруга попросила: «Милый, дай ножик
хлебушка отрезать». А он и бросил, да случайно попал
прямо ей в шею... А ножик, ну вот шалун, давай по несчастной тетке прыгать, вроде как упасть хотел, катился вниз и втыкался, катился и втыкался!

— Бред!

— Тоже случайность вышла, — хмыкнул Кеша, —
как у тебя с петардами. Раз — и вспыхнуло! Бывает.

Он захлопнул дверь. Я уставилась в большое зеркало. Надо же, трачу сумасшедшие деньги на дорогие
шампуни, намазываю на шевелюру ополаскиватели, а
толку чуть. Пряди вечно торчат в разные стороны и
расчесываются с трудом. А после «Ферри» выглядят
просто изумительно. Может, мне вообще всегда пользоваться средством для мытья сковородок?

Причесавшись, я побрела в спальню. В гостиную к
детям не пойду, такого наслушаюсь. Зато теперь ясно,

что Романа Саблина нельзя выманивать из квартиры дымовой шашкой, нужно придумать иной способ.

На следующий день, ровно в полдень, я заняла пост у подъезда на Загорьевской улице и стала поджидать подходящую кандидатуру. Не прошло и получаса, как искомая личность появилась. Из дверей вышел с собакой парнишка лет двенадцати, явно прогуливающий школу.

— Поди-ка сюда! — крикнула я.

Мальчик приблизился к «Рено».

— Вы мне?

— Тебе. Знаешь Романа Саблина?

— На одной площадке живем.

— Сделай милость, позвони к нему в дверь и крикни: «Рома, это я». А когда он откроет, скажи: «Спустись вниз, там в машине сидит Поля Железнова. Она тебе дозвониться не может». Вот за услуги. Только звони долго, ногой постучи, он дома, но чужим не открывает.

Парнишка глянул на зеленую бумажку и, не говоря ни слова, подхватил не успевшую пописать собачонку и исчез в подъезде. Я надвинула на брови шапку, подняла воротник и уставилась в окно. Прошло минут пятнадцать, прежде чем во двор выскочил парень в джинсах и свитере. Я нажала на клаксон. «Рено» быстро гуднул. Роман кинулся к передней дверце, я отвернулась в противоположную сторону. Саблин сел в салон и нервно сказал:

— Что за шутки? Весь институт гудит о твоей смерти. Прикинь, как я перепугался! Где мои деньги?

— Какие деньги, Ромочка? — поинтересовалась я и глянула на парня.

Тот секунду сидел с открытым ртом, попытался выбраться из машины, но мой палец быстро нажал на брелок сигнализации.

— Кто вы? — выпалил Рома.

— Частный детектив Дарья Васильева.

— Кто?

— Сыщик, которую Нина, мать Железновой, наняла, чтобы найти убийцу дочери.

— Полю убили? — пролепетал Рома.

— Конечно, — кивнула я.

— За что?

— А какие денежки она тебе обещала?

Саблин просто посерел.

— Шутка!

— Вот и расскажи...

— Ерунда, ей-богу!

— Чего же боишься из дома высунуться и сестру врать заставляешь?

— Болен я.

— Ага, жуткой инфекцией, страшной и непонятной.

Парень дернулся, но промолчал. Я положила ему руку на плечо.

— Рома, боюсь, ты плохо понимаешь, во что вляпался. Триста тысяч, которые вы с Полей решили спрятать, на самом деле принадлежат страшному человеку!

— К-кому? — прозаикался Рома.

— Многократно судимому Шлюзу.

— К-кому?

— Анатолию Николаевичу Кочергину, кличка Шлюз. Поля попросту украла баксы.

— Не может быть!

— Послушай, Ромочка, — ласково проворковала я, — ты попал в жуткую ситуацию. Ну зачем постоянно посылал Полю на заработки? Зачем ругал ее и бил? А потом заставил спереть деньги, только маленько не рассчитал. Господин Шлюз очень крутой и безжалостный тип, сейчас по твоему следу бегут несколько гончих псов. Считай, тебе просто повезло, что первой к цели добралась я. Потому как ищейки Шлюза не станут разговаривать, а просто возьмут паяльник и воткнут тебе его... Впрочем, об этом лучше не думать!

Саблин стал желтым, даже губы его потеряли всякую окраску.

— Да вы че! Никуда я Полину не посылал, и не бил ее никогда! Мы с ней только приятельствовали через Валю.

— Это еще кто?

— Девчонка моя, Валя Илюхина, в одной группе с Полиной учится. Я сам испугался, когда столько деньжищ увидел...

— Расскажи все по порядку.

Роман принялся быстро вываливать информацию.

ГЛАВА 30

В тот день Полина пришла к нему на работу и ловко прикрыла дверь на щеколду.

— Чего случилось? — удивился Саблин.

Железнова вынула из пакета стодолларовую бумажку и спросила:

— Можешь отксерить?

— Конечно, — хмыкнул Рома, — только сразу хочу предупредить, если надумала таким способом из одной сотни две сделать, то совершенно зря, таких хитреньких знаешь сколько было, когда первые цветные ксероксы появились! И российские деньги шлепали, и доллары, и фунты... Такую фальшивку мигом вычисляют.

— Рома, — напряженным голосом поинтересовалась Поля, — хочешь десять тысяч долларов?

— Отксеренных, что ли? — заржал парень. — На фига они мне.

— Нет, — тихо продолжала Железнова, — настоящих.

Она сунула Саблину под нос пакет. Рома, продолжая ухмыляться, глянул внутрь и онемел. Такой прорвы денег он до сих пор не видел даже в российских рублях, не то что в баксах.

— Они настоящие? — глупо спросил Саблин.

Поля кивнула.

— Откуда? — изумился Рома. — Где взяла?

— Нашла, — ответила Поля.

— Нашла?!

Внезапно Железнова разрыдалась. Саблин растерялся, Полину он знал как спокойную, выдержанную девушку, не склонную к истерическим припадкам. И вдруг слезы? К тому же Рома всегда теряется, если девчонки начинают хныкать на его глазах. Как утешить, не знает, и чувствует себя по большей части дураком.

— Ну, ну, — забормотал он, — ладно, чего стонешь, успокойся.

Но Полю как прорвало:

— Господи, Ромка, как мне тяжело! Все силы из меня он вытянул, высосал, как грейпфрут, а шкурки бросил. Не могу больше!

— Кто? — удивился Рома.

— Муж мой, — пояснила Поля.

— Ты замужем? — воскликнул Саблин. — Вот новость! Когда расписались? Почему нам не сказала, что за таинственность? Зажулила свадьбу!

— Я, Ромочка, уже почти шесть лет замужем, — ответила Поля.

Она перестала рыдать так же внезапно, как и начала, и теперь сидела, тупо уставившись в угол, забыв вытереть платком глаза.

— Сколько? — ахнул Саблин. — Да ты че? Врешь!

Полина порылась в сумочке.

— На.

Рома открыл серую книжечку «Свидетельство о браке».

— Ну и ну!

— Ромочка, — зашептала Поля, — умоляю тебя, отксерь мне эти деньги. Только так я смогу от своего мучителя отделаться. Отдам ему фальшивки и убегу с настоящими, к маме в Америку уеду, ну, пожалуйста, помоги! Иначе никак из этой истории мне не выпутаться, миленький!

— Но фальшивку он сразу распознает!

— Я настоящие покажу, он их уберет, а я потом поменяю. Мне времени надо один день, ну, Рома! Сам понимаешь, больше никого о таком попросить не могу.

Выглядела она совершенно безумной. Губы трясутся, глаза бегают, пальцы дрожат...

— Ну, миленький, — бубнила она, — десять тысяч дам. Вот, бери же, бери!

— Ладно, — принял решение Роман, — хорошо! Только время надо, придется точку закрывать. А то все лезут, слыхала, Люська рвалась, зараза любопытная.

— Я пойду на занятия, — вздохнула Поля, — а ты уж постарайся.

— И ты выполнил заказ, — скорей утвердительно, чем вопросительно сказала я.

Роман кивнул.

— Она забрала все и пообещала расплатиться со мной чуть позже.

Саблин, правда, поинтересовался:

— Почему бы тебе сейчас не отдать мою долю?

Но Поля молитвенно сжала руки.

— Ромочка, подожди! Только покажу ему настоящие деньги, а то не хватит!

И Саблин опять уступил.

— Потом она на неделю исчезла, — рассказывал парень, — правда, позвонила и сообщила, будто заболела. Мол, не волнуйся, скоро приду.

— Пришла?

Саблин кивнул.

— Явилась утром, забежала ко мне и отдала деньги, половину, пять кусков.

Полина протянула Роману пачки и сказала:

— Вот, держи, кабы не этот долг, ну ни за что бы сюда не приехала, только не хочу, чтобы ты меня обманщицей считал. Вторую часть завтра.

Парень поинтересовался:

— Ну как? Сошло?

Поля кивнула.

— Спасибо.

— Не боишься, что догадается?

Полина улыбнулась.

— Да мы их в банковской ячейке спрятали, а перед этим, когда мой благоверный зазевался, я пакетики и подменила. Только он теперь месяца два туда не пойдет, а я к тому времени далеко буду. За триста тысяч свободу получила. Все, конец моей каторге! В Америку уеду, к маме. Нас через три дня разведут, уже заявления отнесли, тянуть не станут, детей нет, имущественных споров тоже.

— А потом что?

— Машина у нее сгорела, — ответил Рома, — и больше Полину я не видел.

— Что ж так перепугался? В институт не ходишь, от людей прячешься?

— Так Поля велела.

— Да ну? Зачем?

— Она мне вечером того дня, ну когда «Жигули» полыхнули, позвонила и говорит:

— Ромка, меня убить хотят. Ошибалась я, гад этот решил меня убрать. Сиди дома, никуда не ходи, затаись на время, в институт не показывайся.

— Почему? — настороженно спросил Рома.

— Мой мерзавец нашел ксерокопии, — всхлипнула Поля, — небось тут же сообразит, кто их сделал!

Саблин похолодел. Ну и ситуация, не зря он не хотел связываться с этим делом. Кое-как справившись со страхом, парень все же поинтересовался:

— А мои пять тысяч? Ты же десять обещала, а дала половину!

— Господи, Рома, — обозлилась Полина, — речь идет о жизни и смерти, а ты о деньгах думаешь!

— Хорошо тебе меня упрекать, — взвился парень, — получается, что ты все денежки сгребла, а меня заставила за полкопейки поработать! А теперь вон как получается! Сиди дома, не высовывайся! Небось не хочешь пять тонн отдавать, вот и придумала чушь. Знаешь, я не ожидал от тебя.

— Идиот, — сказала Поля, — получишь свои деньги.

— Когда?

— На днях.

— А они у тебя есть? — хмыкнул Рома.

— На что ты намекаешь?

— Может, уже дела куда...

— Слушай, — взвилась Поля, — я не могу долго разговаривать, не дома сейчас живу, у чужих людей! Деньги у меня с собой, я их тут припрятала.

— У чужих?!

— Это я так сказанула, мне они свои.

— А если твой муженек догадается и за ними явится?

— Нет, сюда он не полезет.

— Почему?

— Тут полно народу, практически никогда дом пустым не бывает. Спрячься и жди.

И бросила трубку. Рома хмыкнул и поехал на следующий день в институт. Ни в какие предупреждения об опасности он не поверил, и вообще вся история стала ему казаться дикой.

Открыв дверь своего заведения, Саблин начал, как всегда, ксерить конспекты, но в голове крутилась только одна мысль: надо же было свалять такого дурака. Потратил кучу бумаги, дорогой краски, закрыл ксерокс, а получил ровно половину обещанного. Ну, Поля, вот пройда. А как она ловко ушла от ответа на вопрос о происхождении денег: «Нашла». Где же, скажите, можно обнаружить горы долларов?

Чем больше Рома думал об этой ситуации, тем опаснее она ему казалась. Совсем плохо парню стало в районе обеда, когда в комнату влетел Игорь Горбатов и заорал:

— Слыхал?

— Чего?

— Полька Железнова погибла!

— Как погибла? — Роман выронил на пол стопку бумаг. — Что за чушь ты городишь?

— Говорят, на машине разбилась в аварии...

— Откуда ты знаешь? — прошептал Саблин, первый раз в жизни понимая, что выражение «потемнело в глазах» не является гиперболой.

— Так все ж говорят, — ответил Игорь, — в ректорат из милиции звонили.

Саблин немедленно закрыл «предприятие», рванул домой и теперь боится нос на улицу высунуть. Но где-то в глубине души у него живет надежда, что Железнова все-таки не погибла, что это просто так, ошибка... Поэтому и побежал вниз, когда мальчишка-сосед сообщил о приезде Полины...

— Как зовут ее мужа?

— Хрен его знает.

— Поля не называла имени?

— Не-а.

— Ты же вертел в руках свидетельство о браке!

— Так я не читал его, просто увидел документ. Да и неинтересно было!

Повисла тишина. Потом Рома осторожно спросил:

— Полину взаправду убили?

— Уж не понарошку, — в тон ему ответила я, — жизнь не мультфильм.

— Кошмар, — прошептал Рома, — мне-то что делать?

Я посмотрела на парня. Похоже, дело плохо. Убийца сначала убрал Полину, потом, в поисках денег, обратил свой взор на ее ближайшего друга и, как все считали, жениха, Костю. Парня увели бритоголовые мальчишки и, наверное... Скорей всего вот-вот доберутся до Романа. Удивительно, что он еще до сих пор жив.

— Делать-то, делать-то что? — суетился Саблин.

Я завела мотор.

— Поехали.

— Куда? — совсем перепугался парень. — Прямо так, без всего?

— Хорошо, быстро иди наверх, покидай в сумки самое необходимое — и в путь, спрячу в надежном месте.

Через два часа, устроив Романа у Оксаны дома, я неслась в Ложкино. Чем больше разбираюсь в этой истории, тем меньше понимаю, что к чему, честно говоря, я окончательно запуталась... Ясно только одно: деньги, триста тысяч, украденные у Шлюза, находятся в Ложкине. Поля спрятала их там, считая наш дом самым надежным хранилищем.

Во двор я влетела на третьей скорости и чуть не врезалась в стену дома. Только бы домашние уехали! В холле я наткнулась на Бонифация. Старик вытащил из шкафов наши ботинки, туфли, сапоги и расставлял вдоль стен.

— Что это ты делаешь? — удивилась я.

— Порядок навожу, — спокойно пояснил Бонифаций, — бестолковые вы люди! Разве так хранят обувь? Следует ее почистить, смазать жиром, засунуть внутрь смятую газету и положить в пакетик. Вот, видишь? Тогда ботиночки лет десять прослужат, а если пошвырять кое-как, то и трех сезонов не проносишь.

Я хотела было сказать, что у нас никто не станет таскать баретки дольше нескольких месяцев, обувь быстро выходит из моды, но оглядела вычищенный ряд и сказала:

— Ну спасибо так спасибо. Все руки не доходят; кстати, дедушка...

Бонифаций поднял голову и тихо сказал:

— Извини, Дашенька, но уж очень мне не по сердцу, когда меня так называют, дедом! Сам-то себя я молодым ощущаю.

— Как же к тебе обращаться?

— А по-разному. Хочешь, Боня, хочешь, Бонифаций, а некоторые Бофа кличут, вот Машутке как раз последний вариант понравился.

— Боня так Боня, — согласилась я, — кстати, кто дома?

Старик вздохнул.

— А никого. Ира все в столовой убиралась, еле-еле порядок навела, а потом сложила занавески в сумку и куда-то поехала.

Ага, понятно. Я вытащила телефон и набрала номер мобильного домработницы.

— Ира, ты где?

— Мы с Катей в «Ористо», — донеслось сквозь треск, — я драпировку в барабан запихиваю, а она в супермаркет пошла. Часа через два приедем.

«Ористо» — огромный торговый центр, просто город, стоящий прямо за Кольцевой дорогой, сомневаюсь, что Ирка и Катерина управятся за два часа.

Значит, дома никого. Кеша и Зайка на работе, Манюня сидит в школе, насколько помню, сегодня у нее бассейн, следовательно, раньше восьми дочь дома не появится. Ну что ж, просто великолепно, никто не помешает мне обыскать дом и гараж, чтобы найти место, куда Поля спрятала триста тысяч. Обнаруженные баксы, естественно, я верну Шлюзу. Пожалуй, это будет единственный положительный результат всех моих стараний. Первый раз за всю свою сыщицкую практику приходится с горечью констатировать: я не нашла убийцу, вернее, предполагаю, кто это — муж Полины.

Это омерзительная личность, превратившая девушку в проститутку. Но как его обнаружить? Хотя... Если брак зарегистрирован, значит, в архиве должны сохраниться сведения. Решено, завтра поеду в загс, а сейчас займусь поисками. Такая ситуация, когда дома никого, у нас случается редко. И киношников нет, ни Бориса, ни Федора, просто сказка. Бонифаций, тихо напевая себе под нос, старательно наводил блеск на Зайкины лодочки. Я пошла в самый конец коридора. Начать надо с комнаты, где жила Полина.

У нас четыре спальни для приема гостей. Три, примерно двадцатиметровые, находятся по правой стороне коридора. Выйдя из холла, вы сначала попадаете в столовую, следующая дверь ведет в гостиную, за ней находится небольшая комната, типа бельевой. В ней оборудованы шкафы, и мы храним тут постельные принадлежности, скатерти, лишние одеяла, подушки, халаты... А потом начинаются помещения для тех, кто временно поселился в доме, их, как я уже сказала, по правой стороне три, четвертая комната расположена в торце. она самая большая, метров тридцать, и имеет огромные двери, ведущие в сад. Естественно, зимой она закрыта, но, когда я миновала две первые спальни для гостей, по ногам сильно потянуло сквозняком. Скорей всего в той комнате, где жила Полина, открыта форточка.

Распахнув дверь, я щелкнула выключателем и оглядела помещение. В нем царил относительный порядок. У стены стоял небольшой чемоданчик. Я раскрыла его. Никаких денег, только кое-какие вещи, которые Полина привезла с собой. Несколько трусиков, лифчики, пуловеры, брюки... Так, посмотрим в шкафу. Я двинулась к гардеробу, и тут по лицу пробежал ветер, а занавеска, прикрывавшая балконные двери, распахнулась. Надо закрыть фрамугу, все-таки декабрь.

Я подошла к балкону, отдернула драпировку и невольно вскрикнула. Фрамуга была закрыта, а вот одно стекло в двери отсутствовало. Скорей всего его выбил резкий порыв ветра. Надо немедленно вызвать стекольщика, впрочем, сначала позову садовника Ивана, может, он справится. Задернув занавески, я вновь повернулась к шкафу, открыла створки, увидела деревянную палку с висящими на ней плечиками и чуть не заорала от ужаса.

В самом углу гардероба стоял мужик, выглядевший, как кошмар. Парень был одет во все черное, на лице — шапочка-шлем, в руках пистолет. Вор! К нам залез грабитель. Секунду я стояла молча. Мужчина поднял руку...

Быстрее молнии, с воплем «Помогите» я понеслась по коридору. Разбойник бежал за мной, он молчал, но довольно громко топал, потом над ухом раздалось тоненькое «фьють», и одно из настенных бра разлетелось вдребезги. Негодяй пустил в ход оружие. Боже мой, он сейчас убьет меня, а в доме никого, только немощный старик.

Я влетела в холл и завизжала:

— Боня, беги, спасайся.

Дедушка поднял глаза и... бросил в грабителя сапожную щетку. Утыканная щетиной деревяшка угодила мерзавцу прямо между глаз. На секунду парень оторопел, и тут Бонифаций кинулся на него. Дальнейшие события заняли меньше минуты, все происходило как в кино. Разинув от изумления рот, я наблюдала, как почти столетний дедушка расправляется с молодым мужиком. Раз, раз, раз... Парень взлетел в воздух и упал на пол. Бонифаций наклонился и сделал еще кое-какое резкое движение. Мужик дернулся и замер.

— Связать надо, — спокойно сказал дедуся, — пока не очухался, давай веревку.

— Нету, — растерялась я.

— Брючный ремень подойдет.

— Какой? Кожаный? — спросила я, задирая свитер.

Бонифаций хмыкнул.

Но мне было не до смеха.

Куда бы деть грабителя, пока тот не очухался? Внезапно мой взгляд упал на гроб.

— Боня, давай его туда сунем и захлопнем крышку!

— А что, — ответил дед, — хорошая идея. Только тебе, Дарьюшка, придется мне помочь, боюсь, один не справлюсь.

Вместе с дедом мы плюхнули парня в домовину и услышали слабый стон.

— Может, ему плохо? — испугалась я.

— Будет знать, как разбойничать, — спокойно ответил Бонифаций. — Не волнуйся, я просто его вырубил болевым приемом, пройдет.

И он ловко закрыл крышку. Раздался щелчок. Ну надо же, сработал запор, вроде говорили, что его можно закрыть только один раз! Но больше всего меня сейчас волновал не непонятно почему сработавший замок, а совсем другое...

— Ну, Боня, ты просто Брюс Ли! Уж извини, я не ожидала такого!

Старик улыбнулся.

— Я, Дарьюшка, во время войны больше сотни «языков» приволок, моя молодость на КВЖД прошла.

— Где? — изумилась я.

— Китайская железная дорога, — пояснил Бонифаций. — Родился я до революции, отец мой был инженер-путеец, жили мы в Харбине, там много русских специалистов было, которые дорогу китайцам помогали строить. Ну и увлекся восточными единоборствами. В России когда только про карате заговорили, а я им в детстве занимался и в юности. В 1941 году я вернулся на Родину, посадить меня не успели, как многих, война началась. А после победы я долго занимался всякими другими видами борьбы, самбо, например. Когда в Москве открыли первые клубы по карате, сразу туда пошел. Очень уж мне этот вид спорта нравится.

— Но тебе столько лет!

— Так возраст тут не имеет значения, — усмехнулся Бонифаций, — моему первому учителю за сто было, а он любого молодого мог за пояс заткнуть!

Я только таращила глаза. Дедушка-каратист, слыхали когда-нибудь про такое? Скоро сто лет исполнится, а мигом уложил, похоже, совсем молодого парня. Эх, жаль мы с него шапочку-шлем не сняли и на лицо не посмотрели.

— Что у вас случилось? — послышался голос Дегтярева.

Я удивилась. Только-только собралась звонить полковнику, а он тут как тут. Ну не чудеса ли? Да еще явился не один, а с целой группой.

— Приехал! — закричала я. — Мы поймали грабителя! Вернее, это Боня его скрутил!

— Боня? — переспросил вошедший следом Женя и оглядел старика.

— Ты хочешь сказать, он...

— Он — каратист, — ликовала я.

Женя захихикал, но полковник сурово посмотрел на него и поинтересовался:

— И где человек, нарушивший целостность жилища?

— В гробу, — хором сказали мы с Боней.

Женька сложился пополам, пришедшие вместе с ним мужики заржали.

— И ничего смешного, — сказала я, — вот гроб, доставайте ханурика. Только придется крышку ломать.

— А вы не можете размахнуться и ладонью с криком «кия» разбить доски? — хихикая, обратился Женя к деду.

Бонифаций глянул на меня.

— Дашенька?

— Давай, — разрешила я, — давно мечтала расколошматить эту дрянь!

Бонифаций на секунду замер, глаза его стали жесткими. Потом дед резко вскинул руку. Хрясь! Крышка треснула ровно пополам.

— Блин! — взвизгнул Женька. — Во дает!

— Ни фига себе, — вторили ему незнакомые мужики, — вот это да!

— Хватит, — рявкнул Дегтярев, — устроили тут цирк! Парад силачей, Иван Поддубный и Никита Кожемякин!

— Скорей уж Чак Норрис, — влез Женька.

— Вынимайте этого, — велел полковник.

Милиционеры выволокли плохо соображающего грабителя и поставили на пол.

— Ну, Гюльчатай, открой личико, — сказал один из мужиков и сдернул с грабителя маску.

— Мама, — заорала я, — не может быть!

Прямо на меня затуманенным взором смотрел Костя. Тот самый, ближайший друг и сосед Полины Железновой, Константин, которого бандиты уволокли незнамо куда.

ГЛАВА 31

Прошло несколько дней, проведенных в суете. В среду днем Александр Михайлович прибыл в Ложкино. Я услышала со двора шум и, выглянув в окно, увидела, как он быстрым шагом идет к двери. Войдя в холл, полковник снял красивую дубленую куртку, подаренную ему Зайкой на День милиции, и сказал:

— Так привык тут видеть гроб, что даже странно наблюдать пустой холл. Бедный Бандюша, где же он теперь спит? Злая ты, Дарья! Отобрала у собачки лежанку.

— Мы ему подушечку оставили, — успокоила я его, — а домовину Иван доломал и сжег. Слава богу, избавились, хотя... — Я замолчала.

— Что? — спросил Дегтярев.

— Нина, наверное, Полю в Америку в цинковом гробу повезет, да? Кстати, ты не знаешь, когда она прилетает?

— Почему ты интересуешься? — повернулся ко мне Александр Михайлович.

Я тяжело вздохнула. Все-таки профессия накладывает несмываемый отпечаток на личность. Ведь я задала простой вопрос, требующий такого же простого ответа, а полковник, вместо того, чтобы спокойно назвать число, скорчив подозрительную мину, начинает допрос.

— Просто интересно. Я звоню ей каждый день в Америку, автоответчик талдычит: «Извините, моя память переполнена», и все.

— Скоро прибудет, — вздохнул Дегтярев. — А где киношники?

— Уехали! — радостно сообщила я. — Вчера вечером досняли последние кадры и исчезли.

— Вам еще повезло, — хмыкнул приятель, отправляясь в гостиную, — сериал годами снимают, десятилетиями, быстро вы отделались!

Я засмеялась.

— Спасибо Кеше!

— Почему?

— Он проявил чудеса изобретательности. Сначала сказал Борису, что наш дом в Ложкине самый скромный, а вот у Сыромятниковых есть бассейн... Затем сбегал к Карине и рассказал той о возможности стать кинозвездой. Кара нигде не работает, от скуки умирает. Ну а потом познакомил режиссера и мадам Сыромятникову. Не буду долго вдаваться в подробности. Вся команда переместилась к банкиру!

— Ловко, — ухмыльнулся полковник, — а Зайка что?

Я вздохнула.

— С Кешей пока не разговаривает, но, думаю, скоро отойдет, у нее ведь роль не отняли, просто переместили место действия...

Мы сели в столовой, и я робко спросила:

— Нашли?

— Кого? — поинтересовался полковник, пробуя суп.

— Мужа Полины.

— Да.

— И что?

Александр Михайлович положил ложку.

— Сколько раз просил...

— Знаю, знаю! Не лезь в расследование. Дорогой, ты все-таки стареешь!

— Я? — возмутился полковник. — Я старею? Да я еще совсем молодой мужчина!

Я взглянула на его обширную лысину, объемистое брюшко и ответила:

— Знаешь, какие основные приметы старости? Занудство, бесконечное желание всех поучать и стоны на тему: «Вы меня обидели».

— Вот уж глупости! — взвился приятель. — Я никогда не говорю об обидах!

— Зато других привычек полно! Пора бы тебе привыкнуть, что я твой лучший друг, всегда готовый прийти на помощь, своеобразный доктор Ватсон!

Александр Михайлович крякнул.

— Скорее герой другого литературного произведения, матушка Франсуаза из французской народной сказки.

Я возмутилась до глубины души.

— Старуха, подсматривающая за соседями? Неприятная особа, которая засунула нос в замочную скважину и застряла? Да как тебе не стыдно!

Дегтярев захихикал и принялся за суп, я отвернулась к окну. Матушка Франсуаза! Надо же так обидеть человека! Несколько минут длилось молчание. Потом полковник пробормотал:

— Ну ладно, не сердись.

— Отстань!

— Не дуйся, сама же только что говорила: обидчивость — признак старости.

— Это когда злятся без причины!

Дегтярев рассмеялся.

— Ладно, виноват, ты не матушка Фрасуаза, а мисс Марпл!

— Она была старуха!!!

— О господи, — вздохнул Александр Михайлович, — сегодня явно не мой день, что ни скажу, все невпопад, ну ладно, что сделать, чтобы заслужить твое прощение?

— Кто убил Полину?

— В двух словах не ответишь...

— И не надо, можешь объяснить более подробно, я абсолютно свободна. Впрочем, ты, наверное, тоже, раз явился к обеду!

— Вообще-то у меня был повод для сегодняшнего визита, — загадочно сказал Дегтярев, — ну ладно, слушай. Знаешь, меня всегда поражал такой факт: сделает человек выбор и собирает урожай!

— Не понимаю.

— Ну, например, выходишь ты из дома и видишь, что порвались колготки. Есть два варианта. Вернуться домой, чтобы переодеться, или ехать на работу со «стрелкой». Предположим, ты выбираешь вторую модель поведения, вбегаешь в метро и наталкиваешься на парня, который потом становится твоим мужем. Вот если бы вернулась домой, то никогда бы вам не встретиться. Рок, фатум, карма, судьба... Один опоздал на самолет, другой успел, и железная птичка свалилась на землю...

— Ты это к чему?

— Да так, — отмахнулся полковник, — воздух сотрясаю.

История, разгадку которой ты хочешь узнать, началась шесть лет тому назад.

Нет здесь никакого смысла повторять, что Костя и Полина дружили с детства. Девушка обожала парня. Бывают такие женщины, которые полностью растворяются в любимом, не обращая никакого внимания на его подчас хамские замашки. Верная раба, преданная как собака, вот как можно было определить позицию

Полины в отношении Кости. Парень очень хорошо видел, как влюблена Поля, и беззастенчиво пользовался девушкой. В школе Поля делала за него домашние задания и дежурила по классу. Одноклассники хихикали, но Железнова не обращала на них никакого внимания, поэтому дразнить ее перестали. Ну какой прок издеваться над человеком, который совершенно не злится? Не интересно.

И еще: Полина верила только Косте, всегда. В девятом классе противная Катька Седых сообщила Железновой:

— Иду вчера домой, а в нашем подъезде твой Костик с Анькой Роговой обнимается!

— Ты напутала, — спокойно ответила Поля.

— Что ли, я их не знаю! — возмутилась Катька.

— Ане вчера стало плохо на уроке физкультуры, — пояснила Железнова, — Костя пошел ее провожать, он благородный, воспитанный человек.

— Он ее обнимал!

— Правильно, а как еще помочь больной подняться по лестнице!

— Но они сидели на подоконнике!

— Естественно, Аня устала.

Катька только хлопала глазами, не понимая, Полина прикидывается дурой или на самом деле такая.

Но Поля ничего не изображала, Костик был для нее самым лучшим, умным, красивым, обаятельным, добрым, воспитанным, интеллигентным, самым-самым... В этой бочке меда не было не то что ложки дегтя, а даже крохотной капельки, портящей сладкую липкую массу. Одним словом, белый ангел, а не парень.

Наконец они закончили школу. Полина, великолепно учившаяся, поступила в институт, а Костя, таскавший охапками тройки, не попал даже на отделение дошкольного воспитания, куда декан просто приказал брать мальчиков. Но в сочинении Костик сделал то ли тридцать, то ли сорок ошибок...

— Погоди, — влезла я, — но мне он говорил, что поступил...

— Правильно, — ответил Дегтярев, — Спиридонов таки попал в этот вуз, но на следующий год. С первого раза не получилось.

— Но он говорил...

— Все врал.

— Почему?

— Слушай...

Получив на первом экзамене «банан», Костя основательно перепугался. Впереди с ужасающей конкретностью замаячил призрак армии. Правда, восемнадцать лет Косте исполнялось лишь в декабре, так что осенний призыв он благополучно пропускал, а вот в весенний элементарно мог оказаться на городском сборном пункте. Надо было срочно предпринимать какие-то меры.

Как люди «косят» от службы Родине? Кто-то добывает справки о жутких болячках, другие заводят «дружбу» с сотрудниками военкоматов, но все эти варианты требуют денег. У Костика нет родителей, в наличии лишь малообеспеченная бабушка и крохотная кварти-ренка. Ни рублей, ни долларов, ни золота, ни нужных связей. В общем, первый кандидат на забритие затылка.

Костик совсем повесил нос, но тут судьба подбросила ему шанс. Пошел за хлебом и наткнулся на бывшего одноклассника Женьку Потапова. Тот предложил попить пивка, и, когда открыли по бутылочке, Костя заметил на пальце у приятеля обручальное кольцо.

— Ты женился? — изумился он. — С ума сошел!

— Нет, — засмеялся Женька, — брак фиктивный, родители две тысячи баксов заплатили.

— Зачем? Вроде на такой шаг только из-за московской прописки идут.

— Не только, — пояснил Женя, — я в институт не поступил, а в армию неохота.

— Ну и что?

Женька начал объяснять:

— Тому, кто до призыва успел жениться, отсрочку дают, на год. А я следующим летом обязательно в вуз попаду. Сообразил теперь, зачем мне жена понадобилась?

Костик кивнул, в его голове мигом сложился план. Конечно, двух тысяч долларов, чтобы заплатить эрзац-супруге, у него нет. Зато имеется без оглядки влюбленная в него Поля.

Недолго думая, Костя предложил ей руку и сердце, естественно, умолчав об армии. И, конечно же, девушка, тая от счастья, мигом дала согласие. Но Костя совсем не хотел считаться женатым мужчиной, потому изложил невесте неприятную правду.

— Ты ведь знаешь, что моя бабушка больна?

Поля кивнула.

— Жизни ей от силы год, — продолжал парень, — волновать ее не хочу. У старухи от болезни мозги совсем помутились. Она взяла с меня честное слово, что я не женюсь до двадцати пяти лет.

— Что же нам делать? — загрустила Полина.

— Ничего, — пожал плечами жених, — оформим брак, только никому и слова не скажем.

— Может, лучше подождать пока, ну, в общем... — замялась Полина.

Костя обнял будущую жену.

— Ну уж нет! Хочу сразу привязать тебя к себе, а то еще передумаешь.

— Никогда, — заверила девушка, она была совершенно счастлива и, как всегда, поверила Спиридонову.

Дождались восемнадцатилетия и в январе расписались. Костя получил отсрочку, поступил летом в вуз и стал подумывать, как подбить Полину на развод. Железнову он не любил, связывать с ней судьбу не хотел и вообще еще не нагулялся как следует. Но тут стряслась история, привязавшая его к девушке крепче корабельного каната.

Давней мечтой Кости было иметь машину. Водить он умел, даже имел права, но вот четырех колес не было. Да и откуда им было взяться? Спиридонов был почти нищий. У Нины же под окном стояли старенькие «Жигули», раздолбанные, дребезжащие всеми частями, но на ходу. Нина уехала в командировку, а Поля и Костя, взяв без спроса машину, отправились к приятелям на дачу. Они думали весело провести выходные, а в воскресенье вечером загнать машину в гараж.

Но вышло иначе. Когда они неслись по пустынному шоссе, откуда-то из кустов выскочили люди и бросились наперерез «Жигулям». Костя нажал на тормоз, вывернул руль, но «жигуленок» боком сшиб тетку.

Когда парень с девушкой выбрались на дорогу, им сразу стало понятно: все плохо, хуже не бывает. Женщина скончалась на месте. Ее спутник обалдело топтался вокруг тела, приговаривая:

— Как же так, как же?!

Поля почувствовала, что сейчас лишится сознания. Но Костя не потерял самообладания.

— Иди в машину, — буркнул он.

Девушка повиновалась. Через какое-то время Костя вернулся, сел за руль, а мужик влез на заднее сиденье. Спиридонов нажал на газ, и автомобиль понесся назад. Тело осталось лежать на дороге. Полина ничего не понимала. Куда они едут? Отчего бросили труп? Зачем мужчина отправился с ними?

Добравшись до дома, Костя сказал Поле:

— Пошли.

Они поднялись в квартиру к Железновым.

— Давай деньги, живо, — велел Костя.

— Но у нас совсем нет!

— Тогда драгоценности Нины.

— Зачем?

— Давай, потом объясню.

Поля протянула мужу коробочку с золотишком. Тот выхватил палехскую шкатулку и убежал. Ничего не понимающая Полина рухнула на диван.

Через какое-то время Костя вернулся, сел рядом и сказал:

— Ну и влипли. Слава богу, мужик жадным оказался. Согласился взять золото и молчать. Только мы ему еще кучу денег должны остались, где брать — не знаю.

— За что? — никак не могла врубиться в ситуацию Полина. — Почему мы не вызвали милицию?

— Идиотка! — вскипел Костя. — Мы задавили бабу насмерть. Нам грозит большой тюремный срок, мне за то, что за рулем сидел, тебе за то, что с места происшествия скрылась. И потом, мы ехали на чужой машине, без доверенности, следовательно, угнали «Жигули», а это еще одна статья. Суд их вместе сложит, лет на пятнадцать потянет!

Полина совершенно не разбиралась в законах, ей и

в голову не пришло, что в этой ситуации виноват только водитель. Девушка вновь поверила Косте.

— Боже, что же делать? — ужаснулась она.

— Платить, — пожал плечами парень, — альтернативы нет.

— Но где взять деньги?

— Сообразим, пока он удовлетворился колечками.

— Что скажет мама!

Но Костя ловко придумал выход. Отжал ломиком запертый хлипкий замок и велел вызвать милицию.

Приехавшие менты лениво завели дело о краже, которое потом тихо погибло в архиве. Нина погоревала и утешилась, а для Поли начался перманентный кошмар. Вся ее дальнейшая жизнь превратилась в добывание денег. Мало того, Костя велел:

— Упаси тебя бог ляпнуть, что мы женаты! Я пока этому парню баки залил, будто не знаю тебя хорошо, случайная попутчица, поэтому он только с меня тугрики тянет. Если пронюхает, что мы муж и жена, мигом сумму удвоит, вовек не расплатимся. Он и так озверел.

Испуганная Поля только кивала. А Костя пустился во все тяжкие, фактически сделав из жены проститутку.

— Мне средства взять негде, — объяснял он, — только на тебя надежда. Не принесешь вовремя, сидеть нам на зоне, уж ты постарайся.

И Поля старалась, ища богатых мужчин, пытаясь сначала соблазнить их, а потом женить на себе. Все полученные от кавалеров деньги она несла Косте. Потом случилось новое несчастье. Какой-то человек начал шантажировать Спиридонова, суммы росли, Полечка продолжала верить мужику. Ее не насторожило ни то, что Костя приобрел машину, ни то, что муж начал великолепно одеваться. Впрочем, Спиридонов объяснил сию метаморфозу просто: костюмы, рубашки, пуловеры ему отдает Серега Попов, богатый парень. Поносит месячишко обновку и выбрасывает, а «Нивой» дала пользоваться приятельница покойной бабушки, тоже старушка. Костя же должен ее за это возить в поликлинику, доставлять ей продукты. Ему теперь в благодарность за машину приходилось частенько ночевать у старухи...

Любая другая женщина мигом бы раскусила обман, любая, но не Полина. Та, наоборот, изо всех сил старалась «нарыть» баксов.

— Ты хочешь сказать, что Костя забирал все деньги себе?

Дегтярев кивнул.

— Ничего не отдавал тому мужику? — удивилась я.

Александр Михайлович вздохнул.

— Тот мужчина, запойный алкоголик, давным-давно умер. Колечки Нины он продал, накупил дешевой самопальной водки и отравился.

— Но как же? — бормотала я. — Как?

— Константин — подлец, — спокойно пояснил полковник, — мерзавец, каких поискать. Ему всегда хотелось иметь много средств, только никакого желания зарабатывать деньги он не испытывал. Полину он никогда не любил, просто использовал, как туалетную бумагу. Причем, понимая, что ради него дурочка пойдет на все, требовал с каждым разом все больше и больше. Ты знаешь, он купил недавно квартиру, правда, в Митине, но двухкомнатную, намного лучше родительской.

Бедная Поля металась в поисках богатых клиентов, устроилась к Молокову, а Костя спокойно жил за ее счет. В его новой квартире без конца менялись бабы, в кошельке шуршали баксы, а Поле вечно не хватало на колготки. Она растеряла всех подруг, поругалась с матерью.

— Почему?

— Когда Нина вышла замуж за Теда и уехала в Америку, она позвала Полю в гости. Девушка не нашла ничего лучше, как попытаться соблазнить отчима.

— Откуда ты знаешь?

— Нашел Нину в отеле в Майами и расспросил. Она только услышала, что речь идет о Полине, мигом отрезала: «Я с этой особой не общаюсь». Еле-еле уговорил рассказать, в чем дело. Кстати, извини, счет за разговор придет тебе.

— Почему?

— От вас звонил, ночью. Мне бы начальство по ушам за болтовню с Америкой надавало. Ты счет мне отдай, ладно?

— Послушай, — не прореагировала я на его замечание про квитанцию, — но Молоков видел паспорт Полины со штампом о браке. Зачем она ему его показала?

— У Поли два документа, удостоверяющих личность. Молоков велел принести паспорт, а Полина перепутала, взяла не тот, вот сутенер и велел явиться с мужем. Пришлось Константину идти на встречу...

— Странно...

— Что?

— Мне Молоков сообщил, будто имя супруга Полины очень редкое, даже припомнил его — Бонифаций.

Дегтярев улыбнулся.

— Он ошибся. Муженька именуют и впрямь необычно, но не Бонифаций, а Ксенофонт.

— При чем тут тогда Костя?

— Ксенофонт его настоящее имя, парнишку назвали в честь деда. Но с раннего детства звали Костиком, подавляющая часть знакомых даже не предполагает, что он не Константин. Ксенофонтом юноша представляется только тогда, когда требуется заполнить анкету, ясно?

Я кивнула. Проще некуда, я искала Бонифация, теперь понятно, почему не нашла.

— Какая сволочь этот Костя! Он бил Полю. Варя Хоменко, пристроившая Железнову к Молокову, видела у девушки синяк на лице!

— Говорит, один раз не сдержался. Якобы Поля за целых два месяца не принесла ни копейки, ну и насовал ей зуботычин!

— А она после этого пошла служить к Молокову! Да я бы взяла палку и надавала мужику, ну, подонок! А она! Хороша дура!

— Любовь зла, — ответил Дегтярев, — и потом, каждый народ достоин своего вождя. Значит, Поле так и надо было.

ГЛАВА 32

Дегтярев вытащил трубку, набил ее, потом раскурил и, поглаживая Хучика, продолжил:

— Ну а затем случилась история с тремя сотнями тысяч долларов.

Костя требовал все больше и больше денег, мотивируя все возрастающие аппетиты просто: якобы шантажист наглеет с каждым месяцем.

Впрочем, он слишком зарвался, Полина пришла в отчаянье. Она уже пыталась закадрить богатых мужей, и везде был облом. Последняя неудачная афера — Гена Кристалинский. А ведь как хорошо все сначала получилось. Поля даже сделала себе на компьютере фальшивую метрику, чтобы окончательно убедить бедного сумасшедшего, что, кстати, было глупо, усыновленным и удочеренным сразу дают документ на новое имя. Она уже была готова праздновать победу, и вновь вышел пшик. Девушка стала подумывать о самоубийстве. Жизнь казалась ей ужасной. И тут судьба посылает ей Шлюза. Поля случайно узнает о сейфе.

Она проснулась в тот момент, когда Шлюз, считая любовницу спящей, открыл дверцу хранилища и вытащил пачку баксов. Поля сквозь ресницы видела, сколько деньжищ еще лежало в железном отделении, и потеряла покой. Вот она — возможность раз и навсегда бросить занятия проституцией и заткнуть глотку шантажисту. Свобода рядом, в двух шагах. Она возьмет деньги, и они с Костей уедут в Америку! Начнут жить сначала... В полной эйфории Полина окончательно потеряла разум. Она берет клофелин... Глупее поступка и не придумать, но девушка не способна была думать ни о чем, кроме как о гигантском состоянии.

Когда Костя услышал, о какой сумме идет речь, он чуть не умер и велел:

— Неси! Отдадим негодяю баксы, авось заткнем ненасытную морду.

Но Полина неожиданно спросила:

— Все сразу? Может, лучше частями?

— Нет, — отрезал Константин, — впрочем, сначала приволоки денежки, а там посмотрим.

Полина, однако, задумалась и решила сама побеседовать с шантажистом. Ведь они с Костей передали мужику чертову прорву денег, а толку никакого.

Девушка впервые в жизни действует на свой страх и риск. Сначала она тащит сумку с долларами в институт и просит Романа Саблина отксерить тысячи. Потом едет к Косте. Парень сказал ей, что с шантажистом он сам встречается, деньги 29-го числа каждого месяца он кладет в ячейку, расположенную в «Кредобанке», а негодяй приходит и их забирает. Вот Поля и придумала план. 29 ноября она спрячется где-нибудь возле хранилища, увидит, кто выйдет из банка с сумкой... Костю в свой план она не посвящает. Словом, опять жуткая глупость, идиотизм, но Железновой кажется, что она придумала чудный план. Желая помочь Косте избавиться от наглого шантажиста, Полина впервые обманывает муженька. Кладет доллары и фальшивки в две совершенно одинаковые сумки, показывает парню настоящие баксы, а когда тот вечером спокойно засыпает, девушка входит в квартиру и меняет тару. Опять идиотизм, если Костя заглянет внутрь, он мигом поймет, что к чему, но парень не проверяет содержимое.

Полина, боясь, что Шлюз станет ее разыскивать, приезжает в Ложкино. Потерявшая всякий ум девчонка успокаивает себя. Ничего, думает она, Кочергин побесится недельку да и забудет. Такая сумма для него ерунда. Шантажист же пусть получит фальшивки. Опять невероятная глупость, но Поле все время кажется, будто она поступает осмотрительно и хитро.

Настоящие деньги девушка прячет в Ложкине, считая дом своих старых друзей самым безопасным местом. Она никому не говорит о своем местонахождении, никому... кроме Кости. Тот одобряет желание жены затаиться.

29-го числа, за час до открытия банка, Полина устраивается на чердаке дома, стоящего напротив деньгохранилища. С собой она прихватывает армейский бинокль и, не отрываясь ни на секунду, следит за дверью. Сейчас, с минуты на минуту появится Костя с сумкой, а там и шантажиста ждать недолго. Время летит, Спиридонова нет. В три часа дня Полина звонит мужу. Тот не снимает трубку домашнего телефона, но по мобильному мигом отзывается.

— Алло.

— Ты где? — спрашивает девушка.

— Как раз подъезжаю к банку, — отвечает тот, — перезвоню, когда освобожусь.

Полина вновь наводит окуляры, но Кости нет.

Через час Железнова опять набирает номер:

— Ну как?

— Порядок, — отвечает Костя, — положил, еду домой.

Отказываясь верить ушам и глазам, Полина пару минут стоит молча. Потом у нее в мозгу вспыхивает слабая надежда. Она выбирается на улицу, входит в банк и спрашивает у охранника:

— У вас один вход?

— А почему вы интересуетесь? — отвечает тот.

— Договорились с мужем встретиться, а его нет, думала, может, два подъезда.

— Нет, — спокойно сообщает секьюрити, — только один-единственный, никаких других белых или черных ходов тут не имеется.

Поля выпадает на улицу и едет домой. Плохо понимая, что происходит, она идет к Косте и уточняет:

— Положил деньги?

— Да, — сообщает тот, не моргнув глазом.

И тут Полина кричит:

— Врешь!

Костя сначала цепенеет, а девушка, впав в истерическое состояние, начинает рассказывать про банк, бинокль и фальшивые доллары. Наступает черед Кости обалдевать от удивления. Он не ждал от робкой, даже покорной Поли такого поведения. Но пока девушка бьется в истерике, он понимает, как следует поступить, и орет:

— Дура! Что же ты наделала! Мы погибли!

— Почему? — осекается Полина.

— Шантажист позвонил мне за час до встречи и дал адрес другого банка, он сменил ячейку. Понимаешь, идиотка, что будет, когда негодяй увидит простые бумажки?

Полина недоверчиво смотрит на парня.

— Где деньги? — не успокаивается тот.

— В Ложкине, в моей комнате, на кровати, под матрасом!

— Кретинка, — не унимается Костя, — а если их обнаружат?

— Это невозможно.

— А почему?

— У них никто не лазает по чужим комнатам.

— Деньги все?

— Да, только надо Роману Саблину отдать десять тысяч за ксерокс.

— Обойдется!

— Но он обозлится и растреплет всем, — первый раз Поля пытается мыслить логически Поля.

— Верно, — соглашается Костя, — только хватит с него пяти. Ладно, вали в Ложкино и вези грины.

— Нет, — неожиданно отвечает Поля, — только в

одном случае: если на встречу с шантажистом мы поедем вместе.

— Сдурела? — закипает Костя.

— Нет, — настаивает Поля, — просто мне надоело платить, кстати, по-моему, очень несправедливо, что я отдаю все заработки. Мне только сейчас пришло в голову: скажи, а ты почему не работаешь?

Костя оторопел. Полина спокойно договаривает:

— Деньги украла я, они мои. Никому отдавать их не желаю, уеду к маме в Америку. Я перед ней очень виновата, попрошу прощения, она поймет, простит.

— А я? — глупо спрашивает Костя.

— Ты живи, как хочешь, — поясняет Поля, — теперь я поняла, что ты все время меня обманывал. Господи, какая я идиотка! Сменил банк! Ха-ха-ха...

У нее начинается истерика. Костя хлопочет вокруг потерявшей всяческое соображение жены. И тут в его голове рождается план, как можно мигом исправить ситуацию.

Бабушка Кости скончалась, но в доме остались ее лекарства, в том числе и одно кардиотропное средство, которое следует пить каплями. Недолго мучаясь, Константин выливает весь пузырек в стакан, подает его Поле и щебечет:

— Выпей, сразу успокоишься, пойдем, отведу тебя домой, ляжешь.

Поля повинуется. Костя возвращается к себе. Все идет отлично. Сейчас девушке станет плохо, сердце остановится... После ее смерти Костя поедет в Ложкино, чтобы забрать вещи, уж он-то сумеет найти момент и вытащить деньги. Главное, сейчас не торопиться.

Дальнейшее известно. Полина, теряя сознание, звонит мне, я примчалась, вызвала «Скорую», ее увезли, а в больнице недобросовестные врачи принимают коматозное состояние Поли за смерть и отправляют девушку в морг. Но, очевидно, у Поли железное здоровье, или на нее благотворно влияет холод, а может, ангел-хранитель вымолил ей у господа жизнь. Случаются иногда в медицине такие совершенно необъяснимые случаи. Железнова «воскресает» и на следующий день после этого едет в институт, взяв деньги в Ложкине, когда отмечали ее воскрешение.

— Да зачем?

— Отдать пять тысяч Роману. Она боится, что парень обозлится и начнет болтать.

— Это не в его интересах, — протянула я, — он тоже вроде как нарушил закон.

— У Железновой в голове солома! — обозлился Дегтярев. — Что ни сделает, кругом идиотство получается. Мало того, что она едет отдавать денежки, так еще возвращается домой, идет к Косте и заявляет:

— Ты хотел меня убить!

— Психопатка! — орет муж.

— Нет, — стоит на своем Поля, — только я выпила лекарство, что ты мне дал, и через пять минут свалилась.

— Идиотка! — вопит Костя. — Да я с тобой говорить не хочу!

— Отлично, — отрезает Полина. — Я ухожу на-всегда!

В Костиной душе поселяется страх. До сих пор он считал Полину игрушкой в своих руках, существом без воли и каких-либо проблесков рассудка, но теперь, похоже, Железнова становится опасной. Еще, не дай бог, пойдет в милицию. На дворе ночь, но рано утром Костик несется в общежитие института станкостроения.

Там давно живут чеченцы, и вся Москва знает, что у них за смешные деньги можно купить все — пистолет, автомат, взрывчатку. Только заплати. Получив нужное количество тротила, Костик ловко устанавливает мину. Но в «Жигули» садится несчастная Полина сокурсница, Лена Рокотова, забывшая дома тетрадь. Костя, чуть не лопнув от злости, поджидает Полину в укромном месте. В кармане у него пистолет с глушителем, а на кону триста тысяч долларов. Но тут появляется Дарья. Парню остается только скрипеть зубами от злобы. Убивать двоих не входит в его планы, но от Поли надо избавиться сегодня. И тут глупые бабы, словно услыхав его мысли, решают идти шляться по магазинам. Костя следует за ними тенью, выжидая момент, и вот он наступает. Полина входит в примерочную, а Даша бродит по залу, в магазине тьма народа... Он быстро стреляет прямо через занавеску и, услыхав шум упавшего тела, уходит. Но снова облом, Полина поменялась кабинками с соседкой. Правда, Костя об этом не знает. Он возвращается домой и на радостях зовет к себе Светку, парочка напивается и засыпает.

Полина возвращается в Ложкино, теперь она точно знает, что Костя хочет ее убить! Парень превратился в убийцу, на его руках кровь двух невинных женщин: Лены Рокотовой и незнакомки из примерочной кабинки.

— Трех, — шепнула я.

— Третья откуда? — удивился полковник.

— Полина оставила на тумбочке в больнице мобильный, я поехала его забирать, а в 305-й палате на кровати лежал труп молодой женщины.

— Ну и что? — удивился полковник. — В клинике

отвратительные порядки. Несчастная просто умерла, и ее не успели отправить в морг.

— Понимаешь, — ответила я, — в справочной мне сказали, что в этой палате лежит Полина, значит, Костя, узнав о «воскрешении» Поли, решил ее добить, ну и явился в больницу, мы в суматохе сказали ему только о том, что она ожила, не упомянули про то, что забираем ее в Ложкино, вот и...

— Глупости, — фыркнул Дегтярев, — та женщина скончалась сама. Ну подумай головой, он же великолепно знал Полину. Даже предположим, что он приехал в клинику с преступной целью, но ведь сразу бы увидел, что в кровати не Железнова.

Я только вздохнула, а ведь верно. Костя бы мигом сообразил, что и как, ну почему я сразу не додумалась до такого простого ответа на вопрос?

— Теперь все ясно? — спросил Дегтярев.

— Нет, конечно, каким образом Костя ухитрился убежать из рук уводивших его «братков»? И откуда они взялись?

Александр Михайлович крякнул.

— Спиридонов обладает буйной фантазией. Никто его не похищал.

— Да ну? Не может быть. Сама была у него в квартире, видела разгром. И потом, сосед Константина, мальчик Леша мне рассказывал...

— Ага, — кивнул Александр Михайлович, — он и нам спел ту же песню, только опытные оперативники сразу поняли, что подросток врет.

— Почему?

— Если криминальные структуры хотят кого-либо похитить, дело обставляют тихо. Пристегивают наручниками, втыкают в бок дуло от пистолета и велят вести себя спокойно. Жертва сама садится в автомобиль, и никто ничего не замечает. А тут! Ребенок просто пересказал кино! Окровавленное лицо, револьвер, трагическое заявление на лестнице, бред. А насчет разгрома...

— Что?

— Все там было чересчур. Ну зачем резать занавески? Если бы речь шла о ревнивой жене, понятно, но ребята, живущие по понятиям, не станут драть тряпки, они проводят обыск профессионально, быстро и, как тебе это ни покажется странным, аккуратно. Лишнего не побьют и ненужного не разломают. Во-первых, им не нужен шум, во-вторых, время поджимает. Костя явно перестарался. А Леша мигом раскололся и рассказал. Сосед дал ему денег и велел: «Если кто будет мной интересоваться, скажи, «братки» увели, можешь квартиру показать. Просто так в доме не трепи, только тем объясни, кто интерес проявит». Вот паренек и отрабатывал гонорар, старался, как мог. А Костя съехал в свою новую квартиру.

— К чему этот спектакль?

— Испугался он очень. В его квартире стали раздаваться какие-то странные звонки, ночью, по телефону. Некто молчал и просто сопел, телефон оживал по нескольку раз после полуночи. Любой человек с чистой совестью подумал бы, что на том конце провода обычный хулиган, решивший поиздеваться над людьми, но Косте мигом приходит в голову идея: это Шлюз! Кочергин вычислил Полину и теперь выслеживает его, Спиридонова. Так пусть думает, что парня нет.

Костик отправляется в Митино, но ему безумно нужно попасть в Ложкино и забрать доллары. В принципе он может открыто заявиться в гости, но что-то удерживает его от этого шага. Костя хотел сначала спеть «песню» о безумной любви к Поле, улучить момент и подобраться к матрасу, он бы так и сделал, но нервы Константина натянуты до предела, он убил двух человек, боится Шлюза и начинает совершать глупости. Хладнокровие окончательно покидает парня. И он решает, что лучше всего проникнуть в дом тайком.

Костя приезжает в Ложкино. Ему везет. В доме снимается кино, и охранники спокойно впускают парня в поселок, они считают, что это член съемочной группы. Костя прячется в сторожке и ждет удачного момента, но в здании постоянно толкутся люди. Киношники, Аркадий, Маня, Зайка... Даже ночью в гостиной не гаснет свет. Потом Дарья притаскивает Бонифация с животными. На нервной почве у парня открывается гастрит. Вдруг прислуга затеет генеральную уборку?

— Ну Ирка, ну лентяйка! — не утерпела я. — Ни разу матрас не поднять.

— Погоди, она не виновата...

— Как же! Домработница называется...

— Послушай лучше дальше, — сказал Дегтярев.

Я сердито замолчала.

— И тут вдруг удача! Все разъехались, в доме только старый дед. Никто ведь и предположить не может, что Бонифаций всю жизнь занимается восточными единоборствами, такое просто в голове не укладывается! Как он гробик-то разделал, — хихикнул Дегтярев, — ай да дед, скажи ему спасибо.

— Почему?

— Милейший Костик, озверевший от неудач, хотел тебя убить и убил бы, кабы не дед. Ну я с ним еще разберусь, — неожиданно закончил приятель.

— С кем?

— Ты не поняла, что около дома была засада? Костю «вели», и мы его ждали, да только сотрудник, призванный смотреть за балконной дверью, отлучился на пару секунд, приспичило ему, вот и пропустил парня. Ну да я его накажу! Чтоб другим неповадно было! Хорошо еще, что другие услышали шум. И, конечно, спасибо дедушке.

— От какой неудачи озверел Костя?

— Ну, он не пошел через парадный вход, выдавил стекло, проник в комнату, аккуратенько все обыскал.

— И что?

— Ничего! Пусто! Денег под матрасом не было. Только он заскрипел зубами от злобы, как дверь стала открываться. Костик метнулся в шкаф, натянул шлем-маску...

— А деньги где?

— У меня, — тихо сказал Дегтярев.

— У тебя? — я чуть не упала со стула. — Как они к тебе попали?

— Одна птичка в клювике принесла, — усмехнулся Александр Михайлович.

— Ирка подняла матрас и нашла?

— Нет.

— Зайка?

— Мимо.

— Аркадий?

— Холодно.

— Маня?

— Ты лучше не гадай. Скажи, это единственное, что тебе не ясно в этой истории?

— Ну есть еще кое-что...

— Например?

— Каким образом Костя ухитрился устроить, чтобы Полина врезалась в столб? Ведь его здесь не было.

— Вот в этом случае Константин ни при чем. Сесть Полю в «Форд» подбил совсем другой человек.

— Кто? — заорала я. — Говори скорей!

Александр Михайлович молча начал выбивать трубку.

— Говори скорей!

Дегтярев посмотрел на меня.

— Это был я!

— Ты?! — я чуть не упала со стула. — Ты убил Полину?!

Полковник хмыкнул.

— Нет, конечно.

— Да объясни по-человечески!

Александр Михайлович достал мобильный, потыкал в кнопки и велел:

— Иди сюда, комедия закончена.

Во дворе послышался хлопок автобомильной двери, потом застучали каблучки, ближе, ближе, ближе, дверь распахнулась...

— ....., — сказала я, — ......!

На пороге, смущенно улыбаясь, стояла Полина.

— Прости, Дашенька, — забубнила она.

— ......, — повторила я, — вот уж .....! Просто полный и окончательный!

— Кто бы мог подумать, что ты так хорошо владеешь русским языком, — хмыкнул Дегтярев.

— Но как, почему? — лепетала я.

— Полина позвонила мне вечером, — объяснил Дегтярев, — я подъехал, все уже спали. Она отдала мне деньги, рассказала все, и мы решили, что ей следует «умереть» с шумом, показом по телевизору...

— Значит...

— Ага, — кивнул полковник, — Поля утром села в

«Форд», доехала до поста ГИБДД, там мы разбили машину, загримировали девушку, вызвали ТВ, словом, оформили все по полной программе.

— Но Миша, сотрудник ГИБДД...

— Он, естественно, был в курсе и тоже играл роль.

Я хлопала глазами, пытаясь переварить услышанное.

— Я подсадил к нему на пост на всякий случай своего сотрудника, — пояснил Александр Михайлович.

— То-то мне показалось странным, что Миша зовет коллегу на «вы»! — воскликнула я.

Александр Михайлович молчал, Поля робко сидела на краю кресла. И тут до меня полностью дошла вся информация.

— Безобразие! — завопила я. — Ты разбил мой «Форд»! Отвратительно! Зачем?

— Но нам надо было все выполнить натурально, — отбивался приятель, — чтобы у Константина не зародилось даже сомнение, что Полина жива.

— Отвратительно, — злилась я, — мой любимый «Фордик».

— А ты выгляни во двор, — посоветовал полковник, — иди, иди.

Я выскочила из двери и увидела Кешу, стоящего возле серебристого «Пежо-206».

— Что это?

— Ничего не знаю, — поднял сын вверх руки, — совсем ничего. Дегтярев позвонил и попросил подъехать в магазин, чтобы отогнать сюда автомобиль, сам-то он не водит.

— Что это? — налетела я на полковника.

Тот молча подал мне техпаспорт.

— Купил тебе «Пежо», вместо разбитого «Форда», — пояснил Александр Михайлович. — Я виноват, мне и исправлять. Используя служебное положение, зарегистрировал его на твое имя и получил номера. Владей на здоровье.

В который раз за день я лишилась дара речи.

— Клевая машинка, — сообщил Кеша, — как раз для дамы, маленькая, маневренная, да ты сядь.

Я устроилась за рулем и тут только заметила на переднем сиденье, на месте, предназначенном для пассажира, шубку из серебристой норки.

— А это откуда? — потрясла я манто.

Дегтярев хмыкнул.

— Ну ты же хотела меховое пальтишко под цвет «Пежо». Носи на здоровье и прими мои извинения.

В голове у меня заработал калькулятор. Машина, манто...

— Слушай, где ты деньги взял?

— Не волнуйся, не украл!

— Немедленно рассказывай!

Дегтярев покраснел.

— Кеша уговорил. Хватит, сказал, одному жить, перебирайся к нам, дом большой, всем места хватит.

— Давно бы так! — обрадовалась я. — А с твоей квартирой что?

— Так вот она, — показал Дегтярев на «Пежо» и шубу, — продал свою халабуду к чертям. Так что придется вам меня из милости пригреть, так как я отныне бомж.

Я смотрела на толстяка, опять лишившись речи. Продал квартиру и купил мне машину с шубой? Ну кто бы мог ожидать от неромантичного и сурового полковника такого поступка?

ЭПИЛОГ

Прошло три месяца. Константин находится под следствием. Степень его вины определит суд, но за два убийства, надеюсь, ему положена суровая кара. Впрочем, наказание могло быть совсем тяжелым, если бы Поля вчинила Спиридонову иск о принуждении занятием проституцией, но девушка отказалась от такого шага. Впрочем, она словно выздоровела от любви и оформила развод. Известие о том, что долгие годы она работала, продавая себя, для того, чтобы Спиридонов мог весело прожигать жизнь, подействовало на нее ужасно. Полина заперлась в своей комнате и несколько дней не высовывалась оттуда. Ирка только ныла под створкой:

— Поля, возьми подносик с обедом, ну открой...

Вернул ее к жизни Шлюз. Получив известие, что деньги у Александра Михайловича, Кочергин мигом примчался в Ложкино. Узнав от меня все подробности, Толян так стукнул кулаком по обеденному столу, что проломил в нем дыру, а потом подошел к двери, где таилась Поля, и, недолго сомневаясь, выбил ее ногой. Ирка было запричитала, но Кеша сурово велел:

— Все разошлись молча!

Мы разбежались по комнатам. Кочергин и Полина проговорили всю ночь, а утром Толян швырнул в багажник сумку девушки и увез ее вместе с хозяйкой. Вы не поверите, но Шлюз решил жениться, по-моему, это лучший вариант для Полины, потому что милейший Толян ощущает себя принцем, нашедшим свою Золушку. То, что будущая половина фактически работала проституткой, его не смущает. В конце концов, у самого Шлюза за плечами тоже много чего.

— Нравится мне Полька, — заявил Толик, прибыв в

очередной раз к нам в гости,— своя в доску, о такой бабе я и мечтал.

— Не будешь ее прошлым попрекать? — осторожно спросила я.

Шлюз заржал.

— Сам-то чисто белый ангел! Нет уж, перебесились оба, теперь нормальные люди. Я — бизнесмен, а она моя жена, пусть детей рожает, всех обеспечу.

Сто тысяч, данные мне за услуги, он забрать отказался. А в кабинете у Александра Михайловича заявил:

— Никаких денег Полина у меня не крала, я подарил ей триста тысяч!

— К Новому году? — хмыкнул Дегтярев, кстати, обрадованный таким поворотом событий.

Полковнику совсем не хотелось заводить на Полю дело о краже.

— Именно к Новому году, — ухмыльнулся Шлюз, — заранее преподнес, так сказать, от Деда Мороза.

Нина Железнова прилетела в Москву, у них с дочерью состоялся весьма неприятный разговор, но в конце концов женщины помирились.

Бонифаций мирно живет у нас. Крошка и Васька, став полноправными членами стаи, начали отворачивать носы от обожаемой ранее овсянки. Теперь они предпочитают печенку и рыбу. Дегтярев поселился в соседней комнате с дедом, и Хучик ходит спать к нему. На днях Аркадий начал учить полковника водить машину.

«Рено» я вернула Сыромятниковым.

— Что мне с ним делать? — вздохнула Карина.

— Подари кому-нибудь, — посоветовала я.

Кара так и поступила, отдала автомобиль оператору Федору, который был безумно счастлив.

Жизнь наша течет по-прежнему. Зайка убивается на телевидении, Аркаша работает, Маня учится, собаки и кошки безобразничают в умеренных дозах. Ирка жалуется на беспорядок, Катерина печет пироги, а я читаю детективы.

Плавный распорядок нарушило невероятное событие. В марте начался показ сериала. Естественно, первый фильм мы сели смотреть все вместе. Ради такого случая даже прислуга устроилась не на кухне, а с нами в гостиной.

Начальные кадры вызвали счастливый смех. Мы узнавали дом, интерьер, собак... Но потом начались недоумения.

— Это кто? — ткнула Маруся пальцем в экран.

— Ты! — хором ответили все.

— Я? Такая жуткая? Такая толстая? Такая отвратительная?

— Говорю же, ешь меньше, — начал Кеша.

Но Маруся вопреки ожиданиям не завопила, как всегда: «Глиста в скафандре!» Девочка опустила голову, из ее глаз закапали горючие слезы. Брат ринулся к сестре:

— Котик, — засюсюкал он, — экран искажает!

— Ага, — прошептала та, — Зайка красивая, ты чудесно выглядишь, Ирка — замечательно, а я сосисина-промсарделина, жиртрестина... Ужас!

— Ты самая красивая девочка на свете! — завопили домашние в голос.

— Просто это щенячья пухлость, — добавил Дегтярев.

— И вообще, на экране все не так выходит, в жизни ты намного стройней, — принялась я утешать Манюню.

— Правда? — прошептала она.

Я хотела было поклясться, но тут мой взор упал на экран. Возле нашего стола стояла странная тетка, похожая на большого кузнечика. Тонкие ножки обтянуты узкими брючками, сверху на костлявых плечиках болтается широкий пуловер. Да уж, дамочка явно не умеет одеваться, ей бы попытаться спрятать худые конечности, и бесформенный свитер тут ни к чему. К тому же с волосами у дамы беда, стоят дыбом, словно иголки у больного ежика. Тут тетка повернулась, ее слишком бледное лицо показалось мне знакомым...

— Кто это? — поинтересовалась я. — Вроде я знаю ее!

Грянул дружный смех.

— Ты, — сообщила Зайка.

— Я?! Вы хотите сказать, что я ТАКАЯ?

— Какая? — перестала плакать Маня. — По-моему, замечательная!

Я в ужасе пялилась на экран. Субтильная тетка суетливо махала руками и вертела головой. Катастрофа! Завтра же поеду за новыми вещами, мне совершенно не идет стрейч! Просто хуже не может быть!

Но я оказалась не права. Впереди меня ждал настоящий шок. «Кузнечик» раскрыл рот, из динамика полился тоненький-тоненький детский голосок, так пищит первоклассница.

— Меня озвучивал ребенок?

— Нет, — ответила Зайка.

— Я ТАК разговариваю?

— По-моему, совершенно нормально, — быстро подхватила Ольга.

— Великолепно выглядишь, — засуетился Кеша.

— Мусечка, ты просто звезда экрана! — завопила забывшая о всех горестях Манюня.

Я перевела взгляд на Дегтярева. Полковник прикрылся газетой, но листы предательски дрожали в руке, приятеля разбирал смех. «Кузнечик» продолжал пищать, я, старательно скрывая ужас, произнесла:

— Ладно, постараюсь спокойно перенести удар. Никогда не думала, что похожа на суетливое насекомое.

— Глупости, — начал Кеша.

— Не старайся, — отмахнулась я от сына, — что выросло, то выросло, другой мне уже не стать.

— Нам не нужна другая Даша, — раздался хор голосов.

Я еще раз бросила взгляд на экран. Да уж, приходится признать: до Клаудии Шиффер мне далеко. Ну и черт с ним. В конце концов, важно не то, как выглядишь на самом деле, а то, какой тебя видят люди. Я же в глазах домашних всегда хороша.

Прогноз гадостей на завтра

———————————————————————————— главы из нового романа

ИРОНИЧЕСКИЙ ДЕТЕКТИВ

ГЛАВА 1

Кто бы мне объяснил: отчего, если вечером хорошо, то утром жутко плохо? И почему именно после бессонной ночи, не накрашенная, с красными, как у ангорского кролика глазами, с торчащими в разные стороны лохмами, вы обязательно налетаете на бывшего любовника, который, как назло, облачен в роскошную одежду, умопомрачительно пахнет дорогим парфюмом, вертит на пальце ключи от «Мерседеса» и снисходительно роняет сквозь отлично сделанные зубы:

— Ну ты и постарела, душа моя, опустилась, что же не следишь за собой?

И вам остается только, кипя от злобы, наблюдать, как он влезает в свой вызывающе шикарный кабриолет, где в глубине салона сидит дама в норковой шубе. Лишь спустя пару минут вы чувствуете горькое сожаление. Ну почему эта встреча не произошла вчера, когда вы, одетая в енотовое манто, с тщательно сделанной укладкой и макияжем спешили на вечеринку? Отчего встреча с парнем произошла именно сегодня, когда, мучаясь от головной боли, вы побежали в аптеку, натянув на себя старую куртку? Судьба, знаете ли, большая шутница, ей нравится так поступать с людьми...

Сегодняшний день начался ужасно. Воспользовавшись тем, что дети, Кирюшка и Лизавета, сидят в школе, а мне не надо идти на работу, я решила с толком использовать свободное время и включила стиральную машину.

Слава богу, технический прогресс зашел далеко. Теперь бедным женщинам нет никакой нужды тереть необъятные простыни и пододеяльники куском отвратительно вонючего хозяйственного мыла, а потом возить мокрым бельем по ребристой доске, сдирая пальцы в кровь. Нет, наступили иные времена.

Затолкав в барабан кучу шмоток, я нажала на кнопку, услышала, как в «Канди» с шумом рванулась вода, и с чувством выполненного долга села перед телевизором вкушать ароматный чай. В окно стучал ледяной ноябрь. В этом году последний месяц осени выдался непривычно морозным, на календаре второе число, а на градуснике — минус десять. Но дома на кухне тепло и уютно, вкусно пахнет свежеприготовленными тостами. Все наши животные, а их у нас целая стая: четыре собаки и три кошки, разбрелись по квартире кто куда. Три пса гладкошерстные, мопсы Муля и Ада и стаффордширская терьерица Рейчел, поэтому в прохладную погоду они предпочитают зарываться в пледы, четвертый — двортерьер Рамик, обладатель роскошной, бело-черной шерсти, спит, как правило, на кухне под столом. Рамик большой любитель вкусной еды и на всякий случай держится поближе к своей миске, вдруг туда что-нибудь положат. Между прочим, подобная тактика приносит плоды. Во время готовки на пол частенько падают разнообразные вкусности, вроде кусочка морковки или обрезка мяса, а еще на столе всегда стоят печенье или карамельки и, когда хозяева убегают, забыв спрятать вазочку... Впрочем, до откровенного мародерства Рамик все же не опускается, вот толстозадая Мулечка даже и сомневаться не станет при виде тарелочки с кексом, опрометчиво оставленной на кухонном столе. Сопя от напряжения, мопсиха забирается сначала на стул, потом на стол — и, о радость, вот он, кексик. Наевшись, она спит потом богатырским сном, не реагируя ни на какие внешние раздражители. Зато ее родная сестра Ада очень интеллигентна. Та ни за что не притронется к бутерброду с колбасой, который Кирюшка положил на журнальный столик у телевизора. Адюша будет смотреть на вожделенное лакомство печальными глазами и томно вздыхать, но ей даже в голову не придет стащить розовый кусочек «Докторской». Зато Адка все время лает и носится по коридорам, предлагая поиграть с ней... Покоя от нее нет ни днем, ни ночью. К сожалению, в соседней с нами квартире живет дама, любящая крепко выпить, и, если у нее собираются гости, впрочем, они приходят к ней почти каждый вечер, Адюшка принимается безостановочно тявкать.

Вот и сейчас она сидела на пороге кухни и периодически издавала короткое «гав».

— Замолчи, — сурово велела я.

Но мопсиха продолжала нервничать. Стараясь не обращать на нее внимания, я уставилась в телевизор. Так, свободный день следует провести с пользой. Сначала сбегаю в магазин, потом приготовлю на три дня обед, Кирюшка давно просит шарлотку, потом уберу квартиру, а то по всем углам мотаются серые комки пыли...

Ада теперь лаяла беспрестанно, она смотрела в коридор и издавала равномерно:

— Тяв, тяв, тяв...

— Прекрати сейчас же, — обозлилась я, — ну что там еще?

В эту секунду раздался вой. Я кинулась к выходу. Наша стаффордшириха Рейчел издает подобный звук только в случае крайней опасности.

Вылетев в коридор, я попала обеими ногами в воду и заорала от ужаса. Повсюду текли потоки мыльной пены. Ада вновь залаяла и посмотрела на меня, всем своим видом говоря: «Я же сообщала о происшедшем, а ты ругалась и велела мне заткнуться».

Чертыхаясь и поскальзываясь, я добралась до ванной и обнаружила причину несчастья: шланг от стиральной машины, через который должна выливаться в раковину грязная вода, мирным образом висел на крючочке, вбитом в стену, я забыла его опустить в умывальник.

Пришлось, сидя на корточках, вычерпывать «океан» пластмассовой миской, слушая неумолчный вой собак. Через час я, грязная, встрепанная, вошла на кухню и, решив себя вознаградить, сунула в тостер кусочек хлеба, нажала на клавишу...

Вмиг из глубин безотказно работавшего еще сегодня утром агрегата, вырвался столб пламени. Ада взвыла и нырнула под стол. Я завопила от ужаса, выдернула шнур из розетки и швырнула произведение «Бош» на лоджию, где оно благополучно догорело... Слава богу, пострадал только подоконник, на нем остался черный след.

Смыв жирную копоть, я выбросила тряпку, глянула на себя в зеркало и подавила вздох. Ладно, сейчас умоемся и двинем на рынок. Но не успели ноги шагнуть к порогу, как раздался дикий грохот, жуткий вопль Рамика и Ады, звон, треск и вой Рейчел.

Один из кухонных шкафчиков по непонятной причине рухнул на пол... Кухня у нас большая, она сделана из двух комнат, секций для хранения чего бы то ни было в ней полным-полно, в принципе могла сорваться любая из них, набитая, к примеру, бакалеей или консервами... Но сверзилась именно та полка, где стояла посуда: чашки, фужеры, рюмки... Весь пол оказался усеян мелкими-мелкими осколками, а хрусталь просто превратился в стеклянную пыль!

Выудив из эпицентра беды верещащую от ужаса Адку, я выкинула ее в коридор, потом отряхнула Рамика, выгнала его следом за мопсихой и принялась убирать крошево. Выходной день начал походить на кошмар.

Через два часа я, переведя дух, принесла дрель и обнаружила отсутствие дюбелей. Пришлось прямо на спортивный костюм натягивать куртку и идти в скобяной магазин. По счастью, он расположен в двух шагах от нашего дома, на проспекте, у метро. Вообще говоря, страшно хотелось выпить кофе, но в свете всех происшедших событий я не рискнула включать электрочайник.

Натянув на голову капюшон, а на ноги старые Кирюшкины сапоги, я понеслась по улице. Надо навести порядок до возвращения детей, представляю, как они начнут потешаться надо мной, узнав о последних событиях. И Кирюшка, и Лизавета находятся в том подростковом возрасте, который специалисты называют загадочно-красивым словом «пубертат». Но суть процессов в их организмах остается, как ее ни обзови, простой — оба превратились в отвратительных, вечно спорящих и всем недовольных субъектов. Они то ругаются, то плачут, постоянно выясняя отношения между собой, со мной и всем окружающим миром.

Кирюшка вчера заорал: «Козел» — в адрес мужчины весьма интеллигентного вида, который случайно толкнул его в магазине. Поправив очки, мужик миролюбиво сказал:

— Ой, простите!

— Козел, — завизжал Кирюшка, — идиот, ты мне все ноги оттоптал!

Виновник инцидента молча окинул взглядом меня, красного от возмущения мальчика и, ничего не сказав, ушел. Зато продавщица, швыряя на прилавок пакет кефира, ехидно осведомилась:

— Давно сыночку прививку от бешенства делали?

Я вытолкала Кирюшку на улицу и возмутилась:

— Как тебе не стыдно!

— Ну и что, — парировал он, — самый настоящий козел и есть, пусть другой раз смотрит, куда ноги ставит.

— Ужасно, — бормотала я, — просто позор, ну как можно... что он о нас подумает!

Кирка посмотрел на меня свысока и хмыкнул:

— Прекрати, Лампа, мы никогда его больше не увидим! Не наплевать ли нам на его мнение?

Я не нашлась, что возразить. Вечером в мою комнату ворвалась Лизавета. С треском распахнула шкаф, вытрясла оттуда брюки, попыталась их натянуть на свою весьма объемистую попку и зарыдала в голос:

— Прикинь, Лампа, я стала толще тебя! Катастрофа!

Я вспомнила, как, придя из школы, Лизавета, взяв с собой коробочку шоколадных конфет, устроилась у телика и, недолго мучаясь, слопала все. Лиза продолжала плакать:

— Отвратительно! Я самая толстая, уродливая во всем классе! Вон Машка Гаврюшкина тощая-претощая...

— Может, тебе нужно есть поменьше сладкого? — робко сказала я, — мучного и жирного... Хочешь, куплю абонемент в спортклуб: шейпинг, аэробика, плавание. Живо десять кило потеряешь!

Лизавета вспыхнула огнем, потом швырнула мою одежду прямо на пол и прошипела:

— Спасибо, ты всегда знаешь, как утешить: да уж, если и ждать от кого сочувствия, так только не от тебя...

— Но что я плохого сказала? Диета и занятия физкультурой творят чудеса!

— Ничего, — злобилась Лиза, — ничего! Честно говоря, я ждала, ты скажешь что-нибудь типа: дорогая Лизонька, у тебя изумительная фигура! Вот спасибо так спасибо! Десять кило потеряешь! Значит, они у меня лишние?! Кстати, ты сама лопаешь конфеты, а других осуждаешь...

— Но я вешу сорок восемь килограмм и...

— Ничего слышать не хочу! — взвизгнула Лиза и выскочила в коридор, от души треснув дверью о косяк.

В скобяной лавке, слава богу, нашлись нужные дюбели и шурупы. Сунув в карман пакетик, я вышла на улицу, поежилась от пронизывающего ветра и услышала:

— Фрося!

Я машинально повернулась на зов, ноги притормозили. Так, значит, это знакомый из той прошлой жизни...

Моя биография четко делится на две части: до встречи с Катей Романовой и после. «До» была тихая жизнь под крылышком у мамы, оперной певицы, и папы, доктора наук, учеба в консерватории по классу арфы, неудачная артистическая карьера, замужество, завершившееся моим побегом из дома и в конце концов разводом... И звали меня в той жизни Ефросинья[1].

---

[1] См. роман Дарьи Донцовой «Маникюр для покойника».

Но потом судьба меня столкнула с Катюшкой и ее семьей. Дальнейшая жизнь потекла по-другому. Теперь я считаю своей родней Катю, двух ее сыновей: Сережу и Кирюшку, жену Сережки Юлечку и кучу домашних животных. Катюша хирург, Сережка работает в рекламном агентстве, а Юля журналист. Лизавета появилась у нас в результате моей попытки очередной раз заработать деньги. Сами понимаете, профессия арфистки не самая нужная в нонешние времена, правда, Катюша отлично зарабатывает, она виртуозно оперирует щитовидную железу, и больные выстраиваются к ней в очередь. Оклад у подруги, несмотря на ученую степень, крошечный, но многие из больных вручают ей конвертики. К слову сказать, Катя никогда не делает различия между платными и «нищими» пациентами и готова сидеть со всеми ровно столько, сколько надо. Она вообще у нас ненормальная: уходит из дома в восемь утра, приходит в девять вечера.

Так вот Катя все время говорит:

— Хватит комплексовать! Веди домашнее хозяйство, я заработаю!

Но мне весьма некомфортно жить нахлебницей, поэтому я постоянно пытаюсь устроиться на работу. Одной из таких попыток было попробовать себя на ниве домашнего хозяйства. Я нанялась экономкой в семью модного писателя Кондрата Разумова. Но, очевидно, господь предназначил меня для других занятий. В домработницах я прослужила ровно две недели, а потом Кондрата убили. Его дочь Лиза осталась на белом свете одна-одинешенька, и мы с Катериной забрали ее к себе[1].

Да, еще одно. Поселившись у Кати, я приобрела

---

[1] См. роман Дарьи Донцовой «Гадюка в сиропе».

семью. Кстати, мы по случайности оказались однофамилицами, и те, кто не знают истории наших взаимоотношений, искренне считают нас сестрами. Уж очень я не любила имя «Ефросинья», оно напоминало о бесцельно прожитых годах, так что теперь в моем паспорте написано — Евлампия Романова. Но все знакомые и близкие зовут меня коротко: Лампа.

— Фрося, ты, что ли? — повторил бархатистый баритон.

Я глянула на говорившего и поперхнулась. Прямо на меня, выглядывая из окна роскошной машины, смотрел Эдуард Малевич, как всегда, безукоризненно одетый и причесанный. Окинув взглядом его роскошное пальто из мягкой фланели и великолепный костюм, видневшийся между расстегнутыми полами, я подавила тяжелый вздох. Ну почему эта встреча произошла именно сейчас, когда я, всклокоченная, ненакрашенная, с облупившимся после вычерпывания «океана» лаком на ногтях, побежала на улицу в затрапезной китайской куртке? Между прочим, в шкафу висит хорошенькая шубка из белки, подарок Сережки на мой день рождения... И уж совсем обидно, что налетела в таком виде не на кого-нибудь, а на Эдика.

Мы учились вместе в консерватории, только Малевич осваивал скрипку. Ему пророчили блестящее будущее. Уже на третьем курсе Эдик отхватил премию на каком-то конкурсе, по-моему, в Варне, и педагоги в один голос пели: «Малевич наша надежда». Эдичка всегда был хорош собой. Для меня оставалось тайной, каким образом он ухитряется великолепно одеваться, посещать модную парикмахерскую и курить самые дорогие по тем временам сигареты «БТ». Малевич был не москвич, жил, как все иногородние студенты, на стипендию...

На четвертом курсе у нас разгорелся роман. Я слыла очень инфантильной девочкой, воспитанной на редкость авторитарной мамой, да и времена были иные, чем сейчас. Поэтому мы несколько недель, сбегая с занятий, просто бродили по весенним улицам, взявшись за руки. Вечером встречаться не могли. Моя мамуся мигом бы потребовала привести кавалера в дом, а чем заканчивались подобные посещения, я очень хорошо знала.

Впрочем, завершилось это все равно плохо. Мама проведала о том, что дочурка прогуливает учебу, и призвала меня к ответу. Услыхав про роман с мальчиком без московской прописки, мамочка, очевидно, пришла в ужас, потому что сразу отправила меня на все лето к дальней родственнице, живущей в Сочи. Необходимость поездки объяснялась просто. В нашей квартире начинался ремонт, а мне, с моей аллергией, лучше провести это время на берегу моря.

Уезжала я с тяжелым сердцем, а когда первого сентября вернулась на учебу, Эдик уже женился, да не на ком-нибудь, а на дочке профессора Арбени, хохотушке Ниночке, кстати, тоже очень талантливой скрипачке. Честно говоря, было не слишком приятно сталкиваться с ним в коридорах и буфете, но я делала вид, что ничего не произошло. После окончания консерватории я никогда не встречала Эдика, одно время видела его фамилию на афишах, потом она исчезла, и я решила, что Малевич, как многие талантливые музыканты, концертирует теперь на Западе. И вот надо же! Налетела на Эдика.

— Фроська! — радовался мужик. — Залезай в машину. Как живешь?

Я села в тачку. Сказать правду? С прежней работы в частном лицее пришлось уйти, уж очень противные попадались родители. А чтобы не чувствовать себя приживалкой, даю уроки музыки в ближайшей школе, получая за это двести рублей в месяц? Не имею детей и мужа?

Я еще раз окинула взглядом роскошное пальто Эдика, вдохнула аромат дорогого парфюма и начала с энтузиазмом врать:

— Все чудесно. Вышла замуж, родила двух мальчиков, концертную деятельность бросила, сам понимаешь, при наличии детей делать карьеру музыканта затруднительно, поэтому просто работаю на радио, в оркестре. Сейчас вот ремонт затеяли...

Я перевела дух и вытащила из кармана дюбели.

— Побежала за шурупами, прямо как была, в жутком виде, а тут ты!

Эдик расхохотался.

— Ремонт! Тогда понятно. Ей-богу, я расстроился, когда тебя увидел, чистая бомжиха...

— Видел бы ты мою квартиру! Все двенадцать комнат в разгроме, а муж, как всегда, умотал в Америку.

— Ты сама обои клеишь?!

— С ума сошел? Бригаду наняла, итальянцев, разве наши хорошо сделают?

— Слышь, Фрось, — предложил Эдик, — поехали, попьем кофейку, потреплемся...

— Но мне домой надо.

— Да брось, позвони, скажи, через час придешь, ну давай, столько лет не виделись!

Я растерянно пробормотала:

— Но я одета не лучшим образом...

— Наплюй, поедем в «Макдоналдс», там никто и внимания не обратит, сядем в углу, поболтаем, ну давай, давай...

И он завел мотор.

Неожиданно я весело сказала:

— Давай! И правда сто лет не разговаривали.

— Отлично, — обрадовался Эдик, и мы покатили вперед.

Наверное, в этот момент мой ангел-хранитель попросту заснул или решил пойти пообедать, ведь ничто не помешало мне совершить поступок, последствия которого пришлось пожинать потом очень долго. Ну почему не началось землетрясение или пожар? Почему, в конце концов, автомобиль завелся и покладисто поехал в сторону «Макдоналдса»? Отчего не закапризничал, как моя старенькая «копейка», демонстрируя «севший» аккумулятор или забрызганные свечи... Да мало ли причин найдется у авто, чтобы не двинуться с места! Но нет, иномарка лихо покатила по проспекту, неся меня навстречу беде.

ГЛАВА 2

В «Макдоналдсе» мы устроились в китайском зале, в самом углу, развернули хрусткие бумажки, вытащили горячие булки с котлетами и принялись болтать.

— Где ты выступаешь? — поинтересовалась я.

— На кладбище, — преспокойно ответил Эдик, вонзая зубы в мясо.

В первый момент я подумала, что не поняла его, и переспросила:

— Кладбище? Это какой же зал теперь так мило называется?

— Кладбище — это кладбище, — хмыкнул Эдик, — могилки, памятники, венки, безутешные родственники...

Я разинула рот.

— Ты играешь на погосте? Где? У могил? Или в церкви, на органе?

Малевич захохотал.

— Фроська, ты идиотка. В православных соборах нет органа и музыки, там поют, а капелла, это ты с католиками путаешь. Но я не играю.

— Что же ты делаешь?

— Я директор кладбища, правда, не слишком большого, притом не московского...

От изумления я чуть не пролила напиток, который «Макдоналдс» выдает за кофе-капуччино, и обалдело переспросила:

— Ты?! Начальник над захоронениями? Где?

— В изумительном месте, — улыбнулся Эдик, — пятнадцать минут от столицы, Белогорск. Живу в Москве, а работаю в области. Там шикарная природа...

Я отказывалась верить своим ушам. Эдик Малевич, талантливый скрипач — и такой пердюмонокль! Пьяные могильщики, бомжи...

Не замечая произведенного впечатления, бывший однокашник бодро расписывал красоты Белогорска, потом начал рассказывать о жене со странным именем Гема.

Минут через пятнадцать, когда мы, опустошив подносы, принялись за мороженое, Эдик внезапно вздохнул:

— Черт возьми!

— Что случилось?

— Да забыл в машине педерастку, а в ней мобильный.

В ту же секунду он протянул мне ключи и попросил:

— Будь другом, принеси.

Сказать, что его предложение меня удивило, это не сказать ничего. За кого Малевич меня принимает? Он на своем кладбище растерял все представления о приличном поведении. Отправить даму за сумкой!

Очевидно, на моем лице отразились все эти мысли, потому что Эдик быстренько добавил:

— Извини, дорогая, знаю, это звучит как хамство, но у меня разыгрался дикий радикулит, пошевелиться не могу, а в барсетке еще и лекарства. Будь человеком, принеси.

Я рассмеялась и взяла ключи. Да уж, к сожалению, мы не делаемся моложе с возрастом, вот уже у моих одногодков начинаются проблемы со здоровьем. Хотя радикулит можно заработать и в юности. Улыбаясь, я вышла на улицу, открыла роскошный автомобиль и тут же увидела на заднем сиденье небольшую сумочку с кожаной петелькой. Сунув ее в объемистый карман куртки, я заперла иномарку и не торопясь вернулась в «Макдоналдс».

Эдик сидел, навалившись на стол. Похоже, беднягу сильно скрутило.

— Передвижная аптека прибыла, — сообщила я и, сев на свое место, взглянула на однокурсника.

От вопля меня удержала лишь мысль о множестве разновозрастных детей, весело болтавших почти за каждым столом. Эдик выглядел ужасно. Огромные, широко раскрытые, какие-то выпученные глаза, не мигая, смотрели поверх моей головы. Изо рта вытекала слюна, а губы были искажены гримасой.

Чувствуя легкое головокружение, я скользнула взглядом по трупу и увидела торчащую из левого бока рукоятку ножа. Собрав всю волю в кулак, я встала и пошла к лестнице, потом обернулась. Так, Эдик сидит спиной к залу, лицом к стене, перед ним стоит поднос, на котором громоздятся остатки чизбургеров, пакетики с недоеденной картошкой и упаковки с пирожками. Место тут укромное, со стороны пейзаж выглядит так, словно кавалер спокойно отдыхает, поджидая даму, пошедшую в туалет.

— Где у вас главный? — схватила я за рукав девчонку в фирменной рубашке «Макдоналдса».

— Главный по чему? — улыбаясь во весь рот, осведомилась служащая.

Потом, увидав мое замешательство, пояснила:

— У нас есть директор по персоналу, директор по еде...

Я тяжело вздохнула. Если бы Эдик отравился, следовало обращаться к тому, кто отвечает за харчи, но Малевича пырнули ножом.

— Начальник службы безопасности на месте?

— А вон он, у центрального входа, — показала девица пальцем на высокого темноволосого мужика в безукоризненном костюме.

Я дошла до парня, глянула на табличку, прикрепленную на лацкане его пиджака, и спросила:

— Олег Сергеевич?

Мужик широко улыбнулся.

— Весь внимание, надеюсь, не произошло ничего ужасного?

— Со мной нет.

— Отлично, тогда в чем проблема?

— Моего спутника только что убили.

Олег Сергеевич поперхнулся.

— Надеюсь, вы шутите!

— Нет. Его, похоже, ударили ножом, во всяком случае, из тела торчит рукоятка. Я подошла к вам тихонько, чтобы не пугать посетителей.

— Быстро покажите место происшествия, — велел парень.

Мы дошли до китайского зала. Секьюрити нервным взглядом окинул Эдика и приказал:

— Ждите здесь.

— Между прочим, — обозлилась я, — могли бы сказать спасибо. Станете хамить, заору как ненормальная: спасите, убили. Все клиенты разбегутся.

Олег Сергеевич взял меня за руку и проникновенно сказал:

— Вы и не представляете, как я вам благодарен, но, извините, подождите пару минут.

Я покорно села напротив Малевича и постаралась не смотреть на то, что еще полчаса назад было весело поедавшим гамбургеры человеком.

Внезапно музыка стихла, и послышался женский голос:

— Уважаемые посетители. Ресторан «Макдоналдс» начинает розыгрыш талонов на бесплатный обед. Сегодня счастливыми обладателями купонов стали все посетители китайского зала. Повторяю, все посетители китайского зала получат сейчас талоны на бесплатное посещение «Макдоналдса», просьба всех подойти к кассе номер два. Внимание, предложение действительно всего пять минут, кто не успел, тот опоздал. Торопитесь к кассе номер два, первым трем обратившимся приготовлены чудесные подарки: фирменные футболки от «Макдоналдса».

Зальчик мигом опустел. Весело переговариваясь, люди побежали в центральное отделение, где располагались кассы. Когда последний человек унесся по лестнице, с улицы вошел Олег Сергеевич и двое крепких молодых людей.

— Быстрее, ребята, — велело начальство.

Парни легко подхватили Эдика и вволокли его в небольшую, неприметную дверку, сливавшуюся со стеной.

— Идите за мной, — сказал Олег Сергеевич.

Через полчаса приехала милиция.

— Нам надо осмотреть место происшествия, — сухо произнес один из мужиков, одетый в весьма помятые брюки и пуловер.

Высокая худощавая дама, в безукоризненно белой блузке, только что угощавшая меня в своем кабинете кофе, не капуччино, как в торговом зале, а настоящим, великолепно сваренным и в меру сладким, заломила руки.

— Господа, умоляю! Тут на небольшом пятачке вокруг нашего ресторана много редакций. Журналисты привыкли здесь обедать, честно говоря, мы раздали многим талоны на скидку, ну сами понимаете, реклама... Небось сейчас в залах есть газетчики... Если узнают... умоляю!

Парень в жеваных брюках хмыкнул, бросил быстрый взгляд на бейджик, прикрепленный у дамы на блузке, и сказал:

— Ага, журналисты! Ну так что тогда? Напишут о вас теперь везде, реклама! Чем же вы, Елена Сергеевна, так недовольны?

— Издеваетесь, да? — всхлипнула дама. — И не представляете, что со мной начальство сделает, если узнает, что скандал не предотвратила. Между прочим, тут инофирма! Американцы жутко за свой имидж трясутся. Знаете, какой недавно в одном нашем ресторане конфуз вышел?

— Ну? — хихикнул другой мужик. — Клиент котлетой подавился?

Елена Сергеевна покачала головой.

— Нет. Молодая пара с ребенком сидела у входа в подсобные помещения, и надо же было случиться такому! Из подвала, очевидно, выскочила крыса и укусила их девочку за ногу! Жуть! Родители собрались в суд подавать, так, чтобы скандал замять, «Макдоналдс» купил им квартиру!

Мужик в мятых брюках ухмыльнулся.

— У вас во всех ресторанах крысы водятся? Или только в одном? Подскажите адресок, честно говоря, надоело с тещей жить...

— Слышь, Костя, — отозвался другой, — кончай базар, работать пора.

— Работа, Лешка, не Алитет, в горы не уйдет, — отозвался Константин и продолжил: — Вот журналистам талончики на харчи дали. А между прочим, работники шариковой ручки великолепно зарабатывают, им ничего не стоит у вас сто рубликов оставить... А наше отделение здесь за углом, зарплата у сотрудников копеечная, пообедать негде... Что-то никто к нам от вас с талонами не пришел и не сказал: «Мальчики, вы наш покой бережете, милости просим, угощайтесь!» А теперь хотите, чтобы мы все шито-крыто сделали? Нет уж! Место происшествия следует оцепить и...

— Ну ребята, — со слезами на глазах взмолилась Елена Сергеевна, — ну виноваты, не подумали. Прямо сейчас отправлю к вам человека, ну будьте людьми! Кстати, сами идите к кассе номер два, у нас новинка — мак-кантри...

Костя улыбнулся.

— Ладно, не дрожите, аккуратно выполним. Надеюсь, вы догадались сделать так, чтобы за столик никто не сел?

— Там Олег Сергеевич посетителя изображает, — всхлипнула дама.

— Отлично, — сказал Леша, — мы сейчас тоже клиентами станем. Лично я «чиккен макнаггетс» очень уважаю, девять кусочков с соусом карри, вкусная штука.

— А где труп? — осведомился Костя.

— В зале, — вздрогнула Елена Сергеевна, — в таком небольшом зальчике, где у нас именины празднуют.

— К сожалению, день рождения только раз в году, зря тело переместили, ну да черт с ним, — пропел Костя и приказал: — Ладно, по коням. Я с Лешкой в зал, Мишка, ты со свидетельницей работаешь.

Молчавший до сих пор парень ожил:

— Где тут сесть можно?

— Здесь, за моим столом, — суетилась дама.

— Ладушки, — подвел итог Костя, — начали, а вы, Елена Сергеевна, отведите нашего эксперта в зальчик к трупику.

Через секунду мы остались с малоразговорчивым парнем вдвоем. Михаил вытащил из портфеля планшет с прикрепленным на нем листом бумаги и, вздохнув, спросил:

— Имя, фамилия, отчество, год рождения и место проживания...

Я покорно принялась отвечать на вопросы. Да, знала покойного много лет. Нет, последние годы не виделись. Да, встреча произошла случайно, в «Макдоналдс» отправились стихийно.

— Он не говорил, почему вдруг бросил карьеру скрипача и занялся кладбищенским бизнесом? — допытывался Михаил.

— Объяснил, конечно. Несколько лет тому назад упал на улице и весьма неудачно сломал руку, играть больше не смог, пришлось искать новое место работы. Опыта никакого, кроме музыкального...

— Странно, однако, — бормотал Миша, — мог пойти преподавать, а тут — кладбище.

— Знаете, — улыбнулась я. — Между прочим, у меня в тумбочке диплом, подтверждающий образование, полученное в консерватории. Ну и что? Перебиваюсь сейчас в обычной школе, даю уроки музыки детям, которым она совершенно не нужна, оклад чуть больше двухсот рублей. За педагогическую деятельность в нашей стране платят копейки.

— Но я понял, что Малевич был известным музыкантом, — протянул Миша.

— В общем, да, но отнюдь не Ойстрахом.

— При чем тут Госстрах? — удивился мент.

Я подавила тяжелый вздох. Ну не рассказывать же парню про великого скрипача Давида Ойстраха!

— Госстрах тут и впрямь ни при чем.

— Значит, в момент убийства вас не было, — уточнил мент. — Где вы были?

Внезапно на меня навалилась усталость. Утро единственного свободного дня рабочей недели выдалось отвратительным. Мне еще надо повесить шкафчик... Если скажу про барсетку, начнется новый виток расспросов...

— В туалете.

— Ага, — ответил Миша, — пожалуй, это все.

С гудящей головой я выпала в зал и побрела к выходу. Вряд ли в ближайшие десять лет мне захочется посетить «Макдоналдс».

— Евлампия, дорогая, — раздался сзади слегка запыхавшийся голос.

Я обернулась и увидела Елену Сергеевну, державшую в руках несколько бело-красных пакетов.

— Нет слов, чтобы выразить вам мою благодарность...

— Ерунда.

— Ну, пожалуйста, милая, имейте в виду, вы всегда самый дорогой гость у нас. Возьмите.

— Что это?

— Так, ерунда, мелкие сувенирчики.

— Спасибо, — сказала я и отправилась домой.

Войдя в прихожую, я сразу споткнулась о Кирюшкины ботинки, как всегда разбросанные в разные стороны на коврике. Не успела я нагнуться, чтобы поставить их на место, как из кухни выскочил сам Кирка и заорал:

— Не понимаю, что происходит в нашем доме! Тут что, ураган пронесся? Посуда исчезла, шкафчик на полу...

— Он сорвался со стены, — пояснила я.

— А еще кто-то, уходя из дома, не убрал со стола зефир, и Муля сожрала его, — не успокаивался Кирюшка, — полкило удивительно вкусного зефира...

— Прямо с пакетом, — добавила Лизавета, высовываясь из ванной, — мы получим через пару часов какашки, упакованные в полиэтилен.

— Между прочим, я сам хотел попить чайку с зефирчиком, — ныл Кирюшка.

— Ты где была? — сурово спросила Лизавета.

— Да, — оживился Кирюша, — позволь полюбопытствовать, где ты шлялась?

Я молча повесила куртку.

— И так ясно, — припечатал Кирюшка, — в «Макдоналдс» ездила!

— Как ты догадался?

— А пакеты?

— Без нас ела биг-мак, — пришла в полное негодование Лизавета, — мы тут зубами от голода щелкаем, обеда нет, холодильник пустой, а Лампа по ресторанам шляется. Ты о детях подумала?

Интересно получается, однако. Стоит сделать им замечание, даже вполне невинное, типа: убери ботинки в шкаф, и тут же получишь ответ: я взрослый и сам решу, что делать. А как только в доме съедаются харчи, оба мигом превращаются в детей.

— Что в пакетах? — полюбопытствовал Кирюшка.

— Не знаю, — машинально ответила я правду.

— Ой, Лампудель, — засмеялась Лиза, — сюрприз сделать хочешь?

Схватив пакеты, дети улетели на кухню, откуда моментально понеслись вопли:

— Класс!

— Супер!!

Я тупо сидела на диване, в голове было пусто. Потом появилась первая мысль. Дети правы, надо выйти на проспект и затарить холодильник. Завтра будет некогда, у меня уроки, а потом очередной педсовет. Совершенно непонятно, что я делаю на этих совещаниях. Музыка воспринимается остальными педагогами как смешной предмет. К тому же я ставлю всем детям пятерки и никогда не сержусь, если они посылают друг другу записочки или стреляются жеваной бумагой. Так что толку от меня на педсовете никакого. Но вредная Анна Евгеньевна, директриса школы, категорично заявляет:

— Вы получаете зарплату и обязаны ее отрабатывать!

Меня все время подмывает спросить:

— Вы что, считаете такой оклад деньгами?

— Лампуша, — всунулся в комнату Кирюшка, — где взяла торт?

Я пошла с мальчиком на кухню и обнаружила на столе изобилие: гамбургеры, чизбургеры, коробки с «чиккен макнаггетс», упаковки с соусами и пирожками. Еще там лежали две фирменные футболки и стояла коробка с тортом.

— Клево, — взвизгивала Лизавета, кромсая бисквит, — со взбитыми сливками, обожаю!

— Почему на нем написано «С днем рождения»? — не успокаивался Кирюшка.

Я вздохнула. Испуганная Елена Сергеевна насовала в пакеты все, что нашлось в ресторане. Она явно рассчитывала на мое молчание.

— А это что? — поинтересовалась Лиза, вертя в руках книжечку.

— Дай сюда, — велел Кирюшка. Он вырвал у девочки из рук непонятный предмет и взвизгнул. — Ой, елки! Лизка! Глянь! Бесплатные обеды в «Макдоналдсе»! Да их тут много!

— Где взяла? — сурово повернулась ко мне Лиза.

Рассказывать им правду совершенно не хотелось.

— Я случайно услышала по «Русскому радио», что в «Макдоналдсе» проводится лотерея, поехала и выиграла главный приз.

— Ну круто! — восхищались дети. — Ты теперь можешь год бесплатно есть гамбургеры.

Перспектива целых двенадцать месяцев питаться булками с котлетами выглядела столь угнетающе, что я мигом сказала:

— Это вам!

Буря восторгов бушевала почти десять минут. Потом, успокоившись, Лизочка с жалостью сказала:

— Нам столько не съесть, а завтра все таким невкусным станет!

— Позовите друзей, — предложила я.

— Верно! — вскинулся Кирюшка и схватил телефон.

— Дай сюда! — приказала Лиза.

— Индейское жилище фиг вам! — ответил Кирка.

— Урод!

— Жиртрестка!

Посмотрев, как они ругаются, выхватывая друг у друга из рук трубку, я пошла в спальню и по дороге увидела, что моя куртка свалилась с вешалки на пол и в ней преспокойненько свила гнездо Муля.

— Просто безобразие, — разозлилась я, вытряхивая мопсиху на пол, — ты хоть понимаешь, что линяешь, а куртка темно-синяя.

Рукава, спина и грудь были покрыты большим количеством мелких, жестких, светлых волосков. Не желая походить на огромного мопса, я оттащила куртку в ванную и принялась энергично встряхивать ее над умывальником. Раздался глухой шлепок. На кафельной плитке лежала барсетка Эдика.

ГЛАВА 3

Я уставилась во все глаза на шикарную вещичку, сделанную фирмой «Петрек». Ну надо же, сунула сумочку к себе в карман, а потом забыла. Надеюсь, там нет ничего важного.

Я быстро расстегнула барсетку. Из груди невольно вырвался возглас. Ну ничего себе! Одно из отделеньиц было забито деньгами. Закрыв ванную комнату на щеколду, я вывалила на стиральную машину содержимое сумочки. Так. Десять зеленых банкнот по сто долларов, три тысячи российских рублей, упаковка аспирина, расческа, носовой платок и плоский, крохотный телефон, который я сначала приняла за игрушечный, уж больно кукольно выглядел «Эриксон».

Но не успела я взять в руки аппаратик, как на панели заморгала зеленая лампочка. Звука не было, очевидно, Эдик включил режим отключения звонка. Плохо соображая, что делаю, я откинула крышечку и, ткнув пальцем в кнопку с надписью «йес», поднесла телефончик к уху.

— Ну дорогой, — раздался в трубке капризный голосок, — где же ты шляешься, а? Звоню, звоню, не откликаешься? Да что ты молчишь, опять напился, да?

— Простите, — тихо сказала я, — вам нужен Эдуард Малевич?

— Интересное дело! — взвизгнула собеседница, — Кто вы такая и почему отвечаете по его телефону?

Значит, милиция ничего не сообщила жене о смерти мужа. В первую секунду мне захотелось разъединиться, но надо же отдать деньги! Документов в сумочке нет... узнать адрес будет трудно, делать нечего, придется взять на себя роль вестницы несчастья. Вспомнив некстати, что в древние времена цари убивали гонцов, принесших дурные известия, я робко ответила:

— С Эдуардом случилась небольшая неприятность, он не может сам ответить, но у меня в руках его барсетка, тут полно денег, скажите адрес, сейчас привезу.

— Все ясно, — констатировала дама, — опять налакался и в вытрезвитель угодил. Валяйте, приезжайте. Улица Речная, дом 9, квартира 17. Это...

— Спасибо, я хорошо знаю это место.

В ухо понеслись короткие гудки. Я вышла из ванной и обнаружила в прихожей на коврике целую кучу ботинок и сапог. Из кухни раздались взрывы хохота, Кирюшка и Лизавета собрали друзей.

Решив ничего не говорить детям, я осторожно вытащила из шкафа беличью шубку и новые сапоги на меху. Немного не по погоде, но Эдик, судя по всему, богатый человек, а его супруга, если вспомнить капризный голосок, та еще фря. Нет уж, лучше я вспотею в шубе...

Дети громко хохотали. Очевидно, они добрались до торта. Я аккуратно прикрыла за собой дверь. Речная улица в двух шагах отсюда, первый поворот направо у светофора, можно не садиться в машину, а пробежаться на своих двоих...

Девятый дом ничем не отличался от своих собратьев, такая же блочная башня, а в подъезде не нашлось ни лифтера, ни охранника. Значит, Эдик не такой крутой, каким хотел казаться, или он разбогател недавно. Насколько я знаю, достигнув определенного финансового благополучия, люди первым делом приобретают престижное жилье, здесь же не было даже домофона.

Зато женщина, распахнувшая дверь, выглядела сногсшибательно. Высокая блондинка, с осиной талией и большой грудью, обтянутой ярко-красным свитером. Он заканчивался прямо под аппетитным бюстом, потом виднелась полоска голой кожи, пупок с золотым колечком, еще ниже начинались узенькие черные брючки, обрывавшиеся в десяти сантиметрах выше щиколотки.

— Давайте, — бесцеремонно велела она и протянула руку.

Я оглядела ее ярко накрашенное лицо, белые волосы с просвечивающей у корней чернотой и отдала барсетку. Жена Малевича открыла сумочку, присвистнула и сказала:

— Надеюсь, здесь вся сумма. Имейте в виду, я отлично знаю, сколько у Эдьки было баксов с собой.

Я прищурилась и довольно зло ответила:

— Если бы я хотела вас обворовать, то утащила бы все разом!

— Ну ладно, не лезь в бутылку, — миролюбиво ответила девица.

Она казалась очень молодой, лет двадцати, не больше. Густая тушь, черные брови, огненные щеки и кровавые губы не скрывали ее возраст. Порывшись пальцами с отвратительно длинными ногтями в отделении, набитом деньгами, девчонка выудила сторублевую бумажку и царским жестом протянула ее мне.

— Это за услуги, надеюсь, хватит.

Черная волна злобы поднялась из желудка и заполнила мою голову.

— Детка, — процедила я сквозь зубы, — ты бы хоть поинтересовалась, что с Эдуардом!

— Подумаешь, — фыркнула любящая женушка, — эка невидаль! Опять надрался и в вытрезвитель попал, еще хорошо, что не в ментовку!

— Нет, — медленно ответила я, — он, как ты выражаешься, в ментовке!

Девчонка подпрыгнула.

— Ну блин! В каком отделении? Это же опять надо туда бабки тащить!

Понимая, что иного выхода нет, я брякнула:

— Нет, деньгами тут не поможешь, дело очень серьезное.

— Под уголовную статью попал! — всплеснула руками супруга. — Знаем, проходили! Неделю тому назад он долбанул одного мента кулаком по зубам! Ну вы не поверите, сколько содрали! До сих пор вздрагиваю!

— Эдик мертв, — тихо сказала я.

— Как? — отшатнулась девчонка. — Что вы имеете в виду?

— Его убили сегодня в ресторане «Макдоналдс», странно, что никто из милиции не сообщил вам о случившемся.

— Ничего не понимаю, — трясла головой госпожа Малевич, — просто ничегошеньки. Вы имеете в виду, что он напился в ресторане, как труп?

— Нет, — жестко ответила я, — он на самом деле труп.

— Ой! — взвизгнула девица, закатила глаза и рухнула на пол.

Я захлопнула дверь и побежала искать кухню. Квартира была маленькой, неудобной, с узким крохотным коридором и пятиметровым пищеблоком. Оборудован он оказался старенькой мебелью, затрапезным холодильничком «Минск» и электроплитой российского производства.

Не найдя никаких лекарств, я набрала в чашку холодной воды и брызнула на лицо госпожи Малевич, но та не подавала признаков жизни. Слегка испугавшись, я намочила полотенце и стала тереть щеки и лоб девчонки. Светло-зеленая махровая ткань стала разноцветной, боевая раскраска смылась, из-под нее появилось бледненькое личико, слегка простоватое, но милое, с пухлыми губками, которым совершенно не нужна помада.

— Не надо, — прошептала госпожа Малевич, пытаясь сесть, — перестаньте возить по моему лицу тряпкой.

Спустя десять минут мы сидели на крохотной кухоньке, опершись локтями о стол, мадам Малевич причитала:

— Боже! Что теперь со мной будет! Катастрофа! Квартира оплачена только до декабря, денег никаких нет!

— Там в барсетке тысяча долларов и еще рублями много, — тихо сказала я.

— Ерунда, — ныла девчонка, — еле-еле хватит на месяц кое-как перебиться. А потом мне куда? На улицу, да? Чем платить за жилплощадь? На что одеваться! Ну, Эдик, ну, свинья!

Я с искренним удивлением смотрела на девчонку. Говорят, что каждый народ заслуживает своего вождя, а всякий муж получает ту жену, которой достоин. Интересно, за какие грехи наградил Эдика бог этим чудовищем?

— Вы бы хоть позвонили в милицию, — вырвалось у меня, — сейчас телефон дам!

— Зачем? — взвизгнула девчонка. — Терпеть не могу ментов!

— Они все равно к вам придут!

— Зачем? — тупо спросила девица.

— Ну как же? Обязательно.

— Да зачем?

Я растерялась.

— Показания снять, и потом, вы же его хоронить будете?

— Это еще зачем?

Тут я совсем онемела.

— И не подумаю даже, — неслась дальше девчонка. — Похороны! Еще скажите про поминки! Знаю, знаю, сколько денег выбросить надо! У нас, когда дед перекинулся, мать-дура всю сберкнижку на идиотство растратила, мигом по ветру пустила все, что долго собирали: гроб дорогущий зачем-то заказала, оркестр, водка ящиками! Лучше бы о живых подумала. Этот-то все равно уже помер!

Я лишь хлопала глазами. С подобными экземплярами мне еще не приходилось сталкиваться. Неудивительно, что несчастный Эдька пил горькую. Странно, что не употреблял наркотики, живя возле этой гарпии.

Не замечая произведенного впечатления, девица вопила дальше:

— И вообще, почему я? Путь его Гема закапывает, ей больше моего досталось!

Странное имя «Гема» резануло мне слух, и в мозгу забрезжил лучик света.

— Погоди, ты не его жена!

— Нет, конечно, — фыркнула девица.

— Почему же тогда велела сюда приехать с барсеткой?

— Потому что этот козел здесь последнее время жил! — в сердцах воскликнула девчонка. — Обещал, блин, алмазные горы. «Погоди, душечка, на золоте кушать станешь». Как же! Умер и оставил меня нищей! Между прочим, я с работы из-за него уволилась! Вот уж повезло так повезло!

— Тебя как зовут?

— Лена, — ответила девица и вытащила пачку «Парламента».

— Значит, барсетку следовало отдать не тебе!

— Еще чего, — взвизгнула Лена, — он тут все время проводил! Доллары мои!

— Телефон его жены знаешь?

— Гемы? Естественно!

— Давай.

— Зачем?

— Давай, говорю, а то и впрямь сейчас сюда милицию вызову. Вот весело будет! Ты по закону Малевичу никто, живо кошелек покойного отнимут!

Лена сжала губы, потом процедила:

— Возле телефона, на бумажке написан, любуйтесь.

Я потыкала пальцем в кнопки, услыхала тихое, словно шорох осенней листвы, «алло» и уточнила:

— Простите, я говорю с госпожой Малевич?

— Да, — донеслось издалека.

— Меня зовут Евлампия Романова, мы учились вместе с Эдиком в консерватории, алло, вы слышите?

В мембране раздался шорох, треск.

— Алло, — повторила я, — Гема, вы на проводе?

— Да, — донеслось сквозь пустоту, — да.

— Вы знаете, что случилось сегодня?

— Да, мне звонили из милиции.

— С вами кто-то есть?

— Нет.

— Может, подъехать?

— Да, — с жаром воскликнула женщина, — да, пожалуйста, очень страшно одной, умоляю, если возможно, прошу...

— Давайте адрес.

— Софроньевский переулок, дом 18.

— Это где?

— В двух шагах от метро «Проспект Мира».

Я глянула на часы. Ровно шесть. Лена, совершенно спокойная, курила «Парламент».

— Давай барсетку, — велела я.

— А ху-ху не хо-хо? — заржала девица и добавила: — Вали отсюда, пока цела! В милицию она позвонит! Как бы не так. Это я сейчас сообщу в отделение, что ко мне ворвалась ненормальная!

Поняв, что с хамкой бесполезно спорить, я вышла на лестницу. Судя по короткому разговору, Гема совсем другой человек. Представляю, как жутко сейчас бедной женщине. Конечно, мы с ней незнакомы, но с Малевичем нас связывают годы совместной учебы, короткий роман и взаимная симпатия, сохранившаяся, несмотря на то что мы очень давно не встречались. На улице совсем стемнело и стоял жуткий холод. Впечатление было такое, будто на дворе Крещение, а не самое начало ноября. Машины ехали медленно. Я задумчиво пошла в сторону дома. Похоже, на дороге жуткий гололед, наверное, лучше оставить «копейку» спокойно стоять в гараже. Я не слишком опытный водитель и в такую погоду не стану рисковать. Тем более что наш дом стоит у метро и Гема живет рядом со станцией «Проспект Мира».

СОДЕРЖАНИЕ

Литературно-художественное издание

Донцова Дарья Аркадьевна
ДОМИК ТЕТУШКИ ЛЖИ

Ответственный редактор *О. Рубис*
Редактор *Т. Семенова*
Художественный редактор *В. Щербаков*
Художник *Е. Рудько*
Технический редактор *Н. Носова*
Компьютерная верстка *Е. Мельникова*
Корректор *Н. Овсяникова*

Подписано в печать с готовых монтажей 12.07.2002.
Формат 84 × 108¹/₃₂. Гарнитура «Таймс».
Печать офсетная. Усл. печ. л. 21,84.
Доп. тираж 15 000 экз. Заказ № 209.

Отпечатано с готовых диапозитивов
в полиграфической фирме «КРАСНЫЙ ПРОЛЕТАРИЙ»
103473, Москва, Краснопролетарская, 16.

ООО «Издательство «Эксмо».
107078, Москва, Орликов пер., д. 6.
Интернет/Home page — www.eksmo.ru
Электронная почта (E-mail) — info@ eksmo.ru

По вопросам размещения рекламы в книгах издательства «Эксмо»
обращаться в рекламное агентство «Эксмо». Тел. 234-38-00

Книга — почтой: Книжный клуб «Эксмо»
101000, Москва, а/я 333. E-mail: bookclub@ eksmo.ru

Оптовая торговля:
109472, Москва, ул. Академика Скрябина, д. 21, этаж 2
Тел./факс: (095) 378-84-74, 378-82-61, 745-89-16
E-mail: reception@eksmo-sale.ru

Мелкооптовая торговля:
117192, Москва, Мичуринский пр-т, д. 12/1.
Тел./факс: (095) 932-74-71

Сеть магазинов «Книжный Клуб СНАРК»
представляет самый широкий ассортимент книг
издательства «Эксмо».
Информация в Санкт-Петербурге по тел. 050.

Книжный магазин издательства «Эксмо»
Москва, ул. Маршала Бирюзова, 17 (рядом с м. «Октябрьское Поле»)

ООО «Медиа группа «ЛОГОС».
103051, Москва, Цветной бульвар, 30, стр. 2
Единая справочная служба: (095) 974-21-31. E-mail: mgl@logosgroup.ru
contact@logosgroup.ru

ООО «КИФ «ДАКС». Губернская книжная ярмарка.
М. о. г. Люберцы, ул. Волковская, 67.
т. 554-51-51 доб. 126, 554-30-02 доб. 126.